T0243760

Parte de tu mundo

Parte de tu mundo

Abby Jimenez

Traducción de Genís Monrabà Bueno

Rocaeditorial

Título original: *Part of Your World*
Primera edición: noviembre de 2023

© 2023, Abby Jimenez
Publicado por acuerdo con Grand Central Publishing,
un sello de Hachette Book Group Inc., EE. UU.
Todos los derechos reservados.
© 2023, Roca Editorial de Libros, S.L.U.
Travessera de Gràcia, 47-49. 08021 Barcelona
© 2023, Genís Monrabà Bueno, por la traducción

Impreso en Colombia - *Printed in Colombia*

ISBN: 978-84-19743-42-8
Depósito legal: B 17297-2023

A Jeanette, Terri, Dawn y Lindsay.
No puedo imaginarme ser capaz
de hacer la mitad de lo que hago
sin vuestro incansable apoyo.
Esto es para vosotros.

1

Alexis

*L*as polillas revoloteaban frente a las luces delanteras, que iluminaban una larga franja de hierba. Seguía agarrada al volante, con el corazón desbocado. Había dado un volantazo para esquivar a un mapache que había surgido de la niebla, y me había estrellado contra una cuneta poco profunda, al borde de la carretera. Estaba bien; temblando, pero sin un rasguño.

Intenté poner marcha atrás, pero los neumáticos patinaron en vano. Seguramente, había barro. Mierda. Debería haberme comprado el todoterreno en vez del sedán.

Apagué el motor, encendí las luces de emergencia y llamé a la asistencia de carretera. Me dijeron que debería esperar al menos una hora.

Perfecto. Simplemente, perfecto.

Estaba a dos horas por carretera de mi casa, atrapada en algún solitario lugar entre la funeraria que acababa de abandonar en Cedar Rapids, Iowa, y mi casa en Minneapolis. Estaba hambrienta, quería ir al baño y, además, necesitaba quitarme las medias moldeadoras. Era el mejor final para la peor semana de mi vida.

Llamé a mi mejor amiga, Bri, que respondió al primer tono.

—¿Cómo ha ido tu viacrucis?

—Bueno, solo puedo decirte que ha terminado —dije recostándome en el asiento—. Acabo de estrellar el coche contra una cuneta.

—Vaya. ¿Te encuentras bien?

—Sí.

—¿Has llamado a la grúa?

—Sí, llega en una hora. Pero estoy embutida en unas medias moldeadoras.

Bri aspiró aire entre los dientes.

—¿No has podido cambiarte antes de irte? Seguro que has salido corriendo de allí como alma que persigue el diablo. ¿Dónde estás?

Miré por el parabrisas.

—No tengo ni idea. Estoy literalmente en mitad de la nada. Ni rastro de civilización.

—¿El coche ha sufrido algún daño?

—No lo sé —dije—. No he podido moverlo para comprobarlo, pero no lo creo. —Me revolví incómoda en el asiento—. ¿Sabes qué? Me las voy a quitar.

Me desabroché el cinturón de seguridad y recliné el asiento todo lo que pude. Me quité los zapatos de tacón y los tiré en el asiento del copiloto, luego me di la vuelta para bajarme la cremallera. Me libré de los tirantes del sujetador, me eché hacia atrás y me arremangué el vestido negro por las caderas hasta alcanzar con los pulgares la parte superior de las medias moldeadoras.

No había nadie en los alrededores y por la carretera no había pasado ningún coche durante más de media hora. Sin embargo, justo cuando empezaba a bajarme las medias de nailon, los faros de un coche se colaron por el parabrisas trasero. Desde luego, era mi día de suerte.

—Estupendo —suspiré acelerando mis movimientos.

Me sentía como si tuviera que quitarme en un tiempo récord una venda compresora de cuerpo entero. Escuché el portazo de un coche y me puse frenética. Forcejeé bajo el volante con las sujeciones de las medias y logré quitármelas antes de que una sombra se asomara por la ventanilla.

Un enorme perro lanudo apareció de la nada y se encaramó a la puerta. Entonces, un hombre blanco con barba y una chaqueta vaquera con cuello de lana se le acercó por detrás.

—¡Hunter! —El hombre apartó al perro y golpeó el cristal con los nudillos—. ¿Va todo bien ahí dentro?

Todavía tenía la cremallera medio desabrochada y llevaba el vestido arremangado hasta la cintura.

—Estoy bien —dije deslizando el vestido por encima de los muslos y girándome para ocultar la desnudez de la espalda—. Un mapache.

Se llevó la mano a la oreja.

—Lo siento, no puedo oír lo que dices.

Bajé la ventanilla medio centímetro.

—Perdí el control por culpa de un mapache —dije subiendo el tono de la voz.

El hombre parecía confundido.

—Sí, hay muchos por la zona. ¿Quieres que te remolque?

—No es necesario, he llamado a la grúa. Gracias de todos modos.

—Si has llamado a una grúa, entonces estás esperando a Carl. Y es posible que tengas que esperar un buen rato —dijo mirando hacia la carretera—. Acaba de pedirse su sexta cerveza en el Centro de Veteranos de Guerra en el Extranjero.

Cerré los ojos y exhalé un suspiro. Cuando los abrí de nuevo, el hombre lucía una sonrisa.

—Dame un segundo. Voy a sacarte de aquí.

No esperó mi respuesta. Simplemente, se dirigió a la parte trasera de mi automóvil. Me abroché la cremallera a toda prisa y cogí el teléfono móvil.

—Un hombre me está remolcando —susurré a Bri.

Acomodé el retrovisor para intentar ver su matrícula, pero sus luces delanteras me cegaron. Escuché un ruido metálico en

11

el exterior. El perro se encaramó de nuevo en la puerta y me miró por la ventanilla. Empezó a mover su peluda cola y ladró.

—¿Eso es un perro? —preguntó Bri.

—Sí, es el perro del hombre que pretende sacarme de aquí —dije inclinando la cabeza hacia el perro. Estaba lamiendo el cristal.

—¿Por qué parece que te vaya a salir el corazón por la boca?

—Porque el tipo apareció justo cuando estaba peleándome con las medias moldeadoras —dije recogiéndolas del suelo para meterlas en el bolso—. Estaba medio desnuda cuando se acercó a la ventana.

Se rio tan fuerte que tuve que apartar el teléfono de la oreja.

—No tiene ninguna gracia —susurré.

—Todo lo contrario —respondió mientras seguía riendo—. ¿Y qué aspecto tiene? ¿Es el típico viejo verde?

—No, en realidad es bastante atractivo —dije intentando atisbar lo que estaba haciendo por el retrovisor.

—Qué sorpresa. ¿Y tú qué aspecto tienes?

Me eché un vistazo.

—Peinada, maquillada y metida en un vestido de luto.

—¿El de Dolce & Gabanna?

—Sí.

—Tremendamente sexi. Me quedaré a la espera por si acaso.

—Te lo agradezco.

—¿Así que el funeral ha sido un auténtico desastre? —preguntó Bri.

Dejé escapar un largo suspiro.

—Ha sido un asco. Todo el mundo preguntaba dónde estaba Neil.

—¿Y qué les dijiste?

—Nada. Que habíamos roto y que no quería hablar de ello. Además, obviamente, Derek tampoco apareció.

—Qué buen momento para estar en Camboya. Se está perdiendo toda la diversión —dijo Bri.

Mi hermano gemelo tenía la maravillosa costumbre de evitar los dramas familiares. No podía echarle la culpa de que la tía abuela Lil muriera repentinamente en su residencia o de que me dejara sola en la encerrona familiar que se prolongó durante tres días hasta el funeral, pero, con todo, era típico de él.

Bajé la ventanilla un poco más para poder acariciar al perro. Tenía unas grandes cejas de perro viejo y el dorado de sus ojos parecía resplandecer cuando me miraba.

—Mi madre hizo un buen trabajo con el panegírico —dije, rascando la oreja del perro.

—No me sorprende.

—Y Neil no dejó de escribirme todo el tiempo.

—Tampoco me sorprende. Su única virtud es no tener vergüenza. ¿Le respondiste?

—No —dije.

—Bien hecho.

Más ruidos desde el exterior.

—Bueno, mira, creo que tengo un plan —dijo Bri—. Cuando vuelvas, ¿podríamos organizar una cita doble?

Solté un gemido.

—No te preocupes. No es nada retorcido.

Seguro. Sería como coser y cantar.

—Quedamos con los dos tíos más guapos que encontremos en Tinder. Alguien posando con un pez o tirándose en paracaídas. Los llevamos a la cafetería que hay delante de la oficina de Nick, esa en la que desayuna todos los días a las once y media. Y luego, cuando aparezca, fingimos que nunca se nos habría pasado por la cabeza encontrarlo ahí. Entonces, tú derramas torpemente un poco de vino tinto sobre la camisa de mi cita y yo aprovecho para enrollarme con él.

Me atraganté con mi propia carcajada.

—Aunque me encantaría ayudarte a manchar la ropa de tu futuro exmarido —respondí mientras reía—, no tengo previsto tener una cita en mucho tiempo. Ahora mismo, en mi vida, lo último que necesito es otro hombre.

Bri resopló con sorna.

—Sí, claro. Todas somos mujeres empoderadas hasta que la alarma de humos empieza a zumbar a las tres de la mañana y no tienes al lado a alguien que pueda golpearla con una escoba para que se apague.

Suspiré abatida.

—En serio, nunca habíamos estado solteras al mismo tiempo —añadió—. Deberíamos aceptarlo y no andar con paños calientes. Podría ser el verano de las solteras de oro…

—Creo que me apetece más un verano de las *Las chicas de oro*…

Bri se tomó unos segundos para reflexionar.

—Es otra opción.

Escuché más ruidos metálicos en el exterior y sentí que el coche se movía, como si algo se hubiera enganchado en el parachoques.

—¿Quieres tomar algo mañana? —preguntó Bri.

—¿A qué hora? Tengo pilates.

—Después.

—Vale, claro.

Advertí por el retrovisor que el hombre se acercaba otra vez. Dejé de acariciar al perro y subí la ventanilla hasta casi cerrarla por completo.

—Oye —susurré a Bri—, el hombre ha vuelto, ahora estoy contigo.

El hombre apartó el perro como antes y se inclinó hacia la ventanilla para hablar conmigo.

—¿Puedes poner el coche en punto muerto? —dijo por la rendija de un centímetro.

Asentí.

—Cuando te saque de la zanja, echa el freno y apaga el motor hasta que te quite las cadenas.

Asentí de nuevo y observé cómo se dirigía hacia su camioneta. Escuché un portazo y el ruido de su motor. Entonces, noté una sacudida y salí lentamente del terraplén. El hombre revisó mi coche con una linterna y comprobó el guardabarros.

Una libélula se posó en el capó. Se quedó allí completamente inmóvil mientras el hombre se agachaba para examinar los neumáticos. Luego, apagó la linterna y volvió a la parte trasera del coche. Más ruidos de cadenas, y un minuto después lo tenía de vuelta en la ventanilla.

—He echado un vistazo y no veo ningún daño. No deberías tener problemas para conducir.

—Gracias —dije, deslizando dos billetes de veinte dólares por la rendija.

Él sonrió.

—Esto es gratis. Conduce con cuidado.

Volvió a su camioneta y, según se adentraba en la niebla, tocó el claxon levantando amistosamente la mano.

15

2

Daniel

—Me apuesto cien pavos a que no eres capaz de ligártela —dijo Douglas señalando con la cabeza a la pelirroja que estaba sentada en la barra.

Era la mujer que había sacado de la cuneta media hora atrás. Quince minutos más tarde, había entrado en el Centro de Veteranos de Guerra en el Extranjero.

Eran las nueve de la noche de un martes de abril, y eso quería decir que todo el pueblo se había reunido en el local. La nieve se había derretido y había empezado oficialmente la temporada baja. Todo estaba cerrado a la espera del buen tiempo; todo excepto el Jane's Diner, que cerraba a las ocho, y esto. Los turistas se habían ido, así que esta pobre e ingenua mujer no solo destacaba por ser forastera, sino porque era una de las únicas mujeres de este pequeño pueblo que no tenía lazos de sangre o se había criado con nosotros. Todos los moscones se le echarían encima.

—¿Desde cuándo tienes tú cien pavos en el bolsillo? —respondí con tono burlón a mi mejor amigo, mientras entizaba el extremo del taco de billar.

Brian se rio desde su taburete.

—Sí, eso. ¿Desde cuándo tienes dinero para apostar, Douglas? Y si lo tienes, será mejor que me devuelvas los cinco pavos de las copas de la otra noche.

—Buena suerte con eso —murmuré.

Doug nos mandó a tomar viento.

—Los tengo. Y también tengo tus cinco pavos —le dijo a Brian—. De todas formas, esto no funciona así. Cada uno pone cincuenta pavos y el que se la lleve a casa se queda con todo.

—Déjala en paz —dije golpeando la bola blanca. Las bolas rebotaron sobre el tapete y la bola seis fue a parar a la tronera de la esquina—. Esa mujer no se irá con nadie de este lugar. Créeme.

Las mujeres como ella no querían saber nada de tipos como nosotros.

El coche que remolqué de la cuneta era un Mercedes. Probablemente, costaba más de lo que ganábamos los tres juntos en un año. Por no hablar de que iba vestida como si estuviera invitada a un cóctel en un yate. Vestido elegante, enormes pendientes con diamantes en las orejas, pulsera de tenis de diamantes… Estaba claro que se dirigía a la ciudad y que no pretendía pasar la noche aquí. En realidad, era curioso que se hubiera parado aquí en lugar de seguir por la carretera cuarenta minutos más para comer en Rochester. Este local no era famoso por su cocina.

Doug ya estaba sacando el dinero de su cartera.

—No me interesa —dije metiendo limpiamente la bola ocho en la tronera lateral—. No me gusta apostar con seres humanos. Ella no es un objeto.

Doug sacudió la cabeza hacia mí.

—Al menos, podrías intentar pasarlo bien.

—Estoy pasándomelo bien.

—¿De verdad? ¿Cuándo fue la última vez que te acostaste con alguien? —preguntó Doug—. ¿Cuánto tiempo ha pasado desde Megan? ¿Cuatro meses?

—No tengo la intención de enrollarme con nadie. Gracias por preguntar.

Al darse cuenta de que no le seguía la corriente, Doug dirigió la atención hacia Brian.

—¿Y tú? Cien pavos si te la llevas a casa.

Brian casi desvió la mirada hacia Liz, que estaba trabajando detrás de la barra. Doug puso los ojos en blanco.

—Está casada. «Casada». Necesitas pasar página. Es deprimente. Prueba con alguna aplicación de citas o algo. —Doug levantó su vaso de Sprite en dirección a Brian—. La semana pasada conocí a dos gemelas en Tinder —añadió levantando una ceja.

—¿De veras? ¿Así que tuviste la oportunidad de decepcionar a dos chicas al mismo tiempo? —dije golpeando de nuevo con el taco.

Brian soltó una carcajada.

Doug hizo caso omiso a mi comentario.

—Hablo en serio. Nunca dejará a su marido. Sigue con tu vida.

Brian miró a Liz justo en el mismo momento en el que la puerta del local se abrió y apareció Jake con su uniforme de policía. Todos nos quedamos contemplando su entrada. Se abrió paso entre la gente, dando palmadas en la espalda y saludando más de lo necesario, solo para asegurarse de que todos sabíamos que nos había honrado con su presencia.

Rodeó el mostrador como si fuera el dueño del lugar, se acercó a Liz y tiró de ella para darle un beso de película. Se escucharon algunas exclamaciones y crucé la mirada con Doug. Menudo cretino.

Miré a Brian de nuevo, justo para advertir una mueca de dolor en su rostro.

Mierda. Quizá Doug estaba en lo cierto. Apostar dinero para ligar con una mujer no era una solución, pero Brian necesitaba pasar página de una vez. Liz nunca rompería con Jake, aunque estuviera cargada de razones para ello.

Mike se acercó de camino al baño y Doug lo saludó con la cabeza.

—¡Oye, Mike! Cien pavos si consigues que se vaya contigo —dijo señalando a la mujer de la barra.

19

Mike se detuvo y le echó un vistazo a través de las gafas. Seguramente, le gustó, porque sacó la cartera.

—Aunque no me parece una apuesta justa. Gano cien pavos y, además, me voy con una mujer atractiva.

Esbocé una sonrisa y miré el reloj.

—Tengo que irme. Tengo que dar de comer a mi chica —dije, guardando el taco de billar.

—Siempre lo mismo —refunfuñó Doug, e hizo un ademán para perderme de vista—. De acuerdo. Lárgate de aquí. —Luego miró por encima de mi hombro hacia la mujer de la barra—. Oye, antes de irte, habla bien de mí, ¿te parece?

—¿Quieres que mienta por ti? —respondí sacudiéndome la chaqueta.

Brian y Mike se echaron a reír.

Doug ignoró mis palabras y colocó su taco encima de la mesa de billar.

—Tendré que echar mano de mis trucos de donjuán.

Me reí entre dientes y me dirigí a la barra negando con la cabeza.

3

Alexis

—¿$\mathcal{Q}$ué quieres tomar? —me preguntó la camarera mientras limpiaba la barra.

Era rubia, tenía tatuada una rosa en la muñeca y llevaba los labios pintados de rosa. Era hermosa. Se llamaba Liz.

Eché un vistazo al menú que me acababa de entregar.

—¿Qué es lo mejor? —dije, sin estar convencida de ninguna opción. Casi todo eran frituras.

—El chili es casero —respondió.

—No me apasiona el chili —dije apretando los labios.

La niebla en el exterior se había vuelto tan espesa que había supuesto que no llegaría a casa antes de que me apremiara la necesidad de comer o ir al baño. La única gasolinera en la ciudad estaba cerrada, así que no pude ir al baño ni comprar ningún tentempié. No obstante, Google tuvo la gentileza de llevarme al único lugar abierto en un radio de ochenta kilómetros, el Centro para Veteranos de Guerras en el Extranjero que el tipo de la camioneta había mencionado.

El sitio carecía de encanto. Las sillas baratas no combinaban con las mesas, y en las paredes colgaban carteles de cerveza rotos de aspecto *vintage*, algunas medallas enmarcadas y fotografías en blanco y negro de veteranos de guerra. La vieja gramola de la pared radiaba una canción de Elton John, «Bennie

And The Jets». Encima de la barra, había una enorme cabeza de ciervo, de cuyas astas colgaban unas luces de Navidad. Era un lugar desvencijado y lleno de trastos. Bajo ninguna otra circunstancia habría puesto un pie en un antro como este.

Una joven en los últimos meses de embarazo se acercó a Liz y pasó una tarjeta por la caja registradora con una mano colocada en la parte inferior de su espalda.

—¿Ya te vas, Hannah? —preguntó Liz sirviendo una cerveza del tirador.

—Sí —respondió con una mueca en el rostro—. El pie de mi pequeño está justo encima de mi vejiga.

—Dejaré tus propinas en el despacho —dijo Liz. Luego volvió a mirarme—. Es una pena que no pasaras por aquí antes de que cerrara la cafetería. No hay mucha variedad hasta que llega el verano y vuelven los turistas.

—¿Turistas? —pregunté.

—Claro. Por aquí pasa el río Root. Además, estamos a solo dos horas de Minneapolis, así que los fines de semana nos visitan muchos amantes de la aventura. Ahora mismo, sin embargo, solo se acercan los del pueblo. No falta nadie. Estamos todos, los trescientos cincuenta que somos. —Se rio, señalando con la cabeza el bar abarrotado.

Me giré sobre el taburete. Tenía razón. No había ni un solo sitio vacío en todo el local.

Mientras escudriñaba a la clientela, encontré junto a la mesa de billar al tipo que me había remolcado.

Realmente, no estaba nada mal.

Ahora que se había quitado la chaqueta, pude comprobar que estaba en forma. Tenía ese aire de leñador rudo. Barba, pelo castaño oscuro, ojos color avellana, hoyuelos. Era alto. Vestía una camisa de franela y vaqueros. Llevaba las mangas remangadas y en ambos antebrazos lucía coloridos tatuajes.

Me di la vuelta antes de que se percatara de que lo estaba observando.

Se escuchó el tintineo de una campanilla y Liz levantó la vista. Una ligera mueca nerviosa se dibujó en su rostro, pero sonrió. Me volví para seguir su mirada. Había entrado un oficial de policía, uno muy atractivo. Era alto, medía más de metro ochenta. Ojos marrones y pelo castaño. Su fornido cuerpo se ajustaba perfectamente al uniforme de color canela. En la cadera colgaba una pistola enfundada y llevaba una insignia dorada prendida a su pecho. Llevaba un anillo de boda.

—Hola, cariño. —Liz esbozó una sonrisa mientras él se acercaba al mostrador.

Se inclinó hacia ella y le estampó un beso. Algunas personas silbaron.

—Te he traído el jersey —dijo levantándole la barbilla para mirarla a los ojos. Le entregó un bulto de tela blanca—. Te lo dejaste en el crucero.

—Gracias, qué tierno. —Liz lo miró—. Por cierto, Jake, ella es... —Se detuvo, al darse cuenta de que no le había dicho mi nombre. Jake se volvió hacia mí y pareció percatarse de mi presencia por primera vez.

—Alexis —dije—. Encantada de conocerte.

—Bienvenida a Wakan. —Lo pronunció con una hache aspirada—. Tengo que irme —dijo a su mujer—. Vendré a buscarte a medianoche. —La besó e inclinó la cabeza hacia mí antes de marcharse.

Antes de repasar el menú dejé escapar un suspiro. Estaba planteándome abandonar el lugar. Nada tenía buena pinta.

—Entonces, aparte del chili, ¿hay algo que debería probar? —pregunté.

—Liz —dijo una voz masculina detrás de mí—. ¿Cuánto te debo?

Levanté la vista. Era el tipo de la camioneta.

Liz le sonrió.

—Hoy te vas pronto, ¿eh?

—Tengo que dar de comer al bebé —dijo. Luego se volvió hacia mí y me sonrió—. Hola.

—Hola —dije, dándome la vuelta—. Nos volvemos a encontrar.

—Y en mejores circunstancias —respondió.

Sonreí.

—Gracias por ayudarme antes. No era necesario.

—Creo que sí —dijo señalando con la cabeza a un hombre que estaba al final de la barra, con los ojos rojos, despeinado y con siete vasos de cerveza vacíos frente a él—. Ese era el caballero que debía acudir a tu rescate.

—Me habría quedado ahí toda la noche —dije tragando saliva.

—No seas tan dramática, al cabo de cinco o seis horas alguien habría parado. —Le obsequié con una sonrisa que me devolvió—. Soy Daniel —dijo tendiéndome la mano.

—Alexis —respondí estrechándosela. Su palma era áspera y cálida.

—Creo que debería ponerte sobre aviso —dijo recostándose en el mostrador—. ¿Ves a esos tipos de ahí? —Indicó con la cabeza a tres hombres que estaban apostados alrededor de la mesa de billar—. Han hecho una apuesta para ver quién puede ligar contigo.

Liz se lamentó desde detrás de la caja registradora.

—Son unos imbéciles —musitó—. ¿Brian también?

—No, solo Mike y Doug —puntualizó Daniel—. ¿Ves el tipo de las gafas? —añadió.

Di media vuelta encima del taburete para fijarme mejor.

—Sí...

—Es como un grano en el culo.

Resoplé abatida y Liz soltó una risotada.

—El tipo blanco, alto y con la chaqueta de quinceañero todavía vive en el sótano de su madre —prosiguió. El tipo sonreía en nuestra dirección y nos saludaba con la mano—. Dentro de unos cinco minutos sacará una guitarra de alguna parte y tocará «More Than Words». —Me miró fijamente—. Lo hará tremendamente mal.

Liz estaba desternillándose de risa al tiempo que le entregaba la cuenta.

—No te miente. Dice la verdad.

Daniel pagó la cuenta. Eran solo diez dólares, pero dejó diez más de propina.

—En fin, buena suerte —dijo alejándose hacia la salida.

—Espera —dije antes de que desapareciera.

Se detuvo y volvió a mirarme.

—¿Cuánto han apostado?

—Cien pavos —dijo con las llaves en la mano y encogiéndose de hombros.

—¿Y tú qué? ¿No has apostado nada?

Negó con la cabeza.

—No me gustan las apuestas.

—¿En serio? ¿Y si me voy contigo? ¿No serían tuyos los cien pavos?

Daniel frunció el ceño.

—No te entiendo.

—Me voy a ir de todas formas. Podrías salir conmigo del local y ganar la apuesta.

—¿Harías eso por mí?

—Por supuesto.

Entonces, dirigió la vista hacia los tipos que estaban en el otro extremo del local. El de la chaqueta de instituto sostenía una guitarra entre las manos. Cruzamos nuestras miradas y sus labios dibujaron una sonrisa socarrona.

Me di la vuelta hacia Liz.

—Liz, si este hombre fuera un asesino en serie, me lo dirías, ¿verdad? ¿Crees que puede acompañarme hasta el aparcamiento?

—Daniel es el único tipo con el que me atrevería a salir de este local —dijo con una sonrisa.

25

—No sé cómo tomarme eso —dijo Daniel—. Eres mi prima.

—Es inofensivo —apostilló Liz mientras se aguantaba la risa.

—¿Y crees que cumplirá su palabra y me dará mi parte? —pregunté.

Liz secó un vaso con un trapo.

—Incluso si esos idiotas no cumplen su parte del trato, él cumplirá con su palabra. Es ese tipo de persona.

Miré a Daniel.

—No soy un capullo. Es la parte que más admiro de mí mismo —dijo abriendo los brazos.

La calidez de mi sonrisa contagió mis ojos. Tenía sentido del humor.

—Está bien —dije—. Tenemos un trato. —Señalé con la cabeza el taburete que tenía al lado—. Pero antes siéntate y habla conmigo un rato. Si no, no se creerán que me has seducido…

Consultó su reloj. Al parecer, decidió que solo podía quedarse un rato.

—Entonces…, háblame de ti —dije—. ¿A qué te dedicas?

—Soy administrador de fincas —respondió.

Liz soltó una carcajada desde detrás del mostrador mientras servía una cerveza en el tirador.

—Es el alcalde.

Levanté una ceja.

—Vaya, el alcalde.

Daniel clavó los ojos en Liz.

—Es más bien un título honorario. Este es un pueblo pequeño. Tengo muy pocas responsabilidades.

Liz negó con la cabeza.

—Falsa modestia. Es el que se encarga de que el pueblo no se venga abajo. Los sábados por la noche organiza el bingo y también hace las veces de bombero. Incluso hace de Papá Noel.

Liz alzó la vista hacia uno de los artículos enmarcados

que colgaban encima de la caja registradora. «Papá Noel llega a Wakan».

Una fotografía en color acompañaba el texto del artículo: un Papá Noel gordo con un niño pequeño en sus rodillas.

Miré a Daniel riendo entre dientes. Él cambio de tema de conversación.

—¿Y tú a que te dedicas?

—Nada importante.

No me gustaba dar información personal a un desconocido. Daniel tampoco insistió.

—Está bien. ¿Y qué te ha traído a Wakan?

—Vuelvo de un funeral.

Su rostro adoptó una expresión más seria.

—Lo lamento.

—Mi tía tenía noventa y ocho años, y tuvo una buena vida. Como le gustaba decir, tuvo muchos amantes.

Daniel recuperó la sonrisa.

—Vivo en Minneapolis. Solo estoy de paso. Oye, ¿siempre hay esta niebla aquí fuera?

—¿Hay niebla esta noche? —preguntó Liz, con cara de sorpresa.

Daniel negó con la cabeza.

—En realidad, nunca. Es extraño, la verdad.

—¿Así que tienes un bebé? —pregunté.

Volvió a mirar el reloj.

—Una hija, Chloe.

—¿Desde cuándo?

—Hace una semana.

—Vaya —dije, echando la cara hacia atrás, sorprendida—. Es realmente pequeña.

No llevaba alianza, aunque eso no significaba nada. Podía tener una hija sin estar casado.

—¿Así que tienes pareja? —pregunté.

Negó con la cabeza.

—Si así fuera, no habría aceptado esta apuesta.

—Bueno, en realidad no me vas a llevar a tu casa —señalé.

—Pero lo estoy fingiendo. Nunca le faltaría al respeto a mi hipotética pareja —respondió con una sonrisa.

Tuve que reprimir una sonrisa.

—¿Así que no estás con la madre de la pequeña?

Daniel parecía estarlo pasando en grande con nuestra conversación.

—Dios me libre. La estoy acogiendo temporalmente.

Liz sonrió.

—Chloe es muy mona. Daniel es un padrazo. —Hizo un ademán con la cabeza—. Enséñale una foto.

Sacó el móvil y deslizó algunas fotografías. Luego me lo tendió.

Una carcajada brotó de mis labios.

—¿Tu bebé es una cabrita? ¿Y lleva pijama?

—Así es. Volverá a su casa dentro de unas semanas. Es de Doug, el talentoso guitarrista. Su madre tiene mastitis y Doug no podía darle de comer en mitad de la noche, así que me ofrecí voluntario para ayudar.

—Un momento, a ver si lo entiendo —dije cruzando las piernas—. ¿Doug intenta seducirme con una pobre versión de «More Than Words», cuando tiene en casa una cabrita tan mona? Si tienes una cabrita bebé, siempre deberías sacarle partido.

Daniel soltó una carcajada.

—Técnicamente, la tengo yo en casa.

—Le repito una y otra vez que en su perfil de Tinder solo debería poner una foto de Chloe y una dirección de contacto —dijo Liz mientras ponía hielo en un vaso.

Su comentario me arrancó una sonrisa.

—¿Nos están vigilando? —preguntó Daniel con una risa ahogada.

Dirigí la mirada hacia la mesa de billar.

—Vaya, sí. —Clavé los ojos en Daniel—. Doug, el de la chaqueta del siglo pasado, está afinando la guitarra. ¿Cuánto tiempo crees que tenemos hasta que empiece el recital?

—Yo diría que uno o dos minutos.

—Está bien —dije inclinándome hacia él—. Voy a fingir que has dicho algo realmente gracioso y soltaré una carcajada. Luego, acabaremos con esta farsa.

Se llevó la mano a la barbilla.

—¿Qué tipo de carcajada?

—¿Cómo?

—Sí. Mira, en teoría, mi comentario debería ser tan ocurrente como para que te fueras conmigo a pesar de acabarme de conocer. Todo tiene que parecer muy convincente. Estoy pensando en una carcajada al estilo Julia Roberts.

Me reí a carcajada limpia y le contagié la risa. Fue adorable. Sus cálidos ojos verdes se rasgaron y se le iluminó todo el rostro. Dios, tenía una sonrisa hermosa. Francamente, hermosa. Y un pedazo de ella se me clavó en el corazón. Me quedé sin aliento. Nos quedamos sentados riéndonos a carcajadas, y de pronto me encontré mordiéndome el labio e inclinándome un poco hacia él. Sin darme cuenta, estaba coqueteando. Coqueteando de verdad.

Llevaba siete años con Neil y estaba convencida de que sería el último hombre con el que estaría. Entonces, rompí con él y me dije a mí misma que ya era suficiente. No necesitaba más hombres en mi vida. No necesitaba ninguno más. No necesitaba más problemas. Había renunciado por completo a tener nuevas citas. Me había comprado un vibrador estupendo y me había retirado del mercado a los treinta y siete años. Punto final.

Y, ahora, aquí estaba. Flirteando con un extraño.

Era como descubrir que una planta que llevaba mustia muchos años, después de todo, solo necesitaba un poco de agua para revivir.

29

—Vaya, Doug se acerca —susurró Liz.

Aparté la mirada de Daniel. Doug había empezado a abrirse paso entre las mesas hacia la barra, guitarra en mano.

—Es hora de irse —dijo Daniel.

Me agarró de la mano, me ayudó a bajar del taburete y me acompañó a la puerta.

4

Daniel

La cogí de la mano. Intentábamos aparentar normalidad entre nosotros. Pensé que era parte de la comedia. Estábamos muy metidos en el papel.

Ella no se apartó.

Los chicos me contemplaron con la boca abierta. Bajé la otra mano y los aparté para poder salir del local. Cuando salimos al aparcamiento, le solté la mano. Saqué los billetes de mi cartera y se los entregué.

Ella agarró los billetes, los contó y luego me los metió en el bolsillo de mi chaqueta.

—¿No íbamos a medias? —dije, rebuscando en el bolsillo para devolvérselos.

—Esto es por la asistencia de carretera.

—No. No lo acepto —dije entregándole el fajo de billetes. Ella se cruzó de brazos—. El mérito ha sido todo tuyo. Mereces tu parte.

—Si no me hubieras sacado de la cuneta, ni siquiera estaría aquí. Le habría pagado mucho más de cincuenta pavos al viejo borracho de Carl. Además, yo decido lo que hago con mis ganancias. Así es como funciona el mundo de las apuestas —dijo, dedicándome una sonrisa irónica.

Negué con la cabeza mientras sonreía. Era evidente que no

pensaba cambiar de opinión, además, tampoco insistí demasiado porque, de lo contrario, me iba a quedar sin cincuenta pavos. Mañana no reclamaría el dinero a los chicos. En temporada baja, la economía de todos era muy ajustada. De todos modos, había valido la pena. Me había divertido.

—¿Sueles hacer esto a menudo? —pregunté, mientras metía de vuelta el dinero en el bolsillo—. Debo admitir que ha sido lo más destacado de mi semana.

—Supongo que es lo que tiene la temporada baja —dijo esbozando una sonrisa.

Me eché a reír.

Una suave brisa le deslizó un mechón de pelo en el rostro y ella lo apartó con un dedo. Dios, era realmente hermosa. Pelirroja, piel suave y con algunas pecas en la nariz. Profundos ojos castaños. Atlética. Había visto más de lo que probablemente pretendía cuando estaba cambiándose en el coche. Podía oler su perfume, no sabía qué fragancia era, pero supuse que era cara.

Era una mujer que estaba tan fuera de mi alcance que la situación parecía ridícula. Era incluso difícil creer que estuviera aquí con ese vestido y esos tacones, en este aparcamiento en medio de la nada lleno de grietas en el asfalto. Era como si una modelo se hubiera alejado de un set de rodaje para una revista de moda y se hubiera perdido.

Y tenía razón sobre la niebla. Rodeaba los límites del aparcamiento como si hubiera un campo de fuerza invisible alrededor del Centro de Veteranos de Guerra en el Extranjero. Era muy extraño, y, además, no era el mejor escenario para conducir.

Nos quedamos parados unos segundos. Luego ella desvió la mirada hacia su coche.

—Bueno, será mejor que me vaya. Tienes que dar de comer a tu bebé. Por cierto, ¿conoces algún buen lugar para comer cerca de aquí?

Sacudí la cabeza.

—No. Rochester es la ciudad más cercana y está a cuarenta minutos hacia el norte.

Ella apretó los labios.

—Es lo que me temía. En todo caso, me lo he pasado estupendamente bien con tus amigos.

—Sí, yo también.

Aguantó la sonrisa durante unos segundos más. Luego, dio media vuelta y se dirigió hacia su coche. Yo me quedé quieto, siguiéndola con la mirada.

—Oye —dije.

—¿Sí? —respondió volviéndose.

—Podría prepararte algo de comer en mi casa.

—¿Qué me ofreces? Soy muy caprichosa con la comida —dijo sin perder un segundo.

Sonreí.

—Bueno, no tengo alitas de pollo gigantes, si eso es a lo que te refieres.

Mi comentario le arrancó una carcajada.

Repasé mentalmente lo que tenía en la nevera.

—¿Qué te parece un queso de cabra a la plancha? ¿Con tomate fresco y albahaca?

Ella arqueó una ceja.

—¿Tomate fresco y albahaca?

—Tengo un huerto.

—Si te soy sincera, nunca me llevan al huerto la primera noche.

Me reí.

—Vaya, la fantasía se nos ha ido de las manos.

—Lo digo en serio. Nunca me acuesto con nadie la primera noche. Si ese es tu objetivo, te vas a llevar una gran decepción.

—Descuida, no busco eso —dije con sinceridad, sonriéndole.

Ella asintió, se acercó unos pasos y me clavó los ojos.

—Está bien, pero tengo que advertirte de que tengo una pistola eléctrica.

33

—Me parece justo.

—Y la utilizaré si es necesario —dijo, endureciendo la mirada.

—No será necesario, pero te creo. Realmente, pareces peligrosa. —Imité su misma mueca.

Intentó aguantar la risa y mantener la severidad en el rostro.

—Te sigo con mi coche. No me voy a subir al tuyo.

—Por supuesto.

—Una última cosa —dijo ladeando la cabeza—. ¿Hay alguien en este pueblo que pueda pensar que tiene una relación contigo?

Solté una carcajada.

—Solo es un queso a la plancha. Tranquila, no es tan grave.

—Lo sé. Pero si yo tuviera la impresión de tener una relación con alguien y al llegar a casa me lo encontrara cocinando para otra mujer, no daría saltos de alegría.

—He dicho que no tengo novia.

—Eso no es lo que te he preguntado.

—No —dije sonriendo—. Nadie puede pensar que tiene una relación conmigo. ¿Hay alguien que crea que puede tener una relación contigo?

Soltó una risotada.

—No.

—Estupendo.

A la mañana siguiente, me desperté a las seis de la mañana, desnudo y feliz después de haber tenido la mejor cita de toda mi vida.

Entonces, me di cuenta de que se había ido.

5

Alexis

*E*ntré de puntillas en mi propia casa sin encender las luces, como una adolescente que no ha respetado la hora de llegada. Eran las seis y media de la mañana. Llevaba un solo zapato, el pelo enmarañado, estaba cubierta de barro y de pelos de animales de granja. Llevaba una sudadera con capucha que había robado al salir.

Había entrado en pánico.

Había entrado en pánico y había huido mientras él todavía estaba dormido en la cama.

Me desperté en la cama de un hombre desconocido, en un garaje lleno de polvo de un pueblo en medio de ninguna parte, después de haber disfrutado de lo que sin duda había sido el mejor sexo de toda mi vida. El mejor sexo de toda mi vida con un chico de veintiocho años.

Veintiocho años.

Me había levantado para ir al baño y me había puesto su sudadera. Pero cuando me estaba lavando las manos, su cartera se cayó de un bolsillo y dejó al descubierto su carné de conducir.

Sabía que era más joven que yo. Aunque no me había pasado por la cabeza que fuera una década más joven. Me había ido a la cama en una primera cita con un completo desconocido que era una década más joven que yo.

¿Qué estaba haciendo? Nunca me había comportado de ese modo. Nunca tenía sexo casual. Nunca me metía en situaciones embarazosas. Neil había tenido que esperar dos meses para poder acostarse conmigo. Y para lograrlo había tenido que planear una escapada romántica a México. Yo me había pasado una semana eligiendo la lencería que me iba a poner, me había depilado, exfoliado, y la cama del hotel estaba decorada con pétalos de rosa. Nunca me había acostado con alguien que no fuera mi novio. Y ahora acababa de hacer una excepción con un extraño que era casi tan joven como el hijo de Neil.

Estaba completamente fuera de lugar.

Por eso, me puse algo de ropa y rápidamente salí corriendo de su casa. Incluso, con las prisas, pisé una mierda de perro al salir. ¿O era de cerdo? ¿O de cabra? Fuera del animal que fuera, era tan grande que me succionó el zapato y no dudé en dejarlo atrás como hacen las lagartijas cuando las agarran por la cola.

Entré cojeando en mi oscura sala de estar y arrojé las llaves sobre el aparador.

—¿Dónde te habías metido?

Solté un grito ahogado hacia la voz masculina y fantasmal que procedía del sillón favorito de Neil. Entonces, alguien prendió las luces y recuperé el aliento.

—¡Derek! Por Dios, casi me da un infarto.

Mi hermano gemelo me sonrió desde el sillón reclinable.

—Hola, hermanita. —Luego se incorporó y me miró con preocupación—. ¿Te encuentras bien?

Dejé escapar un suspiro y me eché un vistazo: tenía el vestido arrugado y un pie descalzo.

—Sí —dije con la voz rota—. Estoy bien. ¿Cómo has entrado?

—El código de tu alarma es la misma contraseña que usas para tu teléfono.

—¿Sabes cuál es la contraseña de mi teléfono? —Estiré la mano hacia atrás y me quité el único zapato que llevaba.

—Conozco todas tus contraseñas. Incluso cuando las cambias.

Solté una risa nerviosa. Mi hermano y yo teníamos una suerte de telepatía fraternal.

—¿Qué estás haciendo aquí? —pregunté, cruzando la habitación descalza hasta desplomarme en el sofá—. Pensaba que estarías en Camboya seis semanas más.

—He vuelto antes.

—Pero no lo suficiente como para salvarme de pasar media semana sola en Cedar Rapids con nuestros padres —le reproché.

—Ni por un millón de pavos habría pasado por eso.

Esbocé una sonrisa, recosté la cabeza en el sofá y cerré los ojos.

—¿Eso es un chupetón?

Me levanté como un resorte.

—¿Cómo? —Salí disparada hacia el espejo que había sobre el aparador para escudriñar mi cuello.

—¡Maldita sea! —resoplé al advertir la mancha morada que tenía junto a la oreja.

—¿No es un poco infantil, hermanita? En realidad, estoy un poco cabreado porque no me habías dicho que habías vuelto con Neil.

Suspiré con resignación mientras palpaba la mancha con el dedo.

—No he vuelto con él.

Derek me miró.

—Entonces, ¿quién te ha hecho eso? —Ambos dirigimos los ojos hacia la sudadera con capucha—. ¿Y desde cuándo llevas ropa de camuflaje?

—Desde nunca —dije, mientras miraba asqueada el chupetón.

Tendría que cubrirlo con una tirita, pero era muy grande. Abrí la sudadera y puse los ojos en blanco. Tenía otro chupetón en el pecho. En realidad, dos más.

Derek guardó silencio para que le diera una explicación.

—He conocido a alguien. Así de fácil —dije, dando por finalizada la exploración. Me dejé caer en el sofá y metí la cabeza entre las manos.

—¿Has conocido a alguien? ¿Cuándo?

Eché la cabeza hacia atrás.

—Unas diez horas atrás.

Se quedó boquiabierto.

—No pasa nada. Es la crisis de los cuarenta. He visto casos parecidos. Tranquila, tiene arreglo.

Solté una risotada. Dios, seguramente estaba sufriendo la crisis de los cuarenta. ¿Qué otra cosa podía ser?

—Después del funeral estrellé mi coche contra una cuneta y ese tipo me remolcó. Fue muy amable y era muy atractivo. Así que lo acompañé a su casa y me preparó un queso a la plancha, que, por cierto, estaba riquísimo. Lo sirvió con hortalizas de su propio huerto… También había un cerdo correteando por ahí y me llenó de barro.

—¿Un cerdo?

—Sí, apareció de repente. Me dio un susto de muerte. Pesaba como trescientos kilos. Supongo que se escapó de una granja cercana o algo así. Era muy simpático. Lo acaricié. Y entonces un perro también se abalanzó sobre mí. El tipo tenía una cabrita en pijama y…

Derek levantó la mano.

—No digas nada más. Eso lo explica todo.

Volví a partirme de la risa.

—De todas formas, no es nada —murmuré—. Ni siquiera sé cómo se apellida.

—¿Usaste protección?

—Por supuesto. Todavía tengo mi DIU y él utilizó un preservativo. En realidad, usó unos cuantos… —Me ruboricé al pensarlo.

—Estupendo. Me alegro de que lo pasaras en grande y de que no fuera Neil.

—Yo también —dije con sarcasmo.

—Veo que todavía tiene sus cosas aquí —dirigió su mirada hacia el garaje.

Me rasqué la cabeza.

—Le he empaquetado todo, pero no quiere llevarse sus cosas.

Derek se inclinó hacia delante con los codos apoyados en las rodillas.

—Siento no haber estado aquí —dijo seriamente.

—No pasa nada. Estabas salvando el mundo —respondí agotada.

Derek había estado en el extranjero durante seis meses como voluntario con Médicos sin Fronteras. Era cirujano plástico. Uno de los buenos. Estaba en el extranjero tratando a personas quemadas y a niños con labio leporino. No podía enfadarme porque no estuviera aquí para mandar a Neil al infierno en persona, aunque, según tengo entendido, lo hizo por teléfono.

Lo miré a los ojos.

—¿Por qué has vuelto? ¿Te han dejado regresar antes?

Dibujó una sonrisa lentamente en el rostro.

—Antes de que te responda, tienes que firmar un acuerdo de confidencialidad…

Me reí, pensando que estaba tomándome el pelo, pero metió la mano en una mochila que estaba a un lado de la silla y sacó un papel y un bolígrafo.

—Me estás tomando el pelo —dije sin entender nada.

—Mira, no te lo pediría si no fuera para cumplir una promesa. —Me entregó el papel deslizándolo por la mesita.

Le eché un vistazo.

—¿Quieres que firme un acuerdo de confidencialidad antes de que mi propio hermano y mi mejor confidente me cuente qué demonios está haciendo en mi sala de estar?

Acercó el documento unos centímetros más hacia mí y dio un golpecito con el dedo índice en la línea de la firma.

Sacudí la cabeza en señal de negación.

39

—¿Qué se supone que es esto?

Levantó una mano para tranquilizarme.

—Firma y entonces podré contártelo todo.

Exhalé con resignación.

—Está bien —murmuré, garabateando mi nombre en la línea de puntos. Volví a dejar el documento sobre la mesa y lancé el bolígrafo encima—. Aquí tienes todo el papeleo. Ahora, cuéntamelo todo.

—Me he casado.

Un rayo me partió en dos.

—¿Cómo? ¿Cuándo?

Estaba lleno de satisfacción.

—La semana pasada. Llevamos unos seis meses juntos.

Lo miré estupefacta.

—¿Y por qué no me lo habías contado?

—No podía. Se lo había prometido. Es una persona importante.

—Pero... tú siempre me lo cuentas absolutamente todo —dije con incredulidad.

Derek asintió.

—Lo sé. Eso te demuestra lo importante que es para mí tener su confianza.

Me hundí en el sofá, con la mirada perdida.

—Te has casado... —suspiré. Busqué sus ojos con la mirada—. ¿Con quién?

—Se llama Nikki. Es una cantante muy famosa. Fue a Camboya para crear un refugio para las mujeres víctimas del tráfico sexual.

Repasé para mis adentros la lista de cantantes famosas que conocía.

—Nikki... Nikki ¿qué más?

—Su nombre artístico es Lola Simone.

—No puede ser —exclamé.

Derek estaba sonriendo.

—No puedes estar casado con Lola Simone.

—Pero así es. —Sacó su teléfono móvil y me lo entregó.

Me quedé mirando la foto de los dos juntos, parecía una foto de boda. Lola Simone era una gran estrella de rock, no tenía nada que envidiarle a Lady Gaga. Aunque en esta foto no tenía el aspecto que lucía en los tabloides. Aparecía normal. Pelo castaño hasta los hombros, un sencillo vestido blanco y una corona de flores. Derek vestía de lino blanco, estaba radiante.

—Es increíble, Ali. La mujer más alucinante que he conocido.

Levanté la mirada hacia él.

—¿Te has casado con ella y no me has invitado a la boda?

La sonrisa de su rostro se desdibujó un poco.

—Solo estuvo presente su agente, Ernie. Teníamos que mantenerlo en secreto —dijo recuperando su teléfono—. Su privacidad es muy importante para ella. La reconocen en todos los lugares. Apenas tiene intimidad. Los *paparazzi* la acechan constantemente. Era mucho más sencillo celebrarla ahí sin la atención mediática.

—Bueno, ¿cuándo voy a conocerla? ¿No has regresado con ella?

—Está demasiada ocupada con el proyecto. Además, no le gusta regresar aquí.

—Pero algún día tendrá que volver a casa. Tú vives aquí y tu voluntariado termina en dos semanas.

Ya no quedaba rastro de su sonrisa.

—Ali, no voy a volver.

—¿Cómo? ¿Qué quieres decir con eso? —dije con la boca abierta.

—Me mudo a Camboya para vivir con mi mujer.

La noticia me revolvió el estómago.

—Te quedas en Camboya —dije sin terminar de creerme mis propias palabras.

—Para poner en marcha el refugio para mujeres. Para llevar a cabo más labores humanitarias. Necesitan cirujanos y podemos cambiar muchas cosas ahí.

Volví a hundirme en el sofá. Experimenté el verdadero impacto de lo que me acababa de decir. Lo miré a los ojos.

—No. No puedes dejarme sola con él.

Se las arregló para mostrarse aún más triste de lo que ya estaba.

—Estarás bien.

Negué con la cabeza.

—No. No es verdad. No estaré bien. No puedes hacerme esto, Derek. No puedo seguir trabajando con Neil. No puedo. Lo he intentado. Estoy buscando trabajo en otros hospitales. No puedo verlo cada día.

Se llevó la mano a la boca, pero no dijo nada. Me miró por encima del hombro. No podía aguantarme la mirada.

Yo era una Montgomery.

Y los Montgomery habían trabajado en el Royaume Northwestern desde su construcción en 1897. Pertenecíamos a una afamada familia de doctores que habían abanderado los avances médicos durante décadas. Una familia de filántropos que había hecho posible la mayor parte de los programas y ensayos clínicos por los que el hospital era famoso. Era el legado de mi familia. Éramos los Vanderbilt del mundo médico. El año pasado, el canal Historia realizó un documental sobre nosotros como una parte de su serie *Titanes de la industria*. Una parte del hospital llevaba nuestro nombre. El ala de Pediatría Montgomery. Hasta teníamos un jardín conmemorativo. Desde hacía casi ciento veinticinco años, no había habido un solo día en que el hospital no tuviera un Montgomery en plantilla. Éramos más que una tradición, éramos una institución.

Nuestros padres habían trabajado en el Royaume hasta que se habían jubilado en marzo. Derek trabajaba ahí, al igual que yo. Pero ahora que Derek no estaría…

Solo quedaría yo. No podría irme nunca.

No podía ser la Montgomery que arruinara el legado familiar. No podía desmantelar la franquicia. Aparecería literalmente en los libros de historia.

Me sentía como si acabara de recibir una condena de por vida. Y Derek lo sabía.

—Mira —dijo—. Quizás es el momento de romper con el pasado. El hospital no se vendrá abajo si no hay un Montgomery en la plantilla.

—Estupendo. Gran idea. Renuncio antes y, de ese modo, tú te encargas de explicárselo a todos —dije ladeando la cabeza. Derek apretó los labios—. Eso me temía.

Apartó los ojos lejos de mí, de nuevo.

—¿Hay alguna posibilidad de que Neil deje su plaza?

—Es el jefe de cirugía. Lleva en el Royaume veinte años. Antes de renunciar es más probable que lo alcance un rayo.

Me volvió a mirar y se sentó en silencio.

—Lo siento. Soy consciente de la posición en la que te dejo.

Lo miré completamente desesperada.

—No tienes la menor idea, Derek. No sabes cómo es Neil. Empezará a dejarme de lado, a hacerme sentir que me merezco lo que me hizo. Y estaré tan confundida, destrozada y cansada que, seguramente, volveré con él por puro agotamiento. Tengo que irme, Derek. No tengo otra forma de protegerme.

Se mantuvo callado durante unos minutos.

—Ali, tengo que vivir mi vida. Y eso significa estar con Nikki y trabajar en lo que realmente siento que tengo que hacer.

Metí la cabeza entre las manos.

Permanecimos en silencio durante unos instantes.

—¿Cómo no me he dado cuenta antes? —susurré—. ¿Cómo es posible que haya pasado por alto tu noviazgo y tu boda? Debería haberlo sentido. Debería haber sentido que algo se estaba cociendo.

—¿Cómo es posible que yo no me diera cuenta de que Neil te estaba haciendo daño hasta que me lo dijiste?

43

Resoplé y levanté el rostro. Todavía no podía mirarlo a la cara.

—Fue rompiéndome en pedazos durante muchos años —dije en voz baja—. Estoy intentando recomponerme. Y, ahora, ¿tengo que hacerlo sin ti? ¿Viéndole la cara cada día?

Derek se acercó hacia mí.

—Eres lo bastante fuerte como para seguir adelante. Todos tus amigos están en el Royaume. No dejes que te eche. Si realmente quieres quedarte, mereces estar ahí.

Sí, era cierto, mis amigos trabajaban en el hospital. Jessica, Bri, Gabby… Pero eso no compensaba tener que trabajar con Neil el resto de mi vida, porque eso es lo que iba a ocurrir.

Hasta el momento, Neil estaba actuando como una expareja arrepentida. Pero no iba a permanecer así mucho más tiempo. En cuanto se diera cuenta de que no podría recuperarme, cambiaría de estrategia y se comportaría como un ser vengativo.

Siempre había sido mezquino.

Volví a meter la cabeza entre las manos.

—¿Por qué soy la última descendiente de la menguante familia Montgomery? Es una broma de mal gusto.

Mis padres nos tuvieron a Derek y a mí con el único propósito de prolongar la saga familiar. Desde mi más tierna infancia, me habían criado, moldeado y preparado para trabajar en el Royaume. Incluso me dijeron que no me cambiara el apellido si alguna vez contraía matrimonio. Pero, con todo, yo no tenía que ser la estrella de la familia. Ese papel estaba reservado para Derek.

Sentí una mano en el hombro.

—No dejes que los demás decidan cómo vivir tu vida. Solo tienes una.

Sus palabras quedaron suspendidas en el aire. Pero estaba demasiado débil para recogerlas.

Derek sabía la verdad. No tenía elección.

Nunca podría escapar. Nunca.

6

Alexis

Seis días más tarde, me senté a hablar con Bri en la sala de enfermería del Departamento de Urgencias del Royaume Northwestern. No la había visto durante la última semana, porque todavía no habíamos compartido turno y, además, estaba demasiado ocupada con mi hermano como para hablar por teléfono o salir a tomar esa copa que teníamos pendiente. Después de comunicar a nuestros padres que se iba para siempre, Derek se había marchado el sábado para estar con su nueva esposa.

Como era de esperar, nuestro padre no se lo había tomado demasiado bien.

No dijo nada, sobre todo porque no creo que tuviera tiempo de procesar la noticia de las nupcias de Derek y el acuerdo de confidencialidad. Sin embargo, pude sentir cómo la decepción se desplazaba hacia mí, como si se hubiera dado cuenta de yo era lo único que quedaba del gran legado Montgomery/Royaume.

Derek siempre había sido el hijo pródigo, así que nadie se había preocupado demasiado de que mi éxito profesional no cumpliera con las expectativas. Yo no quería publicar artículos en las revistas médicas o pronunciar conferencias como él solía hacer. No me gustaba ser el centro de atención. Yo solo quería ayudar a los demás.

Pero, ahora, como era la única Montgomery en plantilla, cualquier otro escenario que no encajara con el total y completo dominio de mi esfera profesional se consideraría una vergüenza para mi prestigioso linaje, y, la verdad, es que ya había empezado con mal pie. No era cirujana ni tampoco una pionera de los nuevos avances médicos. Mi rostro no aparecía en las portadas de las revistas. Era como si mi padre acabara de percatarse de que la princesa menos preparada fuera la única candidata para ocupar su trono.

Bri tecleaba en el ordenador a mi lado. Estaba chateando con sus pacientes. Llevaba el pelo castaño recogido en un moño holgado y el estetoscopio colgado del cuello. Parecía el resultado de una búsqueda en Pinterest con las palabras clave «doctora atractiva».

Briana Ortiz era médico de Urgencias, como yo. Nos habíamos conocido en la escuela. Tenía treinta y cuatro años, era salvadoreña y realmente buena en su trabajo.

46

—¿Vas a contarme lo que te pasa? —dijo Bri—. Algunos rumores afirman que Derek ha dimitido. —Dejó de teclear y se volvió hacia mí.

La miré por encima de mis gafas de lectura.

—No es un rumor.

—También se comenta que llevaba un anillo de casado —dijo arqueando la ceja.

—No puedo hablar de eso —dije dejando también de teclear en mi portátil—. He firmado un acuerdo de confidencialidad.

—¿Tu propio hermano te ha obligado a firmar un acuerdo de confidencialidad? —respondió asombrada.

—Así es. Ha sido una semana repleta de novedades.

Una enfermera surgió de la sala cuatro.

—Está aquí el tipo de Nunchuck. Otra vez.

Resoplé.

—Mándalo a radiología —gritamos a la vez. Bri volvió a centrar la atención en mí—. ¿Qué has hecho durante toda la semana?

Dejé escapar un suspiro.

—Estuve con Derek y mis padres. El viernes fuimos a ese nuevo restaurante de Wayzata, y mi madre decidió que era el momento y el lugar adecuado para soltarme su sermón sobre Neil. Está convencida de que necesitamos terapia de pareja. Dice que se merece una segunda oportunidad. Creo que Neil está pidiendo a mi gente cercana que hable conmigo. Es el segundo intento de intervención en una semana.

—El imbécil se acostó con una anestesista con la que tienes que trabajar. ¿Qué es lo que no entiende tu familia?

Me llevé los dedos a la sien completamente agotada. La infidelidad de Neil no era lo más importante. Solo Bri y Derek sabían cuál era la verdadera razón de que no le diera una segunda oportunidad. Después de lo que me había hecho pasar los dos últimos años, Bri no le echaría una mano a Neil, aunque este estuviera agonizando en medio del desierto.

Pero ¿qué pensaban los demás? Todo el mundo amaba a Neil. Mis padres, mis amigos... Era el alma de la fiesta, el amigo de todos.

—Al principio todos fueron muy comprensivos —murmuré—. Decían: «¿Cómo pudo hacer eso?», «Espero que lo echaras a la calle», etcétera. Pero llegó el cumpleaños de Jessica y todo el mundo fue a la casa del lago menos Neil y yo. Entonces, creo que empezaron a darse cuenta de que la vida tal y como la conocíamos desde hacía siete años se había acabado. Y de repente todo cambió y empezaron a decirme: «¿Habéis pensado en ir a terapia?», «Solo ha sido una vez, cometió un error y lo sabe». Creo que está durmiendo en un futón en casa de Cam —añadí con hastío.

Bri emitió un ruido de disgusto.

—El tío es cirujano. ¿Tiene que dormir en el sofá de su hijo de veintidós años? ¿No puede alquilar un maldito apartamento?

—Sospecho que, en cuanto lo haga, entonces, la ruptura será definitiva.

47

—Perfecto. Espero que se le pudra la polla y se le caiga a pedazos. Hablo en serio. —Cogió su café con hielo—. ¿Qué opina tu padre? —preguntó sorteando la pajita.

—No te va a gustar —le advertí.

—Cuéntamelo.

—Dice que Neil es brillante y que, en ocasiones, la gente brillante comete errores mundanos.

Bri hizo una mueca.

—Sí, bueno, tú también eres brillante y no te vas a la cama con el primer anestesista que se cruza en tu camino.

—También me dijo que recapacitara pronto porque las vacaciones de verano están a la vuelta de la esquina.

—No puede ser —dijo Bri con voz ahogada.

—No te miento. Además, Derek me dejó sola con ellos durante tres días en Cedar Rapids.

—Me encantaría subir a un cuadrilátero con tu familia para darles su merecido.

—Sí, a mí también —dije resoplando.

—¿Por qué no le dijiste a tu padre que se fuera al infierno?

En vez de echarme a llorar, se me escapó una carcajada.

—Al doctor Montgomery nadie le dice que se vaya al infierno.

Nadie lo había hecho.

Me educaron para que profesara un respeto casi divino hacia mi legendario padre. No conocía a nadie que le hubiera faltado al respeto. No había espacio para las discusiones o para llevarle la contraria. Ni mucho menos para mandarlo al infierno.

Fui a la universidad que eligió mi padre. Hice la carrera que él quería. De hecho, la única vez que desobedecí los deseos de mi padre fue cuando opté por la especialidad de Urgencias en lugar de Cirugía. Y solo me lo permitió porque Derek era la estrella de la familia y yo no importaba tanto.

Le salió el tiro por la culata.

Bri removió el hielo con la pajita.

—Tu padre me causa pavor. Cuando entraba a Urgencias, todo el mundo agachaba la cabeza y salía corriendo hacia otra parte. Luego, aparecía tu madre para consultar algún diagnóstico, todo dulzura y delicadeza para secar las lágrimas de las enfermeras. ¿Por qué siempre hay un poli bueno y uno malo?

—Porque en el mundo solo hay dos tipos de personas distintas: las complicadas y las sencillas. Y suelen casarse entre ellas.

Se quedó callada durante un instante y me miró a los ojos.

—Está bien, ¿ahora cuéntame el porqué de ese chupetón? No estamos en el instituto. Nadie se creerá que te quemaste con la plancha del pelo.

Me arrancó una sonrisa.

—¿Te acostaste con Neil por despecho?

Me eché hacia atrás horrorizada.

—¡Ni hablar! ¿Por qué dices eso?

—Porque has estado evitando hablar conmigo, así que solo puedo suponer que es porque no quieres contarme la historia del origen del chupetón. Y el único tipo de sexo que podría reprocharte es el sexo con Neil.

Dejé salir un profundo suspiro.

—No me he acostado con Neil.

—¿Entonces?

La miré a los ojos durante un buen rato y me hizo un gesto con la mano para que confesara.

—Conocí a un chico la semana pasada.

Bri se echó para atrás.

—¿En serio? ¿Cómo? ¿Cuándo? ¿En qué aplicación de citas?

—Me las apañé a la antigua usanza. ¿Recuerdas el tipo que me remolcó de la cuneta?

—¿El hombre que apareció de la nada?

—Ese mismo. Acabé en su casa.

—¿Y te fuiste a la cama con él? —dijo parpadeando de asombro.

49

—Sí. Y luego salí despavorida de su casa a las cuatro de la mañana sin despertarlo.

—¿Por qué demonios hiciste eso? ¿Fue mal?

Negué con la cabeza.

—No, todo fue estupendamente bien. Fue simpático, dulce… —Le clavé los ojos—. Y tiene veintiocho años.

—¡Toma! ¡Esta es mi chica! —dijo con una sonrisa.

—¡Cierra la boca! —dije mirando alrededor—. No puedo salir con un chico de veintiocho años —susurré—. Es un crío.

—Sí, pero no es tuyo.

—Cam tiene veintidós años —respondí.

—Ya, bueno, Cam tampoco es tu hijo. Y la única razón por la que tu ex tenía un hijo de veintidós años era porque salías con un hombre diez años mayor que tú.

Sacudí la cabeza en señal de negación.

—No salía con veinteañeros ni siquiera cuando tenía veintiocho años.

—Pues te lo perdiste. Son lo suficientemente adultos como para no resultar molestos y no han perdido su apetito sexual. Además, puedes adiestrarlos. A esa edad tienen tantas ganas de aprender como cualquier cachorro. —Ladeó la cabeza y me miró a los ojos—. ¿Tiene algún amigo?

Rompí a reír.

Realmente, no había perdido el apetito sexual. Me ruboricé nada más pensarlo.

—Este año voy a cumplir treinta y ocho años —dije—. No puedo salir con un hombre tan joven.

—¿Según quién? Si tú tuvieras veintiocho años y él treinta y siete, a nadie le importaría un comino. Nadie puso el grito en el cielo cuando empezaste a salir con Neil. Y deberían haberlo hecho. Es un imbécil rematado.

Apreté los labios.

—Escúchame —dijo siguiendo con su discurso—. Eres una novata en esto de la soltería a los treinta, así que no tienes la menor idea de cómo está el mercado. Te garantizo que no es para echar cohetes. Es como rebuscar en un vertedero con la única esperanza de encontrar algo que no te haga vomitar. La semana pasada un tipo me trajo flores de funeral.

Me desternillé de risa.

—No creo que lo supiera hasta que se lo dije —dijo—. ¿Y te acuerdas de ese chico con la camisa hawaiana, el bigote de actor porno y su colonia de gatos que maullaba sin descanso para advertirme de que me convertiría en su próxima exmujer? ¿De verdad? ¿Este es el tipo de hombre por el que se supone que debemos sufrir una infección urinaria? Si has encontrado a alguien que te gusta, no lo dudes, sal con él. Confía en mí.

No había logrado recuperar la compostura desde que había mencionado al tipo de las flores.

—Ni siquiera tengo su número de teléfono —dije abatida.

—¿Sabes cómo se llama?

—Sí, pero no su apellido.

Bri se encogió de hombros.

—Pues, no pierdas más tiempo. Vive en un pueblo pequeño, no será difícil dar con él.

Guardé silencio.

—¿Tuviste buen sexo?

—Fue increíble. Hizo eso de levantarme en brazos y recostarme contra la pared —susurré—. Se recuperaba en menos de dos minutos. Yo estaba agotada, pero él no cejaba en el empeño.

—Lo ves, eso es lo que hacen los veinteañeros. ¿Crees que un cincuentón medio calvo y que bebe coñac todavía puede permitirse alguna acrobacia en la cama? Pues no. Porque seguramente se lesionó la espalda jugando al golf.

Reí con tanta fuerza que una enfermera que estaba llevando a un paciente a alguna habitación se volvió para fulminarme con la mirada. No podía dejar de reír.

—Está bien, tienes razón. Pero no puedo. No tiene ningún futuro. ¿Qué tiene en común con mis amigos? ¿Y con mi familia?

51

Me acorraló con los ojos.

—Sabes que puedes acostarte con él sin compromiso, ¿verdad?

Suspiré sin estar convencida.

—Lo digo en serio. No tienes que irte a vivir con él. Puedes quedar para practicar sexo. ¿Eres consciente de esta opción?

—Por supuesto —dije en voz baja—. Pero tampoco fue eso. En cierto modo, me gustaba. Era encantador.

—Pero si lo acababas de conocer. ¿Cuántas horas estuviste con él?

Bri esperó mi respuesta.

—¿Y bien?

Levanté los ojos.

—Tres.

Bri asintió.

—Tres horas. «Pero tampoco fue eso» —dijo con una mueca burlona—. Estás completamente capacitada para practicar sexo casual, te lo prometo.

Solté un suspiro.

—¿Y cómo es? —preguntó.

—Es como Scott Eastwood en *El viaje más largo*, pero con barba —respondí con tono burlón—. Y tenía una cabrita en pijama.

—No te creo.

—Como lo oyes.

—Si Norman Bates apareciera con una cabrita en pijama, estaría dispuesta a meterme en su casa —dijo Bri con los ojos completamente abiertos.

—Tenía las manos ásperas —dije con la mirada perdida—. Sé que es extraño, pero, realmente, me gustaba. También olía de maravilla. Hasta le robé la sudadera.

Bri levantó una ceja.

—Robaste la sudadera a un desconocido. Eso es un crimen imperdonable.

No podía dejar de ponérmela. Me recordaba a él. Una vez,

mi amiga Gabby me contó que, antes de recoger a su labrador, había mandado una manta al criador para que el cachorro se acostumbrara a su olor. Yo sentía que me pasaba algo parecido. Era como si me estuviera acostumbrando a Daniel con las feromonas de su sudadera sin que él estuviera de cuerpo presente.

No podía engañarme. La paulatina pérdida de olor en la sudadera me incitaba a regresar a la fuente original...

No podía dejar de pensar en esa noche de sexo. Pensaba más en eso ahora, casi una semana más tarde, que al día siguiente de mi espantada. Era como si lo echara de menos.

—¿A qué edad puedes considerarte una asaltacunas? —pregunté.

Bri sonrió.

—Tranquila, todavía te queda mucho camino.

—No me puedo creer que tuviera sexo causal —susurré—. ¿Quién soy? En realidad, no es sexo casual si repito, ¿verdad?

Disimulé media sonrisa mientras Bri me observaba entretenida.

—Tienes toda la razón —dijo.

Sacudí la cabeza.

—Tiene que haber una explicación científica para este tipo de atracción —dije en voz baja—. Seguro que tiene algo que ver con los genes.

—¿Así de bueno fue?

—Mejor —dije volviéndome para mirarla—. Y el sentimiento parecía mutuo.

Había pasado mucho tiempo desde que me habían hecho sentir irresistible. En realidad, para ser estrictos, no sabía si alguna vez me había sentido de ese modo.

Nunca había estado tan excitada con Neil. Bueno, al menos, sin ningún tipo de estímulo. Nuestras relaciones sexuales siempre exigían muchos preliminares. Es decir, comer, beber y algún tipo de calentamiento. Pero con Daniel...

53

Apenas una hora después de conocerlo, tenía la necesidad de desnudarlo. Y eso no me había pasado por alto.

La noche anterior había recurrido a mi vibrador, ese que una semana atrás me satisfacía perfectamente como sustituto para saciar las ganas de sexo. Entonces, me quedé contemplando aquel pequeño artilugio rosa y me di cuenta de que la única razón por la que había estado dispuesta a renunciar al mundo de las citas era porque nunca había gozado de una noche de sexo lo bastante buena como para echarla de menos. Y ahora que había tenido una, un vibrador me parecía un premio de consolación demasiado barato.

En cierto modo, me hubiera gustado permanecer en la ignorancia.

—Deberías haber visto cómo regresé —susurré—. En su casa, me asaltó un cerdo salvaje... Mejor no preguntes. Llevaba el vestido lleno de barro y tenía la huella de un hocico exactamente en el culo. Sin contar la mugre de cabra. Luego, pisé un buen montículo de caca de perro con uno de mis zapatos. Además, como el sensor de movimiento encendió las luces, entré en pánico y salí despavorida, sin recuperar el zapato que se había quedado atrapado.

—¡Olvidaste un zapato! —exclamó—. Como Cenicienta.

—Sí, y la sudadera que llevaba era de camuflaje.

—Así que llegaste con un vestido de dos mil dólares lleno de barro, con un solo zapato y la sudadera de camuflaje de tu follamigo.

Asentí con la cabeza.

—No podría describirlo mejor.

—Un paseo de la vergüenza en la granja. ¿También tenías heno en el pelo?

Me eché a reír.

—Cierra la boca.

En realidad, era serrín, pero no pensaba regalarle más detalles.

54

—Daría todo lo que tengo por una captura de pantalla.

—Bueno, tu cumpleaños está cerca…

Seguimos bromeando hasta que un grupito de flamantes residentes de primer año, que recorrían el hospital, se aproximó por el pasillo y me miró con los ojos abiertos como platos.

—No puede ser —dijo Bri—. Es una Montgomery, un espécimen muy caro de ver —añadió con sorna dirigiéndose a ellos. —Ella será vuestra asistente, gracias a Dios que no es como su padre. Por favor, no os detengáis. —Les hizo un gesto con la mano y se fueron corriendo. Puso los ojos en blanco—. ¿No estás harta de esto? —preguntó, volviéndose hacia mí.

—Ya ni me doy cuenta.

Se recostó hacia atrás en la silla.

—Sois como la familia real. ¿Qué vas a hacer con todo el asunto de Derek? Ahora que se ha ido, tú eres la heredera, algo así como «la elegida», ¿no? ¿Tienes algún tipo de obligación como bautizar a todos los bebés de pediatría?

Cerré los ojos.

—No lo soporto —respondí—. ¿Sabes que ayer me llamó el *Star Tribune*? Querían saber cuáles eran mis planes para el centésimo vigesimoquinto aniversario ahora que el testigo ha cambiado de manos. Según parece, tengo que pronunciar el discurso de apertura en la gala de septiembre.

Bri hizo una mueca.

—Maldita sea. ¿No puedes negarte?

Me encogí de hombros.

—Por supuesto, entonces, el hospital perderá un millón de dólares para la investigación del cáncer, las becas Montgomery dejarán de existir, la mitad de las iniciativas del programa para familias con bajos ingresos quedarán sin financiación, se paralizará la construcción del nuevo centro de trasplantes y yo me convertiré en la vergüenza del legado Montgomery.

—No es para tanto, entonces.

—En serio, mi madre no se olvidó de recordarme que los

55

donantes internacionales no acudirán a la gala a menos que asista un Montgomery. Así que, a partir de hoy, tendré que estar en todas las recaudaciones de fondos para seducir a las élites.

—A Derek le encanta seducir a las élites.

—Bueno, sí. Pero, ahora, tiene entre manos un asunto mucho más importante —suspiré—. Me encanta la labor que hace el hospital, pero no soporto la posposidad de esas galas. Es la única fórmula para hacer el bien, y parece que soy la única que puede llevarla a cabo.

—Un gran poder conlleva una gran responsabilidad.

Le regalé una sonrisa amarga, pero tenía toda la razón.

—A pesar de todo, no está nada mal. Puedes salvar vidas simplemente apareciendo con un vestido de cóctel. ¿Recuerdas cuando la revista *Forbes* os llamó la última gran dinastía americana y luego Taylor Swift lo utilizó como título de una de sus canciones?

—Vale, ya basta.

—¿Cómo? Pero si es lo mejor que te ha pasado. Yo estoy muy orgullosa de ti. Por cierto, ¿puedes firmarme unas cuantas recetas? Se las vendo a los estudiantes de primer año. Todavía tengo que pagar mis préstamos estudiantiles.

Le arrojé un bolígrafo y rompimos a reír.

Justo en ese instante, Neil apareció por la esquina.

Nada más verlo, nuestro buen humor se desvaneció por completo. Se dirigía hacia la enfermería, con su bata azul.

A sus cuarenta y siete años, Neil mantenía una buena mata de pelo cenicienta, una mandíbula angulosa y un hoyuelo en la barbilla. Era ridículamente atractivo, pero lo peor de todo es que lo sabía.

Nos veíamos prácticamente cada día; era jefe de cirugía y le derivaba pacientes constantemente. Pero hoy no había visitado ningún paciente, así que probablemente se trataba de algo personal. Mierda.

Bri se cruzó de brazos mientras se aproximaba.

—Doctor Rasmussen, ¿en qué puedo ayudarlo? —dijo con sequedad.

Él la ignoró por entero y me clavó la mirada.

—Alexis, ¿podría hablar un momento contigo?

—Puedes decir cuanto se te antoje delante de mí, Romeo —dijo Bri—. Alexis me lo va a contar de todas maneras. Así, al menos, no tendrá que volver a pasar un mal rato.

Un destello de irritación cruzó su rostro, pero lo reprimió.

Yo también me crucé de brazos.

—¿Qué quieres, Neil?

Miró a Bri y luego me prestó toda su atención.

—Será mejor si hablamos en privado.

—¿Mejor para quién? —señaló Bri—. ¿Para ti?

Se le tensó la mandíbula.

—Tenemos que hablar de la casa.

La casa. En realidad, teníamos que resolver ese asunto de una vez.

No habíamos pasado por el altar, pero, unos años atrás, habíamos comprado la casa juntos. Ambos aparecíamos en las escrituras. Los dos últimos meses, él había pagado la parte de su hipoteca, pero no era justo que siguiera haciéndolo dado que ya no vivía ahí, aunque, en mi opinión, fuera lo mínimo que podía hacer.

—Me gustaría comprar tu parte —dijo.

Bajé los brazos.

—¿Cómo dices?

—Que me gustaría comprar tu parte. Quiero la casa.

Lo miré con incredulidad.

—No pienso vendértela.

—No te pertenece, es de ambos. Mis amigos viven en esa zona y está cerca del trabajo para cuando estoy de guardia. Además, ahí hay senderos para correr que me gustan…

Bri apretó los labios con fuerza.

—Deberías haberlo pensado antes de tirarte a esa cara bonita de ahí —dijo señalando vagamente la salida.

—No te vas a quedar con la casa —repetí—. Yo compraré tu parte y tú puedes vivir donde te apetezca.

—Tú no la necesitas, es demasiado grande para ti —respondió Neil frunciendo el ceño.

—Pero para ti tiene el tamaño adecuado, ¿verdad? —El tono de mi voz era demasiado elevado—. Que te jodan, Neil.

Sentí que Bri se revolvía en la silla y me miraba fijamente.

Solo estábamos los tres. Nadie más escuchó mis palabras. Pero casi nunca me enfrentaba a Neil. No sabía qué estaba alimentando este arrebato de valentía.

En realidad, lo sabía perfectamente. Esa claridad era fruto de los meses de terapia, del absoluto convencimiento de que era un gilipollas manipulador y que jugaba con mis sentimientos.

Y de algo más.

Por alguna razón, descubrir que Neil no era el único hombre que me había provocado un orgasmo me llenaba de coraje. Creo que eso, más que cualquier otro aspecto, había sido el catalizador. Esa noche era la prueba de que, a pesar de todo lo que Neil se había esforzado en hacerme creer, era atractiva y deseable...

Bri sonrió satisfecha y ambas lo miramos fijamente.

Neil se quedó estupefacto, con la mandíbula desencajada.

—No eres capaz de mantener esa casa. Tienes que habilitar la piscina para el verano, programar los aspersores, quitar ese árbol muerto antes de que se venza sobre el tejado, meter sal en el descalcificador...

—Tú no hacías nada de eso —espeté—. Contratabas a alguien para que se encargara.

—Contratar a alguien es una parte de ocuparse de ello. Me ocupaba de miles de cosas de las que no tienes ni idea. No eres capaz de mantener una propiedad de ese tamaño.

—Mi respuesta sigue siendo no —respondí—. No dejaré que me saques de mi vida. Además, si te quedas con la casa, ¿cómo te las apañarás para quitar el olor? —Incliné la cabeza y observé cómo recibía el golpe. Era una puñalada íntima, una que solo podíamos entender él y yo.

Su rostro se quedó lívido, entonces, dio media vuelta y se marchó.

—¡Dios mío! —susurró Bri cuando estuvo lo bastante lejos como para poder oírla—. ¡Nunca te había visto mandarlo a la mierda de esa manera!

—¿Qué acaba de pasar? —murmuré—. He perdido el control.

Contemplamos cómo Neil atravesaba las puertas dobles y desaparecía.

Bri meneó la cabeza con una sonrisa.

—Fíjate en ese gran hombre. Es posible que nosotras tengamos ocho mil nervios en el clítoris, pero él es tan sensible como cualquier hombre blanco que no se sale con la suya. —Me sonrió—. Me gusta tu nueva versión.

—Mi terapeuta dice que ser consecuente es la única manera de tratar con tipos como él. Solo aprenden si pones límites. Tengo que fijar unos límites claros y defenderlos a capa y espada.

—Diría que no has dejado espacio para la ambigüedad. ¡Por Dios, cómo puede ser tan molesto! Es como un grano encarnado en la frente que nunca desaparece.

—No pienso venderle la casa.

—No deberías.

—No lo haré. Me pasé un año entero amueblándola. Mis amigos también viven cerca y la zona también me encanta. Es mi maldita casa.

Nos quedamos sentadas en silencio durante un par de minutos.

—Creo que tengo que llamar a ese tipo —dije mirándola de frente.

—Yo también lo creo.

—Es decir, debería devolverle la sudadera, ¿no crees? Es lo correcto. ¿Y si tiene algún valor sentimental?

59

Bri parecía confusa.

—Llamemos a esto por su nombre. Es una llamada de urgencia. Necesitas pasar otra noche con ese hombre. Necesitas alguien que te haga sentir segura y atractiva, alguien que te haga gozar de todo el buen sexo que no tuviste durante los últimos siete años. Y me parece que él es el hombre indicado. Vive demasiado lejos como para meterse en tus asuntos y es demasiado joven para querer compromiso.

—Y no tenemos nada en común, así que es imposible que pierda la cabeza por él —añadí.

Ella asintió.

—Ni siquiera es una posibilidad.

7

Daniel

*T*omé asiento en una mesa alta del Centro de Veteranos para disfrutar de una cerveza tibia. Doug estaba insoportable, y eso quería decir que su nivel de ansiedad era elevado. Estaba acostumbrado, pero, esta semana, andaba más escaso de paciencia.

Abril era uno de mis meses favoritos. No había turistas, así que tenía que cerrar la inmobiliaria y dedicarme a la carpintería a tiempo completo. El tiempo empezaba a mejorar y las hojas asomaban por las ramas. De todos modos, estaba de mal humor.

No podía dejar de pensar en ella. Sobre cómo desapareció. Me sentía como si hubiera espantado a una hermosa criatura que nunca tendría la oportunidad de volver a ver.

Repasé la noche para mis adentros una y otra vez. Habían ocurrido tantas cosas sin sentido que no podía sacar en claro qué había hecho mal. ¿Fue por culpa del cerdo? ¿De mi casa? ¿O mía?

Una cosa era cierta. No había sido por el sexo. Fue increíble, para los dos. Eso era evidente.

Sus manos eran muy suaves. Las había acariciado mientras estaba encima de ella, pero, entonces, me pregunté si las mías eran demasiado ásperas, si se percataría de mis callos y si eso la excitaría. Tal vez había sido el enorme montón de mierda que

Hunter había depositado como si se tratara de un presente enfrente de la puerta. Sin duda, lo había pisado. Lo sabía porque encontré su zapato metido en él.

Aunque no abrigaba la esperanza de que regresara, lo había limpiado. Ya había pasado una semana.

Nunca me molestó vivir en Wakan. Nunca me había importado que solo tuviéramos una pizzería abierta durante el verano o que, para ir a los grandes almacenes, fuera necesario conducir durante cuarenta minutos. Sin embargo, tener una cita aquí no era tan sencillo. El pequeño pueblo no era el mejor escenario para un soltero, y acostarse con turistas nunca daba resultado. Tampoco tenía aplicaciones de citas o recurría a cualquier estupidez de las que hacía Doug. Durante un tiempo, salí con una chica de Rochester, se llamaba Megan, pero la llama nunca había acabado de prender entre nosotros. Al final, me dijo que estaba viéndose con otra persona y rompió la relación. Me importaba tan poco que no llegué a sentirme mal.

Pero con Alexis… me sentía mal.

No sabía qué podía esperar de ella. Lo más probable era que, aunque se hubiera quedado toda la noche, se hubiera marchado a la mañana siguiente y nunca volviera a saber más de ella. Pero, de todos modos, estaba triste.

Todo en ella me había hechizado. Su personalidad, su sentido del humor. Las curvas de su cuerpo, el olor de su pelo…

Tenía que dejar de pensar en ella. Sobre todo, porque no había nada que hacer.

—¿Te apetece jugar a rasca y gana? —dijo Doug.

—Creo que me voy a casa —murmuré, dejando la cerveza encima de la mesa.

—Pero ¿cuál es tu problema? —preguntó con el ceño fruncido—. Tío, ¿qué te ocurre? ¿Sigues de luto por esa chica?

—¿Sabes qué? Que te jodan, Doug. Quizá si tu cerdo no la hubiera asaltado…

—Oye, no me eches la culpa a mí por tu falta de atractivo

—dijo entre carcajadas mientras bebía su Coca-Cola—. No es mi culpa que no sepas rematar la faena.

No le había contado a nadie que nos habíamos acostado. Solo había contado que cenamos juntos en mi casa y, luego, se había ido. No quería que esa noche que pasamos juntos fuera pasto de las pullas de Doug. Aunque solo había sido una noche de sexo, tenía la sensación de que había sido algo más. Realmente, llegamos a conectar.

Al menos, eso creía.

Pero, seguramente, era fruto de mi imaginación. Tenía que serlo. De otro modo, no se habría marchado sin dejarme su número de teléfono.

Me levanté e hice el ademán de ponerme la chaqueta.

Doug se aclaró la garganta.

—¿No puedes quedarte veinte minutos más?

Me echó una mirada y luego apartó la vista.

Doug estaba lidiando con algunos problemas de salud mental: depresión y trastorno por estrés postraumático. Por eso, me ocupaba de Chloe. Él necesitaba dormir. Si no regulaba el sueño, sus síntomas empeoraban.

La temporada baja siempre era muy dura para él. Doug necesitaba interactuar con otras personas o tener la mente ocupada en algún proyecto. Sin embargo, cuando desaparecían los turistas no tenía ni lo uno ni lo otro. El año pasado le afectó tanto que Brian y yo tuvimos que turnarnos para quedarnos en su casa porque nos preocupaba que se hiciera daño…

Eso era otro de los problemas de vivir en Wakan. No teníamos nada. No había dentista ni ambulatorio. El profesional de salud mental más cercano estaba a casi una hora de distancia, y eso quería decir que, por lo común, nos limitábamos a lidiar con nuestra mierda en lugar de buscar ayuda. Lo había acompañado unas cuantas veces al hospital de veteranos, y le dieron algunos medicamentos y le ofrecieron asesoramiento. Pero no le proporcionarían un tratamiento a menos que acudiera al

63

médico con regularidad. Y, realmente, no era muy práctico para él, así que dejó de hacerlo.

Estaba orgulloso de que pidiera ayuda. Aunque solo fuera pidiéndome que no lo dejara solo.

Volví a sentarme.

—Claro, puedo quedarme un rato más.

Dio un trago a su refresco y asintió.

—Gracias. —Hizo una pausa—. ¿Y qué pasó con ella? —preguntó ahora con más tacto—. Me refiero a la chica.

Exhalé un suspiro.

—Más bien, ¿qué fue lo que no pasó? A ver, llegamos a mi casa y tuve que explicarle que vivía en el *loft* situado encima del garaje y no en la hermosa mansión histórica ante la que aparcamos. Eso fue divertido. Entonces, tu cerdo barrigón surgió de la nada y llenó su vestido de barro. Tuve que arrojar algunos tomates en el suelo para quitárselo de encima.

—Lo siento, tío. Arreglé la verja —dijo disculpándose genuinamente.

—Descuida, Doug —murmuré—. La verdad es que no se asustó demasiado. Cuando se percató de que no era peligroso, lo acarició. Pero, luego, cuando entramos, Hunter también se abalanzó sobre ella. Creo que todo fue demasiado.

¿Había sido eso? Porque, incluso, a pesar de todo eso, se había quedado. Es más, le preparé la cena y jugó con Chloe. Hablamos…

Y también hicimos otras cosas…

Todo era muy extraño. Tenía la sensación de que habíamos conectado, pero que, al fin y al cabo, no sabía nada de ella. No sabía su apellido, dónde trabajaba o cuál era su trabajo. Se mostró algo reservada al respecto, así que no insistí. De todos modos, saberlo tampoco me habría servido de nada. Obviamente, no quería que contactara con ella porque, de lo contrario, me habría dejado su contacto. Me parecía una locura buscar más información al respecto.

Liz se acercó con una bandeja.

—¿Queréis algo más, chicos?

—No, gracias —dije mientras recogía una pequeña cesta de cacahuetes vacía.

—¿Cómo fue con Alexis la otra noche? —preguntó Liz.

No me hizo falta levantar la mirada para saber que estaba plantada delante de mí con una sonrisa socarrona dibujada en el rostro.

—No funcionó —gruñí dentro de mi vaso de cerveza.

—¿En serio? Estaba segura de que le gustabas. Parecía interesada.

Hice una mueca de resignación.

El teléfono empezó a sonar y Liz abandonó su interrogatorio y regresó a la barra para cogerlo.

—¿Rasca y gana? —preguntó Doug de nuevo.

—Diez dólares —dije, rebuscando la cartera en mis pantalones—. Eso es todo lo que tengo. Luego, me voy.

Liz me llamó a viva voz desde el otro lado del local.

—¡Daniel! ¡Tienes una llamada!

La miré con el rostro desdibujado.

—¿Una llamada?

—¡Es Alexis! —dijo sonriendo mientras tapaba el micrófono del aparato con una mano.

Me quedé observándola durante unos segundos, incrédulo. Luego, salí disparado hacia ella tan deprisa que me torpecé con un taburete y casi me rompo los dientes contra el suelo. Recorrí los últimos metros cojeando y le arrebaté el teléfono.

—¿Diga?

Escuché una voz algo tímida al otro lado del aparato.

—Hola… No sé si me recuerdas. Nos conocimos la semana pasada. Soy Alexis.

Una enorme sonrisa conquistó mi cara.

—Claro que me acuerdo de ti. Hola.

—Hola.

—Empezaba a pensar que nunca más tendría noticias tuyas

65

—dije, mientras paseaba por el pasillo hacia los baños, donde podría hablar más tranquilo—. Pensaba que estabas disgustada conmigo.

Escuché una carcajada.

—No, en absoluto. Todo estuvo perfecto. Te llamo porque tengo que confesarte algo —dijo, aspirando aire entre los dientes.

—Dispara.

—Te robé la sudadera y me siento muy mal por ello.

—A ver si lo entiendo —dije, con una sonrisa tan grande que me dolían hasta las orejas—. ¿Te sientes mal por haberme robado la sudadera, pero no por haberme abandonado en mitad de la noche? —bromeé.

—Sí…, tienes razón. Lo siento. Al parecer, soy especialista en robar sudaderas y desaparecer.

—Bueno, deberías saber que una de tus especialidades me ha arruinado la semana.

Escuché cómo reía.

—Puedo mandarte la sudadera por correo.

—Lo siento —dije meneando la cabeza—. No llegará a tiempo. La necesito cuanto antes. Esta noche, si es posible. Puedo ir a por ella yo mismo, si me das tu dirección.

—¿Esta noche?

—Así es. La necesito con urgencia, además, seguro que la has metido en el cubo de la ropa sucia.

—Oh, no. Tu sudadera está en buenas manos. No soy tan cruel.

La idea de que llevara puesta mi sudadera me hacía palpitar el corazón.

—Sabes, tengo una teoría —dije, cambiándome de oreja el auricular.

—¿De veras? ¿Cuál?

—Creo que me robaste la sudadera para tener una excusa para volver a verme.

—¿Eso crees?

—Estoy convencido. Y creo que sé el motivo: la cabrita bebé. Quieres aprovecharte de mí para pasar tiempo con ella. En realidad, si es así, tengo que ser sincero: te entiendo perfectamente.

Rompió a reír con fuerza.

—Un segundo, si me acerco a tu casa, ¿me asaltará otro cerdo salvaje? Porque tal vez es demasiada diversión para una noche.

—En primer lugar, ese cerdo tiene un nombre. Se llama Kevin Bacon y es de mala educación no usarlo.

Estaba riendo de nuevo.

—¿Kevin Bacon?

—Sí. Doug tiene un zoo de mascotas y les pone nombres como este.

—¿Qué quieres decir?

—Bueno, por ejemplo, Scape Goat es la madre de Chloe. El nombre completo de Chloe es Chloe Nose Bleat —dije enumerando con los dedos—. Las gallinas se llaman Mother Clucker y Chick-a-Las Cage. También está Barack O-Llama, el caballo, y el caballo miniatura es Al Capony…

Estaba riendo a carcajada limpia.

—Los conejos se llaman Rabbit Downey Jr. y Obi Bun Kenobi.

—Ya basta —me rogó—. Es suficiente.

—Doug es así —dije con una mueca en la cara—. ¿Dónde vives? Puedo estar ahí en treinta minutos.

La escuché soltar un suspiro. Hizo una larga pausa.

—Otra cosa, seguro que te has dado cuenta, pero soy mucho mayor que tú.

—¿Y cuál es el problema?

—¿No quieres saber mi edad?

—No necesariamente. Para mí, no es importante.

—Voy a cumplir treinta y ocho en diciembre.

—Está bien —respondí—. No me importa.

Decía la verdad.

67

Hizo una pausa.

—Daniel, en realidad no es un buen momento para empezar una relación. Ahora mismo no estoy disponible emocionalmente.

—No hay problema. Podemos pasar el rato juntos.

—Y deberías saber que nunca me comporto como lo hice la última noche. Nunca lo había hecho.

Sí, ya me lo había comentado la otra noche. Varias veces, en realidad.

—Pues que sepas que yo tampoco lo hago. Nunca.

También lo decía en serio. Nunca lo había hecho.

Volvió a quedarse callada. Era un silencio frágil. Tenía la sensación de que, si no lograba quedar con ella esa misma noche, no volvería a verla nunca más. Como si fuera a desaparecer de nuevo en el universo. Y era incapaz de vaticinar hacia dónde se decantaría la balanza.

68

Aclaré la garganta.

—No te lo vas a creer —dije rápidamente—. Doug acaba de apostarse cien pavos a que no puedo tener una cita contigo esta noche. Qué locura, ¿verdad?

Se rio y me di cuenta de que la balanza se inclinaba a mi favor.

—De acuerdo —dijo finalmente—. Pero iré a verte yo. Aunque no podré llegar hasta dentro de tres horas. No vivo cerca.

Miré el reloj. Eran las cuatro.

—Así que te quedas a dormir.

—Eh…

—¿Sabes qué? Puedo alojarte en una de las habitaciones —dije sin esperar su respuesta—. Tendrás tu propia habitación. El hostal está cerrado por temporada baja, así que tendrás todo el edificio para ti…

—¿Estás seguro de eso?

Escuchar que no quería dormir conmigo me desanimó un poco. Pero cuando hay hambre no hay pan duro. Además, supuse que eso era lo la había asustado la última vez.

—¡Estoy seguro! Y ven con apetito. Yo me encargo de la cena. Tengo unos *nuggets* de dinosaurio.

—Perfecto —respondió sin dejar de reír.

Intercambiamos los números de teléfono y le indiqué la dirección de mi casa. Luego colgué y me volví hacia Liz y Doug, que estaban justo detrás de mí. Los dos estaban exultantes.

—¿Va a venir? —preguntó Liz entusiasmada.

Me llevé una mano a la boca.

—Sí. —Y entonces los nervios se apoderaron de mí—. ¿Qué demonios voy a hacer con ella?

—Creo que ya lo sabes, colega —dijo Doug con sorna.

Lo fulminé con la mirada.

—Ya sabes a qué me refiero.

Era temporada baja. Todo estaba cerrado. Ni siquiera podía llevarla al cine o a tomar un helado.

¿Qué demonios hacía la gente en las grandes ciudades? ¿Qué hacíamos nosotros? ¿Beber y dar vueltas con el coche?

—Llévala a dar una vuelta —dijo Doug, como si estuviera dentro de mi cabeza.

El pánico se apoderó de mí.

—Le gustas —dijo Liz—. Viene porque quiere verte. Con eso basta.

¿Seguro? Es decir, ¿qué podía ofrecerle un hombre como yo? Bueno, sí, evidentemente, podía darle una cosa. Y, si estaba dispuesta a conducir durante dos horas para tenerlo otra vez, supuse que no lo habría hecho tan mal. Al menos, tenía eso.

—Solo tienes que hacerla reír —dijo Doug—. Cuando una mujer ríe, normalmente, cierra un poco los ojos. Así no se dará cuenta de lo feo que eres.

Resoplé. No tenía arreglo.

—Llama a Brian —sugirió Liz—. Tal vez pueda echarte una mano.

Asentí. Era una buena idea.

—Vale. Está bien, y ¿qué más?

Doug se acabó el resto de la Coca-Cola.

—Puedo traerte algo de comida. Puedo dejar una cesta en tu casa dentro de un par de horas.

—¿De verdad?

Doug agarró la chaqueta del respaldo de su taburete.

—Sí, de verdad. Incluso puedo ofreceros un queso para los mejores paladares.

Asentí, sintiéndome un poco mejor. En verano, Doug hacía catas de vino en su granja. Era apicultor y también elaboraba su propio queso de cabra. Sabía cómo preparar un buen festín.

—Yo me encargo de las flores —dijo Liz—. A las mujeres les encantan estos detalles.

Asentí de nuevo. Entendido.

Con eso resuelto, salí corriendo hacia mi casa.

Tres horas parecía mucho tiempo, pero no lo era. Tuve que reabrir la casa y preparar el mejor dormitorio. También limpié mi camioneta, que parecía menos trabajo del que acabó siendo. Creo que nunca la había lavado: era una camioneta de trabajo casi tan vieja como yo. Limpié el desván, el cuarto de baño, y le di de comer a Chloe. Cuando me metí en la ducha, apenas quedaban treinta minutos.

Estaba ridículamente nervioso. Sentía que era mi última oportunidad para… todavía no sabía qué.

Recibí un mensaje de Alexis: «Llego en cinco minutos». Entonces, salí con Hunter y Chloe. Me agaché en la entrada y miré a mi perro a los ojos.

—Vale, colega. Nada de armar jaleo, ¿entendido? Nada de saltar. Mírame. Nada de saltos. ¿Ves lo bien que se porta Chloe? Esa es el tipo de energía que necesito para afrontar esta situación.

Hunter se acercó y lamió a Chloe en la nariz; ella emitió un simpático balido.

—Y recuerda: tienes todo el bosque para hacer tus necesidades. Tenemos todo un bosque. No hace falta que dejes ningún presente delante del garaje. Compórtate.

Hunter no parecía tener ni idea de lo que estaba hablando y empezó a rascarse el cuello. Su collar hizo una tintineante rotación completa, y entonces se detuvo y me parpadeó. Tenía la oreja del revés. Era un perro de caza jubilado de seis años que había adoptado en un refugio de animales. Solo lo había tenido tres meses. Era un Grifón de pelo duro. Parecía perpetuamente confuso y era el peor oyente que había conocido nunca, lo cual era extraño, porque el dueño anterior había dicho a los del refugio que estaba totalmente adiestrado. Los perros de caza son de carácter fuerte por naturaleza, pero este…

Lo miré fijamente.

—Menuda ayuda vas a ser —murmuré.

Oí el ruido de las ruedas sobre la grava y me puse en pie. Mi corazón empezó a latir con fuerza.

Tuve un rápido segundo de «y si…». ¿Y si la química había desaparecido? ¿Y si la atracción no era la misma o me la había inventado y no era como la recordaba?

En cuanto la vi, supe que no había imaginado nada.

71

8

Alexis

*L*o había llamado. Lo había llamado y pensaba volver allí.

¿Qué demonios estaba haciendo?

Fue algo espontáneo, ni siquiera se me había pasado por la cabeza antes. Estaba en el salón sopesando qué quería cenar, y tres minutos más tarde había entrado en Google para buscar el teléfono del Centro de Veteranos de Wakan y había llamado.

Ni siquiera había pensado en la posibilidad de que se encontrara ahí. Pero, ahí estaba. Y nada más escuchar su voz, supe que iba a pasar la noche en una cama que no era la mía.

Había rebuscado en el armario qué podía ponerme. Consulté el tiempo en Wakan. No hacía demasiado frío, así que elegí unos vaqueros, unas botas de lluvia impermeables (que podía lavar con una manguera en caso de que volviera a pisar mierda de perro) y una camisa de franela con una camiseta de tirantes debajo. Lucía como una auténtica dominguera.

Pensé en llamar a Gabby para pedirle ayuda sobre mi indumentaria, pero entonces tendría que darle explicaciones y no estaba preparada para esa conversación.

Daniel no era una persona que pudiera presentar a mis amigos. Ni ahora ni nunca.

No lo entenderían. En realidad, yo tampoco lo entendía.

Mi grupo de amigos no se mezclaba habitualmente con

gente tatuada, con barba o con una cabra por mascota. El esposo de Gabby, Philip, era un lobo de Wall Street, y el de Jessica, un abogado de primera. Daniel era demasiado joven y distinto de cualquier persona que conocieran. Era totalmente distinto de cualquier persona que yo conociera.

Tal vez era su atractivo...

Definitivamente, con él me sentía libre de exigencias. No tenía que sacar temas de conversación estimulantes o deslumbrarlo con mis conocimientos. Además, era gracioso. Neil nunca habría estafado a sus amigos en un bar.

De hecho, Neil nunca habría puesto un pie en ese local.

Metí en la maleta unos pantalones cortos de seda para dormir y una camiseta negra de tirantes a juego. No pretendía seducirlo con el pijama, pero, desde luego, no me presentaría en su casa hecha un harapo. No quería que creyera que solo quería sexo (una parte de mí así lo deseaba), pero tampoco quería que pareciera que no me esforzaba.

Me pegué una ducha, me lavé el pelo, me depilé las piernas, me maquillé y preparé una pequeña mochila para pasar la noche. Salí a toda prisa antes de que tuviera tiempo de pensármelo dos veces.

Escuché a Lola Simone durante todo el trayecto.

Había decidido que, como no podía conocer a mi nueva cuñada en persona, la descubriría a través de sus canciones. Tenía once álbumes y empecé por el primero. No era mi estilo de música. Era algo parecido al pop rock. Como la Britney de los primeros años, lo cual tenía sentido, porque, según Wikipedia, sacó el primer álbum con dieciséis años. Sin embargo, sus letras eran bastante buenas.

Esta vez, cuando llegué a Wakan presté un poco de atención al pueblo. En la apacible calle principal, la mitad de los negocios estaban cerrados. Una heladería, una tienda de fotografías antiguas, dos tiendas de ropa y media docena de restaurantes que exhibían en sus ventanas el cartel de «CERRADO POR TEM-

PORADA». El motel que había visto la otra noche al llegar en coche lucía el mismo mensaje y el parque de autocaravanas anejo también parecía abandonado. Sin embargo, incluso fuera de temporada, Wakan era un pueblo encantador.

El pueblo estaba encajado entre un río y unos acantilados. Todos los edificios eran de ladrillo rojo y las aceras estaban iluminadas con farolas antiguas. Casi todas las tiendas contaban con esa placa metálica negra que distingue los monumentos históricos, aunque estaba demasiado lejos para leer las inscripciones. Pasé lentamente por delante de una tienda de antigüedades, una panadería y una farmacia que parecía llevar allí desde el siglo pasado.

También encontré una pequeña librería, una peluquería y un café llamado Jane's Dinner, con el cartel de «ABIERTO» colgado con una cadena en el interior de la puerta.

Conduje durante un kilómetro y medio más y finalmente giré por el camino de grava de la propiedad alquilada de Daniel. Un letrero que no había visto la última vez estaba iluminado en la esquina: «CASA GRANT, 1897». El mismo año en que se construyó el Royaume Northwestern, pensé.

Daniel se encontraba fuera, esperándome con la cabrita en los brazos.

Al verlo, se me desbocó el corazón.

No sabía cómo iba a sentirme al verlo de nuevo, si sería incómodo o si habría perdido su atractivo. Pero en el momento en que lo vi allí plantado, se me aceleró el pulso.

Estaba incluso más guapo que la última vez, tal vez porque lo había avisado con antelación. Llevaba unos vaqueros, una camiseta negra con un gran pájaro silvestre en el pecho y una gruesa pulsera de cuero marrón en la muñeca. Lucía un peinado más cuidado. Al parecer, se había arreglado.

Era curioso que, para Neil, la versión arreglada de Daniel supondría ir completamente desaliñado. Pero le quedaba bien. En realidad, estaba para comérselo.

75

Daniel era de complexión grácil, aunque atlética. No tenía ni pizca de grasa, pero era lo bastante musculoso como para no parecer un tipo larguirucho. Recordé que tenía los hombros anchos y salpicados de pecas, que cada vez que se incorporaba sus abdominales crujían como un acordeón…

El rubor me tiñó las mejillas.

Aparqué, y al bajar del coche se acercó para darme la bienvenida.

Su perro daba botes de alegría entre nosotros, moviendo la cola de un lado a otro. Se detuvo un instante en medio de ese frenesí y soltó un largo aullido. Luego, se me echó encima sin avisar.

Lo recibí con los brazos abiertos, pero tambaleándome hacia atrás.

—¡Hunter, no! —Daniel lo apartó con su mano libre, mientras seguía acunando a Chloe—. Lo siento —añadió.

—No pasa nada. Esta vez, vengo preparada —dije fijándome en la cabrita—. Realmente, estás metido de lleno en el papel.

—Es mi responsabilidad. —Entonces, se inclinó hacia mí y me besó.

No me lo esperaba. Es decir, había ido para eso, así que, en algún momento tenía que ocurrir. Pero la sensualidad de su beso me resultó extrañamente familiar. Como si fuera algo habitual.

Chloe se revolvió entre nosotros y empezó a mordisquearme el botón de la camisa. Me eché a reír y Daniel sonrió en mis labios.

—¿Tienes hambre?

—Estoy hambrienta.

Se apartó de mí.

—Voy a dejarla en un lugar seguro. Hunter. —Miró a su perro, que estaba sentado obedientemente a mis pies—. Nada de saltar encima de ella. Ya hemos hablado de esto. —Hizo ese ademán de llevarse los dedos a los ojos como si lo estuviera vigilando, y luego se dirigió a la parte trasera del garaje.

Esbocé una sonrisa y cogí el bolso del asiento del copiloto.

Cuando Daniel regresó me encontró contemplando la casa. La última vez que había estado aquí era muy oscuro, así que no había podido observar bien el lugar. Ahora estaba anocheciendo, pero las luces de la casa estaban encendidas y aprecié que era una preciosa casa victoriana, verde con adornos blancos. El porche rodeaba toda la casa y tenía un columpio, mecedoras y geranios rojos colgando de las jardineras. Había una placa histórica junto a la puerta de entrada con el mismo año que el cartel de la entrada.

—Es hermosa —dije con un hilo de voz.

—Ha pertenecido a mi familia durante seis generaciones —dijo, cogiéndome la mochila.

—¿Por qué no vives en ella? —pregunté, acompañándolo hasta la escalera.

—No puedo permitírmelo —respondió.

No parecía avergonzado por la pregunta, pero de todos modos me arrepentí de haberla hecho.

Era como si me hubiera olvidado de que no todo el mundo podía permitirse vivir en una mansión. Fue un momento embarazoso y, por primera vez desde que lo llamé, pensé que tal vez había sido una mala idea venir aquí. Era tan distinto a mí que ni siquiera sabía cómo evitar humillarlo por descuido. Temía volver a hacerlo accidentalmente.

Cuando abrió la puerta, todavía estaba reprendiéndome por ello.

—Bienvenida —dijo al cerrar la puerta detrás de mí.

Eché un vistazo al vestíbulo. Era espectacular. Por el aspecto de la fachada, no me esperaba menos. Había un pequeño mostrador de facturación justo en el centro del vestíbulo y, detrás, una impresionante escalera de nogal oscuro con un contrafuerte que subía hasta el segundo piso. La barandilla era una obra de arte completamente funcional. Unos apliques florales tallados a mano se enroscaban a lo largo. Una hermosa pieza de época, probablemente original de la casa histórica. Era impresionante.

A la izquierda había un comedor con una larga mesa de madera para doce comensales. Y a la derecha, un salón con una chimenea enmarcada por azulejos de mosaico verde. Lámparas de cristal de colores, cortinas rojas y muebles victorianos antiguos. Todo era magnífico.

Miré hacia abajo.

—¿Suelos de madera natural?

—En mosaico de espiga de madera de arce —dijo, orgulloso—. Lo hizo mi tatarabuelo. ¿Te has fijado en cómo incrustó las lamas de roble para crear contraste? El acabado tiene una masilla incolora, laca blanca y cera clara para conservar el color natural de la veta de la madera. Realmente, sabía lo que hacía.

Y Daniel sabía de lo que hablaba…

—¿Construyó toda la mansión? —pregunté.

—Así es —dijo asintiendo con la cabeza—. Vamos, te enseñaré el resto.

Me regaló una especie de visita guiada mientras recorríamos las habitaciones. Se detuvo para enseñarme unos apliques barrocos de madera de tole, un reloj de pared alemán y una corona de pelo victoriana del siglo XIX.

Era como si el lugar estuviera atrapado en el tiempo. Caí rendida a todos sus encantos. Adoraba las antigüedades y siempre quise comprar algunas, pero Neil se quejaba de que no combinaban con el estilo de nuestra casa.

La Casa Grant tenía cuatro dormitorios y cuatro cuartos de baño, y, por la parte de atrás, se podía ver el río, aunque, en ese momento, estaba demasiado oscuro para disfrutar de él. Había un porche cubierto, con sillas de mimbre y otra chimenea. El rellano del segundo piso tenía una enorme vidriera con una pintura acuática con peces nadando y colimbos zambulléndose. También recorrimos los dormitorios de arriba. Todos tenían una hermosa chimenea. Cuando llegamos al último dormitorio, Daniel dejó mi mochila en el suelo.

—Esta es tu habitación. Es la mejor de la casa.

Miré a mi alrededor con una sonrisa de oreja a oreja. Las paredes estaban recubiertas con papel de Damasco, y había una cama con dosel y otra chimenea. Era una mejora respecto al altillo de Daniel.

Me acordé de la primera vez que entré en su garaje. Olía a cerdo. Parecía la sección de carpintería de una ferretería. En el centro de la habitación, los dientes mellados de una sierra resplandecían sobre una mesa y había varios muebles desperdigados. También reparé en un banco de pesas y una hilera de botas de trabajo, llenas de barro, pero cuidadosamente alineadas junto a la puerta lateral. A la derecha, se encontraba la cocina, diminuta, donde me había preparado aquel queso a la plancha.

A la izquierda, una escalera de caracol metálica conducía a un altillo con un cuarto de baño, una cama de matrimonio y una gran ventana. Probablemente, antes se usaba como despacho, pero Daniel lo había convertido en un pequeño dormitorio.

En su favor, la habitación estaba impecable. La cama estaba hecha y no había ropa tirada por todas partes. Y como no sabía que esa noche una mujer acudiría a cenar, supuse que era limpio por naturaleza. La habitación en la que me había alojado también estaba inmaculada, y, además, había flores frescas en la mesilla de noche.

Antes de llegar, había consultado TripAdvisor para saber la opinión de los clientes.

Cinco estrellas. Con opiniones contrastadas.

Todas las críticas hablaban maravillas de Daniel, del impagable esfuerzo que había realizado para que todos los huéspedes se sintieran como en casa. Aparecían varios comentarios que mencionaban sus favores casi heroicos. Había logrado que el farmacéutico abriera a las dos de la mañana para comprar Tylenol para un niño enfermo, y había cambiado la rueda del coche de uno de los huéspedes. También era responsable de algunos detalles como dejar una caja de galletas con chocolate y malvaviscos junto a la chimenea.

Tenía huéspedes que acudían año tras año (hasta cinco años consecutivos) para demostrarle su fidelidad.

Era considerado y generoso. Yo ya me había percatado de ello. Había experimentado en primera persona sus cuidados desinteresados en nuestro primer encuentro. Sin embargo, era agradable saber que los demás huéspedes también creían que se merecía cinco estrellas.

—Tiene mucho encanto —dije al bajar, casi más para mí misma que para él.

Me esperó al pie de la escalera y me abrió la puerta principal.

—¿Qué vamos a comer? —pregunté.

—En realidad, vamos a comer fuera.

Me detuve en el porche; no sabía si me gustaba esa idea. Era un pueblo muy pequeño y no quería hacer pública nuestra relación para todos los habitantes del lugar.

—¿Adónde?

Me echó una mirada socarrona desde los escalones.

—¿Tienes miedo de salir a comer conmigo?

—En absoluto —respondí, cruzándome de brazos.

—¿Llevas encima la pistola eléctrica?

—No creo que tengas la intención de asesinarme. Aunque estadísticamente es mucho más probable que te asesine alguien conocido, así que, esta vez, debería mostrarme más desconfiada.

Rompió a reír.

—¿Crees que la otra noche te salvé de un cerdo salvaje solo para poder asesinarte ahora? Además, técnicamente, la probabilidad de que me asesines a mí también ha aumentado. ¿Debería estar preocupado?

Intenté aguantar la risa.

—Había pensado en hacer un pícnic. Solo nosotros dos.

Pero mi amigo Brian andará cerca para llamar a una ambulancia en caso de que intentes atentar contra mi vida.

No pude aguantar más y solté una carcajada.

—Está bien. Y ahora que has sacado el tema de las lesiones corporales, esta vez, nada de chupetones.

Me lanzó una mirada incrédula.

—¿Chupetones? Empezaste tú.

—¿Cómo te atreves? Yo no hice nada.

Se quitó la camiseta y me mostró una descafeinada mancha morada en la clavícula.

—Yo no soy responsable de eso —dije con la boca abierta.

—¿Cómo? ¿A quién más puedo echarle la culpa? —respondió extendiendo los brazos y mirando alrededor—. ¿Cuántas fiestas crees que se celebran por aquí? Es técnicamente imposible enrollarse con dos personas la misma semana.

—De acuerdo —dije sin dar mi brazo a torcer—. Pero yo no he hecho eso.

—Por supuesto que sí. Y también tengo algunos arañazos por la espalda.

Me quedé sin aliento y sus ojos centellearon.

Tal vez había soltado algún arañazo.

Subió los escalones que nos separaban y me rodeó la cintura con las manos.

—No te preocupes. Sarna con gusto no pica —dijo, con su boca rozando mis labios.

Si las piernas no me hubieran temblado, me habría reído con todas mis ganas.

¡Dios, era tan sexi! Y creo que lo sabía. Sonrió al verme descolocada, me levantó y me llevó en volandas hasta el suelo.

—Su carroza la espera.

81

9

Daniel

*R*odeé la camioneta, abrí la puerta e inmediatamente empecé a arrepentirme de mi plan. Estaba lejos de ser una carroza.

Las grietas del cuero del asiento replegable donde se sentó estaban cubiertas con cinta adhesiva. Maldita sea. Debería haber puesto una manta encima. Incluso limpio, el interior de la camioneta olía a gasolina y a aceite. Nunca lo había notado, pero ahora sí.

Me incorporé a la calzada, pensando demasiado en todos los detalles.

Me importaba un comino lo que cualquiera de mis últimas novias opinara de mi camioneta, pero Alexis era demasiado elegante para esto. Incluso sin el vestido de cóctel y los tacones, era demasiado refinada.

Toda ella desprendía sofisticación. Su aspecto era impecable. La ropa que había elegido para aguantar las acometidas de Hunter parecía nueva de fábrica. La tela de los vaqueros era demasiado oscura como para que hubiera pasado por una lavadora. Pendientes de diamantes, uñas pintadas con esmero. Incluso su mochila era de una marca tan fuera de mi alcance que ni siquiera podría permitírmela en un mercadillo.

Una vez, un cardenal rojo se metió en el salón por la chimenea y me acordé de lo asombroso que fue ver ese hermoso pájaro encima de las cenizas. Era exactamente lo mismo. La dejadez de mi maltrecho Ford destacaba todavía más el contraste y dejaba al descubierto lo fuera de lugar que estaba Alexis.

Las mujeres como ella no vivían entre cenizas. No vivían en un pequeño pueblo en medio de la nada donde no podías comer un jodido filete fuera de temporada. No andaban por ahí metidas en una camioneta destartalada y cogidas de la mano de un hombre con callos. No, vivían en grandes ciudades con hombres de éxito y trabajos importantes.

Me quedé con la mirada perdida, y por primera vez sentí que deseaba ser ese tipo de hombre que lleva corbata o tiene un coche de marca.

Seguramente, ella estaba pensando en lo mismo, porque puso uno de sus dedos en el agujero donde debería estar la radio.

—Nunca había ido en camioneta.

La miré sorprendido.

—¿Nunca has ido en camioneta? ¿En toda tu vida?

Ella meneó la cabeza.

—Pues, entonces, te encantará el paseo en tractor que tengo planeado para más tarde.

Se echó a reír y empecé a sentirme un poco mejor. Por lo menos le parecía gracioso.

—¿Adónde vamos? —preguntó.

—Es una sorpresa.

Reduje la velocidad y tomé el oscuro camino sin asfaltar y arbolado que conducía hacia nuestro destino. Ella se enderezó en el asiento. Entonces, se percató del letrero iluminado de la entrada del aparcamiento y una sonrisa deslumbrante apareció en su rostro.

—¿Un autocine?

Sonreí.

—Logré que Brian lo abriera solo para nosotros.

—Nunca he estado en uno —dijo, con cierto asombro. Me sonrió y todas mis dudas se esfumaron.

—¿Nunca has ido a un autocine?

—No, en mi infancia no hacíamos este tipo de actividades.

Entré en el aparcamiento y estacioné con la plataforma del camión mirando hacia la pantalla.

—¿Y qué hacíais? —pregunté, mientras maniobraba.

—Desde luego, nada parecido a esto.

Supongo que eso me sirvió de pista. En realidad, no parecía la típica mujer que se pasara el verano en una piscina. Pero me gustaba que esto fuera una nueva experiencia para ella. De algún modo, me parecía imposible que yo pudiera enseñarle algo nuevo.

—Espera aquí un momento mientras lo preparo todo —dije.

Salté del camión y fui a la plataforma de atrás. Hinché un colchón de aire de dos plazas y lo cubrí con una gruesa manta roja con motivos aztecas. Había traído algunas mantas y almohadas pesadas y las apoyé contra la ventana trasera para que tuviéramos una superficie donde apoyarnos. Encendí una vela de citronela para los mosquitos que podía haber en esta época del año y la colgué del techo. Luego, conecté unas luces blancas de Navidad y las coloqué por ambos lados para tener algo de luz para la cena. Cuando terminé, fui a buscarla.

Le abrí la puerta.

—Todo listo.

Saltó de su asiento y me siguió.

—Oh, vaya —dijo al encontrarse toda la parafernalia.

La ayudé a subir y yo subí tras ella. Luego, cogí la cesta de pícnic que me había dejado Doug y empecé a sacar su contenido. Doug se había superado. Había queso de cabra casero con rodajas de pera rociadas con miel, frutos secos, bocadillos de *bruschetta* con pan crujiente recién horneado que él mismo hacía con su propia levadura madre, dos termos con chocolate caliente… Doug era muchas cosas, pero, a fin de cuentas, era un amigo muy muy bueno.

Y creo que intentaba compensar lo del cerdo.

85

Ella observó cómo lo disponía todo, pero, cuando le ofrecí el termo, me di cuenta de que parecía un poco seria.

—¿Qué ocurre?

Ella negó con la cabeza.

—Todo esto es extraordinario.

Intuí que se acercaba un «pero».

—Pero creo que debo recordarte que, ahora mismo, no estoy interesada en una relación. No necesito tantas atenciones —dijo.

Me detuve en seco.

—Está bien, creo que tenemos que aclarar ciertas cosas —respondí mirándola a los ojos—. Siempre que vengas, sin importar el motivo, voy a esforzarme para que te sientas cómoda. Porque esto es importante para mí. Has conducido durante cuatro horas para estar aquí. En comparación, esto no es nada. Y si tienes la intención de pasar la noche conmigo, te advierto de que esto no se convertirá en una simple cita para tener sexo. Aunque no me desagrada la idea de pasarme toda la noche dándote placer, no es mi forma de actuar.

Alexis rompió a reír.

—También haremos otras cosas —dije—. Vamos a comer y a pasar el rato. Y voy a esforzarme porque tú has hecho el esfuerzo de venir hasta aquí. Y siempre va a ser así. ¿Qué te parece?

La comisura de su labio se torció.

—Me parece justo.

Le devolví una sonrisa.

En parte, actuaba de ese modo por mi formación hostelera y la educación que había recibido. Lo llevaba en la sangre. Me educaron para atender las necesidades de los turistas. Mi vida y las vidas de todos los habitantes de esta ciudad dependían de que la gente disfrutara durante su estancia en Wakan. Pero había algo más.

Ella realmente me gustaba.

Quería que le gustara estar aquí, porque quería que regresara. Supe que no podía ser la última vez que nos encontráramos desde que puso un pie en la casa.

Si ahora lo único que pretendía era tener sexo, no tenía ningún problema con ello. Prefería acostarme con alguien que me gustaba y descubrir hasta dónde llegábamos. No necesitaba más.

Pero notaba que habíamos conectado. No era la primera vez que me ocurría, y ahora sentía lo mismo. No sabía cómo explicarlo. Tampoco tenía la certeza de que significara algo o la relación llegara más lejos. En realidad, no era muy optimista. Sin embargo, lo único que sabía era que quería volver a verla.

—¿Qué vamos a ver? —preguntó, mientras se sentaba con las piernas cruzadas.

—Podemos elegir. Estas son las opciones —dije, encendiendo el teléfono para leer el mensaje que Brian me había mandado—. De acuerdo, tenemos los *Gremlins*, *Pretty Woman*, *La princesa prometida*, *El club de los cinco*…

—*La princesa prometida* —dijo antes de que pudiera parpadear.

—Tú mandas.

Sonrío satisfecha y escribí un mensaje de texto a Brian, que aguardaba en la sala de proyección, que se encontraba encima del merendero. Al cabo de unos segundos, la pantalla se iluminó y apareció un mensaje:

«DEBES GUSTARLE MUCHO. ME LO PIDIÓ DE RODILLAS. DISFRUTA DEL ESPECTÁCULO».

Alexis no pudo aguantar la risa.

Maldito Brian. El rubor me subió hasta las mejillas, y agradecí la penumbra del lugar.

—¿Así que se lo pediste de rodillas? —dijo con aire burlón.

—No cedió hasta que derramé alguna lágrima.

Sin dejar de reír, sacudió la cabeza.

En la pantalla aparecieron algunos anuncios, anuncios de lugares de la ciudad que permanecerían cerrados hasta junio.

Unos bichos negros revoloteaban por delante de la pantalla.

—¿Qué son? —preguntó, señalándolos con la cabeza.

—Libélulas —respondí, limpiándome las manos en una servilleta—. Todavía es muy pronto, pero esta primavera ha sido muy cálida.

—Hay muchas —dijo entrecerrando los ojos.

Me recliné apoyando las manos en la plataforma de la camioneta.

—Mi abuela solía decir que las libélulas significan que se acerca el cambio.

Se quedó en silencio un momento.

—Pues se avecina un buen cambio.

—Eso parece.

Mientras comíamos, bajo la luz blanca del proyector, no le quité el ojo de encima.

Era preciosa. No podía creerme que la hubiera convencido para pasar la noche conmigo. Estaba orgulloso de mis habilidades de seducción.

—¿Brian es el dueño del autocine? —preguntó, mientras se metía en la boca un albaricoque seco.

Asentí con la cabeza.

—Del autocine y de la tienda de comestibles.

—¿Y tú eres el alcalde y diriges un *bed and breakfast*?

—Por aquí todo el mundo tiene varios empleos. Liz trabaja en el Centro de Veteranos y también es camarera en Jane's tres días a la semana. Doug hace trabajillos. Y lo del alcalde no es gran cosa. Se trata sobre todo de reuniones en el ayuntamiento.

—¿Reuniones?

—Sí, para resolver pequeños asuntos —dije resoplando mientras alcanzaba una galleta.

—¿Qué tipo de asuntos?

Mastiqué en silencio y engullí la galleta.

—Pues, decirles a los Lutsen que no pueden tener gallinas en el tejado de la barbería porque las plumas se cuelan dentro de la tienda de golosinas de enfrente, ocuparme de los ladridos de perro inoportunos o ser el jurado del concurso de talla de mantequilla en el granero de Doug en Halloween. Ya sabes, asuntos mayores como estos.

Se echó a reír.

Tomé un sorbo de chocolate caliente.

—¿Me vas a decir a qué te dedicas?

Me miró con aire desconfiado.

—¿No es más divertido si lo mantengo en secreto?

—Creo que lo pasaremos mejor si algún día llego a conocerte.

Hizo una mueca con los labios.

No quería decírmelo.

—¿Crees que esa información me hará cambiar rotundamente la opinión sobre ti? —bromeé.

Se echó el pelo por detrás de la oreja.

—Trabajo en la empresa familiar.

—Que consiste en…

—¿Qué te parece si te doy tres oportunidades?

—De acuerdo —dije con una sonrisa—. ¿Y qué gano si acierto?

Arqueó una ceja socarronamente.

—¿Qué quieres?

—Quiero que vuelvas el próximo fin de semana.

—Trato hecho —dijo satisfecha.

Me froté las manos.

—¿Puedes darme alguna pista antes de que responda?

Ella negó con la cabeza.

—No. Tienes que acertarlo sin ninguna pista.

Mierda. No iba a ser nada fácil. Intenté pensar en lo poco que sabía de ella. Era pulida y elegante. Inteligente. Supongo que tenía un trabajo de oficina. Era obvio que tenía poder adquisitivo, así que probablemente ganaba mucho dinero.

—Abogada —dije.

89

Ella inclinó la cabeza.

—¿Te parece que me gano la vida negociando?

—Lo hiciste muy bien con la apuesta de Doug —apunté.

—No, no soy abogada —dijo entre risas.

—Directora ejecutiva.

—Para nada.

—Joder —susurré.

—Ya llevas dos —dijo sonriendo—. Solo te queda una oportunidad.

Apreté los labios.

—Trabajas en un banco.

—No —dijo negando con la cabeza.

—Vaya —suspiré—. ¿Qué probabilidades tengo de que regreses la semana que viene? —dije levantando una ceja.

—Muy pocas.

—Bueno, al menos no es una negativa absoluta.

—Quiero ver cómo acaba la noche —dijo sonriendo hacia la pantalla.

Terminamos de comer justo cuando la película empezó. Guardé las sobras en la cesta y extendí una mata para que pudiéramos echarnos en ella. Fue una suerte que hiciera un poco de frío, porque, de ese modo, necesitaba mi calor. Se acurrucó en el ángulo de mi codo, y me resultó tan familiar y cómodo que tuve que recordarme a mí mismo que solo era la segunda vez que estábamos juntos.

Además, olía increíblemente bien. Era embriagador. Ni siquiera quería ver la película. Solo quería estar más cerca de ella, y sabía que, si lo hacía, ambos acabaríamos salpicados con chupetones antes de abandonar el autocine.

Intenté aguantar mis impulsos y centrar la atención en la pantalla, pero algo me decía que ella tampoco estaba demasiado atenta. Me repetí para mis adentros que, la próxima vez, antes de salir con ella, la llevaría a mi habitación. Ninguno de los dos podía relajarse.

Cuando volvía a mirarla, Westley se batía en duelo contra Íñigo Montoya, pero ella no estaba mirando la escena. Había levantado la vista y contemplaba el cielo.

Entonces, reparó en mí y se giró para que sus labios quedaran a un palmo de los míos.

—No recuerdo la última vez que miré las estrellas —dijo en voz baja—. Quizás es la primera vez. Esto es tan tranquilo.

—No tenemos contaminación lumínica —señalé—. Las estrellas siempre brillan en Wakan.

Bajé los ojos hasta sus labios.

Ella se aclaró la garganta y se fijó en el brazo que reposaba sobre mi estómago.

—Cuéntame la historia de tus tatuajes.

Levanté el brazo para mostrárselo.

—Tiene rosas por ambos lados.

—¿Por qué?

—Son las mismas flores que las de la barandilla de la escalera. Es uno de mis primeros recuerdos. Una de mis cosas favoritas de la casa. Y el abuelo siempre le traía rosas a la abuela.

Deslizó un dedo sobre uno de los pétalos y la miré. Solo con aquel contacto, mi corazón sucumbió a la locura. Era como si aquella pequeña atención suya bastara para que mi cuerpo zozobrara. Cuando llegó a la muñeca, entrelacé los dedos con los suyos. Ella cerró su mano alrededor de la mía y sonreí.

Tal vez a las mujeres como ella sí que les gustaban los hombres con callos en las manos. Levantó la mirada de nuevo para mirarme a los ojos.

—¿Por qué no tienes pareja?

—¿Cómo?

—Eres dulce, encantador, atractivo y el sexo contigo es… ¿Por qué no estás con nadie?

—¿Cómo dices que es tener sexo conmigo? —exclamé.

Se apoyó en el codo, con las manos aún entrelazadas.

—No te andes por las ramas.

Yo también me apoyé.

—Estuve saliendo con alguien hasta hace unos meses. Pero no era nada serio.

—¿Por qué no era serio? —preguntó.

Me encogí de hombros.

—No lo sé. Simplemente no podía imaginarme a largo plazo con ella.

—¿Qué quieres decir con eso?

—Nunca me imaginé un futuro con ella. Solo quería verla cuando estaba con ella. ¿Sabes que cuando te gusta alguien quieres hacer planes con esa persona? Pues nunca quise hacer planes con ella.

—Pero conmigo quieres hacer planes para la semana que viene…

Sonreí.

—Me has pillado.

Me copió la sonrisa.

92

—Entiendo lo que quieres decirme —dijo—. Al final ni siquiera podía imaginarme con mi expareja más allá de un minuto.

—¿Por qué? ¿Cómo era?

—Arrogante. Era cirujano.

Recibí el golpe como pude. Había acertado con el tipo de hombres que le gustaban. Educados. Exitosos.

Todo lo opuesto a mí.

¿Quizás ella también era cirujana?

—¿Eres cirujana? —pregunté.

—Has gastado tus tres oportunidades. Pero, no —dijo con media sonrisa.

Su respuesta dejaba entrever algo de tensión. No sabía cómo actuar, así que hice lo único que me vino a la cabeza para romper el silencio. Me incliné hacia ella y la besé.

No fue una mala elección.

Había tenido química con otras mujeres, pero nunca había

experimentado ese impulso animal. Es el tipo de atracción que es inconfundible cuando se presenta. Con ella, era así. Igual que la última vez, pero todavía más intenso. La tensión sexual entre ambos era como esa ley que condena a los girasoles a mirar el sol. Me di cuenta de que la había experimentado incluso cuando había abandonado mi casa la primera noche. Como si mi cuerpo la buscara, aunque no supiera dónde se encontraba. Era como si me eje de gravedad se hubiera inclinado. Dos cuerpos en una hamaca o en un viejo colchón que se hunde por la mitad. Podía sentir cómo nuestros cuerpos se atraían, el uno hacia el otro.

Era ese tipo de atracción donde es más sencillo dejarse llevar que resistir.

10

Alexis

Al regresar a casa, después del autocine, Daniel me persiguió entre risas por las escaleras y me encontré con la espalda pegada a la puerta del dormitorio.

—Ha sido divertido —dije mordiéndome el labio—. Me encanta *La princesa prometida*, pero la próxima vez podríamos prestarle un poco más de atención.

Daniel se apretujó contra mí y pude sentir su calor corporal.

—Inconcebible —dijo, hundiendo sus labios encima de los míos. Su beso era cálido, húmedo… Perfecto. Y sentí en el estómago su vigorosa erección.

Me separé sin apenas aliento.

—Sigues usando esa palabra y no creo que sepas lo que significa.

Rompió a reír, y sus firmes manos se deslizaron por mi cadera y bajaron por mi espalda.

¡Oh, por Dios!

Me había enrollado con un tío en la parte de atrás de su camioneta. Y, probablemente, si Brian no hubiera estado en la sala de proyección y hubiéramos tenido a mano un condón, habríamos llegado más lejos.

Había viajado en el tiempo hasta los dieciséis años, aunque, a decir verdad, con esa edad nunca había actuado así. A los dieciséis, estaba estudiando Química y trabajaba como voluntaria en el hospital. No me enrollaba con los chicos guapos del pueblo en la parte de atrás de su camioneta.

Daniel se apartó unos centímetros de mi boca. Su aliento humedecía mis labios. Tenía la ropa interior empapada.

—Buenas noches —susurró.

Entonces se apartó y empezó a bajar hacia el vestíbulo.

Me quedé atónita.

—¿Cómo? No quieres…

Dio media vuelta y me miró a los ojos.

—¿Por qué no terminas la frase? —dijo con una mirada inocente.

—Creía que…, es decir… ¿No vas a entrar para…?

—Oh, para eso. Claro que quiero. Evidentemente —dijo bajando la mirada hacia sus pantalones y adoptando un gesto que me indicaba que cualquier otra cosa le parecería ridícula—. Pero no puedo. Es la habitación de mis abuelos. Ahí no podría hacerte lo que tengo pensado. No estaría cómodo.

—Creo que hay más habitaciones libres…

Se encogió de hombros.

—No están preparadas. Aunque siempre podemos ir a mi garaje —dijo con una sonrisa socarrona—. La verdad es que en mi cama no creo que tenga ningún tipo de limitaciones. Haría todo lo que quisieras durante toda la noche. Tantas veces como te apeteciera.

Así que ese era el problema.

Me crucé de brazos.

—¿Realmente quieres pasar la noche conmigo?

—Quiero hacer aquello que te haga sentir bien. Siempre puedes volver más tarde a esta habitación para dormir. —Me tendió la mano—. A menos que estés demasiado cansada como para recorrer la corta distancia que separa el garaje de la casa. Que sepas que ese es mi objetivo. —Sus hoyuelos iluminaban todo su rostro—. Además, este lugar está encantado. Yo no dormiría solo aquí.

Me arrancó una sonrisa, sus ojos restallaron y, entonces, supo que se saldría con la suya. No porque yo creyera en
fantasmas, sino porque era demasiado encantador como para
rechazarlo.

De algún modo, Daniel conseguía ser encantador y tener
los pies en la tierra, sin perder atractivo sexual. Era una combinación desconcertante.

Una que no era capaz de rechazar.

11

Daniel

*E*l teléfono me despertó a las siete y media.

Alexis todavía estaba en la cama, desnuda y acurrucada a mi lado. Me lo tomé como una victoria.

No quería que se acostumbrara a la casa grande. No siempre estaba disponible, y no era donde yo vivía. Además, cuanto antes se acostumbrara a estar donde yo vivía habitualmente, mejor. Quería que volviera más veces. Tenía que hacerlo.

El sexo fue increíble. Fue como encontrar la pareja de baile perfecta y tener la sensación de que solo podía ir a mejor porque ahora practicábamos juntos.

No podía quitarle las manos de encima. Dios, ella tampoco podía separarse de mí. Quizás, a partir de ahora, debería dejar alguna bebida energética en la mesilla de noche.

Me incorporé y respondí al teléfono con una sonrisa.

—¿Hola?

—Hola, querido, soy Doreen. Espero no haberte despertado.

—No pasa nada —dije frotándome los ojos—. ¿Qué ocurre?

—Popeye no ha venido esta mañana. Ya sé que a veces se retrasa un poco, sobre todo si la perra de Jean ha estado haciendo sus necesidades en su césped, pero son casi menos veinte y todavía no está aquí. No quería llamar al *sheriff*, porque ya sabes lo que opina de él.

Mierda.

—De acuerdo. Gracias por avisarme. Ahora vengo —dije mientras colgaba el teléfono.

Alexis levantó ligeramente las cejas.

—¿Va todo bien?

Me desprendí de las sábanas y empecé a ponerme los pantalones.

—Tengo que salir corriendo —dije—. No sé a qué hora volveré. Tengo que ocuparme de un asunto.

—¿Se trata de algo médico?

—Creo que sí.

—Voy contigo —dijo levantándose de golpe.

No le llevé la contraria. En primer lugar, porque no quería perder tiempo, y, segundo, porque, si Popeye todavía estaba con vida, me vendría bien su ayuda. Popeye tenía un carácter complicado, pero con las mujeres era distinto, así que, probablemente, su presencia facilitaría cualquier trámite.

Se vistió con celeridad y Hunter la siguió hasta la camioneta.

—¿Qué ha ocurrido? —preguntó, dando un portazo.

Encendí el motor.

—Esta mañana, Popeye no ha ido a la cafetería —dije mientras conducía por el camino de entrada.

Pops era como un reloj. Todos los días, lloviera, hiciera sol o nevara, se presentaba en la cafetería a las siete en punto. Si no aparecía, era una mala señal.

—¿Popeye? —preguntó.

—Es bizco de un ojo. Tiene cierto parecido —dije al incorporarme a la carretera principal. Apenas eran dos minutos de trayecto.

—¿Qué edad tiene? —preguntó ella.

—Unos noventa años.

—¿Tiene alguna enfermedad preexistente?

Negué con la cabeza.

—Creo que no.

—¿Demencia, hipertensión, diabetes?

—No lo sé. Nunca ha mencionado nada. Es bastante espabilado —dije mirándola.

—¿Sabes si toma algún medicamento? ¿Si ha estado hospitalizado alguna vez?

Parpadeé.

—No…

Quería saber por qué me hacía todas esas preguntas, pero no tuve ocasión de preguntárselo porque estábamos llegando a la pequeña casa de una planta de Pops. Aparqué la camioneta.

—Quédate aquí.

Se desabrochó el cinturón.

—No voy a quedarme en la camioneta.

—¿Y si está muerto?

—Creo que puedo manejarlo.

Arqueé una ceja.

—¿Y si está desnudo?

—Nada que no haya visto antes —contestó mientras saltaba de la camioneta.

Sonreí detrás de ella, luego corrí hacia la entrada y llamé a la puerta.

—¿Pops? ¿Estás ahí? —Le di un minuto. Como no contestó, saqué del llavero la llave de repuesto. Popeye tenía armas en casa y era de gatillo fácil, así que, antes de abrir la puerta, lo llamé gritando lo más alto que pude. Empujé lentamente la puerta y me asomé al interior—. ¿Pops?

Escuché un gemido que procedía del dormitorio. Atravesé corriendo la oscura y destartalada casa e irrumpí por la puerta. Popeye estaba en el suelo, junto a la cama. Estaba despierto, en pijama y sentado con la espalda apoyada en la parte delantera de la mesilla de noche.

—Oye, ¿te encuentras bien? —dije mientras me agachaba junto a él.

—Me caí de la maldita cama y luego no pude levantarme. Ayúdame, por el amor de Dios.

Coloqué un brazo por detrás de él y lo ayudé a llegar al borde del colchón. Olía fatal. A sudor y a amoníaco. Me empezaron a llorar los ojos.

—Dios, abuelo, estás podrido. ¿Cuándo fue la última vez que te pegaste una ducha?

Me apartó el brazo de golpe.

—¿Quién te crees que eres? ¿Mi mujer? —espetó.

Bueno, al menos no estaba tan mal como para olvidarse de su mal humor.

—¿Crees que te has roto algo?

Me fulminó con la mirada bajo las tupidas cejas blancas que resaltaban en su piel negra.

—No, no me he roto nada. Pero podrías haber llegado antes, llevo toda la mañana esperándote.

Alexis llamó al marco de la puerta y se acercó.

—Hola, Popeye. Soy la doctora Alexis. ¿Te parece bien que te eche un vistazo rápido?

Me detuve y la miré fijamente.

—¿Eres médico? —preguntó Pops.

—Así es —dijo sonriendo—. ¿Te duele algo?

La miró como si no supiera si confiar en ella.

—No.

Sacó el móvil y encendió la linterna.

—Solo será un momento. —Le iluminó el ojo izquierdo y luego el derecho—. Bien. ¿Cuál es tu nombre completo, Popeye?

Me miró y luego volvió a mirarla.

—Thomas Avery —refunfuñó.

—¿Puedes decirme qué día es hoy?

—Miércoles —dijo de mal humor—. Hoy sirven atún en el Jane's.

Alexis me echó una mirada para confirmar la información. Yo asentí con la cabeza. Luego, le agarró la muñeca y le tomó el pulso con los dedos mirando el reloj. Era como si se hubiera transformado completamente. Todo en ella cambió. De repente era una profesional, que seguía un protocolo que yo sabía que había hecho millones de veces. Me quedé contemplándola.

—¿Qué estabas haciendo cuando caíste? —preguntó a Pops.

—Saliendo de la cama.

—¿Tienes alguna enfermedad que debería tener en cuenta? ¿La presión alta? ¿Antecedentes de derrames cerebrales? ¿Ataques al corazón?

Él negó con la cabeza.

—Sano como un roble.

Ella sonrió e inspeccionó la mesilla de noche.

—¿Está es la única medicación que tomas?

—Que yo sepa, sí.

Cogió los dos frascos y los examinó. Agitó uno.

—¿Tomaste esto con algo de comer?

—Me lo tomo como siempre. Con un poco de agua antes de levantarme.

Sonrió.

—Si no comes algo antes de tomar esto, puede marearte. ¿Tienes algunas galletas o algo para llenar el estómago?

Él negó con la cabeza.

—De acuerdo. Ahora traemos algo para comer. Creo que estás bien, pero tienes que concertar una cita con tu médico de atención primaria, ¿entendido? A tu edad, una caída puede tener graves consecuencias.

—Está bien. ¿Os importa si voy al baño? —dijo fulminándome con la mirada.

Lo ayudé a levantarse para que pudiera llegar al baño. Arrastró los pies hasta el baño del pasillo mientras murmuraba algo entre dientes. En cuanto escuché el golpe de la puerta, la miré.

—Voy a ver si toma otros medicamentos —dijo, abandonando el dormitorio.

Me quedé de pie, sin quitarle los ojos de encima.

¿Doctora?

Sentí que la brecha que nos separaba ganaba profundidad. Me daba la sensación de que cada vez que me acercaba, al final, acababa dándome cuenta de que ni siquiera estaba cerca. Una maldita doctora. Exhalé un suspiro y miré a mi alrededor. El lugar estaba hecho un desastre.

—Pops, ¿Jean todavía viene a limpiar la casa? —le pregunté a través de la puerta—. ¿Cuándo fue la última vez que vino?

Escuché el berrido de alivio de Popeye mientras hacía sus necesidades.

—Hace dos semanas atrás, le dije que no volviera más.

Me cubrí el rostro con una mano.

—Este lugar está hecho una pocilga. —Empecé a recoger la ropa del suelo para apilarla—. ¿Quién se encarga de lavarte la ropa?

La puerta del baño se abrió y salió entre gruñidos.

—Yo. Yo me encargo. Jean no hacía nada bien. Mis camisas olían a petunia.

—Necesitas pegarte una ducha —dije—. ¿Quieres que te eche una mano?

Asintió en dirección a la cocina, arqueando una de sus peludas cejas. Advertí que Alexis se aguantaba la risa al otro lado de la puerta. Le di una palmada en el hombro.

—Vale, viejo, vamos a por ello.

No fue fácil meterlo en la ducha. Tuve que sujetarlo y casi se cae al suelo otra vez.

—Vendré a buscarte cuando oiga que no cae más agua. No intentes salir sin mí —dije.

—Vale, vale. Lárgate de aquí.

Mientras corría el agua en la ducha, me apoyé en la mesita que estaba junto al baño para hablar con Alexis.

—¿Tiene algún moratón? —preguntó.

—No he visto ninguno.

—¿Tiene familia? ¿Quién se ocupa de él?

Me froté la nuca y eché un vistazo a mi alrededor.

—Nadie… y, al mismo tiempo, todos nosotros. Es una especie de responsabilidad compartida.

—Daniel —dijo, bajando la voz—. Necesitará mucha más ayuda. No tiene comida en casa y alguien debe ocuparse de su higiene.

Deslicé la mano por la barba.

—Me ha dicho que la semana pasada se cayó al meterse en la ducha. Supongo que tiene miedo.

—Podrías llamar a los servicios sociales. Contratar a un asistente personal o contactar con alguna ONG.

Meneé la cabeza.

—Aquí es difícil conseguir ayuda. Crearé una suerte de horario y buscaré a alguien para que limpie la casa y le eche un vistazo cada día. También puedo instalar una barandilla en la ducha y unos adhesivos antideslizantes en el suelo.

Ella asintió.

—También debe tomar estas pastillas con algo de comida. Seguramente, se cayó al suelo porque estaba mareado.

—De acuerdo, se las daré a Doreen. Así se las dará con el desayuno cuando vaya a la cafetería.

Alexis sonrió.

—¿Qué ocurre?

—Nada, no lo sé. Me gusta cómo os cuidáis los unos a los otros —dijo meneando la cabeza.

—Así es como funciona todo por aquí. Es lo que hacemos. —Incliné la cabeza al darme cuenta de algo—. ¿Te has puesto maquillaje?

La noche anterior habíamos acabado en la ducha. Al acostarse, no llevaba maquillaje y se había levantado conmigo. Al menos eso creía.

—Sí —dijo, colocándose el pelo por detrás de la oreja—. ¿Por qué?

105

La miré algo perplejo.

—¿Cuándo?

—Antes de que te levantaras.

Me quedé atónito.

—¿Te has levantado solo para maquillarte? —dije, sin dar crédito—. ¿No estabas cansada? ¿No querías dormir?

No me contestó.

—Espero que no lo hayas hecho por mí —dije—. No me importa el aspecto que tengas al despertar.

Lo decía en serio, no me importaba en absoluto.

Su rostro adoptó una mueca extraña.

—No me importan este tipo de detalles —añadí—. Prefiero que duermas. Si vamos a pasar la noche en vela, necesito que recuperes las fuerzas.

Rompió a reír y luego se mordió el labio.

—Me parece justo.

Agité la cabeza mirando el interior de la habitación.

—Voy a limpiar un poco este lugar. Cuando esté listo, podemos llevarlo a comer algo a Jane's.

Desgraciadamente, ella negó con la cabeza.

—Creo que es hora de volver a mi casa.

Mi sonrisa desapareció.

—¿No te vas a quedar para desayunar?

Ella metió las manos en los bolsillos traseros del pantalón.

—No, tengo cosas que hacer. No hace falta que me lleves de vuelta a tu casa, me acuerdo del camino. Puedo ir andando. No está lejos y no has cerrado el garaje. Llévalo a comer algo.

No quería que la vieran conmigo.

Al menos, no en público. Si hubiéramos desayunado en casa, seguro que no me habría salido con ninguna excusa. No sabía lo que podía esperar de esta relación. Supongo que era pedirle demasiado que me acompañara por el pueblo. Todo era nuevo y aún no sabíamos muy bien qué teníamos entre manos. Pero aun así me molestaba.

—No hay problema —dije—. ¿Cuándo volveré a verte?

—No lo sé —dijo encogiéndose de hombros—. Te mandaré un mensaje. —Se puso de puntillas y me dio un beso fugaz—. Me lo he pasado muy bien. —Sonrió—. Gracias por invitarme.

—Gracias a ti por aceptar la invitación.

Observé cómo se marchaba, decepcionado por el fin de la visita.

Mientras esperaba a Pops, lavé la vajilla. Luego cogí una bolsa de basura y empecé a tirar periódicos viejos y envases de comida para llevar. La casa estaba hecha un asco, desordenada, llena de polvo. Una escopeta larga de doble cañón yacía sobre la mesa. Era más grande que Popeye. La había estado limpiando. Encontré una varilla de metal, trapos empapados en aceite y una caja de cartuchos.

Ojalá no pensara en pegarle un tiro al perro de Jean o a la misma Jean.

Regresé a la cocina y saqué toda la basura. Cuando me percaté de que el agua dejaba de correr, me dirigí al baño para ayudarlo, y unos minutos más tarde ya estaba limpio y vestido.

Popeye no dejó que lo ayudara a subir a la camioneta. La cafetería estaba a la vuelta de la esquina, pero, como se movía con lentitud, supuse que todavía estaba dolorido por la caída. Me detuve lo más cerca que pude de la puerta sin que pareciera que lo trataba con demasiado mimo; nunca me lo permitiría.

A Doreen le cambió la cara nada más verlo. Nos sentamos en el mostrador y nos sirvió café. Cuando se fue, Popeye masculló:

—Ya volverá.

—¿Quién? —dije derramando media taza de café.

—¡La doctora! —dijo mirándome a los ojos—. No actúes como si no supieras de lo que estoy hablando... —murmuró—. El pueblo no la dejará escapar.

—No te sigo —dije frunciendo las cejas.

—¡El pueblo! ¡El pueblo la recuperará! Él elige quién se

queda. Conozco a todos los elegidos desde hace noventa y seis años. Reconozco a uno cuando lo veo. Tus abuelos, tú, Doug, Doreen. Ves, tu madre no. Lo supe en cuanto vino al mundo, no estaba hecha para este lugar. El pueblo también lo sabía y la dejó marchar.

—¿La dejó marchar? —respondí.

Me miró un momento, entrecerrando el ojo bueno.

—Está vivo, lo sabes, ¿verdad?

—¿Qué está vivo?

—Este lugar. Respira como tú y como yo. Hay algo mágico en él.

Cogí el azucarero con un ademán para quitarle hierro a sus palabras. Entonces, me miró de frente.

—Adelante, búrlate de mí. Pero cuando empiecen a ocurrir cosas que no puedas explicar, nieve en julio o incidentes afortunados, cambiarás de opinión. Aquí no hay coincidencias, muchacho. El pueblo asegura su supervivencia. Y te digo que le gusta tu novia. La traerá de vuelta.

Dejé escapar un suspiro. Tal vez la vejez estaba empezando a hacer mella en él.

Aunque no me vendría mal algún incidente afortunado...

Ella era doctora.

Aquí no había gente así. Creo que, en todo el pueblo, había menos de una docena de personas con estudios universitarios. Todos trabajábamos en el sector de los servicios; en Wakan no teníamos trabajos bien cualificados. No teníamos una clínica y mucho menos un hospital. En la farmacia, ni siquiera teníamos un aparato para tomar la tensión.

Terminé de desayunar y acompañé a Popeye a casa. Cuando regresé a la mía, Alexis se había ido. Me senté al pie de la escalera de caracol, mirando hacia el garaje. Hunter se acercó trotando y se sentó a mi lado.

Lo miré de arriba abajo y dije con sorna:

—Por favor, dime que estás de broma. ¿Así estabas cuando

volvió? Estamos intentando causar una buena impresión. Tienes las dos orejas del revés.

Hunter parpadeó y tuve que reírme. Tenía la marca de un beso de carmín rosa en la frente.

Sonreí, le eché las orejas hacia atrás y solté un largo suspiro.

—¿Cómo crees que nos ha ido, colega? ¿Crees que nos llamará?

Me miró, con la lengua fuera.

Entonces, me di cuenta de que la sudadera negra que había junto a la puerta principal había desaparecido.

12

Alexis

Unas horas después de llegar a casa, salí a correr por los alrededores con mi vecina Jessica. Tenía cuarenta y cinco años, y un cuerpo escultural. Era ginecóloga en el Royaume Northwestern y estaba casada con un abogado llamado Marcus.

En realidad, no se soportaban.

—¿Cómo sabes cuándo es el momento de poner sal en el descalcificador? —pregunté.

—Por el pelo —dijo con rotundidad. Siempre estaba un poco de mal humor.

—¿Cómo?

—Cuando el pelo deja de estar suave, sé que no tiene sal. ¿Por qué lo preguntas?

—Ahora que Neil no está, tengo que encargarme yo.

—Luego paso por tu casa y te lo enseño. En mi casa siempre lo hago yo, porque sería un milagro que Marcus moviera un dedo. —Consultó su reloj—. ¿Dónde estabas? —añadió—. Anoche te perdiste la reunión en casa de Gabby.

—Lo sé —dije—. No estaba en la ciudad.

—Si has ido a alguna clínica estética, quiero saber dónde.

—¿Qué?

—¿En Nueva York? ¿Los Ángeles? Estás radiante. ¿Has

probado esa nueva terapia de luz? ¿Un *peeling*? No seas egoísta, nosotras compartimos este tipo de información.

—No, nada de clínicas estéticas.

Me miró de arriba abajo.

—Vale. Entonces, ¿dónde te habías metido?

Me quedé en silencio unos segundos. En gran medida, porque, como sus piernas eran más largas y yo tenía que acelerar el paso para mantener su ritmo, no podía hablar sin desfallecer en el intento. Aunque, por otro lado, también necesitaba ordenar mis pensamientos.

Había llamado a Jessica porque, entre ella y Gabby, era la que se mostraría más receptiva con lo que estaba haciendo con Daniel. Y al final iba a tener que contárselo.

A mis vecinas no se les pasaba nada por alto.

Nada.

En el trabajo, revisaban las cámaras de seguridad desde sus teléfonos como si emitieran una telenovela. Si yo llegaba tarde o no pasaba la noche en casa, solo era cuestión de tiempo que me descubrieran. Y prefería ir un paso por delante. Sobre todo, porque estaba bastante segura de que la historia con Daniel no había terminado. Igual no era nada serio, nada para siempre, pero, sin duda, sería algo frecuente, al menos por ahora.

Me gustaba. Era gracioso. Y, esta vez, el sexo había sido todavía mejor, si eso era posible.

Aunque no me quedé para desayunar. Él quería ir a la única cafetería del pueblo y yo no quería gritar a los cuatro vientos: «¡Escuchad! ¡Me he despertado aquí! ¡Con él! ¡Nos acostamos!». Si nos veían juntos, hubiera sido demasiado evidente. No estábamos saliendo, solo era una aventura. No hacía falta que todo el mundo estuviera al corriente.

—Anoche estuve en casa de un chico —dije finalmente.

Jessica dejó de correr.

—¿Y bien? —dijo, sin mostrar ningún atisbo de asombro—. ¿Quién es?

Coloqué las manos en las caderas mientras recuperaba el aliento.

—Lo conocí la semana pasada. Nos hemos visto dos veces y creo que quiero seguir quedando con él.

—De acuerdo. —Comprobó su ritmo cardíaco en su dispositivo portátil—. ¿Y dónde os conocisteis?

Saqué mi botella de agua y bebí un trago.

—Lo conocí la semana pasada, después del funeral, conduciendo por su pueblo.

—¿Se lo has dicho a Gabby?

Negué con la cabeza.

—Todavía no. Puedes hablarlo con ella si te apetece. No es nada serio. Pensé que debía contároslo antes de que descubrierais que no pasaba la noche en casa algunos días.

—¿Lo sabe Neil?

—Nop —dije, pronunciando secamente la «p».

—Mejor —dijo de forma tajante—. Sácate toda la rabia acumulada con el sexo y, de ese modo, podréis volver a estar juntos en igualdad de condiciones.

Mi sonrisa se desvaneció.

—Jessica, no voy a volver con él. Nunca.

—Seguro —dijo con incredulidad mientras estiraba.

—Jessica…

Me detuve un instante para coger fuerzas.

—¿Sabes lo que solía decirme? —pregunté mirándola a los ojos—. Me decía que olía mal.

—¿Qué? —dijo, frunciendo el ceño.

—Justo antes de entrar en un restaurante o una fiesta, se inclinaba hacia mí y me decía: «¿Hoy te has duchado?». Y ya sabes cómo soy. Escrupulosamente limpia. Si llevaba media hora sin pasar por la ducha, él arrugaba la nariz y me decía que mi desodorante no funcionaba. Y cuando iba a besarle, retiraba la cara y me preguntaba si había comido cebolla de postre.

—Tú no hueles mal —dijo—. Yo te lo habría dicho.

—Lo sé, pero me afectó tanto que le pedí a Bri que me hiciera un reconocimiento médico para saber si me pasaba algo. No encontró nada. Y cuando fui al dentista para ver si tenía algún problema bucal, tampoco. No encontraron nada.

—No me tocaba ni me besaba. Al final me duchaba tres o cuatro veces al día, me lavaba los dientes constantemente. Estaba al borde de un ataque de nervios. ¿Sabes lo que dijo mi terapeuta? Dijo que era una forma de maltrato. Que estaba socavando mi autoestima a propósito.

Un ciclista hizo sonar el timbre y nos apartamos a un lado del camino, en la hierba. Antes de proseguir, esperamos que pasara a toda velocidad por nuestro lado.

Me rasqué la frente.

—Hay demasiados asuntos abiertos. Siento que durante los últimos seis meses he estado metida en una telaraña terapéutica. Al principio con Neil todo iba bien. Me trataba fenomenal. Pero, entonces, sentamos cabeza y nos compramos la casa. Y después a veces estaba de mal humor, pero tampoco era para tanto. Luego, empezó a lanzarme esos comentarios sobre mi aspecto. ¿No te quedaba mejor esto antes? ¿Por qué pareces tan cansada? Solía bromear con que no habría ido a vivir conmigo si hubiera sabido que no me preocupaba por mi aspecto.

—¿Cómo? —Parecía molesta—. Pero si nunca te he visto sin maquillaje.

—Sí, bueno, cada vez iba a peor. Al cabo de un tiempo, ni siquiera se molestaba en hablar conmigo hasta que me hubiera lavado la cara. Cuando se despertaba, se acercaba y sacudía la cabeza. Además, luego, estaba enfadado todo el día como si hubiera hecho algo mal. Empecé a levantarme antes que él para arreglarme. A las seis de la mañana ya estaba duchada y maquillada. Y si no lo hacía, y hacía algún comentario al respecto, me disculpaba como si su reacción fuera completamente razonable. Siempre estaba de mal humor. Nunca sabía qué Neil iba a encontrarme. Un día me preparaba una buena cena acompañada con mi botella de vino favorito y al siguiente estaba enfadado por cualquier motivo y ni siquiera me dirigía la palabra. Era como si no quisiera que bajara la guardia. Como si siempre tuviera que estar detrás de él rogándole que me dijera qué iba mal o qué podía hacer mejor para que él fuera feliz. Nunca podía relajarme, y empecé a estar deprimida. Tenía ansiedad todo el tiempo. Era desgraciada y me sentía totalmente atrapada, pero, al mismo tiempo, agradecida de que estuviera conmigo, porque ¿quién más me querría?

Sacudió la cabeza.

—Ali, no me di cuenta.

Me encogí de hombros.

—Yo tampoco. Todo empezó de forma tan paulatina que ni siquiera me di cuenta de lo que estaba ocurriendo hasta que fue tan grave que se convirtió en mi única preocupación. Hasta que no me lo explicó la terapeuta, no me percaté de lo que estaba haciendo Neil. Era como si me hubieran lavado el cerebro haciéndome creer que era normal.

Dos corredores pasaron junto a nosotras y nos quedamos calladas hasta que los perdimos de vista.

Dejé escapar un largo suspiro.

—Fue un alivio que tuviera esa aventura, porque, entonces, ya no necesitaba una excusa para dejarlo. Neil me engañó y lo dejé. Él era el malo y yo podía romper la relación. Así de simple. Aunque, en realidad, no lo es, porque ahora está jugando la carta del arrepentimiento y todo el mundo siente lástima por él. Creo que ni siquiera se le pasó por la cabeza que podría dejarlo. Seguramente pensó que me quedaría a su lado sin abrir la boca, como siempre. Que me culparía a mí misma de su desliz.

Su rostro estaba rígido.

—¿Quién más lo sabe? —preguntó—. ¿Bri?

Asentí con la cabeza.

—Se lo conté después, cuando apenas empezaba a enten-

115

derlo todo. A ella nunca le gustó. Pero Neil nunca se comportaba mal delante de nadie, y es algo difícil de explicar. ¿Te imaginas qué hubiera ocurrido si lo llego a contar antes? ¿Alguien se habría creído que Neil me trataba mal? ¿El chico de oro? Probablemente, todo el mundo intentaría mediar para que me convenciera de que no estaba siendo cruel a propósito. A decir verdad, no me sorprendería que ahora no me creyeras…

—Te creo —dijo con sequedad.

La miré perpleja.

—Ali, los hombres son dos cosas: decepcionantes y constantes. Te creo.

No sé qué fue. Si compartir mi historia con alguien a quien se la había ocultado durante tanto tiempo, la pequeña victoria de reclamar para mí a una de nuestras amistades comunes o, simplemente, que alguien más lo supiera y me creyera. Pero mi barbilla empezó a temblar.

—Debería haberme dado cuenta antes, ¿verdad? —susurré—. Puedo reconocer las señales de maltrato, pero pensaba que era diferente. Un insulto, un grito, una bofetada. No sabía que era así. —Me sequé las lágrimas con el dorso de la mano—. Sinceramente, me hizo un favor acostándose con esa mujer. Debería tener algún detalle con él.

—Deberías, pero usando su tarjeta de crédito.

Apenas tuve fuerzas para reír.

Me dejó un momento para que me recompusiera. Luego, dimos la vuelta y seguimos andando por el sendero flanqueado por los árboles.

—Así que ahora estás viendo a alguien —dijo, volviendo al principio.

—Sí. —Resoplé—. No es nada serio.

—Hazme un favor. Toma precauciones. Trae tus propios preservativos, mira cómo se lo pone y asegúrate de que sigue ahí cuando termines.

Le lancé una mirada de asombro.

—¿Por qué no debería seguir ahí?

—Porque se lo quitan.

Eché la cabeza hacia atrás.

—¿A propósito?

—Ali, nunca subestimes lo que puede hacer un hombre por un poco más de placer. En mi trabajo cada día me encuentro con embarazos no deseados o enfermedades de transmisión sexual. Los hombres apestan. Por eso me quedo con Marcus. Está demasiado ocupado para follar con nadie, y mucho menos conmigo —murmuró ella.

—Eso es muy triste —dije con una mueca en el rostro.

—Más vale malo conocido que… —dijo sin titubear—. Por cierto, tengo que contarte algo que no te va a gustar.

—¿Qué? —dije sin poder apartar la mirada.

—El cumpleaños de Marcus es la semana que viene.

—¿Y?

—Ha invitado a Neil.

Me paré en seco.

—¿Por qué?

—Dijo que era su cumpleaños y que Neil es amigo suyo. Quiere que vaya. Créeme, intenté disuadirle.

—Bueno, supongo que no iré —dije quitándole hierro al asunto.

—Bien hecho. Yo tampoco quiero ir. Que les jodan, que los chicos se monten su propia fiesta.

La miré agradecida.

—Ese día, deberíamos ir a un balneario o buscarnos una pensión. Gabby irá donde nosotras vayamos. Siempre lo hace.

Sonreí.

—Gracias —musité.

—No me las des. ¡Dios, qué gilipollas!

Entornó los ojos hacia las casas que tenía delante y dejó de andar.

—¿Por qué está la policía en la puerta de tu casa?

Me quedé helada. Tenía razón, había un coche de policía delante del garaje.

Neil estaba con ellos.

—¿Cuál es el problema? —preguntó Jessica mientras nos acercábamos a los dos hombres.

Neil se dio la vuelta y me dirigió esa mirada de contrición ensayada que adoptaba con los familiares de los pacientes que no lograban salir de una sala de operaciones.

—Ali, vamos a hablar en privado.

—¿Qué estás haciendo aquí? —pregunté, cruzando los brazos—. Si quieres tus cosas, solo tenías que mandarme un mensaje.

—Vuelvo a casa.

Las palabras me pasaron por encima como un tren de mercancías.

—¿Cómo?

—Tengo el derecho legal de estar aquí. Estoy en las escrituras y aparezco como residente de la propiedad.

—Pero te fuiste de casa.

—Tuvimos un desencuentro —dijo al oficial en lugar de dirigirse a mí—. Estuve con mi hijo durante unas semanas. Sigo recibiendo el correo aquí, y los recibos están a mi nombre. No tiene orden de alejamiento. —Le entregó unos documentos al agente—. Somos copropietarios, yo también vivo aquí.

Me quedé observándolos con la boca abierta. El agente echó un vistazo a los documentos y, luego, me miró directamente.

—Si es un residente legal, no puedo echarlo de aquí.

—Me está tomando el pelo, ¿verdad? —dije con una exhalación.

—Neil, no puedes estar hablando en serio —dijo Jessica con los brazos en cruz.

—Jessica, esta es mi casa y Alexis es la mujer que amo. No pienso renunciar a ninguna de las dos.

—Ni se te ocurra meterme en esto —espeté, sintiendo cómo la cara me ardía—. Tú no vives aquí.

Neil volvió a mirar al agente.

—Voy a entrar, ¿necesita algo más de mí?

—No, que tenga una buena noche —respondió el oficial negando con la cabeza.

Neil dio media vuelta y entró en el garaje. Ya había cambiado las cerraduras, pero había dejado el código del garaje para que él pudiera recoger sus cosas. Pero, como iba a correr con Jessica, no había cerrado la puerta interior y Neil entró directamente en el salón.

Jessica me miró sin saber qué decir.

—¿Puedes preguntarle a Marcus si esto es legal? —dije, con la voz temblorosa.

Me giré y entré corriendo detrás de Neil. Había cogido una de las cajas de plástico transparente en las que había metido sus cosas y se dirigía al sótano, donde tenemos la habitación de invitados más grande.

—¡Neil!

Hizo caso omiso.

Una suave ráfaga de histeria brotó en mi interior. Esto no podía estar pasando.

Estuve dando vueltas en el salón mientras mandaba frenéticamente mensajes de texto al grupo de Gabby y Jessica. Gabby acababa de llegar a casa y había visto que el coche de policía se alejaba de la casa. Le conté lo sucedido mientras Neil volvía a subir a por otra caja.

—Neil, ¿por qué estás haciendo esto?

Su rostro había perdido la mirada amistosa y apacible que reservaba para la vida pública.

—Esta es mi casa. Ya te he dicho que no pienso renunciar a ella, y tengo más probabilidades de conseguirla si resido aquí. Tengo todo el derecho de hacerlo. Si no te gusta, múdate.

Cogió otra caja y volvió a bajar.

Me quedé petrificada mirando cómo se iba. Mi barbilla empezó a temblar, corrí escaleras arriba hacia mi habitación y cerré con un portazo.

Mi teléfono no dejaba de zumbar por la rápida sucesión de mensajes de texto en nuestro chat de grupo. Gabby, Jessica, Gabby, Jessica. Y entonces, irónicamente, justo en ese momento, recibí un mensaje de texto de Daniel.

Daniel: «Solo quería decirte que me ha gustado mucho volver a verte».

Jessica envió un mensaje nuevo. Según Marcus, todo era legal. No podía hacer nada.

Dejé caer el teléfono sobre la cama, apoyé la cara en la almohada y grité.

13

Daniel

No respondió mi mensaje.

Habían pasado ocho días desde la última vez que nos vimos, es decir, el día que Popeye se había caído al suelo. Le había mandado otro mensaje dos días atrás, pero tampoco me había respondido. Supuse que dos mensajes sin respuesta eran el límite antes de parecer desesperado, así que me di por vencido.

Después del accidente, había llevado a Popeye a Rochester para que lo visitara su médico. Estaba bien. Además, aproveché el viaje para ir a la ferretería y comprar la barandilla y los adhesivos antideslizantes. Ayer los instalé, ayudé a Doug a cavar una zanja y, además, hice una mesita de centro.

Habría preferido quedar con Alexis.

Decir que estaba decepcionado era un eufemismo. Pensaba que las cosas entre nosotros habían ido bien.

Pero supongo que me equivocaba.

Eran las siete de la mañana y las sombras permanecían en el exterior. Cuando llamó Amber, mi madre, estaba sentado en el porche cubierto tomando un café.

En realidad, no era mi madre, al menos, a efectos prácticos. Me tuvo a los quince, y mi padre era un turista de dieciséis años cuya familia no mostró ningún interés en mí. Me criaron mis abuelos.

Tengo muy pocos recuerdos de Amber cuando yo era pequeño. Se fue tan pronto como se sacó el carné de conducir. Nunca tuvimos una auténtica relación hasta que los abuelos fallecieron.

Le dejaron la casa en herencia.

Mi tía Andrea, la madre de Liz, y mi tía Justine, la madre de mi primo Josh, no estaban de acuerdo. Las dos vivían en Dakota del Sur y no tenían intención de volver a Wakan. Así que mis abuelos le habían dejado la casa a Amber, probablemente, con la intención de cambiar el testamento para dejármela a mí cuando tuviera edad suficiente. Sin embargo, nunca llegaron a hacerlo. Así que Amber se quedó con todo.

Le supliqué que no la vendiera. Con veintitrés años no tenía los recursos necesarios para comprarla yo mismo. La convencí para que me dejara alquilarla. De ese modo, ella recibiría un ingreso cada semana y, si no funcionaba el negocio, siempre podía ponerla a la venta. Accedió y, entonces, empezó el acuerdo que regía mi vida desde hacía cinco años.

Cuando llamaba, siempre se trataba de dinero.

—Amber —dije, descolgando al tercer tono e intentando ocultar mi mal humor.

—Hola, Daniel, soy Amber.

Me rasqué la frente con resignación. A veces parecía que, simplemente, no estaba ahí.

—¿Cómo estás? —pregunté.

—¿Estás arreglando el jardín?

—¿Cómo?

—¿Qué estás haciendo?

Parecía una conversación de besugos.

—Estoy sentado en el porche tomando un café. ¿Por qué lo preguntas?

Hizo una pausa.

—Bueno, no sé cómo decirte esto sin parecer demasiado directa. Quiero vender la casa.

Me quedé helado.

—¿Qué? ¿De qué estás hablando?

—Voy a ponerla a la venta hoy mismo.

Me levanté de golpe.

—¿Por qué? —Escuché algunos ruidos extraños, parecía distraída—. Amber, no puedes hacerme esto.

—Ya he contratado a una agente inmobiliaria. ¿Te acuerdas de esa chica, Barbara? La de la inmobiliaria Root River. Dice que vale quinientos mil dólares.

Negué con la cabeza.

—Pero el negocio va bien, estamos ganando dinero.

—Estoy harta de ser propietaria. Es demasiado exigente. Tengo que hacer frente a las tasas...

—No te preocupes, yo me encargo de los impuestos.

—No. Es demasiado trabajo. No tengo tiempo.

Tonterías. Ella no se ocupaba de nada. Yo me encargaba de todo. Solo quería el dinero.

Salí del porche y empecé a andar.

—¿Por qué no la compras? —preguntó.

—Amber, no tengo suficiente dinero como para hacer frente a la entrada de una casa como esta. Estamos hablando de decenas de miles de dólares. —Mi mente trataba de encontrar a toda prisa una alternativa—. Esta casa ha pertenecido a la familia durante ciento veinticinco años —dije—. No puedes venderla. El abuelo...

—El abuelo está pudriéndose en su tumba, Daniel. —Estaba seguro de que había puesto los ojos en blanco—. Ahora mismo solo sirve para alojar extraños. No seas tan dramático. Sería distinto si vivieras ahí.

—¡Vivo ahí!

—Vives en el garaje. ¿Por qué no le pides a quienquiera que la compre si puedes quedarte? ¿Si puedes alquilarlo? De todos modos, Barbara me ha dicho que probablemente la comprará un fondo de inversión que querrá mantenerla como

123

B & B. Así que a lo mejor cuentan contigo. Podrías tener el mismo trabajo y todo.

—¿Y si no es así? ¿Y si la compra una familia para vivir en ella? ¿Realmente, dejarías que eso ocurriera? Perderé mi trabajo, mi casa, mi taller…

Me detuve al lado de la casa y levanté la mirada.

Las enredaderas retorcidas y los robles de la vidriera relucían de color esmeralda debajo del alero tallado a mano que mi tatarabuelo esculpió con sus propias manos. Mi tatarabuelo había nacido en la habitación de la cama con dosel. Mi bisabuelo le pidió matrimonio a mi bisabuela en el salón, delante de la chimenea y del mosaico de azulejos verdes.

Conocía cada rincón de esta casa. No podía venderla. No se lo permitiría. Esta era mi casa. Donde me crie. Aquí habían nacido, crecido y muerto varias generaciones de mi familia.

—Escucha —dije—. Dame unos meses para reunir el dinero que necesito para comprar la casa. Por favor. Así tendré la oportunidad de pedir una hipoteca.

No sabía de dónde iba a sacar el dinero. A cambio de gestionar la propiedad me quedaba con un porcentaje de cada alquiler y cuando terminaba un mueble lo ponía a la venta. Pero eso era un pasatiempo, no una fuente estable de ingresos, y la casa no generaría más ingresos hasta mayo. Vivía modestamente. Tenía ahorrados unos dos mil dólares, pero no era suficiente para alcanzar la cifra que me pediría el banco.

—No lo sé —dijo con un suspiro.

—La alquilaré durante la temporada baja —dije sin pensarlo dos veces—. Tendrás muchos más ingresos. Además, necesita algunas reparaciones. Hay filtraciones de agua en las habitaciones de Jack y de Jill, y también hay que arreglar el tejado. Si no reparamos estas cosas, el valor de la casa será inferior, y de todas maneras me llevará unos meses arreglarlo.

Se quedó callada durante unos instantes.

—Amber, nunca te he pedido nada. Por favor. Concédeme unos meses.

Otro silencio prolongado.

—Está bien. De acuerdo. Seis meses. Pero eso es todo. Necesito el dinero. Voy a abrir una tienda de bicicletas con Enrique.

De eso se trataba.

Me apreté los ojos con los dedos. No sabía ni quién era. Probablemente, algún tipo con el que había empezado a acostarse, y que iba a desplumarla y desaparecer en un santiamén. Llegados a este punto, ni siquiera podía entretenerme con este asunto. De todos modos, no podía hacer nada al respecto. Amber siempre hacía lo que quería, y esta vez no sería distinto.

Asentí a pesar de que no podía verme.

—De acuerdo. Muchas gracias.

Colgué el teléfono con la sensación de que no iba a cumplir su promesa.

125

Seis meses. Tenía seis meses para ahorrar cincuenta mil dólares.

Esa mañana, después de la llamada de Amber, había ido directamente al banco. La buena noticia era que el B & B tenía cinco años de ingresos estables que cubrían con creces el importe de la hipoteca, además, mis cinco años como administrador de la finca y mi buena reputación podrían garantizarme el préstamo. La mala notica era que necesitaba cincuenta mil dólares para la entrada.

Pero podría necesitar un millón y las probabilidades serían las mismas: ninguna.

Fui al taller para hacer inventario. Las piezas de carpintería se apilaban por las paredes desde el suelo hasta el techo. Era todo el trabajo de mi bisabuelo antes de que falleciera. Tenía fama de empezar algo y perder el interés por el camino. Mecedoras lijadas que tenía que pintar, mesas de comedor sin patas, cómodas sin pomos, armazones de cama sin montar.

Si pudiera sacar adelante estas piezas inacabadas, terminar lo que ya estaba empezado, añadiendo quizás un poco de mi propio arte para elevar su valor, podría llevarlas a la feria de Rochester para sacar algún provecho. Tal vez eso sería suficiente para conseguir el dinero.

Tal vez.

Con esto y los dos mil dólares que tenía ahorrados podía bastar. Era una cantidad ingente de trabajo. También tenía que ocuparme del B & B. Pero podía hacerlo. Podía ocuparme de todo.

Era la única posibilidad.

Nunca había odiado a alguien en mi vida, pero, ahora mismo, odiaba a Amber. Era difícil de creer que nos hubieran criado las mismas personas, que nos hubieran enseñado los mismos valores y que hubiéramos crecido en el mismo lugar. ¿Cómo podía desentenderse de la casa de esta manera? La casa tenía alma, respiraba. Era nuestra responsabilidad.

Supongo que no podía argüir que era una sorpresa. Conocía a Amber y sabía que este día iba a llegar.

Su necesidad de dinero fue una constante durante mi infancia. Llamaba a los abuelos para que la sacaran de cualquier apuro. Recuerdo que llamaba cada dos meses rogando que le mandaran más dinero. La abuela sentada en la despensa, hablando con su hija con el cable rizado del teléfono tenso y con la puerta cerrada. La conversación entre susurros, amortiguada. El abuelo era más duro con ella, pero siempre conseguía que la abuela cediera.

Siempre me había preguntado qué hacía Amber para que la abuela se apiadara de ella. Era como si el listón estuviera tan jodidamente bajo que hasta el más atroz de sus despropósitos solo recibía como castigo un suspiro y un movimiento de cabeza.

Cuando venía de visita, robaba cosas. Iba al Centro de Veteranos, se emborrachaba y acababa peleándose con alguien. Mi abuelo tenía que ir a sacarla de la celda de borrachos de correos. Cuando no estaba en Wakan, saltaba de un muerto de hambre a otro. Casi nunca tenía una dirección fija.

Creo que la única razón por la que nuestro acuerdo se prolongó en el tiempo es porque, durante la temporada alta, recibía una suma de dinero regularmente en su cuenta bancaria. Nunca había tenido un trabajo fijo. Había trabajado de camarera y una vez de azafata, pero nunca había logrado mantener un puesto de trabajo más de unos pocos meses. Entonces, era cuando recibía una llamada pidiéndome que le avanzara dinero.

A veces argüía que necesitaba el dinero porque tenía problemas de salud. Mil dólares para una endodoncia o para la paga y señal de un coche nuevo porque había estrellado el último y no tenía seguro. Siempre había algo. Solo que ahora ese algo era tan grande que tenía que vender la casa para cubrirlo.

Actualicé la página web para que indicara que el B & B volvería a estar abierto a partir del viernes y, cuando pulsé «Aceptar», apreté los dientes.

Abrir fuera de temporada era una pérdida de tiempo. En el mejor de los casos, estaría a media capacidad, y la cantidad de trabajo que eso suponía para mí cobrando la mitad, no merecía la pena. Cuando había huéspedes estaba atado de pies y manos. No podría acercarme a la ferretería de Rochester, a menos que lograra que Doug y Liz me cubrieran las espaldas. Tenía que preparar café a las seis de la mañana para los más madrugadores y un desayuno continental a las nueve. El registro de salida era a las once. Luego, tenía que limpiar las habitaciones, cambiar las sábanas y registrar a los nuevos huéspedes antes de las tres. Era una rueda de tareas interminable. Y tenía que llevar a cabo ese trabajo tanto si la casa estaba abarrotada como si solo había un huésped. Pero era la única manera. Por-

127

que, si Amber no veía el dinero, seguramente, pondría a la venta la casa ahora en lugar de esperar a octubre.

Envié un correo electrónico a nuestra lista de huéspedes habituales. Mencioné que habría algunas novedades, como los desayunos de primavera o la cortesía de ofrecer queso y vino. Luego me metí de lleno con los muebles en el taller. Apenas llevaba trabajando un cuarto de hora, cuando me sonó el móvil. Tenía un humor de perros, pero al ver el mensaje, todo cambió.

Alexis: «Perdona, no me había dado cuenta de que no había respondido».

Sonrisa de oreja a oreja. La llamé.

Respondió al segundo tono.

—¿Hola?

—Hola.

—¿Me has llamado a propósito? ¿Sin antes mandarme un mensaje de texto como una persona normal?

128

—Sí —dije con una sonrisa en la boca—. ¿No es eso lo que se hace con los teléfonos?

—No es lo que hago con el mío.

—Lo dices como si te hubiera mandado una foto de mi pene.

—Tal vez habría sido menos violento.

Reí.

—¿Y si estaba con algo entre manos? —dijo.

—Entonces, no habrías respondido. Qué locura, ¿verdad?

Juraría que estaba sonriendo.

—Estoy ocupado con un proyecto ahora —dije—. No podía mandarte un mensaje de texto.

—¿De verdad? ¿Y en qué estás ocupado?

—En una silla.

—¿Estás reparándola?

—La estoy construyendo.

—Vaya —dijo sorprendida—. ¿Sabes cómo hacer una silla?

—Soy carpintero —dije—. Es el negocio familiar. Todos mis primos lo son. Incluso Liz. Mi abuelo nos enseñó.

—Es fantástico. ¿Tienes una cuenta de Instagram para mostrar tus piezas? Me encantaría seguirte.

Negué con la cabeza.

—No tengo redes sociales.

Hizo una pausa.

—¿No tienes ninguna red social?

—No, son una pérdida de tiempo. Si me paso dos horas en TikTok, pierdo exactamente dos horas de mi vida. Si me paso dos horas en el taller, tengo una silla.

—Pero… ¿cómo mantienes el contacto con la gente si no tienes redes sociales?

—Con el teléfono. Los llamo.

No pudo aguantarse la risa.

De nuevo, esa química… era como si en un segundo volviéramos a reconectar como si nada hubiera pasado.

—Estoy echada en la tumbona de la piscina.

—¿Tienes una piscina? —dije levantando una ceja—. La única piscina que tenemos por aquí es el río.

—Sí, acabo de llegar de la casa de una amiga.

Era una buena noticia. Si había estado en casa de una amiga y se había acordado de que no había respondido mis mensajes, probablemente, habían estado hablando de mí.

—¿Qué amiga?

—La que vive enfrente de mi casa.

Entonces me percaté de que siempre respondía mis preguntas de la misma manera. Cada vez que preguntaba, me respondía con vaguedades. No sabía su apellido ni el hospital en el que trabajaba. ¡Dios! Si no sabía que era doctora hasta que fuimos a casa de Popeye. Sin embargo, pensé que se abriría cuando estuviera preparada, así que tampoco quería presionarla.

—Entonces, ¿qué has hecho estos días?

—No demasiado. Trabajar, principalmente. —Escuché el ruido de una lata al abrirse. Me puse los auriculares para tener las manos libres—. ¿Qué clase de doctora eres? —No había tenido la ocasión de preguntárselo el otro día.

—Soy médico de Urgencias.

—Vaya —dije, tomando la medida de la pata de la silla y marcándola con un lápiz—. ¿Por qué elegiste esa especialidad?

—Nunca llegué a planteármelo. Quería ser neurocirujana, pero conocí a mi mejor amiga y ella estaba estudiando medicina de Urgencias. Entonces me metí de lleno en eso. Es divertido. Me gusta estar ahí cuando una persona sufre el peor día de su vida. Me gusta ayudar a la gente.

Esbocé una sonrisa.

—¿Y te has encontrado con casos interesantes?

—Con millones de ellos.

—¿Como cuál?

Emitió una especie de zumbido.

—Ayer saqué un zapato de Barbie de la nariz de un niño. Y esta mañana un hombre usó una pistola de clavos para clavarse un clavo de cinco centímetros en el pie. Se quedó pegado al suelo. Los de la ambulancia tuvieron que utilizar un martillo para sacarlo.

Aspiré aire entre los dientes.

—¡Ups!

—Recuerdo que una vez un tío se tragó un dispositivo Fitbit. Estaba engañando a su pareja y recibió un mensaje de otra mujer. Entonces, su novia le exigió que se lo mostrara, y resolvió la situación metiéndoselo en la boca. El dispositivo seguía registrando sus pasos desde el estómago. ¡Ah! También está el señor del Nunchuck. Viene una vez al mes con una conmoción cerebral. Y había un tipo con una linterna metida en el recto.

—¿Por qué todos son hombres?

—No lo sé, Daniel. ¿Por qué siempre se trata de un hombre?

Me la imaginé con una sonrisa socarrona.

—Oye, que yo nunca he ido a Urgencias. Doug es el que me pone los puntos de sutura.

—¿Doug te pone los puntos de sutura?

Asentí con la cabeza.

—Sí, era médico en el Ejército. Me ahorra cuatro horas de viaje a Rochester cada vez. Usa un anzuelo sin púas y sedal.

—Por favor, dime que es una broma.

—En absoluto. Hace muy bien su trabajo. Sin rodeos.

—No me lo puedo creer —dijo con un suspiro—. ¿Y qué te tomas para el dolor?

—¿Ginebra?

Volvió a reír.

Necesitaba usar la sierra, pero no podía hacerlo con ella al teléfono, así que decidí pintar unos cabeceros. Me levanté y cogí unos pinceles.

—Volvamos al tema de la linterna. ¿Sucede muy a menudo?

—Ni te lo imaginas. A la gente le encanta meterse cosas por el culo. Y siempre pretenden que te creas que se cayeron en la ducha. El cincuenta por ciento de mi trabajo es intentar no descojonarme en su cara.

—Te comprendo —dije riendo entre dientes—. Ayer alguien pintó un pene con un espray en el carril bici y la señora Jenson vino a denunciarlo. No dejaba de pronunciar la palabra «pene» entre susurros porque no se atrevía a decirla en voz alta. Como no podía ser de otro modo, tuve que poner cara de preocupación y asentir constantemente con la cabeza.

—¿Y se sabe quién es el autor? —preguntó con tono burlón.

—Eh…, los adolescentes. Siempre es culpa de ellos. Petardos en los buzones, robos en el supermercado, orinar en la vía pública…

—¿Orinar en la vía pública?… —dijo con estupor.

—Así es. —Abrí un bote de pintura—. Es exactamente lo que parece. Los comercios están cerrados por temporada o no quieren que los adolescentes utilicen sus baños, así que ellos se meten en cualquier lugar. El callejón exterior de la farmacia empezaba a oler como una letrina.

131

—¿Y tú tienes que ocuparte de eso? ¿No es asunto de la policía?

—Supongo que sí, pero Jake no está por la labor. Además, esquivar a la policía es una de las tradiciones locales —dije mientras removía la pintura—. Es lo más divertido que tenemos.

—¿Y qué harás con el crimen del espray, señor alcalde?

—Estoy organizando un programa de voluntariado para la temporada baja. Para mantener a los adolescentes ocupados. Doug les enseñará apicultura y yo daré un taller de carpintería. Si se apuntan, ganan créditos para alquilar bicicletas o kayaks. Dentro de un par de semanas vamos a recaudar fondos para ello.

—¡Qué buena idea! Pero pensaba que el cargo de alcalde era honorario.

Me encogí de hombros.

132

—Lo es. Es decir, me eligieron. Pero la ciudad es demasiado pequeña para que sea un trabajo remunerado, así que siempre tengo la sensación de que en realidad no cuenta. Es algo que siempre han hecho los Grant…

—Bueno, parece que tienes bien ensayado el discurso —dijo—. Y eso que no lo consideras un trabajo real, aunque, a fin de cuentas, lo es. En lugar de esto podrías haber castigado a los culpables y caso cerrado.

Negué con la cabeza.

—No. La grandeza no cuesta nada —dije pasando el cepillo por el cabecero.

—¿Cómo?

—La grandeza no cuesta nada. Mi abuela solía decirlo. Sobre todo, le gustaba decírselo a sí misma cuando yo me comportaba como un niñato.

—Dudo que alguna vez te comportaras como un niñato.

—Aquí la adolescencia es complicada —dije—. Puede ser tremendamente aburrida. En realidad, aquí ni siquiera es fácil ser un adulto. Ya sabes, si hay menos de mil habitantes, ni siquiera es una ciudad, apenas es una aldea.

—Así que eres un aldeano.

—Completamente. ¿Y hay alguna posibilidad de que asaltes mi aldea esta noche? Me gustaría verte.

—No puedo. —La imaginé mostrando el labio inferior—. Tengo un fin de semana de chicas. Me voy mañana por la mañana.

Mi sonrisa no aguantó la tensión. Había pasado más de una semana y me apetecía volver a verla.

—Tendrás que conformarte con hablar conmigo —dijo con un tono alegre de voz.

—¿De qué quieres hablar?

—No lo sé.

—¿Qué te parece si jugamos a algo? —pregunté.

—¿Un juego? ¿Qué clase de juego?

—Uno para conocernos.

—De acuerdo.

Si los precedentes servían de algo, Alexis nunca respondería las preguntas que quería hacerle. Así que opté por la prudencia.

—Si pudieras viajar en el tiempo, ¿en qué época te gustaría estar?

—Mmm… —dijo—. Es una buena pregunta. ¿Soy como un fantasma o realmente tengo que vivir en esa época?

—¿Por qué querrías ser un fantasma?

—Demasiadas enfermedades. Difteria, viruela, peste bubónica. La gente de entonces vivía hasta la edad del parto.

—Podrías ser cualquiera —dije—. Incluso un rey o una reina.

—¿Crees que los reyes lo tenían mejor? ¿Qué me dices de Carlos II de España? Era fruto de la endogamia y apenas podía comer. Tenía la mandíbula tremendamente desfigurada, raquitismo, alucinaciones, una cabeza demasiado grande y además era impotente. Enrique VIII tenía una úlcera en una pierna tan

133

putrefacta que se podía oler desde el pueblo vecino. Además, dicen que podría haber perdido la cabeza por culpa de la sífilis.

—Así que un poco de sífilis te mandaba al otro barrio —dije con sorna.

—¿Estamos hablando de Enrique VIII o tienes alguna consulta médica? La sífilis es una enfermedad con tratamiento y no debes avergonzarte de padecerla. Una sola inyección intramuscular de penicilina te saca del apuro.

—Perfecto, ahora sabemos que puedes curar la sífilis. —Escuché cómo se reía—. En realidad, tienes razón. Leo muchos libros de historia y supongo que eran tiempos salvajes.

—¿Libros de historia? —dijo con un atisbo de asombro en la voz.

—Es mi lectura favorita.

—La mía también. Me encantan los aspectos médicos. Siempre pienso en cómo actuaría si viviera en aquella época sabiendo lo que sé ahora.

—A mí me gusta porque son sucesos reales —dije—. El argumento no puede defraudarte si se trata de una historia real. Además, siempre aprendes algo.

—Sí, además, leer hace que tu pene parezca más grande. No lo digo yo, sino la ciencia.

—Así que era eso. Estaba buscando una explicación. Por cierto, acabo de terminar *Guerra y paz*.

Se echó a reír tan fuerte que creo que escupió su bebida.

—Me gusta leer —dije, sonriendo—. Es la única forma que tengo de vivir en otro lugar que no sea Wakan. Leo tres o cuatro libros a la semana. Muchos audiolibros. Así puedo trabajar y leer al mismo tiempo.

—Nunca he comprado un audiolibro —admitió.

—Deberías. Es como una película para las orejas. Podrías escuchar uno mientras vienes a verme. ¿Qué será…?

—Daniel, sabes que me encanta verte trabajar, pero tengo que planear el quinto centenario de mi país, organizar mi boda, asesinar a mi mujer y culpar a Guilder por ello. Estoy agobiada.

Era una frase sacada textualmente de *La princesa prometida*. Me partí de risa.

Dios, me encantaba hablar con ella. No recordaba la última vez que lo había pasado tan bien hablando con alguien. Hubiera preferido verla en persona, pero me conformaba.

Consulté mi reloj.

—Tengo que dar de comer a Chloe.

—Vaya —dijo, sonando un poco decepcionada—. Supongo que entonces debería colgar.

Puse el cepillo sobre la tapa de la lata.

—Para nada. Te vienes conmigo. He tardado una semana en hablar contigo y, ahora, no pienso dejarte escapar.

Después de dar de comer a Chloe, tampoco colgamos.

Hablamos durante cinco horas seguidas.

135

14

Alexis

*E*ra nuestro fin de semana de chicas.

Los hombres habían enfilado al norte, hacia Grand Marais, así que nosotras nos dirigimos hacia el sur, hacia un B & B que Gabby había reservado.

Gabby iba al volante y Jessica en el asiento del copiloto. Yo estaba en el asiento de atrás del todoterreno negro, como los niños. Jessica era el padre gruñón, y Gabby, la madre vivaracha. Gabby tenía espíritu de animadora. Tenía treinta y cuatro años, era rubia y apenas medía un poco más de metro y medio. Era pediatra. De las tres, era la única que estaba en una relación feliz. Philip la adoraba.

Gabby se volvió hacia Jessica con las manos en el volante.

—¿Estás segura de que a Marcus no le importa que no vayas? Es su cumpleaños.

—Ese hombre no me ha tocado en seis años —dijo Jessica con hastío—. Apenas se acuerda de mi existencia. No creo que le importe lo que haga.

Gabby me echó un vistazo por el retrovisor.

—Jessica me lo ha contado todo. Neil es un desgraciado. No tenía ni idea. En serio, ¿por qué no dijiste nada antes?

Dejé escapar un soplido por la nariz.

Estas eran mis amigas. Pasaba mucho más tiempo con ellas

que con Bri, básicamente, porque todas teníamos pareja. Íbamos de vacaciones juntas, trabajábamos juntas y vivíamos en la misma calle. Sin embargo, no podía hablar con ellas de todo como hacía con Bri. Gabby era bastante cotilla y podía llegar a ser un poco superficial. Y Jessica siempre estaba de mal humor y solía ser negativa.

Las quería, pero también sabía qué podía esperar de ellas.

—Es difícil de explicar —dije para zanjar la conversación. De todas maneras, Gabby ya se había enterado de todo porque Jessica se lo había contado.

Una sonrisa traviesa se dibujó en el rostro de Gabby.

—¿Y ese chico con el que sales...?

Esa era otra de las cosas que no podía hablar con ellas.

Había resguardado mi relación con Daniel tanto como era humanamente posible. No les había dado más detalles que el hecho de que vivía lejos. Pero sabía que iban a interrogarme. Teníamos todo un fin de semana por delante.

—Solo nos hemos visto dos veces —dije quitándole importancia.

—Sí, pero ¿cómo es?

Me encogí de hombros y miré por la ventanilla.

—No sé, es simpático.

—¿Y a qué se dedica?

—A la administración de fincas —dije sin dar más detalles.

—¿Y el sexo es bueno con él? —Me miró por el retrovisor con los ojos brillantes.

No podían imaginarse lo bueno que era el sexo con él, pero, si les contaba la verdad, me hartarían a preguntas.

Volví a encogerme de hombros.

—Está bien, supongo.

—Hay una cepa de clamidia resistente a los antibióticos —dijo Jessica con rotundidad.

Gabby hizo un ruido de asco.

—Estoy usando protección —añadí.

—¿Cuándo lo vamos a conocer? —preguntó Gabby.

—En realidad, solo es un rollo.

Nada más lejos de la realidad.

Bueno, no exactamente. Supongo que, técnicamente, se trataba de sexo casual, nunca habíamos hablado tanto rato como la noche anterior. El tiempo había pasado tan rápido que ni siquiera me había dado cuenta de lo tarde que se había hecho, y solo había colgado porque Neil llegó a casa y vi que había prendido la luz del despacho.

Realmente, me gustaba hablar con Daniel. Era sencillo y me hacía reír. Sorprendentemente, teníamos muchas más cosas en común de las que creía.

Gabby giró a la derecha para entrar en una estación de servicio.

—Necesito ir al baño. ¿Alguien quiere un café?

Jessica se desabrochó el cinturón.

—Yo me encargo.

Mi teléfono empezó a vibrar. Bri me estaba llamando.

—Me quedo esperando en el coche —dije mientras atendía la llamada—. Hola —dije a Bri.

—Me acaban de dejar plantada. Otra vez —dijo—. ¿Tú crees que vienen, me ven y luego se largan? ¿O ni siquiera se molestan en venir? No puedo decidir si prefiero ser tan desagradable como para que huyan o tan aburrida que se olvidan literalmente de que teníamos una cita.

—No eres ni desagradable ni aburrida —dije, observando cómo Gabby y Jessica entraban en la estación de servicio—. Ellos se lo pierden.

—¿Tú crees? Porque estoy empezando a pensar que perfilarme los pómulos en mi día libre es una pérdida de tiempo. ¿Quieres quedar para cenar? Así no me habré maquillado en vano.

—No puedo —dije—. Estoy de fin de semana con Gabby y Jessica.

Dejó escapar un ruido de fastidio.

—¿Por qué no vienes? Si no hay más camas, podemos compartir la mía.

—Creo que paso, no soporto las quejas de Gabby ni las miraditas de Jessica —dijo con tono burlón—. Iré a ver a Benny o algo así.

—¿Cómo se encuentra? —pregunté. Su hermano pequeño estaba sufriendo problemas de salud bastante graves.

—Su función renal empieza a estar afectada.

Hice una mueca con los labios. Benny solo tenía veintiséis años, incluso menos que Daniel, y Daniel todavía era un crío. Demasiado joven como para estar enfermo. El deterioro de su salud estaba afectando profundamente a Bri. Ella sentía que debía solventar cualquier problema porque era la doctora de la familia, y eso no era justo.

—No es tu culpa, Bri.

140 Benny recibía unos cuidados excelentes, y su estado de salud, de todos modos, mejoraba lentamente. A veces la medicina era así. No se podía hacer mucho más.

—Entonces, ¿qué más me cuentas de tu chico?

—No mucho —dije encogiéndome de hombros—. Anoche hablé con él.

—No me digas. ¿Sexo telefónico?

—No, solo hablamos. Nada profundo. Lo había dejado esperando una semana. Estaba tan desbordada con todo el asunto de Neil que se me olvidó devolverle los mensajes.

—¿Volverás a verlo?

—Supongo que sí. Tal vez la semana que viene.

—Está bien. Aunque acuérdate de no ponerle un apodo a su pene. Una vez que se lo pones, te encariñas.

Me eché a reír. Gabby y Jessica estaban saliendo de la estación de servicio.

—Tengo que colgar —dije todavía con lágrimas en los ojos.

—De acuerdo, llámame más tarde.

Las chicas subieron al todoterreno y volvimos a la carretera. Circulamos durante treinta minutos, mientras Gabby y Jessica hablaban del nuevo tío macizo de la piscina y de una recaudación de fondos para Butter Braid en la que participaban los hijos de Gabby. En realidad, no estaba prestando atención. Tenía un auricular puesto escuchando las muestras de audiolibros que Daniel me había recomendado.

—Puaj, el café de la estación de servicio es asqueroso —dijo Gabby depositando su vaso en el portavasos—. No sé ni por qué me molesto en pedirlo.

Jessica se echó a reír con estrépito.

—Tal vez puedas tomarte algo mejor cuando lleguemos. ¿Dónde vamos exactamente?

—Dios mío, os va a encantar el sitio que he encontrado —dijo Gabby, girando a la derecha cerca de un maizal—. Está cerca del río Root. Tienen un sendero verde para bicicletas. Antes era una vía de tren y la han asfaltado. Podemos alquilar bicicletas en el pueblo. También kayaks.

Me saqué el auricular y me incliné hacia delante para mirar el paisaje.

—¿El río Root? Creía que íbamos a Red Wing.

—Así era. Había reservado en otro lugar, pero cancelé la reserva cuando apareció esta oferta. Es un pueblo encantador en el condado de Grant. Es un B & B al que ya le había echado el ojo. Recibí un correo electrónico que decía que abrían en primavera.

—¿Qué pueblo?

—Wakan.

¿Cómo? No podía ser.

El corazón empezó a palpitarme con fuerza.

—¿Wakan? —pregunté, intentando mantener mi tono de voz—. ¿Estás segura?

—Pues claro —dijo Gabby con una sonrisa.

—¿Seguro que no es Wabasha o Winiona?

141

—¿Tiene algo de malo Wakan? —preguntó Jessica aborrecida.

—No. No lo sé. Nunca he estado ahí —respondí con unos cuantos decibelios de más.

Así que el hostal de Daniel estaba abierto. Lo había cerrado durante la temporada baja, así que nunca pensé que podíamos acabar ahí. Pero si íbamos a Wakan, era muy probable que me cruzara con alguna persona que me reconociera de esa primera noche, y no estaba preparada para contarles a Gabby y a Jessica lo de Daniel. No estaba preparada para que nuestros mundos colisionaran. Todavía no. Quién sabe si nunca lo estaría.

Sabía con certeza que, si Gabby y Jessica se encontraban con Daniel, Neil acabaría enterándose. Jessica podría ocultárselo a Marcus. Apenas hablaban. Pero Gabby se lo contaría a Philip, y Philip se lo contaría a Neil, sobre todo si la historia era dramática. Y así sería como Gabby la contaría: «Alexis está con un veinteañero tatuado que vive en un garaje de pueblo con más mazorcas que habitantes».

Neil seguro que se burlaría. Todos lo harían. Y no quería que Daniel se convirtiera en un mono de feria. No quería que se convirtiera en nada. Solo quería divertirme y pasarlo bien sin pensar en las opiniones de mis amigos ni que Neil lo convirtiera en un ejemplo de lo bajo que yo había caído desde que lo había dejado. No podían hacerme esto. Daniel era mío y así quería que siguiera siendo, porque lo que teníamos era hermoso y me hacía feliz. No sobreviviría al examen de mis amigos.

Todo se reducía a eso: mis amigos nunca aprobarían a Daniel.

Daniel no sería suficiente. Y eso no me había importado demasiado, ya que nunca me había planteado que tuviera que estar a la altura.

Condujimos por una carretera sinuosa que ahora reconocía como el tramo final hacia el centro de la ciudad.

—¿En qué parte de Wakan? —pregunté, fingiendo que andaba perdida.

—Se llama la Casa Grant —respondió Gabby.

El pánico se apoderó de mí. Empecé a hiperventilar. No, no, no. Esto no podía estar pasando.

Miré el navegador de Gabby. Estábamos a menos de tres minutos de nuestro destino. A toda prisa le escribí un mensaje a Daniel.

Yo: «Llego a tu casa en dos minutos. Por favor, actúa como si no me conocieras. Lo siento».

Cuando el coche rechinó por el camino de grava, tensé el cuello asomándome por la ventanilla para ver si Daniel estaba fuera. No lo vi. El mensaje había llegado, pero Daniel no lo había leído.

Tenía la boca seca.

—¡Ya hemos llegado! —exclamó Gabby, mientras aparcaba el coche.

Jessica contempló la casa a través del parabrisas.

—Muy bonita.

—¿Verdad? —Gabby apagó el motor y salió.

143

Rodearon el coche hasta el maletero para recoger sus bolsas. Yo me quedé dentro, fingiendo que buscaba algo en el bolso, demorándome todo lo posible, rezando por recibir un mensaje de Daniel que me dijera que había recibido el mío.

—¿Vienes? —dijo Gabby unos segundos después. Ambas estaban de pie con su equipaje delante de la escalera.

Asomé la cabeza por la ventanilla.

—Se me ha caído el auricular. Ahora voy, entrad sin mí.

Daniel todavía no me había respondido.

15

Daniel

*O*í llegar a los huéspedes del fin de semana. Esperé junto al pequeño mostrador de facturación que había al lado de las escaleras y miré a Hunter.

—Muy bien, escucha. Te permito que recibas a los invitados para que practiques tus modales. Pero hay unas normas. —Le dirigí una mirada severa—. Tienes que estar sentado.

Le di la orden de sentarse con el dedo índice levantado. Hunter obedeció.

—Buen chico. Nada de saltar. Y tampoco olfatear…, ya sabes de lo que hablo.

Me miró con la lengua fuera y cara de bobalicón.

Lo había atado con una correa al mostrador de facturación, por si acaso, aunque, con la excepción de Alexis, nunca saltaba sobre la gente. Necesitaba socializar más. Como me ocupaba del B & B a tiempo completo, estaba encerrado en el garaje la mayor parte del día. Cuantas más ocasiones para interactuar le pudiera brindar, mejor.

La puerta de la casa se abrió y adopté una sonrisa mientras salía del mostrador para recoger el equipaje. Eran dos mujeres.

—En realidad, somos tres —dijo la morena sin mucho entusiasmo—. Vendrá en un minuto.

Una libélula cruzó la puerta y revoloteó por el vestíbulo.

Hunter la observó, pero se quedó quieto. Le di una palmada de aprobación en la cabeza.

Encendí el portátil y empecé a registrar sus datos. Era un buen fin de semana. Con esa reserva, había logrado alquilar tres de las cuatro habitaciones. Además, habían reservado las habitaciones de Jack y de Jill, que tenían un hándicap. Como tenían un cuarto de baño adyacente entre ellas, solo podía reservarlas para el mismo grupo de personas. Y eso quería decir que todavía quedaba una habitación libre para alguna reserva de última hora. Lo necesitaba. Si lograba mandarle grandes sumas de dinero a Amber cada semana, tal vez mantendría su palabra y no pondría la casa en venta hasta el otoño. Sin mencionar que tenía que ahorrar mucho dinero para poder pagar la entrada.

—¿Hay algún lugar donde se coma bien? —preguntó la rubia, mientras escribía un mensaje por el teléfono móvil.

—A partir de las cinco, por cortesía de la casa, ofrezco vino y aperitivos —respondí—. Y para cenar…

146

La puerta de la casa se abrió con un crujido interminable y apareció la tercera huésped. La miré a los ojos para recibirla con una sonrisa, y me encontré con la cara de Alexis. Parpadeé confuso y ella se llevó el dedo índice a los labios. Parecía aterrada. No tuve tiempo de procesar la situación, porque Hunter la vio y perdió la cabeza. Se abalanzó sobre ella.

El brusco tirón de la correa inclinó el mostrador hacia un lado y mi portátil cayó al suelo con estrépito. Luego Hunter arrastró el mostrador de cien kilos por el suelo de madera del vestíbulo como un perro de trineo trastornado y se echó encima de ella. Estaba tan alterado y el espacio era tan reducido que las otras dos mujeres huyeron chillando hacia el salón.

—Hola…, perro —dijo Alexis, acariciándolo para intentar retenerlo y que dejara de torturar el parqué con el mostrador de facturación.

Hunter aulló como un cachorro y luego soltó un largo y agitado ¡ROOOOOOO!

—Vaya, realmente le gustas a este perro —dijo la mujer morena desde el salón.

Alexis emitió una risa nerviosa.

—Sí, se habrá pensado que soy otra persona.

¡Qué demonios! ¿Qué estaba haciendo ella aquí? ¿Y por qué actuaba como si no nos conociera?

Rojo de vergüenza, agarré a Hunter por el collar, lo desaté y lo saqué rápidamente fuera de casa. Al instante, se acercó a la ventana que había junto a la puerta y saltó, gimoteando y llorando para que le dejara entrar de nuevo.

Miré a Alexis. Estaba un poco despeinada tras la bienvenida de Hunter. Llevaba un vestido amarillo de tirantes y sandalias. Tenía las mejillas sonrosadas y uno de los tirantes se le había caído por el brazo. Incluso con todo el alboroto, estaba realmente preciosa.

Me aguantó la mirada unos segundos y luego la apartó.

Me dirigí hacia las otras huéspedes.

—Lo siento mucho, supongo que le gustan las pelirrojas.

Las otras dos mujeres se rieron y Alexis sonrió incómoda mirando al suelo.

Sin saber qué más hacer ni qué demonios estaba pasando, recogí el portátil. La pantalla estaba agrietada.

Maldita sea, Hunter.

Me sentía como si la casa acabara de recibir el impacto de un meteorito. Un inesperado caos.

El mostrador estaba de lado en medio del vestíbulo. Había un enorme rasguño en el suelo de madera que habría que lijar y barnizar de nuevo.

Hunter emitió un sollozo lastimero desde el exterior como si ese destierro fuera una especie de tortura que acababa de infligirle sin motivo alguno.

Me aclaré la garganta.

—Dejad que os acompañe a vuestras habitaciones —dije, pasando por alto el registro. Cogí las llaves del cajón del mostrador, acalorado.

Subí su equipaje por las escaleras, ofreciendo una versión caótica de la visita guiada. Mi cerebro no daba más de sí. No podía concentrarme.

Ali Montgomery.

Ese es el nombre con el que la rubia había hecho la reserva de la habitación de Alexis.

La noche anterior había hablado con ella durante cinco horas. Habíamos tenido dos citas. Había tocado cada centímetro de su cuerpo, y ni siquiera sabía lo suficiente sobre ella como para evitar esta situación tan complicada sabiendo su nombre completo.

Lo absurdo de la situación resonaba en mi cerebro junto con todo lo que acababa de ocurrir. Alexis se quedó atrás, sin abrir la boca, y pude sentir cómo la presión abarrotaba todo el espacio. Quería meter a Alexis en un armario y preguntarle qué demonios estaba pasando, qué hacía aquí…

148

Tras indicarles sus habitaciones, sonreí, esperando proyectar una imagen sosegada.

—Mi número de móvil está en el libro de visitas de las mesillas de noche, por si necesitáis algo.

Las dos mujeres entraron en sus habitaciones. Alexis hizo contacto visual conmigo y luego cerró la puerta. Parpadeé un segundo. Luego saqué mi teléfono. Tenía algunos mensajes de ella.

El último decía: «Lo siento».

16

Alexis

*L*a explicación era demasiado vergonzosa como para escribirla en un mensaje. Simplemente, me disculpé y le dije que hablaría con él tan pronto como surgiera una oportunidad.

Menudo desastre. Y lo más irónico era que, a pesar del pánico, lo único que pude pensar cuando entré fue lo mucho que me gustaba la sorpresa de estar ahí y lo guapo que estaba Daniel. ¡Dios!

Antes de probar los aperitivos, las chicas quisieron relajarse en sus habitaciones, así que era una buena ocasión para escabullirme en el garaje. Cuando llegué, Daniel estaba sentado en su banco de trabajo. Levantó la vista y siguió trabajando, con la mandíbula tensa. Me acerqué a él y le di un codazo en el muslo.

—Lo siento.

Me miró de nuevo.

—¿Qué significa todo esto?

—No sabía que me traían aquí. Es un fin de semana de chicas y reservaron la habitación. Además, creía que este sitio no estaba abierto fuera de temporada.

—Lo tuve que abrir —dijo brevemente.

—¿Estás enfadado conmigo?

Me miró directamente a los ojos.

—Imagina que me presento con mis amigos en tu hospital.

Tú eres la doctora que los trata y yo actúo como si no te conociera. ¿Te parecería correcto?

Suspiré apesadumbrada.

—Daniel, no estoy preparada para contarles a los demás que estoy contigo.

—No te pido que lo hagas. Pero ¿fingir que ni siquiera me conoces?

—No sabes… —dije con un hilo de voz—. Si digo que te conozco, querrán saber cuándo y dónde nos conocimos. Jessica, la morena, sabe que estoy viéndome con alguien del sur. Son como una mafia de los cotilleos. Lo averiguarán.

Daniel apretó los labios. Sabía que se estaba preguntando si acaso era tan importante que lo descubrieran. Yo conocía a sus amigos. Él quería llevarme a desayunar delante de todo el pueblo. No quería ocultarme de nadie.

Había herido sus sentimientos.

150 Me humedecí los labios.

—Daniel, sé que aún no hemos hablado de esto, pero estoy saliendo de una ruptura complicada. Muy muy complicada. Sus maridos están pasando un fin de semana de chicos con mi expareja. Y sin entrar en detalles, ahora mismo no quiero que mi expareja sepa nada de mi vida. Mi mejor amiga Bri lo sabe todo sobre ti. Pero a estas amigas simplemente… no puedo contárselo.

Me escrutó como si buscara la verdad. No se la oculté.

—En realidad, cuando me di cuenta de que iba a verte hoy se me llenó el corazón de alegría.

Su rostro se suavizó por primera vez desde que había entrado en el garaje.

Apartó la mirada, pero me acarició con la punta del dedo la rodilla desnuda, como si su dedo fuera una pequeña rama de olivo.

—Por favor, no te enfades conmigo —susurré.

Sus ojos me atraparon de nuevo y exhaló un largo suspiro. Luego me subió a su regazo, me rodeó con los brazos en un abrazo tan dulce que me dio un vuelco el corazón. Daniel era realmente cariñoso. Le gustaba el contacto físico, era como un oso de peluche gigante. Estaba segura de que se le daban bien los niños. Al fin y al cabo, estaba a cargo de una cabrita bebé.

Le acaricié la nariz con la mía.

—Estabas muy guapo cuando entré —dije en voz baja.

Las comisuras de sus labios se curvaron. Sus ojos se clavaron en mi boca.

—¿Tienes mi sudadera? —preguntó en voz baja.

Asentí con la cabeza.

—¿Te la has puesto sin saber que venías a verme?

—Tengo que sacar provecho de las sudaderas robadas —dije.

—Otro crimen sin sentido —susurró.

—Me gusta cómo huele —balbucí.

Sonrió y me besó. Estaba oficialmente perdonada.

Cielos, lo echaba de menos. Me di cuenta demasiado tarde, pero ahora lo sabía. Era extraño echar de menos a alguien que acabas de conocer. Pero creo que era porque no había tenido suficiente de él ninguna de las dos veces que nos habíamos visto. De repente, al darme cuenta de que tenía todo un fin de semana por delante, mi humor sufrió un cambio repentino.

La semana anterior había sido un infierno. Había tenido que buscar un abogado y un agente inmobiliario. Estaba evitando cruzarme con Neil en mi propia casa. Pero había echado de menos a Daniel. Sentarme en su regazo, dejar que me abrazara, oler su cálido aroma a pino. Ese momento fue una revelación. Como llegar a la meta o exhalar un suspiro que llevas largo tiempo conteniendo. Como volver a casa.

Es el alivio que sientes cuando no tienes que pensar en nada más.

Treinta minutos más tarde, Daniel tenía que preparar los aperitivos. Me escabullí de nuevo en la casa por el porche cubierto. Hunter fue detrás de mí durante todo el trayecto, empujando su cabeza bajo mi mano, y cuando llegué intentó entrar conmigo. Tuve que forcejear con él para evitarlo y cerrar la puerta en sus narices.

Empezaba a tener una hipótesis sobre el comportamiento de ese perro, pero necesitaba más datos.

Gabby y Jessica estaban sentadas en las mecedoras.

—Oh, vaya, he dado una vuelta para inspeccionar la casa. No sabía dónde os habíais metido —dije echándome en una tumbona abierta y fingiendo normalidad, como si no acabara de enrollarme con nuestro anfitrión en el garaje.

—Hemos llamado a tu puerta, pero no has respondido —dijo Gabby—. Hemos pensado que estabas echándote una siesta o algo parecido. Dios, este perro está obsesionado contigo.

Lo miré y rompí a reír. Hunter tenía el hocico pegado a la ventana y tenía problemas para respirar. Sus orificios nasales empañaban el cristal y tenía la oreja del revés. Una libélula se había posado en su cabeza.

—¿El tipo ese está ahí fuera? —Gabby miró a mi alrededor, hacia el patio—. ¿Está cortando madera o…?

—¿Qué tipo? —dije con aire distraído.

—¿El tío bueno de facturación? ¿El de los tatuajes?

Me encogí de hombros.

—No lo he visto.

Jessica hojeó una revista.

—Quizá deberías ir a mirar. No pongas todos los huevos en la misma cesta.

—Seguro que está fuera —dijo Gabby—. Tiene pinta de estar al aire libre todo el día. Seguro que huele a humo de hoguera.

—O a aceite de coche —añadió Jessica secamente—. Seguro que es capaz de cambiar una bujía con los ojos cerrados.

Gabby empezó a reír y yo hice una mueca.

—Mi novio, antes de Philip, era como él —dijo Gabby—.

Era carpintero. Pragmático. Sabía cazar, pescar… Era como dejar que un perro sucio se metiera en tu cama.

Jessica soltó una risotada.

—Lo digo en serio —insistió Gabby—. Siempre aparecía con alguna herida abierta, sangrando.

—¿Sangrando? —dije mirándola con asombro.

—Sí, con cortes en las manos y picaduras de insectos. Este tipo de hombres siempre dejan un rastro de sangre en tus sábanas egipcias de mil hilos —dijo mientras se estremecía.

—No la desanimes, es divertido pasarlo bien con este tipo de hombres —dijo sin levantar los ojos de la revista.

Gabby se encogió de hombros.

—Sí. Están en forma y nunca desfallecen. En la cama son como una batidora, pero nunca los metas en tu casa.

—¿Por qué diablos debería llevárselo a casa?

—¿Por qué no puedo invitarlo a mi casa? —dije mirándolas alternativamente.

Las dos me lanzaron una mirada como si hubiera dicho algo gracioso.

—Seguro que tu padre estaría encantado —murmuró Jessica, concentrándose de nuevo en la revista.

Gabby soltó una carcajada.

—¿Te lo imaginas? «Papá, ya sé que mi último novio era jefe de Cirugía, pero aquí hay un tipo que puede construirme un refugio de montaña».

Las dos se rieron.

—Quizás es un buen tío —dije, un poco a la defensiva.

Jessica inclinó hacia abajo la esquina de su revista.

—¿De verdad crees que a tu padre le importa si es un buen tío? —se burló—. ¿Te acuerdas del abogado del bufete de Marcus que te presenté? ¿Adrian? ¿Justo antes de conocer a Neil? Tu padre se comportó como si hubieras traído a comer a un delincuente sexual. Te echó tal bronca que no volviste a quedar con él. Y Adrian era abogado, imagínate cómo actuaría con un tipo con tatuajes que se dedica a trabajar con madera.

Gabby se miró las uñas.

—Tu familia es como la realeza. Solo te esposarán con alguien que fortalezca su imperio médico.

Intenté fingir una sonrisa, aunque no tenía ni pizca de gracia.

—Lamento decirlo, pero tu próxima pareja deberá llenar un vacío muy grande —dijo Jessica, volviendo a la revista—. Si en su currículum no aparecen las palabras «mundialmente reconocido», ni te molestes en presentárselo.

Gabby asintió con la cabeza.

—Olvídate de tus padres. ¿Te imaginas llevar a un tipo así a casa de Philip y Marcus? Se lo comerían vivo.

Jessica meneó la cabeza detrás de la revista.

—Seguramente, Philip le hablaría de carteras de valores solo para tocarle las narices.

Gabby no pudo sostener la risa.

—Marcus ni siquiera le dirigiría la palabra.

Mi rostro se descompuso, me senté en la silla y di vueltas a la pulsera que llevaba en la muñeca. Sentía que me habían arrebatado toda mi ilusión. No habían dicho nada que no supiera, pero oírlo sin tapujos me hizo reflexionar.

—Pero es guapo —apuntó Gabby—. Se parece un poco a Scott Eastwood. Si está soltero, deberías pasártelo bien con él.

Me masajeé la frente.

—No sé si me encuentro demasiado bien. De hecho, creo que me está dando migraña. —En ese momento, técnicamente, no estaba mintiendo. La charla me había causado un profundo dolor de cabeza—. Igual os dejo ir a cenar solas esta noche.

Gabby frunció el ceño.

—¿En serio?

—Sí, yo...

Daniel asomó la cabeza en el patio.

—Siento interrumpir. Los aperitivos están en el vestíbulo —dijo con una sonrisa elegante. Luego, desapareció.

Jessica dejó caer la revista sobre la mesita con una palmada.

—Qué bien. Me vendría bien una copa de vino.

Se levantaron y fui detrás de ellas, sintiéndome tan cansada como hacía mucho tiempo que no me sentía.

17

Daniel

Era difícil no fijarme en ella.

No me gustaba esta farsa, fingir que no la conocía. Pero, más que eso, era difícil no mirarla porque estaba preciosa y me gustaba hacerlo.

Mientras tomaban vino y unos bocaditos de caprese y queso de cabra que había preparado, les indiqué en el mapa el camino hacia Jane's. Además, señalé el local para alquilar bicicletas, porque dijeron que querían recorrer la vía verde. No había mucho más abierto.

Si Alexis nos hubiera presentado como era debido, les habría enseñado la ciudad y me habría asegurado de que se lo pasaran bien. Las habría llevado a catar vinos a la granja de Doug, aunque hubiera cerrado por temporada, y quizás habría conseguido que Brian volviera a abrir el autocine. Pero Alexis no quería eso. Así que no dije nada.

Después de entregarles el mapa, me retiré a la cocina para darles un poco de intimidad, pero podía escuchar su conversación en el vestíbulo.

Era demasiado pronto para juzgarlas, pero no estaba seguro de que me gustaran las amigas de Alexis. La joven rubia, Gabby, parecía superficial. Cuando entré en el vestíbulo para llevar más aperitivos, escuché cómo se jactaba de haber despedido a la niñera y de lo mucho que esta había llorado. Puso los ojos en blanco mientras hablaba.

Y Jessica parecía detestar estar aquí. Paseaba su ceño fruncido por toda la casa.

Sin embargo, creo que Doug tampoco se ganaría mi afecto a primera vista. Tenías que conocerlo para que te gustara. Aunque estas mujeres no encajaban con lo que yo conocía de Alexis. Se parecían, pero eran completamente distintas. Era como si vinieran del mismo sitio, pero actuaran de un modo totalmente distinto.

Regresé al vestíbulo cuando sacaron el tema de acercarse al pueblo para cenar, solo para estar un segundo más con Alexis antes de acostarme. Fingí que necesitaba algo de detrás del mostrador de facturación.

Sus dos amigas llevaban un bolso bajo el brazo, pero Alexis estaba sentada en una silla masajeándose la frente.

Jessica consultó su teléfono móvil.

—¿Quieres que te traigamos algo? —preguntó a Alexis con hastío.

Asomé la cabeza desde detrás del mostrador.

Alexis negó con la cabeza.

—No, estoy bien. Voy a acostarme pronto.

Iba a quedarse conmigo. Hice cuanto pude para ocultar mi sonrisa.

—Lo siento —dijo Alexis—. No sé qué me ocurre.

Jessica apretó los labios.

—Probablemente, es hormonal. Las mujeres son tres veces más propensas a sufrir dolor de cabeza que los hombres. —Luego se volvió hacia mí—. Debe de ser agradable ser un hombre. Nuestros órganos reproductores son como un doloroso engranaje oxidado que acaba dejando de funcionar, si es que acaso funciona alguna vez. Disfruta de tu pene.

Luego, salió de la casa con Gabby justo detrás de ella.

Cuando se cerró la puerta, Alexis me miró y se encogió de hombros.

—¿Es la mejor amiga para llevar a una fiesta? —dije riendo entre dientes. Entonces la cogí por la muñeca y tiré de ella para levantarla de la silla y acercarla a mi pecho—. Pero lo que de verdad importa es: ¿disfrutas con mi pene?

Ella se mordió el labio.

—Por supuesto.

Sonrió y se inclinó para besarme, aunque tuve tiempo de echarme para atrás.

—No tienes dolor de cabeza, ¿verdad? ¿Necesitas algo?

Se echó a reír.

—No, me lo inventé para poder quedarme contigo.

Una sonrisa conquistó mi rostro.

—¿Cuánto tiempo crees que tenemos?

Arrugó la nariz.

—¿Una hora?

Deslicé las manos por su espalda y le apreté el culo.

—Bueno, será mejor que nos demos prisa…

159

18

Alexis

$\mathcal{N}$os echamos el uno encima del otro incluso antes de cerrar la puerta de su habitación.

Nada más tocarme, la química entre ambos se desató como si se tratara de una reacción en cadena. De cero a cien en apenas un instante. Adoraba su cuerpo, su espalda ancha y musculosa, su vientre definido, la curvatura de sus clavículas cuando acercaba la nariz a mi cuello y estaba encima de mí. Su olor era afrodisíaco.

Me quité las sandalias mientras él se desprendía de la camisa.

Era sorprendente como, en apenas unos minutos, ese joven educado se transformó en ese macho viril y hambriento que tenía delante de mí. Ahora no era un muchacho. Era un hombre. Era puro sexo, un hombre de casi dos metros con una erección presionando su cremallera. Sus ojos me contemplaban como si quisiera darme un bocado. Una espesa mata de pelo descendía hasta sus pantalones…

Me encantaba la forma que tenía de acariciarme la piel. No me importaba si tenía cortes o picaduras, me hacían sentir salvaje. Era lo mismo que me hacía sentir cada vez que estábamos a solas, como si no tuviera suficiente tiempo para apoderarme de él.

De pronto, me pregunté si era así como se sentía la mayoría

de la gente cuando practicaba sexo. Esa debía ser la razón por la cual le daban tanta importancia.

No es que antes no disfrutara del sexo. Lo hacía. Neil me provocaba orgasmos la mayoría de las veces, nunca había tenido ningún problema para correrme. Pero no sentía esa necesidad que consumía y marcaba la vida de todos los demás.

Nunca pude entender por qué la gente se peleaba, engañaba o terminaba relaciones porque no tenía suficiente. En mi relación, siempre fue algo secundario.

Pero ahora lo entendía.

Este era el tipo de sexo que todos los demás disfrutaban. Todo tenía sentido porque… realmente era increíble. Era como si Daniel hubiera accionado algún interruptor dañado dentro de mí y ahora todas las partes hacían su trabajo y funcionaban como una máquina bien engrasada.

Me estaba volviendo adicta a él. Me preguntaba cuánto sexo necesitaría para saciar mis ansias de él. Tenía ganas de averiguarlo. Parecía un experimento entretenido.

Estaba sacándome uno de los tirantes por el brazo, pero se me acercó por detrás.

—No lo hagas —dijo con voz ronca. Empezó a besarme el lateral del cuello. Su barba y su lengua recorrieron mi piel desnuda—. Me gusta.

Me incliné hacia él.

—¿Así que te gusta? —Me hundí en él y sentí su respiración desbocada.

Luego una mano empezó a bajarme el vestido por las caderas, deslizando la ropa interior muslos abajo. El tintineo de una hebilla del cinturón, los pantalones cayendo al suelo y una caliente erección presionando mi trasero.

El deseo se apoderó de mí.

Me dio la vuelta sobre la cama y metió la mano en la mesilla. Rasgó la esquina de un preservativo con los dientes y vi cómo se lo ponía. Luego se colocó encima de mí.

Y entonces relajó la intensidad.

Se quedó inmóvil, con una mano a ambos lados, y me recorrió el cuerpo con los labios; sentía su aliento sobre la piel.

—Hueles fenomenal —susurró en mi cuello.

Pasé uno de mis brazos por detrás de su cuello para pegarlo a mí, pero se mantuvo firme. Y antes de que pudiera mediar palabra, estrelló su boca contra mis labios para que no abriera la boca.

El beso fue una locura y, al mismo tiempo, una forma de torturarme. Quería mucho más que esto. Quería sentir su peso sobre mí. Estaba encima, pero lo sentía demasiado lejos. El calor de su cuerpo penetraba en el mío a través del vestido.

Nunca en mi vida había deseado que alguien me arrancara la ropa hasta ese momento. No quería nada entre nosotros. Odiaba la existencia misma de la tela, quería sentir su piel, empaparme con su sudor, notar el latido de su corazón y su respiración acelerada. Era una especie de claustrofobia sexual. Empezaba a perder la cabeza.

Deslicé la palma de la mano por su pecho, siguiendo el rastro de su vello corporal con las yemas de mis dedos. Daniel aspiró mi aliento. Cerró los ojos con fuerza y dejó escapar un ruido estremecedor mientras me movía arriba y abajo. Finalmente, perdió la firmeza y se derrumbó encima de mí.

Cuando me penetró, perdí el sentido.

Solté un jadeo ante la profundidad de la embestida. Estaba desesperada, como si quisiera arañarlo o meterlo todavía más adentro.

Me montó con esas manos ásperas agarrando mis muslos, la lengua entrando y saliendo de mi boca y el vestido abrochado en torno a mis caderas. Saqué un brazo del tirante del vestido y mostré un pecho; sus movimientos se volvieron más frenéticos.

Estaba roto de deseo, con ganas de mí.

Cada vez que estaba con él, me fortalecía. Me devolvía algo que Neil me había robado.

163

Cambié el ángulo de la cadera, eché la cabeza hacia atrás, y con una percusión fluida Daniel dio los últimos empujones entre mis piernas. Podía sentir cómo palpitaba dentro de mí y, en medio de ese delirio, deseé que no hubiera preservativo.

Con Neil detestaba limpiarme después. Pero, con Daniel, la idea de que me llenara, de que su semen goteara por mis muslos, era pura fantasía. Nunca lo haría, no practicaría sexo sin protección con alguien que no fuera mi novio. En realidad, era increíble que tuviera relaciones sexuales con alguien que no era mi novio. Solo de pensarlo, me estremecía.

Me di cuenta de que con él podía probar cosas que no había probado con nadie. Me hacía sentir desinhibida y segura.

De hecho, creo que la seguridad era lo más importante.

Se quedó inmóvil dentro de mí, recuperando el aliento. Su corazón golpeaba mi pecho desnudo como un martillo neumático.

164

—Joder… —exhaló—. Me vas a reventar el corazón.

—Bueno, pareces un tipo decente. Odiaría ser la responsable.

Se rio con tanta fuerza sobre mi pecho que también rompí a reír.

Empezó a besarme suavemente, sin dejar de reírse, y yo eché la cabeza hacia atrás.

Era injusto que solo tuviéramos tiempo para un polvo rápido. La próxima vez duraría más. Nos lo quitaríamos todo. Jugaríamos un poco. Lo alargaríamos.

Era la noche que necesitaba. Era el fin de semana que quería. Deseaba quedarme aquí, quedarme con él. No quería pasar dos días con Gabby y Jessica cuando tenía esta alternativa. No quería montar en bicicleta ni sentarme en una silla en el porche cubierto para leer un libro o hacerme la manicura en el único salón de belleza de la ciudad. Solo quería hacer esto. Y era extraño, porque, hasta que llegué aquí, había estado deseando pasar más tiempo con mis amigas. Pero Daniel acababa de subir al primer puesto de una lista de prioridades que cambiaba rápidamente.

Vaya.

Me besó por debajo de la barbilla.

—Ni siquiera sabía tu apellido —dijo.

—¿Cómo? —respondí distraída.

Se incorporó para clavarme esos ojos serios de color avellana.

—Tu apellido estaba en la reserva, pero no sabía que eras tú. —Se tomó unos segundos—. Nunca había hecho esto con alguien que no conocía —dijo con un hilo de voz.

Su forma de decirlo me hizo sentirme mal de inmediato. Como si lo hubiera ultrajado. Como si hubiera rebajado sus requisitos al ofrecerme su intimidad. Quiero decir, nunca me había preguntado mi apellido. Pero supongo que se dio cuenta de que no se lo había dicho. Y, sinceramente, lo más seguro es que no lo hubiera hecho. Tenía un pie fuera de esta relación desde el principio.

Pero ahora no quería tener un pie fuera.

Quería volverlo a ver. Al menos, por el momento. No era necesario contarle toda mi vida, pero podía darle mucho más.

Lo besé con afecto.

—Alexis Elizabeth Montgomery.

Su rostro dibujó una sonrisa que iluminó sus ojos. Entonces, se inclinó hacia mí.

—Alexis. —Beso—. Elizabeth. —Beso—. Montgomery.

Nunca imaginé que escuchar mi nombre podría provocarme esa sonrisa. Levanté una ceja.

—¿Vas a buscarme en Internet ahora?

—No, si no quieres que lo haga —dijo—. ¿Tú lo has hecho?

—Pues sí. ¿Y si fueras un delincuente sexual registrado? Me miró sorprendido.

—¿Y bien? ¿Qué encontraste?

—Reseñas de cinco estrellas.

De nuevo, se puso a reír.

Mi teléfono móvil silbó desde dondequiera que se me hubiera caído al suelo. Daniel ladeó la cabeza.

165

—¿No piensas mirar quién es?

—Debería hacerlo —dije pasándole las manos por el pelo—. ¿Y si están de vuelta?

Me estampó un último beso, se levantó y me entregó el teléfono móvil. Luego, fue al baño a limpiarse.

Leí el mensaje y sonreí.

—Van hacia el Centro de Veteranos —dije—. ¿Sabes algo sobre la noche de Trivial?

Daniel salió del baño subiéndose la cremallera y con una sonrisa de oreja a oreja.

—Sí, termina a las diez.

—¿Así que tenemos tres horas más?

Se metió en la cama.

—Tres horas enteras.

Me envolvió con un enorme y dulce abrazo, y me maravillé de que pudiera ser al mismo tiempo ese chico tan cariñoso y el tipo que me había follado hasta dejarme sin sentido hacía unos minutos.

Me besó el cuello. Luego se recostó sobre un codo y me miró.

—¿Por qué tuviste una mala ruptura? —dijo.

Fruncí el ceño.

—¿Cómo dices?

—Tu última pareja. Dijiste que vuestra ruptura fue complicada. ¿Por qué?

No me había planteado hablar con Daniel sobre Neil. No era una información que necesitara. Pero como ahora era la razón por la cual no le quería presentar a mis amigas, me parecía una pregunta razonable.

Tomé una larga bocanada de aire y la exhalé lentamente.

—La relación era… vejatoria.

Una nube gris se cernió sobre su rostro.

—¿Te agredió en alguna ocasión?

Negué con la cabeza.

—No. Simplemente era mezquino conmigo.

Daniel me escrutó detenidamente. No supe interpretar la expresión de su cara.

—¿Qué ocurre? —pregunté.

—Nunca sería mezquino contigo —dijo negando con la cabeza.

El comentario me llegó al corazón, parecía tan sincero.

Tenía razón. No creía que pudiera ser mezquino conmigo. Sospechaba que no podía serlo con nadie. Sin duda, la chica que lo atrapara sería una mujer muy afortunada.

Como guardé silencio, miró su reloj.

—No esperaba compañía, así que voy a tener que ser creativo con la cena —dijo—. Debería ofrecerte algo de comer.

Se levantó.

—¿Necesitas que te eche una mano?

—No, pero puedes hacerme compañía mientras cocino.

Se enfundó una camiseta y lo seguí escaleras abajo.

Había una cafetera en la cocina.

—¿Te importa si tomo un poco de esto? —pregunté, cogiendo una taza.

—Puedo hacer más. Si lo prefieres.

—No te molestes, no hay problema —dije, sirviéndome yo misma—. Durante mi residencia, me acostumbré al café rancio. Ahora me gusta. Me recuerda el poco tiempo que he gozado de libertad.

Observó como daba un sorbo.

—¿Sin leche ni azúcar?

Sacudió la cabeza.

—¿Cómo puedes beber eso?

—Es café. Se supone que tienes que saborearlo. No puedes saborearlo con leche y azúcar.

—Eso es como decir que no puedes saborear unos huevos porque añades sal y pimienta —dijo con incredulidad en los ojos. Me arrebató la taza de la mano y se la llevó a la boca. Hizo una mueca de asco y me la devolvió—. Esto sabe a neumático quemado.

167

No pude aguantar la risa.

Él parecía asombrado.

—Supongo que esto demuestra que el café fuerte no es el responsable de que salga pelo en el pecho. En realidad, quizá debería asegurarme. —Me abrió la parte delantera del vestido con un dedo y yo me reí, apartándolo de un manotazo.

Era increíble cómo me sentía. Era como si me hubieran reiniciado el cuerpo y la mente por completo. Y tampoco lo achacaba todo al sexo. Estaba feliz de estar ahí.

En realidad, la noche anterior también había experimentado lo mismo después de colgar. Desde hacía muchos meses no dormía tan bien.

Me di cuenta de que estar con Daniel era como estar de vacaciones, una forma de descansar mi cerebro y evadirme de la realidad de mi horrible situación. Y gozábamos de esa conversación fluida que tan pocas veces compartes con otra persona. Solo me ocurría con Derek y con Bri, pero nunca me había pasado con Neil. Con Neil siempre tenía la sensación de que debía decir algo profundo o inteligente. En realidad, muchas veces cenábamos en completo silencio, sin abrir la boca.

Por aquel entonces, pensaba que compartir momentos en silencio significaba que estábamos bien. Pero ahora me daba cuenta de que significaba algo más. Había soportado durante tanto tiempo esa dinámica extraña, tensa y antinatural que no era capaz de ver que no era normal. No era un silencio cómodo, simplemente, era… que no teníamos nada que decirnos.

Empecé a dar vueltas por el garaje mirando a mi alrededor mientras Daniel rebuscaba en el frigorífico. Hunter iba detrás de mí, acercando la cabeza bajo mi mano hasta que opté por caminar con la palma de la mano entre sus orejas.

Encontré el cabecero en el que Daniel había estado trabajando la noche anterior. Estaba apuntalado para que se secara.

Tenía sillas colgadas de las paredes en distintas fases de construcción. Junto a la puerta del garaje había una cómoda y un par de mesillas de noche.

Tenía una pila de libros en un taburete, junto a su banco de trabajo. Agarré el primero: *The Circus Fire*.

Daniel me miró.

—Es muy bueno. ¿Lo has leído?

Negué con la cabeza al ver la portada.

—No.

—Trata del fatídico incendio del circo Ringling Brothers Barnum & Bailey en 1944. Probablemente te gustaría: quemaduras graves, situación de emergencia, centenares de víctimas. Para ti, el pan de cada día.

Me reí.

—Si quieres, te lo presto.

—Gracias. Creo que nos gustan los mismos libros —dije examinando el resto de la pila.

169

Sabía que le gustaba la historia, sin embargo, la mayoría no eran grandes títulos. Libros autoeditados sobre colonos de Alaska e historias de nativos americanos. Un libro de memorias sobre un hombre que dirigió un equipo de trineos tirados por perros en la década de los cuarenta.

A mí también me gustaban los libros menos populares. Incluso había leído algunos de los que tenía. Fue un poco sorprendente. En realidad, no conocía a nadie que leyera exactamente el mismo tipo de libros que me gustaban a mí.

—¿Cuál ha sido el último libro que has leído? —preguntó, sacando una sartén.

—Acabo de terminar este —dije señalando uno de la pila—. Pero, ahora mismo, estoy leyendo *La gran gripe* de John M. Barry.

—Oh, sí, lo he leído —dijo, colocando unas zanahorias, un ajo y una cebolla sobre la encimera—. Trata de la gripe española de 1918. Sabes que mi tatarabuelo Wilbur Grant salvó a todo el pueblo de aquello.

—¿En serio? —dije—. ¿Cómo lo hizo?

—Taló árboles para bloquear las carreteras de acceso a Wakan. Mantuvo al pueblo confinado. No murió nadie. Aunque, a la sazón, estaban bastante cabreados con él.

—¿También era el alcalde? —pregunté.

Daniel asintió.

—Sí. En la alcaldía siempre hay un Grant desde hace ciento veinticinco años.

—¿Sin excepciones?

—No. Siempre.

—¿Cuántos Grant quedan en el pueblo?

Se encogió de hombros.

—Solo yo. Soy el último.

Vaya, sabía de lo que me hablaba.

—¿Y si te vas? —pregunté.

Se rio.

—¿Por qué iba a irme?

Esbocé una pequeña sonrisa.

Sacó un cuchillo y una tabla de cortar.

—Tras la muerte de Wilbur, mi tatarabuela Ruth Grant tomó las riendas del pueblo. Durante la ley seca, organizó una red de contrabando en el sótano de la casa. Fueron los años más prósperos de la historia de Wakan. Le pusieron su nombre a una ginebra. Era un gran aliciente para atraer gente al pueblo.

Me fijé en unas piezas de madera que había en un rincón del garaje. Había tres. Una era un adorno colgante de un caballo, con la crin despeinada tallada en la madera. Había un espejo con un intrincado marco de apliques florales, también tallado a mano. Y una mecedora a medida. Tenía un elaborado grabado con un diseño caprichoso en el cabecero. Eran de una belleza impresionante. Obras de arte.

—¿Las has hecho tú? —pregunté, indicando la pequeña colección que había en el rincón.

Levantó la mirada mientras cortaba zanahorias.

—Sí.

—¿Para quién son?

—Solo son para practicar.

—¿Esos son tus bocetos de práctica?

¡Dios mío! Daniel era un artista. Era como si la madera cobrara vida en sus manos.

Reseguí la curva de una rosa tallada en el espejo.

—¿Qué precio tienen?

Se encogió de hombros.

—No sabría decirte. Los materiales no son demasiado caros. ¿Ese caballo? La viga era parte de un viejo granero que derribamos. La conseguí gratis. Solo invertí mi tiempo.

—¿Y cuánto tiempo dedicaste a esta pieza? —pregunté indicando el espejo.

Le echó una mirada.

—¿Un par de semanas? No lo sé. Seguramente, lo vendería por doscientos dólares.

—Subestimas tu trabajo —dije.

Él se rio como si lo hubiera dicho en broma.

—¿Ves la madera que usé para el caballo? —dijo—. Me gusta por su color. El granero tenía cientos de años. El amoníaco de la orina de vaca mancha la madera con el tiempo. La oscurece. ¿Te has fijado en los reflejos? ¿Esas manchas más claras en el cuello del caballo? Es donde estaban los soportes metálicos. El amoníaco no llegó a esa parte de la madera, por eso es más clara. —Metió las zanahorias cortadas en la sartén—. Me gusta trabajar con materiales que tienen historia. Le da carácter a la pieza. Nunca habrá otra exactamente igual.

Mi expresión se suavizó. Realmente, era un artista.

Lo miré de arriba abajo. Estaba muy apuesto con su camiseta negra de la Casa Grant, la barba, los hoyuelos y una pared de herramientas colgando detrás de él. Había algo infinitamente sexi en un hombre capaz de construir cosas. Y cocinar.

171

Cuando empezó a rehogar la cebolla y el ajo, creo que robó un pedazo de mi corazón.

Regresé a la cocina y tomé asiento en el banco de pesas para observarlo. Hunter apoyó la cabeza en mi regazo.

—¿Por qué no te dedicas a la carpintería a tiempo completo? —pregunté mientras acariciaba a Hunter—. Eres muy bueno.

—No podría ganarme la vida con ello —respondió con resignación—. El pueblo es demasiado pequeño.

Sonreí.

—Pero puedes pensar a lo grande. Vender las piezas fuera del condado. Conozco gente que pagaría miles de dólares para amueblar sus casas con tus obras.

Por su sonrisa, advertí que se lo tomaba como un cumplido. Añadió unos tomates enlatados a la sartén.

—¿También preparas desayunos? —añadí.

—Por supuesto. Siempre intentaba que te quedaras para que lo vieras con tus propios ojos. Parece que, al final, lo he logrado —respondió, con una sonrisa triunfante.

En realidad, ambos sonreíamos. Nuestras sonrisas no habían desaparecido desde el momento en que nos quedamos solos.

—Es una grata sorpresa —dije, casi para mí misma.

—Sabes que puedes venir cuando quieras, ¿verdad? —dijo—. A mí me gusta que estés aquí.

—¿Cuando yo quiera? —dije en tono de broma.

—Siempre me encontrarás solo. No salgo con nadie más.

No dije nada. No era asunto mío si salía con otras personas. Aunque esa idea me incomodaba un poco. ¿Era raro? No debería importarme, supongo. Cambié de tercio.

—¿Vas a colarte en mi habitación esta noche? —pregunté.

—Creo que será mejor que te cueles en la mía —respondió ocupándose de la sartén—. Compartes el cuarto de baño con tus amigas. Además, podemos hacer más ruido aquí.

—¿Por qué abriste de nuevo el B & B? Pensaba que lo cerrabas durante la temporada baja.

Se quedó en silencio durante unos instantes.

—Tuve que hacerlo. Amber, mi madre, quiere vender la casa.

Me quedé helada.

—¿Cómo?

—La quiere vender —dijo—. Para comprar una tienda de bicicletas en Florida. Tengo que ahorrar cincuenta mil dólares durante el verano para pagar la entrada de la propiedad e intentar comprarla. Si no consigo reunir el dinero… —Hizo una pausa—. Tengo que lograrlo. —Miró hacia el taller—. Tengo que terminar todo esto para venderlo en el mercadillo. Y, para convencerla de que esperara, tuve que reabrir la casa.

Negué con la cabeza.

—Pero ¿por qué? ¿No es la casa familiar?

No podía ni imaginarme el Royaume sin mi familia.

De repente pude ver la tensión alrededor de sus ojos. Debía de estar completamente abrumado. Miré a mi alrededor, hacia la enorme acumulación de muebles. Era un almacén lleno de piezas y ninguna estaba acabada. Era imposible que pudiera hacerlo todo. Sobre todo, si tenía que ocuparse del B & B al mismo tiempo.

—Lo siento mucho, Daniel —No sabía qué más decir.

Se limitó a sonreír.

—Ya se arreglará. Este fin de semana ayuda. Tengo casi todas las habitaciones reservadas. Y además podré verte.

Pasé toda la noche en el garaje de Daniel. Escribí a Gabby y a Jessica para decirles que estaba en la cama y que, al volver, no llamaran a mi puerta. Luego cerré la habitación, volví al garaje y me acosté con Daniel; bueno, nuestra versión de dormir, que en realidad olvidaba de lleno ese concepto.

Cuando se levantó a las seis de la mañana a preparar el café para los huéspedes, lo acompañé y me metí en mi habitación.

Me encantaba pasar tiempo con él, estar con él. Era tan fácil y divertido.

No parecía de su edad. Quizás había tenido que madurar más pronto, como yo.

En cierto modo, yo había madurado rápido en algunos aspectos, pero, en otros, no tanto. A los diecisiete ya iba a la universidad, pero no di mi primer beso hasta los veinte. A los veinticuatro, perdí la virginidad. En realidad, no llegué a tener una adolescencia. Supongo que ahora estaba experimentándola, escapándome de casa como una cría.

A las nueve me reuní con las chicas en el comedor para desayunar.

—Dios mío —dijo Gabby desde su silla cuando entré—. Te lo perdiste. Lo pasamos tan bien anoche.

Me serví un café de la cafetera que Daniel había colocado en la mesa del bufé contra la pared.

—¿En serio?

—Sí. Fuimos a ese Centro de Veteranos. Estaba un poco destartalado, pero era lo único que estaba abierto. Un tipo empezó a tirarnos los tejos, sacó la guitarra y cantó «More Than Words»… —No podía creérmelo.

Me atraganté con el café y lo escupí en la taza.

—¿Estuvo bien? —pregunté, limpiándome la barbilla mientras reía.

—La comida era tan mala como la del restaurante en el que cenamos anoche —se burló Jessica.

—¿Tú qué cenaste?

Tomé asiento y me encogí de hombros.

—El tío me hizo un bocadillo.

En realidad, me había preparado pasta a la boloñesa con tomates que había cultivado y envasado. Estaba buenísima. Estaba teniendo un fin de semana muy diferente al de ellas.

Daniel apareció haciendo malabares con tres platos en sus brazos tatuados. Cruzamos las miradas en apenas un segundo, antes de disimular. La química entre nosotros era increíble. Mi cuerpo reaccionaba a su presencia, y pensé que, aunque no nos hubiéramos acostado, ocurriría lo mismo. Si hubiera estado aquí en un fin de semana con Neil y fuera la primera vez que lo veía, también lo habría notado. Era como una pupila que se encoge cuando entra en contacto con la luz, era una reacción involuntaria.

Empezó a servir las tostadas francesas delante de nosotras. Tenían una pinta increíble. Él llevaba puesto un delantal. Llevaba el pelo algo despeinado; era adorable sin proponérselo. Justo cuando pensaba que no podía ser más encantador…

—¿Te encuentras mejor? —preguntó Jessica—. Parece que no hayas descansado en toda la noche.

—Así es —dije, mirando de soslayo a Daniel, al cual se le escapó una sonrisa por la comisura de los labios.

No llevaba maquillaje. Ni en un millón de años habría dejado que Neil me viera de esta guisa por la mañana. Pero Daniel dijo que no le importaba, y yo estaba demasiado cansada por lo de la noche anterior para hacer el esfuerzo. Sinceramente, no creía que le importara. Cuando estaba a su lado, ese hombre parecía tener una erección eterna. Si el aspecto que tenía por la mañana le disgustaba, desde luego su pene no pensaba lo mismo.

Daniel se aclaró la garganta desde el extremo de la mesa.

—Tostadas francesas al horno con un chorrito de burbon de Madagascar, cubiertas con bayas maceradas, servidas con tocino de arce confitado y melón fresco. —Una sonrisa, un breve contacto visual y luego salió de la habitación.

Empezamos a comer.

—Esto está de muerte —dijo Gabby jadeando.

Lo estaba. Debería haberme quedado a desayunar las otras veces.

Empezaba a pensar que tal vez debería aceptar sin rechistar las ofertas de Daniel. Hasta ahora no me había decepcionado en nada.

175

Escuché un ruido en el vestíbulo y Hunter apareció. La puerta delantera se habría quedado medio abierta. Se acercó corriendo a la mesa con un peluche en la boca y metió la cabeza en mi regazo.

Le regalé una sonrisa.

—¡Hola!

Me limpié la boca con una servilleta y me agaché para acariciarlo. Entonces, el peluche se movió.

—¡Dios mío! —grité, alejándome de la mesa.

Observé con horror el animalito que tenía entre las fauces.

—Tiene una ardilla...

Gabby y Jessica casi caen de espaldas al intentar levantarse. Daniel seguramente escuchó el alboroto, porque entró corriendo desde la cocina. Hunter retrocedió hasta la entrada del comedor, con mirada inocente, como si no supiera qué problema había.

El amasijo de pelos colgaba flácido en su boca. Entonces, de repente, se estremeció.

Oh, no, la ardilla fingía estar muerta.

Daniel levantó las manos.

—¡Hunter! No te muevas.

Tragué saliva, con la espalda apoyada contra el aparador.

—Quizá puedes sacarlo fuera...

Daniel asintió.

—Buena idea —dijo con un hilo de voz.

Entonces, se dirigió lentamente hacia la puerta principal.

La ardilla empezó a contonearse. Hunter la lanzó por los aires, todo el mundo estalló en un grito, y la agarró al vuelo otra vez como un niño que juega despreocupadamente con una pelota de béisbol. Luego sacudió la cabeza hasta que se le desordenaron las orejas y, de nuevo, nos lanzó una mirada inocente.

Todos estábamos aguantando la respiración.

Daniel llegó hasta el vestíbulo. Abrió la puerta de par en par y señaló el exterior.

—Hunter, fuera.

Hunter lo miró, confuso. Luego agachó la cabeza y, con mucha delicadeza, depositó el animal a los pies de Daniel. Inmediatamente, el cuerpo cobró vida y se escabulló bajo la mesa del comedor.

El pánico se apoderó de la habitación.

Gritos, sillas golpeando el suelo y cristales rotos.

Gabby, que se había sentado en el extremo de la mesa y ahora estaba completamente atrapada por las sillas caídas, se subió a la mesa y gateó sobre los platos de comida para escapar.

La escena arrancó una sonrisa a Hunter, parecía orgulloso de sí mismo.

Salimos corriendo, abandonando a Daniel y a su perro en el interior de la casa.

Cuando salimos al césped, nos quedamos boquiabiertas. Jessica se agarraba la parte delantera de la camisa como si le fuera a dar un infarto y Gabby tenía una tostada entera pegada en el pecho por arrastrarse por encima de la mesa. Empezó a despegarse, lentamente, y luego aterrizó en la hierba con un ruido pegajoso.

Con la respiración entrecortada, nos quedamos ahí sentadas.

Entonces rompimos a reír.

Era una carcajada incontrolable, desgarradora.

Cuando Daniel salió, estábamos riéndonos con tanta fuerza que empezamos a llorar. Hunter bajó trotando por las escaleras y revoloteó entre nosotras, moviendo la cola. Soltó un largo aullido e, inmediatamente, se zampó la tostada del suelo.

Tuve que limpiarme las lágrimas de las mejillas.

Daniel se aproximó con el rostro apocado.

—Lo siento. El agarre de su mandíbula es muy blando —dijo rascándose el cogote—. Típico de los perros de caza. Es decir, significa que apenas magullan las aves que recogen. Es decir, no matan a sus presas, solo las atrapan.

Jessica no podía dejar de reír. Nunca la había escuchado reírse de ese modo. Siempre estaba tan seria.

Daniel se pasó la mano por la frente.

—Si me dais unos minutos, puedo preparar de nuevo el desayuno —dijo, avergonzado.

Jessica asintió, secándose las lágrimas.

—Por favor, gracias.

Cuando Daniel regresó adentro, Gabby negó con la cabeza.

—Este lugar se va a llevar una estrella. Menudo espectáculo —dijo burlándose.

Recuperé la compostura al instante.

—¿Cómo? ¡No puedes darle una estrella!

—Estoy bastante segura de que un desayuno con roedores merece una estrella, Ali.

—Pero ha sido un accidente —protesté.

—Ese perro no debería estar cerca de las personas —añadió Gabby—. No está amaestrado.

—Es un perro de caza. Todavía está aprendiendo.

—¿Cómo lo sabes? —dijo Gabby frunciendo el ceño.

—El tipo me lo contó. De verdad. No le des una estrella. Perjudicarás su negocio.

—Entonces, ¿qué valoración crees que se merece servir una ardilla para desayunar? ¿Cinco estrellas?

Negué con la cabeza.

—No es necesario que lo menciones. No hace falta mentir.

—Si yo atendiera a los pacientes como este tipo dirige su negocio, me demandarían por mala praxis.

—No ha sido tan grave, Gabby —respondí—. Hemos reído sin parar.

—Ali, Gabby tuvo que subirse a la mesa para escapar —dijo Jessica molesta—. Su camiseta nueva se ha manchado. Además, ayer, ese perro casi te tira al suelo. Debería encerrarlo. Es un peligro para los demás.

Una bellota cayó detrás de ella sobre la hierba con un ruido sordo.

—¿No crees que estás siendo un poco dura con él? —pregunté, mirando a uno y otro lado—. ¿Una estrella por culpa del perro?

—Francamente, no —dijo Jessica, sacándose de encima una libélula—. Creo que está justificada.

Nos quedamos ahí quietas en medio de un silencio tenso.

No tenían ni idea.

Creían que Daniel no significaba nada para mí. Pero sus opiniones no eran mera palabrería. Realmente, me importaba. No lo sabían porque no podía ni quería decírselo. Pero si se lo contaba, podría echarle una mano a Daniel. No escribirían esa crítica porque bastaría con que yo se lo pidiera. Si dijera: «No publiquéis vuestras críticas porque este es el tipo con el que he estado saliendo», nunca lo harían. Me harían caso.

Pero no podía hacerlo, porque, entonces, serviría a Daniel en bandeja a Neil.

Y eso era peor.

Me limpié los ojos.

—La grandeza no te cuesta nada —dije.

Luego volví adentro.

179

19

Daniel

*E*staba en el comedor limpiando todo el desastre cuando Alexis volvió a entrar en casa con Hunter detrás de ella. El comedor estaba patas arriba. Completamente hecho añicos. Había un pedazo de tostada francesa pegada a la pared, zumo de naranja en la estantería y cristales rotos por todas partes.

—Creo que voy a tener que serviros el desayuno en el porche cubierto —dije, meneando la cabeza ante ese caos.

Hunter acercó la cabeza a la mano de Alexis y presionó su cuerpo contra su pierna.

—Hunter, no me ha gustado demasiado tu regalo —murmuró.

Bajé los ojos para observar su peluda cabeza.

—Creo que mi perro está enamorado de ti. Y también está castigado —comenté—. Sí, definitivamente está castigado.

Alexis esbozó una sonrisa.

Negué con la cabeza.

—¿Cuál es su problema? No escucha. Ni siquiera consigo que se siente la mitad de las veces. Ya sé que las razas de caza son testarudas, pero este…

—Es sordo.

La miré fijamente.

—¿Cómo?

—Es sordo, Daniel. Quizá no del todo, pero sí en gran parte.
Parpadeé.

—¿Cómo lo sabes?

—Porque lo he observado —dijo encogiéndose de hombros—. Cuando le haces señales con las manos, obedece. Cuando le hablas, te ignora.

Miré a mi perro.

—Hunter, siéntate.

Me miró con la cara inexpresiva.

—Siéntate, Hunter —volví a decirle.

Nada. Entonces, levanté el dedo índice para indicarle que se sentara.

Hunter se sentó.

—Oh, vaya —resoplé—. Esto aclara muchas cosas —dije con asombro.

Me pasé una mano por la barba.

—Probablemente, es por culpa de los disparos. Siempre disparan por encima de la cabeza de los perros. Tal vez por eso lo rechazaron, no podía escuchar los disparos.

—Así que, a fin de cuentas, es un buen perro —dijo algo cansada.

—Todos los perros son buenos —añadí—. Incluso este.
—Eché otro vistazo al comedor y suspiré—. Volveré a sacar el desayuno en quince minutos. ¿Puedes comentárselo a tus amigas?

—Claro. Una pregunta, ¿están embrujadas estas habitaciones?

—¿Cómo? —respondí riéndome entre dientes.

—¿No están embrujadas, entonces? Porque si no lo están, ¿te importaría celebrar una sesión de espiritismo para convocar algún espíritu o invocar algún demonio? Ahora mismo, no me disgustaría que se les abriera un armario y saliera un chorro de sangre.

—¿Estás enfadada con ellas? —pregunté.

—Estoy un poco molesta, sí.

—He oído que, anoche, Doug les cantó «More Than Words» —dije—. ¿No es suficiente castigo?

—En absoluto.

—También he oído lo que opinaban de Jane's —dije—. Doreen hace todo lo que puede sin apenas ayuda. Son las recetas de su abuela. Es una pena que no les gustaran.

—Empiezo a pensar que no les gusta nada —masculló.

Me estaba riendo de su comentario, pero escuchamos unos gritos procedentes del exterior. En apenas una fracción de segundo, hicimos contacto visual y salí disparado hacia la ventana para saber qué ocurría.

—¿Qué pasa? —preguntó Alexis.

—Creo que… ¿bellotas?

Jessica y Gabby se dirigían a toda prisa hacia la puerta principal, con las manos sobre la cabeza intentando bloquear el bombardeo de bellotas. Los robles que bordeaban el camino de entrada las arrojaban como si fuera granizo, lo cual era extraño, porque no lo hacían hasta el otoño…

Abrí la puerta principal para que entraran y, en cuanto cruzaron el umbral, el diluvio cesó bruscamente.

—No me lo puedo creer —dijo Jessica enfadada.

Tenía manchas rojas en los brazos.

Gabby se afanaba por quitarse las bellotas del pelo.

Alexis las miró estupefacta.

—¿Qué ha pasado?

—¡Los putos árboles! —espetó Jessica.

Salí y bajé las escaleras. Me detuve bajo el primer roble y recogí uno de los proyectiles.

Bellotas, no había duda.

«Qué extraño», pensé mientras la examinaba entre mis dedos. Miré hacia el árbol, entornando los ojos. Las ramas estaban desnudas. ¿Habrían caído todas las bellotas? Aunque nunca lo hacían antes de septiembre. Además, cuando lo hacían, de

183

ningún modo lo hacían así. ¿Tal vez se había caído un nido de ardillas o algo parecido?

Me di la vuelta para evaluar el desastre. Había miles de bellotas en el césped.

Alexis se me acercó unos instantes más tarde; parecía desesperada.

—Dicen que van a desayunar al Jane's y luego alquilarán unas bicicletas.

Me quedé sin palabras.

—¿No quieren desayunar?

—Aquí no —dijo cabizbaja.

El alma se me cayó al suelo.

Así no es como quería que fuera el fin de semana. Ni para mis huéspedes ni para mí, ni especialmente para Alexis. Quería impresionarla.

Me pasé la mano por el pelo.

—Lo siento. No tengo la menor idea de cómo todo ha acabado saliendo tan mal.

—No pasa nada —respondió metiendo las manos en los bolsillos.

—¿Cuándo estaréis de vuelta?

—Yo no voy a ir.

Fruncí levemente la frente.

—¿No irás con tus amigas?

—Ahora mismo no estoy muy contenta con ellas. Me quedaré y te ayudaré a limpiar.

Me complacía pasar tiempo con ella, pero negué con la cabeza.

—No tienes por qué hacerlo.

—Quiero hacerlo. No me importa pasar la escoba.

—¿Barrer? —dije sin acabármelo de creer.

Sus mejillas se tiñeron un poco.

—Sí. A eso me refería.

La escruté durante unos segundos.

—¿Sabes barrer?

Se recogió el pelo por detrás de la oreja y apartó la mirada.

—La verdad… Mira, nunca limpio mi propia casa, Daniel. Nunca lo he hecho.

—¿Nunca has limpiado tu casa?

—No. La verdad es que no. —Parecía avergonzada.

Me quedé mirándola, asombrado.

—Es decir, pongo los platos en el lavavajillas, la ropa en el cesto de la colada…

—¿Sabes hacer la colada?

Se detuvo un momento antes de negar con la cabeza.

No sé por qué, pero eso me hizo sentir doscientas mil veces mejor.

—No te burles de mí —dijo cruzada de brazos.

—No me burlo.

—Se te escapa la sonrisa.

—Sonrío porque este fin de semana siento que todo me sale mal y es bueno saber que quizás hay alguien que tampoco lo haría mejor.

—Daniel, créeme, eres muy bueno en todo lo que haces —dijo con un tono socarrón.

—Sí, bueno, el sexo no cuenta.

—En realidad, sí. Pero no solo estoy hablando del sexo. Trabajas muy bien la madera, cocinas estupendamente…

No me parecía lo mismo que sacarme un título de Medicina, pero, por el momento, era suficiente. Además, necesitaba toda la ayuda posible.

—No tienes que limpiar —dije—. Solo te pido otra cita.

Alexis meneó la cabeza.

—Quiero ayudar. ¿Me enseñas?

—Claro —respondí con una sonrisa en los labios.

20

Alexis

*P*asé el día ayudando a Daniel con sus tareas, tenía mucho trabajo. Arreglamos el desastre del desayuno y luego nos ocupamos de las habitaciones. Hicimos las camas y limpiamos los baños. Nunca había fregado una ducha antes. Fue agotador.

Y él tenía que hacerlo cada día.

Me hizo cambiar la opinión que tenía de mi criada.

A Bri le gustaba decir que era consciente de que nunca había llorado con un trapo en la mano. Nunca había trabajado en una tienda ni en un restaurante. Decía que debería ser obligatorio que todo el mundo trabajara en un sitio de comida rápida durante seis meses, porque te cambia por completo. Creo que se refería a esto.

Me hizo pensar en cada vez que dejaba una toallita de maquillaje sucia en el mostrador o dejaba tirados los zapatos por cualquier rincón, y luego me los encontraba en su sitio. Seguramente, mi comportamiento dejaba mucho que desear.

Cuando Jessica y Gabby regresaron de su paseo en bicicleta, ya no estaba tan molesta.

Fui a comer al Jane's con ellas. Daniel me dijo que Liz no trabajaba ese día, gracias a Dios, nadie podría reconocerme. Y la comida estaba bien. No entendía por qué a mis amigas no les gustaba. Era buena. Doreen estaba ahí y nos comentó que cocinaban con productos locales. Por ejemplo, los huevos y la leche procedían de la granja de Doug.

Volvimos después de cenar y pasamos unas horas en el mirador junto al río, bebiendo vino y pasando el rato. Era sábado, así que Daniel estaba en el Centro de Veteranos dirigiendo el bingo. No tuve la ocasión de verlo por casa. En realidad, hubiera preferido estar allí con él en vez de aquí con Gabby y Jessica.

Todavía estaba un poco molesta con ellas. Pero Gabby me prometió que no iba a publicar su valoración en Internet, así que, al menos, Daniel se había librado de esta.

A medianoche, después de que se acostaran, me escabullí otra vez en el garaje de Daniel para dormir con él. De nuevo, me levanté a las seis y regresé a mi habitación. Y eso fue todo. El fin de semana había terminado.

En nuestro último desayuno del domingo por la mañana no hubo ningún incidente, pero, como siempre, estaba de muerte. Gabby le pidió a Daniel la receta de las crepes de arándanos rojos, y él le entregó una cartulina plastificada de la Casa Grant que tenía impresa a la espera de que alguien la pidiera.

Era un anfitrión excelente. Estaba segura de que, a pesar del inoportuno incidente de la ardilla y el ataque de las bellotas, Daniel había expiado la reputación de la Casa Grant frente a mis amigas. En mi caso, no necesitaba que me convenciera de nada. Estaba muy contenta con el servicio que me prestó durante todo el fin de semana; los servicios. Siete en total.

Estábamos metiendo el equipaje en el coche para volver a casa y me invadió una profunda tristeza. No quería irme. No quería regresar al mundo real ni encontrarme de nuevo con la asquerosa relación con Neil.

Pero, había más que eso. No sentía que hubiera pasado suficiente tiempo con Daniel. Empecé a pensar en cuándo volvería a verlo, y me percaté de que, para mis adentros, empezaba a cancelar planes con otra gente para poder volver aquí. Había

PARTE DE TU MUNDO

pasado de estar segura de que nunca más volvería a ver a Daniel a ponerlo en el primer lugar de mi lista de prioridades.

En algún recóndito lugar de mi cerebro, se activó una señal de advertencia.

Lo estaba pasando estupendamente y quería pasar más tiempo con él del que al principio había supuesto. Pero eso no era una buena noticia. Me sentía bien, pero no lo estaba.

No podía crear un vínculo de dependencia con alguien con el que no podía estar a largo plazo. Y la relación con Daniel tenía los días contados.

Aparte de la química y los intereses comunes, nunca encajaría en mi vida. Era demasiado joven; vivía demasiado lejos.

Era demasiado distinto…

Lo sabía perfectamente. Pero me estaba adelantando a los acontecimientos. Todo esto solo era la emoción que produce la novedad. Este sentimiento pronto se desvanecería. En pocos meses, estaríamos cansados el uno del otro, todo seguiría su curso y ambos recuperaríamos nuestra vida. No tenía de qué preocuparme.

Dejé la bolsa en el maletero y me acerqué al lateral del todoterreno, donde Gabby estaba apoyada, mirando su pantalla. Había publicado su valoración en TripAdvisor. Había una calificación de una estrella en la parte superior de la página.

Nada más verme, metió rápidamente el teléfono en el bolso.

—¿Qué has hecho? —pregunté con los brazos en jarra.

—Nada —respondió inmediatamente.

—¿Cuántas estrellas le has puesto a la Casa Grant?

—¡A quién le importa! —gruñó Jessica, lanzando su bolso en el asiento trasero.

—Me dijiste que no lo harías —exclamé.

Gabby me miró a los ojos.

—Ali, la gente depende de mis valoraciones. Esta es mi honesta experiencia.

Apreté los labios formando una línea.

—Mira, no he sido muy dura. Y no me he olvidado de mencionar que, al final, nos ha devuelto el dinero —añadió.

—Un momento. ¿Cómo dices?

—Que nos ha devuelto el dinero de la estancia.

—¿Por qué? —dije negando con la cabeza.

Me miró como si hubiera pronunciado la palabra en otro idioma.

—¿Porque puse una reclamación?

—¿Y por qué hiciste eso? Tuvo un comportamiento ejemplar.

Gabby puso una mano en la cadera.

—Vamos, Ali. Su perro te atacó y una maldita ardilla se metió en la casa. Además, ayer no desayunamos y lo teníamos incluido en el precio del alojamiento. Jessica todavía tiene manchas rojas en los brazos por culpa de las bellotas.

—¿Lo haces responsable de los malditos árboles?

Se cruzó de brazos.

—Así es. Si los árboles desprenden bellotas con la fuerza suficiente como para herir a las personas, entonces, no deberían estar donde los huéspedes pasean tranquilamente. Alguien podría perder un ojo. Al menos, podría haber puesto una señal para indicar que es una zona peligrosa. ¿Qué te pasa?

Dejé escapar un soplido agitado por la nariz.

Estaba furiosa.

Había visto cómo Daniel se levantaba a las seis menos cuarto de la mañana solo para asegurarse de que, si alguien se levantaba temprano, tuviera un poco de café. También era consciente de que el queso que nos servía cada noche procedía de la granja de Doug y que lo había comprado expresamente para nuestra hora del aperitivo. Y que, ahora, como ni siquiera habíamos pagado nuestra estancia, estaba perdiendo dinero por ello.

No solo iba a perder estrellas en TripAdvisor, sino que, además, nuestra estancia le supondría perder dinero. Y realmente él necesitaba ese dinero.

Lamenté haber venido aquí de vacaciones. Estaba avergonzada. ¿Siempre habían sido así mis amigas? ¿O ahora empezaba a darme cuenta de que su comportamiento era inaceptable?

¿Me había comportado como ellas alguna vez?

La respuesta a eso también me avergonzó.

Exhalé un suspiro calmado por entre los labios apretados.

Gabby nunca entraría en razón. Cuanto más insistiera, más convencida estaría de su comportamiento. Era demasiado orgullosa.

Aunque yo tenía una opinión totalmente distinta.

—Tienes razón, es tu experiencia —dije—. Escuchad, ¿queréis ver algo fantástico?

Jessica miró el reloj y suspiró con impaciencia.

—Está bien. Pero ¿nos llevará mucho tiempo?

Negué con la cabeza.

—Es un momento. Seguidme.

191

Las conduje hasta el garaje. y sujeté el picaporte de la puerta mientras me volvía hacia ellas.

—Ayer, mientras dabais un paseo en bicicleta, encontré esto. —Llamé a la puerta y eché un vistazo. Daniel estaba en su mesa de trabajo—. ¿Puedo enseñarles estas piezas que tienes aquí?

Me miró perplejo.

—Claro que sí.

Les abrí paso y las acompañé hasta las piezas de madera que estaban en la esquina del garaje.

—¡Oh, vaya! —exclamó Gabby.

—¿No son geniales? Daniel es carpintero de sexta generación. Su tatarabuelo construyó la casa en la que nos alojamos.

—¿Están a la venta? —preguntó Gabby.

—Sí —dije asintiendo con la cabeza.

Jessica estaba inspeccionando el espejo.

—Esto quedaría genial en el despacho que Marcus tiene en

la casa de campo. No le he comprado un regalo de cumpleaños. ¿Cuánto cuesta? —preguntó mirando a Daniel.

—Tres mil dólares —dije antes de que pudiera contestar—. Ayer mismo se lo pregunté. Invirtió más de cien horas. La madera es de…, ¿qué dijiste que era? —pregunté a Daniel.

Daniel estaba atónito.

—Nogal negro.

—Eso es. Nogal negro —dije, volviéndome hacia ella—. Es único.

—Me lo llevo —dijo Jessica—. ¿Aceptas sistemas de pago electrónico?

—Claro —murmuró Daniel. Parecía fuera de lugar.

Entonces, señalé el caballo.

—Había pensado que ese encajaría a la perfección en tu estudio —dije a Gabby—. Cuesta tres mil quinientos dólares. Está tallado a mano. Aprovechó la madera de una viga que había en un granero centenario. ¿Ves el color? El amoníaco de la orina de los animales oscurece la madera —dije, repitiendo lo que me había dicho—. Ahí es donde estaba el soporte. ¿Ves esa mancha más clara?

Se agachó para mirarlo.

—¿Puedes meterlo en el coche? —preguntó—. Parece muy pesado.

Una media hora más tarde, mientras abandonábamos Wakan, me llegó un mensaje al móvil. Estaba a punto de publicar una crítica con cinco estrellas para la Casa Grant.

Daniel: «¿Qué diablos acaba de pasar?».

Sonreí.

Yo: «Lamento el comportamiento de mis amigas. No deberías habernos devuelto el dinero de la estancia».

Me quedé esperando mientras respondía. Los puntitos parpadeaban en la pantalla.

Daniel: «Era lo correcto. La visita fue peor de lo que esperaba. Tengo que mantener un servicio al cliente excelente. Además, han pagado de más por esas piezas. No deberías haberles
dicho que costaban tanto».

Me burlé en voz baja. Esa cantidad no era nada para ellas.
Tampoco lo era para mí.

Había jugado con un cerdo con un vestido de dos mil dólares. Había pisado un excremento con un zapato que costó lo
mismo que el fin de semana para tres que Daniel acababa de
regalarnos y lo había dejado atrás sin pensarlo. Ni siquiera debería haberlo limpiado. Ni siquiera me molestaba en pensar en
estas cosas. Eran insignificantes para mí.

Solía moverme en un mundo en el que la mayoría de la
gente, por ejemplo, Daniel, ni siquiera podía aspirar a soñar.
Ahora empezaba a darme cuenta.

No me gustó lo fácil que le resultaba a Gabby, desde su posición de privilegio, imponer su voluntad. No me gustó en absoluto.

Era una dinámica de poder muy injusta. Gabby era como
una niña que adjudicaba estrellas como si estuviera en un vi-
deojuego, por diversión. Pero esto no era un juego. Era el medio de vida de una persona real.

Y en el otro extremo estaba Daniel, actuando según sus
principios y reembolsándonos todo el fin de semana. Estaba en
la peor posición para ser generoso, y, sin embargo, lo fue. Ella
estaba en la mejor posición para demostrar su grandeza, y no
lo hizo. Y hacerlo no le hubiera comportado ningún esfuerzo.

Y esa era la diferencia fundamental entre ellos.

Escribí mi respuesta.

Yo: «Merecías cobrar la tasa de estupidez».

Luego, me detuve para pensar lo que quería decir.

Yo: «Reconoce tu valía, Daniel».

Ojalá siempre hubiera sido tan fácil reconocer la mía.

193

21

Daniel

*D*esde el fin de semana pasado, cuando vino con sus amigas, no había vuelto a ver a Alexis, pero habíamos hablado durante horas todos los días.

Me gustaba. Me gustaba tanto que ni siquiera me parecía divertido.

El sexo era increíble. Ella era inteligente, hermosa y me encantaba pasar el tiempo juntos. No me había sentido así desde hacía mucho tiempo, en realidad, no era capaz de recordar si había sentido alguna vez esto por alguien. Seguramente, no.

Ahora, mi vida entera se reducía a dos prioridades. Ahorrar el dinero para comprar la casa e intentar que Alexis viniera a visitarme. Y si no fuera por lo primero, yo mismo iría a verla.

Trabajaba día y noche.

Cuando no estaba ocupado con los huéspedes o las reparaciones de la casa que le había mencionado a Amber, trabajaba en el garaje para intentar terminar los distintos proyectos de carpintería. Estaba agotado.

Hoy era mi primer día libre en toda la semana, y, antes de acercarme a casa de Doug para ayudarlo con las tareas de la granja, me tomé el privilegio de desayunar sin tener que cocinar para nadie. Seguramente, para librarme de la cita con

Doug, debería haberle dicho que tenía mucho trabajo en casa, pero no lo hice. De todos modos, necesitaba cambiar de escenario. Y estar al aire libre con los amigos era un buen descanso, aunque eso significara hacer labores de campo.

Estaba en Jane's, esperando a los chicos en una mesa apartada. Llegué un poco pronto, así que llamé a Alexis. Contestó al segundo timbrazo.

—Daniel, ahora no puedo hablar contigo. Estoy en un apuro. —Me pareció que estaba llorando.

—¿Estás bien? —dije levantándome de la mesa.

—No —resopló—. La verdad es que no. Se ha ido la luz y la cafetera no funciona.

Solté una risotada.

—¡No tiene gracia! Llevo dos horas sin electricidad y tengo que ir a trabajar.

—Está bien. Parece serio. Tal vez deberías acabarte la botella de vodka antes de que pierdas el control de la situación.

—¡Daniel!

Me reí entre dientes.

—Vale, de acuerdo. Creo que puedo ayudarte. ¿Tu horno es de gas o eléctrico?

—Creo que es de gas.

—¿Crees? ¿No lo sabes?

—¡Yo no cocino! —dijo abatida.

Sonreí.

—Si es de gas, debería funcionar, aunque no haya electricidad. Puedes hervir agua y prensar el café tú misma.

—Solo tengo cápsulas de cafetera eléctrica.

—¿Puedes coger el coche e ir a una cafetería?

—No puedo. La puerta del garaje no se abre. No hay electricidad —dijo, derrotada—. Estoy atrapada.

Su forma de pronunciar la última palabra me hizo apartar el teléfono de la boca para reírme.

—Tira de la palanca de emergencia —dije sonriendo.

—¿Hay una palanca de emergencia?

Me apreté el puente de la nariz, intentando no morir de risa.

—Seguro que sí. Ve al garaje y te diré cómo hacerlo.

—Así es como se muere en un apocalipsis zombi —dijo con resignación—. Siempre pensé que me mordería un zombi infectado o algo así, pero no. El primer día me dolerá la cabeza por la carencia de cafeína, perderé las ganas de vivir, me tumbaré en el sofá y me comerán…

—En caso de apocalipsis zombi, te prometo que no dejaré que te coman.

—¿Cómo? No estarías aquí.

—Iría a por ti. Reuniría un grupo de rescate. Tú eres doctora. Serías un activo de gran valor. Doug seguro que estaría dispuesto a apostar su vida.

Se rio tímidamente.

Escuché como abría una puerta.

—De acuerdo. Estoy en el garaje.

—Muy bien. Es posible que necesites una escalera. Busca el motor. Es una caja pequeña, puede estar en el techo o en medio del garaje. Está enganchada a una guía metálica que tira de la puerta hacia arriba. De ella cuelga una cadenita. ¿La ves?

—Sí.

—Tira de ella y entonces podrás abrir la puerta manualmente.

Hubo una pausa silenciosa.

—Daniel, eres mi héroe.

—Bueno, gracias. Pero creo que el listón no estaba demasiado alto.

Hizo otra pausa.

—Detesto no saber cómo funcionan las cosas.

—¿Cuántos huesos hay en el cuerpo humano?

—Doscientos seis —dijo ella sin dudar un ápice.

—¿Cuál es tu favorito?

—Me gusta el hueso hioides. Está literalmente suspendido en el aire y nadie habla de él —resopló—. Nadie lo valora como es debido.

Sonreí.

—Sí, opino lo mismo que tú.

Se rio y escuché cómo se abría la puerta del garaje.

—¿Por qué se ha ido la luz? —pregunté, saludando con la cabeza a Popeye, que acababa de entrar arrastrando los pies.

—No tengo ni idea.

—¿No hay luz en toda la calle?

—Gabby y Jessica no están en casa, así que no puedo saberlo.

—¿Has comprobado el cuadro eléctrico?

—¿Qué es eso?

Hice un ademán con la cabeza mientras sonreía. Dios, esto era tan típico de ella. Era el epítome de una mujer. Era notable en todos los sentidos, pero no sabía lo que era un cuadro eléctrico ni hacer la colada. Creo que yo me había hecho cargo de la colada desde que aprendí a andar. Una de las fotos favoritas de la abuela era una donde aparecía yo con apenas tres años sujetando un estropajo para limpiar el retrete.

—Probablemente, en el garaje también encuentres el cuadro eléctrico —dije—. Búscalo.

—Vale, espera.

—Será metálico —dije, llevándome la taza de café a los labios—. Probablemente sea gris y tenga unos cuantos fusibles.

—¿Algo parecido a un interruptor?

—¿Has encontrado un interruptor? —pregunté con sorna.

—Sí.

—Mándame una foto.

Escuché algunos ruidos al otro lado del aparato. Entonces llegó un mensaje con una foto. La amplié.

—Los fusibles de la casa están apagados.

Guardó silencio durante unos segundos.

—¿Cómo puede haber ocurrido?

—No lo sé. Si hay una sobrecarga eléctrica, pueden saltar

algunos fusibles. Pero solo afectaría a una parte de la casa, no a toda.

—Entonces…

—Lo más probable es que alguien los haya desconectado. ¿Había alguien en tu casa trabajando con la instalación eléctrica o algo parecido?

Se quedó callada de nuevo.

—Sí, habrá sido eso.

—Solo tienes que levantar los fusibles. Y volverá la luz —dije.

La oí accionar los interruptores y emitió un gemido de alivio. Sonreí.

—Entonces, ¿podré verte esta semana? —pregunté.

Escuché el portazo de un coche.

—No lo sé.

La sonrisa se desvaneció en mi rostro. Quería insistir un poco más, pero escuché el tintineo de la puerta del restaurante. Brian y Doug habían entrado.

—Los chicos acaban de llegar. Tómate el café y luego te llamo.

Colgamos justo en el mismo instante en el que Brian y Doug tomaron asiento en la mesa. Liz nos entregó los menús.

—Hola, chicos. ¿Café?

Ambos asintieron y Brian alargó la sonrisa más de la cuenta.

Su forma de mirarla me hizo apartar los ojos, era como si estuviera metiendo las narices en un asunto privado.

Brian llevaba enamorado de Liz desde que éramos niños. Liz no se había criado en el pueblo. Solo venía los veranos. Brian esperaba pacientemente durante todo el año sus visitas. Y en verano pasaba tanto tiempo en casa que la abuela solía decir en broma que era uno de sus nietos honorarios.

Pero, entonces, llegó al pueblo el nuevo *sheriff*. Y Liz conoció a Jake.

Observé cómo Liz le servía el café a Brian. Llevaba vendado el dedo meñique. Apreté la mandíbula. Jake le había vuel-

199

to a poner las manos encima. Otra vez. Nunca lo hacía delante de los demás. Cuando estaban en público, siempre montaba algún jodido numerito para que todo el mundo pensara que era un marido cariñoso. Menudo pedazo de mierda.

Años atrás, el día de San Patricio, Liz entró en el Centro de Veteranos con el labio partido y estuve a punto de darle su merecido. Él negó haberle puesto la mano encima y casi logra que me lleven preso. Además, luego, Liz se enfadó conmigo. No me habló durante meses.

A veces, cuando me daba cuenta de que tenía algún rasguño, le preguntaba qué le había pasado de todos modos, aunque sabía que nunca me contaría la verdad. Solía contestar que había sido por una caída, un portazo o algo parecido. Y me lo decía mirándome a los ojos. No podía soportarlo.

Jake también la engañaba con otras mujeres. Otra cosa que ya nadie se molestaba en mencionar porque Liz no hacía nada al respecto y tampoco se lo tomaba nada bien. Además, Jake también incordiaba a los turistas. No entendía cómo podía aguantarlo. Podía estar con alguien mejor.

Aparté la vista de su mano.

—¿Cómo te va eso de ahorrar? —preguntó Brian.

—Bien —respondí—. Todavía no he ido al mercadillo, pero he vendido algunas piezas a las amigas de Alexis. Fue un alivio.

Un alivio enorme.

En realidad, había estado pensando en eso. Me habían pagado sin pestañear. Las compraron sin más, en el acto. Quizás Alexis tenía razón y tenía que buscar nuevos compradores fuera del pueblo. Crear un sitio web, una página de Instagram. Incluso podía exponer las piezas más pequeñas en algunas de las tiendas de *souvenirs* cuando abrieran en verano, a ver cómo funcionaba eso.

Alexis hacía que quisiera ser mejor.

Si nunca hubiera tenido que dirigir el B & B, creo que ahora podría estar haciendo algo que realmente me gustara. Quizá me dedicaría a tiempo completo a la carpintería. Nunca tuve la oportunidad de explorar ese camino porque mis abuelos fallecieron y tuve que cambiar de rumbo antes de saber si podía dedicarme a ello.

Y tal vez, ahora, nunca tendría la opción de averiguarlo.

Si compraba la casa, debería seguir regentando el B & B para pagar la hipoteca. Pero no podría seguir como ahora, tendría que abrirlo durante todo el año para poder hacer frente a ese tipo de pagos.

Sería hostelero el resto de mi vida.

Y no se trataba de que la hostelería fuera un mal negocio. Simplemente, no era lo que quería hacer. No sentía ningún tipo de vocación por ella.

Todo esto me parecía un poco como vender mi alma. Tenía la sensación de que el resultado era el mismo tanto si dejaba la casa como si luchaba por conservarla.

Doug se llevó el café a la boca.

—¿Cómo está tu novia? —preguntó.

—No es mi novia —murmuré.

No lo era, básicamente, porque ella no quería. Si tuviera la más mínima posibilidad de ser su novio, yo no lo dudaría ni un instante. Pero sabía que no iba a suceder.

Nunca me hacía sentir como si no fuera suficientemente bueno para ella, pero tampoco le hacía falta. Era demasiado obvio. Como entendía el lugar en el que estaba, lo había aceptado con resignación y había decidido no darle más vueltas. Sobre todo, porque no podía hacer nada para modificar la situación. No podía chasquear los dedos y convertirme en cirujano. No podía ser más de lo que era.

—¿Por qué no es tu novia? —insistió Doug.

—Porque no tengo nada que ofrecer a una mujer como ella.

Doug depositó la taza en la mesa.

—¿Has oído hablar alguna vez de las piedras de amor de los pingüinos?

201

—¿Cómo dices?

—Una piedra de amor de pingüino. Cuando a un macho le gusta una hembra, busca la piedra perfecta y se la lleva. Entonces, si a ella le gusta, la coloca en su nido y problema resuelto. Quedan emparejados de por vida.

Brian estaba mirando cómo Liz tomaba el pedido en otra mesa, pero se metió en la conversación.

—¿Y qué quieres decir con eso?

—Quiero decir que las hembras de los pingüinos no eligen a su pareja porque tiene la mejor piedra. Lo parece, pero no es así. Aceptan la piedra porque el macho que más desean es el que se la ofrece. A veces, lo que tienes para ofrecer es suficiente. Aunque, en lugar de un diamante, se trate de una piedra.

Dejé escapar un suspiro. Ojalá tuviera razón.

Pedimos el desayuno. Doug estaba de buen humor, lo cual era bueno. Su depresión siempre mejoraba en primavera. Había más sol, pasaba más tiempo al aire libre y los turistas empezaban a regresar. Tenía pensado instalar un horno de leña en la granja para hacer pizzas y maridajes de vino, aparte de organizar un zoo de mascotas y celebrar bodas en el granero. Quería atraer más negocio.

Brian escuchó nuestra conversación sin quitarle el ojo de encima a Liz. Cada vez que limpiaba un plato, le miraba la mano maltrecha y apretaba la mandíbula. Esa mierda con Jake nos afectaba a todos, pero, para Brian, creo que era una especie de purgatorio.

Cuando terminamos de comer, sonó mi teléfono. Era Alexis.

—Tengo que contestar —dije levantándome de la mesa.

Empujé la puerta y pulsé el botón de respuesta cuando salí.

—Hola, ¿te has tomado el café?

—El café helado sabe mejor cuando llegas tarde al trabajo —respondió Alexis. Parecía que había recuperado el ánimo.

—Estoy orgulloso de haberte echado una mano —bromeé.

—Tengo que dejarte enseguida, pero me gustaría que oyeras algo. Pongo el altavoz, pero no digas nada, ¿de acuerdo?

—Está bien…

—Alguien está cantando ópera en Urgencias —dijo.

Podía oír el chirrido de unos zapatos sobre un suelo, como si me estuviera llevando a algún sitio.

—¿Una ópera?

—Hoy tenemos una despedida de soltera. La novia tiene una intoxicación etílica y la han traído sus amigas. Todo el grupo está borracho. Una de ellas es soprano y está cantando en la habitación. Es increíble. ¿Estás preparado?

—Por supuesto.

Activó el altavoz y escuché como abría una puerta. La voz de un ángel se coló por el teléfono.

—Ave María.

Era hermoso. Mágico. Ahí mismo, plantado en medio de la calle, se me llenaron los ojos de lágrimas. En medio de una mañana cualquiera, esa belleza inesperada fue como un regalo divino.

Alexis me transportó a un mundo distinto. Era una mujer increíble, trabajaba en un hospital a dos horas de distancia y trataba a una paciente cuyas amigas cantaban en latín. Solo con su rutina habitual, Alexis disfrutaba de una vida miles de veces más interesante y culta que la mía. Y lo mejor era que quería hacerme partícipe.

Ese gesto me llenó de una gratitud difícil de explicar. Compartía su vida conmigo, aunque solo fuera un pequeño instante cada día.

Cuando acabaron, Alexis susurró en el teléfono:

—Tengo que irme. —Y colgó.

Sonreí mientras me enjugaba las lágrimas. Y me quedé ahí parado, mirando la pantalla con la sonrisa en el rostro.

Quería más.

Quería ver su mundo con mis propios ojos, no solo estos pequeños destellos.

Quería formar parte de él.

Pero tenía que invitarme ella. Y dudaba que alguna vez me lo pidiera.

Estaba listo para regresar adentro, cuando mi teléfono volvió a sonar.

Esta vez era Amber. Mi buen humor se desvaneció por completo. Dejé que el timbre sonara tres veces antes llevarme, con ciertas reticencias, el aparato a la oreja.

—¿Sí?

—¡Hola! No he recibido el ingreso esta semana.

Me pasé la mano por la cara.

—Ni siquiera han pasado siete días desde que reabrí la casa. Además, tuve que reembolsar el dinero a unos huéspedes el fin de semana pasado.

—¿Por qué?

—Por una tontería. Los árboles soltaron las bellotas sobre ellos y…

—Da igual, Daniel. No me importa. —Su tono era cortante—. Me dijiste que me llegaría dinero cada semana.

Exhalé un suspiro para recobrar la calma.

—Tengo reservas hasta el domingo —dije con tiento—. Puedo enviarte el dinero el lunes.

—¿Cuánto?

Hice una mueca.

—¿Va todo bien? Pareces… tensa.

En realidad, parecía nerviosa. Parecía colocada.

Que Amber estuviera colocada no era exactamente una novedad. Aunque, últimamente, estaba mucho mejor. Sin embargo, que volviera a estar enganchada a las drogas era una mala noticia, sobre todo si llegaba a considerar el dinero de la venta de la casa como un cheque en blanco.

—Estoy bien —dijo, algo brusca—. Necesito el dinero. Si no eres capaz de ingresarme dinero cada semana, el trato se anula.

Asentí con la cabeza.

—Vale. El fin de semana pasado fue una excepción. No volverá a ocurrir.

—Y no reembolses el dinero a la gente. ¿Qué demonios pasa contigo? —espetó.

Se lo dejé pasar. No tenía sentido discutir con ella. Aparte del fin de semana pasado, yo era muy bueno en lo que hacía para ganarme la vida. No necesitaba sus consejos ni sus críticas. No necesitaba nada de mi madre, en realidad, nunca me había dado nada.

Nuestra relación carecía de amor. No quería que le ocurriera nada, pero, al mismo tiempo, sabía que no podía hacer nada por ella.

Las crisis de Amber eran cíclicas. Y siempre mordía la mano que le daba de comer. Si le ofrecía un lugar en casa para desintoxicarse, como hacía la abuela, lo lamentaría el resto de mi vida. Seguramente, agotaría todos mis ahorros y se llevaría las reliquias familiares para empeñarlas. Tenía que hacer todo lo posible para salvar la casa.

—Tendré el dinero el lunes —dije.

—De acuerdo.

Entonces, colgó.

Me quedé afuera unos minutos, observando el mural del lateral de la farmacia. No me iba a dar seis meses. Con suerte, me daría seis semanas. Lo único que podía hacer era esperar que me dejara suficiente tiempo. Después del verano, de un modo u otro, mi vida nunca volvería a ser la misma.

205

22

Alexis

*E*sta era la segunda mañana consecutiva que Neil me arruinaba el día nada más levantarme. Ayer desconectó el cuadro eléctrico y, además, me lo encontré en mi cocina. Estaba sentado en mi mesa, degustando su expreso, con unos pantalones grises y un polo blanco.

Me dieron ganas de chillar.

—Buenos días —dijo con una sonrisa—. He preparado esa quiche que tanto te gusta. —Señaló con la cabeza la encimera, donde en una bandeja había un trozo de mi quiche favorita de espinacas y brécol con un vaso de zumo de naranja recién exprimido. En el plato había un cuenco con distintas bayas y un jarrón diminuto con una flor.

Adoraba esa quiche. Neil la preparaba para las ocasiones especiales, como mi cumpleaños.

Estaba comportándose como siempre.

Intentaba mostrarse amable y actuar como si nada hubiera ocurrido. Como si sus actos formaran parte de las escenas eliminadas de una película. Como si pudiera olvidar, por arte de magia, que el día anterior había cortado la luz o que estaba viviendo aquí en contra de mi voluntad después de someterme a años de maltrato mental y emocional. De hecho, seguro que esperaba que yo me sentara para tomar un desayuno informal y agradable con él como si nada hubiera pasado.

Pero ahora no era la misma mujer.

Antes solía estar tan agotada de sus cambios de humor y tan desesperada por cualquier muestra de afecto que habría cedido. Le habría dejado salirse con la suya. En lugar de decir lo que realmente sentía, le habría dado las gracias por las flores o hubiera fingido entusiasmo por las costosas vacaciones que habría reservado. Me hubiera comido la quiche.

A la mierda con la quiche.

Lo ignoré por completo y me dirigí al refrigerador para tomar mi batido de proteínas.

De todas formas, Neil casi nunca estaba en casa. Era el jefe de cirugía, así que trabajaba ochenta horas a la semana, más los turnos de guardia. Muy pocas mañanas tendría que lidiar con esto; no tenía otra. Porque no dejaría que Neil se quedara con mi casa.

Seguramente, pensó que esta pequeña farsa de «estoy viviendo aquí» iba a doblegarme como antes, cuando me maltrataba.

Pero estaba harta de que abusara de mí. Ya era suficiente.

Había tenido una larga charla con mi terapeuta sobre esta situación. Neil no era una persona violenta, simplemente, era un cretino. No temía por mi integridad, porque, en caso contrario, habría renunciado a la casa por mucho que me costara. Lo que le preocupaba a mi terapeuta era si podía soportar el desgaste mental y emocional que supondría seguir adelante.

Y la respuesta era un rotundo sí.

No creo que pudiera recuperarme nunca si me echaba atrás. Dejar que se saliera con la suya otra vez era como permitir que me victimizara de nuevo.

Neil quería que me echara a un lado, quería castigarme por no haberlo perdonado y que abandonara el hogar que tanto merecía y me había ganado a pulso. Estaba enfermo. Pero nunca le daría esa satisfacción.

Algo había cambiado en mí durante las últimas semanas. Cuanto más lejana quedaba la relación, más fuerte me volvía, y plantarle cara cada vez era más sencillo. Estaba perfectamente dispuesta a soportar su presencia y mantenerme firme a cambio de la oportunidad de demostrarle que podía con él.

Mi abogado me advirtió de que, para conseguir la casa, tendríamos que pasar por un proceso de mediación. Y cuando esto no diera resultado, porque no lo daría, acabaríamos en el juzgado. Tendríamos que tasar la casa y juntar los documentos de la propiedad. De tres a seis meses. Solo tenía que lidiar con esta situación durante este tiempo, luego, todo habría acabado. Con un resultado u otro. Él se quedaría con la casa o me la quedaría yo. Pero, al menos, acabara como acabara, no le habría regalado la victoria, habría plantado cara hasta el final.

Podía sentir la mirada de Neil en la espalda. Necesitaba una nevera en mi habitación.

Oí que se levantaba.

—Ali...

—Ni te atrevas —espeté, fulminándolo con la mirada.

Estaba inclinado con las palmas apoyadas sobre la mesa.

—Si te niegas a hablar conmigo, van a ser unos meses muy largos.

—Lo van a ser de todas formas. Si no te gusta, múdate —dije repitiendo sus palabras.

Sonó el timbre y lo aproveché para abandonar la cocina.

Cuando abrí la puerta, me encontré con mi padre y mi madre. Me quedé estupefacta.

—No sabía que ibais a venir —dije mientras pasaban adentro.

Mis padres rondaban los setenta años, pero tenían la misma energía que a los cincuenta. Ambos habían trabajado a destajo hasta su jubilación, el marzo pasado. Mi padre solo se jubiló porque su vista ya no era tan buena como antes y eso era una complicación en el quirófano, y mi madre padecía artritis. De otro modo, hubieran trabajado hasta que los alcanzara la muerte.

Mi padre llevaba un polo azul y pantalones blancos, con el pelo canoso peinado hacia atrás con elegancia. Mi madre iba conjuntada con él, como si se hubieran puesto de acuerdo, pero con el pelo recogido.

Mi padre me besó en la mejilla.

—Vamos a jugar al golf con Neil. ¿Está listo?

—Vais a… —Negué con la cabeza—. Papá, Neil y yo hemos roto —dije acompañándolos al salón.

Mi madre se sentó en el sillón reclinable y mi padre en el sofá.

—¿Y cuál es el problema?

Crucé los brazos.

—No es una buena idea que vayas a jugar al golf con mi expareja.

—Alexis, Neil es mi amigo, éramos compañeros de trabajo mucho antes de que empezaras a salir con él.

Se me congeló el rictus.

—Papá, me ha engañado con otra mujer.

Él levantó la mano.

—No quiero meterme en vuestras peleas de enamorados. Las parejas a veces se pelean. Saldréis adelante, pero no pienso meterme en vuestra relación.

Parpadeé desconcertada.

—Quizá te gustaría saber que está viviendo aquí en contra de mi voluntad.

—Es su casa tanto como la tuya. Y, sinceramente, creo que deberías ceder. Eres tú quien quiere poner fin a la relación, y con sus turnos de trabajo, es mejor que esté cerca del hospital. A menos que quieras asumir una mayor carga de trabajo, no sé cómo puedes argumentar que tienes más derecho a ella.

Me quedé contemplándolo estupefacta.

Mi madre me lanzó una de esas miradas silenciosas que significaban «la resistencia es inútil». Apreté los labios.

Entonces, mi padre meneó la cabeza.

—No entiendo por qué no te planteas ir a terapia de pareja. Las relaciones requieren trabajo, Alexis. No se abandonan cuando las cosas se ponen difíciles.

Mi madre le puso una mano en la rodilla.

—Cecil, creo que deberíamos dejar que arreglen las cosas a su debido tiempo, ¿no crees? Los dos están muy ocupados con el trabajo...

—Por cierto —interrumpió mi padre—, me han informado de que el doctor Gibson se jubila dentro de unos meses. Y eso significa que va a quedar libre el puesto de jefe de Urgencias. Presentarás tu candidatura. Nosotros ya hemos hecho nuestras recomendaciones a la junta. Ya hemos tolerado durante bastante tiempo tu falta de ambición. Si lo único que querías era ser una doctora corriente, deberías habernos ahorrado trescientos mil dólares en la facultad de Medicina.

El corazón me latía con fuerza.

Me mordí la lengua.

—Que no sea cirujana no quiere decir que mi trabajo no sea importante —dije con cuidado.

Pero no había nada que hacer. Porque, para mi padre, eso era exactamente lo que quería decir.

Tanto mi padre como mi madre eran cirujanos. Mi padre quería que fuera neurocirujana. En realidad, quería que Derek fuera neurocirujano en lugar de dedicarse a la cirugía plástica. Pero mi hermano pronto demostró que ese campo tenía suficiente fama como para apaciguar a mi padre. Sin embargo, yo no tenía ese argumento.

Lo único que tenía era a Neil.

Neil me había revalorizado. A mi padre no le gustaba mi especialidad, pero dejó a un lado su campaña para que fuera neurocirujana porque Derek estaba ahí para ser el abanderado

211

y yo había acabado con el jefe de cirugía. Para él, salir con Neil era como un éxito profesional. Pero por mí misma no era suficiente. Especialmente ahora.

Me vino a la cabeza que Neil habría sido un Montgomery mucho mejor que yo. De hecho, ahora mismo, creo que mi padre lo veía más como a uno de sus vástagos que a mí.

Y, en ese momento, deseé con todas mis fuerzas que fuera verdad, que Neil fuera el hijo de mi padre y yo solo fuera la expareja de Neil, una mujer corriente que pudiera romper la relación con él y seguir con su vida. Habría sido mucho más sencillo para el universo presentarlo de ese modo.

Pero al universo le da igual.

Neil entró como un rayo y luché por no echarme a llorar. Era imposible que no nos hubiera escuchado desde la otra habitación.

—¡Cecil! ¡Jennifer! —exclamó Neil—. ¿Preparados para hacer algunos hoyos? —dijo blandiendo un palo de golf invisible.

212   El rostro de mi padre se iluminó. Se levantó y le estrechó la mano. Luego, me dirigió la mirada de nuevo.

—Alexis, tenemos que hablar de tu discurso para el centésimo vigesimoquinto aniversario del hospital. Nos vemos para comer en el club a las doce y media.

Me quedé mirándole con cara de asombro.

—¡Para nada! No pienso ir a comer con él.

Papá me fulminó con la mirada.

—Jovencita…

Neil le puso una mano en el hombro.

—Ali tiene mucho trabajo hoy. Nos pondremos al día con ella en otro momento —dijo.

Inmediatamente, mi padre dejó de insistir. Si a Neil le parecía bien, a papá también. Sin embargo, el hecho de que Neil me sacara de este apuro era como tener una brasa en las entrañas.

Mi padre me regaló una mirada de desaprobación. Luego, se dirigió hasta la puerta. Mi madre se me acercó y me dio un abrazo.

—Ya sabes cómo es —susurró—. Te quiere mucho y solo quiere que llegues tan alto como puedas. Te quiero, cariño. —Me dio un beso en la mejilla, una palmada en la espalda y se fue.

Neil se esperó detrás de mí, y cuando mis padres estaban lo suficientemente lejos como para oírlo, se me acercó y dijo en voz baja:

—Ali, está sometido a mucho estrés. Tu hermano se ha casado con una estrella del pop del montón y se ha ido del país. Además, se está tomando muy a pecho nuestra separación. No seas dura con él.

Lo miré cariacontecida.

—¿Mi padre te lo ha contado? Firmó un acuerdo de confidencialidad.

—Claro que me lo ha contado. —Se detuvo, lanzándome una mirada que no pude descifrar—. ¿Podemos hablar más tarde? ¿Por favor?

Apreté los labios, con el pecho agitado.

Esperó mi respuesta, pero permanecí en silencio. No podía abrir la boca, porque, de lo contrario, empezaría a gritar.

—Te veré esta noche —dijo, tomando mi silencio como un sí.

Luego, se fue.

En cuanto se cerró la puerta, se me fue la cabeza. La rabia, la indignación y la histeria brotaron fuera de mí, y metí la cabeza entre las manos.

Lo detestaba. Lo detestaba absolutamente todo.

Detestaba que Derek me hubiera abandonado. Detestaba la tolerancia cero de mi padre. Odiaba ser una decepción, que nunca hubiera querido ser cirujana. Odiaba que la idea de estar de pie en un quirófano durante horas me pareciera aburrida y tediosa. Me molestaba mi existencia y todo lo que me había llevado hasta aquí. Odiaba al doctor Charles Montgomery, el primer miembro de la familia que trabajó en el Royaume Northwestern. Odiaba a cada uno de los Montgomery que ha-

213

bía desempeñado un papel en este legado, fortaleciéndolo de tal manera que parecía indestructible. Los odiaba tanto que, ahora mismo, a pesar de todas las vidas que habían salvado, desearía que nunca hubieran puesto un pie en la tierra.

Pero, por encima de todo, odiaba a Neil. Si no se hubiera transformado en un ser humano horrible, tal vez ahora yo podría ser feliz. Podría haberme casado con él y, entonces, podría haber tomado mi apellido para convertirse en «el Elegido» en mi lugar. De esa manera, todo el mundo estaría satisfecho. Porque, ahora mismo, la única manera de que todo el mundo tuviera lo que quería era que yo decidiera ser una desgraciada.

Las paredes de casa se me echaron encima. Empezaba a sentir claustrofobia. No podía respirar.

Me invadió una necesidad imperiosa de salir por patas. Y salí disparada hacia la puerta del garaje. Sabía exactamente dónde iba.

Quería ver a Daniel.

Quería que su perro mugriento saltara encima de mí y quería jugar con su pequeña cabra. Quería estar en un lugar con muebles acogedores y mullidos, y dejar que alguien sencillo y bueno me abrazara en un pueblo que no esperaba nada de mí.

Me puse las botas de montaña, que había dejado en la puerta del garaje, y me metí en el coche sin siquiera coger mi bolsa de viaje.

Escuché el cuarto álbum de Lola durante todo el camino, a todo volumen. Seguramente, estaba en la misma situación mental que yo cuando lo grabó, porque era muy muy parecido a los de Alanis Morissette, lo cual era perfecto, porque encajaba con toda mi rabia.

No llamé a Daniel para advertirle que iba a verlo.

En primer lugar, estuve lloriqueando durante la mayor parte del trayecto y no quería echarle toda la mierda encima en cuanto cogiera el teléfono. Necesitaba serenarme antes de hablar con él o con cualquiera.

Y en segundo lugar…, quería presentarme sin más. Quería saber si estaba solo, ver cómo respondía a mi inesperada aparición.

Era infantil e irracional. No tenía ningún derecho. Pero me dijo que no estaba saliendo con nadie más y quería pillarlo en una mentira. Quería saber si era la persona que decía ser, si era honesto. Si llegaba a Wakan y me encontraba con otra mujer en su casa, al menos sabría a tiempo quién era en lugar de descubrirlo demasiado tarde como con Neil.

Cuando llegué a la entrada de su casa, Daniel estaba en el jardín. Vi cómo levantaba la cabeza y se le dibujaba una sonrisa en el rostro. Mi estado de ánimo mejoró al instante. Salí del coche y Hunter se acercó brincando alegremente, con Chloe corriendo detrás de él con su pijama rosa. Acaricié al perro, que emitió su característico aullido, mientras Daniel se acercaba.

—Vaya, has venido —dijo sonriendo por detrás de Hunter.

—Así es.

Me recibió con todas las galas. Me atrajo hacia sí, se inclinó y me besó. Fue como si una parte de mi cerebro se apagara. La parte que estaba estresada, preocupada y enfadada.

Se separó un poco y susurró entre mis labios:

—Deberías haberme llamado antes de venir.

Todas las alarmas se encendieron de nuevo en mi cabeza.

Di un paso atrás, retirando las manos de su pecho.

—Tienes razón. Lo siento. No debería presentarme así.

Sonrió.

—Me encanta que aparezcas de improviso. Pero al menos avísame para que pueda ducharme. —Señaló su ropa sucia—. Y para que pueda prepararte algo de comer.

La sensación de alivio seguramente se reflejó en mi rostro, porque frunció el ceño.

—¿En qué estabas pensando?

No respondí.

215

Daniel enseguida ató cabos.

—¿Creías que estaría con otra chica o algo así? Ya te dije que no hablaba con nadie más.

Me encogí de hombros.

—No es asunto mío.

—No estoy viendo a nadie más —dijo.

Se me torció el gesto.

Entonces su sonrisa desapareció.

—¿Tú sales con otras personas?

—No —dije negando con la cabeza.

Recuperó la sonrisa.

—Estupendo. —Se inclinó para besarme de nuevo, pero aparté la cara.

—Si quisieras salir con otras personas, no habría ningún problema.

De nuevo, se le desvaneció la sonrisa.

—¿Por qué iba a querer eso?

Me recogí el pelo detrás de las orejas.

—Sabes, en realidad nunca hemos hablado de esto, Daniel. Quizá deberíamos establecer normas.

Estudió mi expresión.

—De acuerdo.

—¿Tú qué quieres? —pregunté.

—¿De verdad quieres saberlo?

—Sí.

—Quiero ser tu novio.

Las palabras me golpearon en el corazón y me agitaron el estómago. Pero mi cerebro rechazó la idea. ¿Quería ser mi novio? ¿Por qué? Yo era mayor. Demasiado mayor para él. Además, vivía demasiado lejos y nuestras vidas eran completamente distintas.

¿Qué quería de mí?

Me parecía una actitud demasiado tierna, inocente. Como cuando un niño asegura que de mayor quiere ser astronauta o bailarín, pero que, al crecer, acaba dedicándose a algo que realmente tiene sentido.

¿Quizá solo quería decir que no quería que nos acostáramos con otras personas? ¿Solo quería exclusividad? Eso podría entenderlo.

Sin embargo, en ese preciso instante, me percaté de que yo tampoco quería que se acostara con otras personas. Incluso la idea de que abrazara a otra persona me provocó un ataque de celos tan repentino que me pilló por sorpresa.

Si hubiera llegado aquí y él hubiera estado con otra mujer, me habría roto por dentro. No me había dado cuenta hasta ahora. Al contemplar su rostro sin sombras y sentir su cálido abrazo, algo dentro de mí gritó: «MÍO».

Pero no era justo hacerlo mío porque yo nunca podría ser suya.

Un noviazgo implica expectativas. Él querría conocer a mi familia, pasar las vacaciones conmigo, celebrar mi cumpleaños, el suyo… Querría venir a mi casa y conocer a mis amigos. Y no podía concederle nada de eso. Nunca podría. Me parecía injusto que no estuviera abierto a otras relaciones cuando esta no llevaba a ninguna parte.

—Daniel, ahora mismo, no quiero un novio —dije—. No tengo espacio en mi vida para eso.

Me pareció ver un destello de decepción en su rostro, pero me dedicó una sonrisa.

—No pasa nada. No necesitamos etiquetas. Podemos seguir adelante con la exclusividad y no decidir nada más ahora mismo. De todas formas, no tengo tiempo para mucho más.

Asentí.

—De acuerdo.

Sonrió.

—Perfecto.

Debería estar dando saltos de alegría. Había conseguido lo que quería: monogamia sin ataduras. Pero, de algún modo, me sentía decepcionada.

217

Daniel se acercó y me dio un beso. Al instante, todos mis pensamientos se desvanecieron. Me agarró el rostro entre sus ásperas manos. Podía saborear algo afrutado en su lengua. Quería ducharse, pero me alegré de que no lo hiciera. Olía a Daniel; una combinación de tierra fresca, madera y sudor limpio.

Empezó a apartarse, pero cambió de opinión y reanudó el beso.

Vaya, era irresistible. Quería pegarme a él, fundirme con su cuerpo.

Daniel era un soplo de aire fresco. Todo lo que tenía que ver con estar aquí con él era una ruptura con la realidad. Era como si fuera cerrando las pestañas abiertas de un ordenador hasta que la única imagen que aparecía en la pantalla fuera la de él. Sentía que Neil, mi padre y el Royaume Northwestern se desplazaban hasta los confines de mi mente para desaparecer en el olvido en un abrir y cerrar de ojos.

Era increíble que alguien tan poco compatible conmigo tuviera esa capacidad. A pesar de las incompatibilidades de nuestras vidas, tenía ese poder sobre mí. Fantaseaba con la posibilidad de que nos hubiéramos conocido en una vida anterior y ahora nos hubiéramos vuelto a encontrar.

Aunque, esta vez, yo había nacido demasiado pronto y en un estrato social al que él nunca podría aspirar a llegar. Era realmente triste. Esta relación nunca podría crecer. Nunca podría atraer a las personas que nos rodeaban. Nunca se enriquecería con el contacto de mi gente y la suya.

Siempre sería así. Solo podía ser así.

Y no duraría.

Daniel se separó un poco con una sonrisa en los labios.

—Voy a asearme. Luego iremos a comer algo. ¿Quieres darle el biberón a Chloe mientras me ducho?

Asentí pegada a su boca, sin aliento.

Cuando estuvo listo, no fuimos al Jane's tal y como esperaba. Me llevó a una pequeña tienda de comestibles local. Durante el trayecto me percaté de que en realidad no me importaba comer en Jane's con él, es decir, con todos los habitantes del pueblo allí para vernos. En parte porque era culpa mía no haberle dejado hacer otros planes. Y, por otra, porque, aunque técnicamente sabía que Daniel no era más que un chico con el que me acostaba, se había convertido en algo menos anecdótico durante las últimas semanas. Supongo que se sentía más como si estuviéramos saliendo que simplemente enrollándonos.

Me abrió la puerta del colmado y escuché el tintineo de una campana. Saludó a Brian, que estaba hablando con alguien, y luego se volvió hacia mí.

—Está bien. No me has dejado tiempo para planear nada, así que tendremos que ser creativos. Vamos a jugar a un juego.

—¿Un juego? —pregunté, levantando una ceja.

—Así es. Un juego muy serio. Las reglas son muy estrictas.

—¿Estrictas?

—Sí. Regla número uno. —Hizo una pausa para buscar un efecto dramático—. Nunca participes en una guerra terrestre en Asia.*

—¡Daniel!

Estaba partiéndose de risa.

—Estoy bromeando. De acuerdo, nada de sustituciones, nada de echarse atrás y tenemos que probar todo lo que compremos —dijo enumerando con los dedos—. Esas son las reglas. ¿Aceptas?

Entrecerré los ojos.

—No lo sé. Necesito más información.

Daniel se cruzó de brazos.

—No puedo darte más información hasta que aceptes el trato.

Esbocé una sonrisa; era encantador cuando intentaba ponerse serio.

219

*. Frase procedente de *La princesa prometida*. [Nota del traductor].

—De acuerdo. Trato hecho.

Se frotó las manos.

—Muy bien, así es como funciona. Nos turnamos para recorrer a ciegas los estantes con las manos extendidas. Así. —Puso los brazos en cruz, con los dedos apuntando a cada lado del pasillo—. Entonces, la persona que tiene los ojos abiertos dice «basta» y la que tiene los brazos extendidos tiene que coger lo que esté señalando. La cena saldrá de la selección final.

Me reí.

—¿Hablas en serio?

—Muy en serio. Y no puedes quejarte de ningún producto. Tenemos que cenar con lo que haya. Al final, tenemos tres productos de libre elección para intentar remontar la comida. Podemos utilizar productos de casa si es necesario. Pero es obligatorio usar todos los productos que compremos.

—Me parece bien. Adelante —respondí.

—¡Que empiece el espectáculo!

Cogió un carrito y me llevó al pasillo del fondo donde tenían revistas y material de arte. Había una cesta de DVD a precios de saldo.

—¿Estás preparada? —preguntó—. Yo empiezo.

Entonces metió la cesta de las películas y empezó a rebuscar. Esperé unos treinta segundos y dije:

—¡Basta!

Sacó la película que tenía en la mano y le echó un vistazo.

—*Por siempre jamás* de Drew Barrymore.

—¡Sí! Me encanta.

La depositó en el carrito con una sonrisa.

—Tu turno.

Fuimos al pasillo de los aperitivos y extendí los brazos.

Esperó un segundo.

—¡Adelante!

Empecé a andar.

—¡Basta! —dijo cuando estaba en medio del pasillo.

Miré las opciones que tenía a cada lado.

—Pretzeles de miel y mostaza —anuncié, arrugando la nariz mientras cogía la bolsa—. Y galletas de mantequilla de cacahuete. No está mal.

Fuimos al pasillo de la carne y acabamos comprando muslos de pollo. En la sección de frutas y verduras compramos puerros y una bolsa de patatas rojas. En la de lácteos, nata para montar. Y de postre, helados. Finalmente, Daniel compró caldo de pollo, apio y una *baguette* para rematar la cena.

Fue muy entretenido y sencillo. Era exactamente en lo que Daniel era bueno.

Era completamente distinto de Neil. Era un soplo de aire fresco. Neil siempre se preocupaba por el más mínimo detalle de nuestras citas. Pero era más divertido para él que para mí. Entradas en la primera fila, restaurantes exclusivos. Los mejores regalos para publicar en las redes sociales. Pero, al poco tiempo, perdí el interés en esas cosas. Perdieron su esplendor. Sobre todo, porque se pasaba la mayor parte del tiempo mirando su teléfono.

¿Cómo no me había dado cuenta?

Pero enseguida supe la respuesta. Me había criado un hombre que apreciaba el prestigio por encima de valores como la integridad o la honestidad. Para mí, todo eso era normal.

Mi hermano era mucho mejor persona que el molde que le habían inculcado. Derek logró escaparse de la jaula en la que nos habían encerrado. Tal vez, Lola le había abierto los ojos. Es decir, Derek había aceptado ese voluntariado porque quedaría estupendamente en su currículo. Sin embargo, se había quedado porque había entendido que podía ayudar a más personas.

Y eso era totalmente contrario a lo que nos habían enseñado. Ese trabajo no le daría más dinero ni lo haría progresar laboralmente. Además, tampoco ayudaba al Royaume ni era una forma de impresionar a nuestro padre. De hecho, era todo lo contrario.

221

Experimenté una tardía sensación de orgullo por él. Creo que no había procesado correctamente lo que significaba que se quedara trabajando ahí. Me había sorprendido tanto cómo ese cambio afectaría a mi vida que no había pensado realmente en las consecuencias que tendría para mi hermano.

Y entendí algo más. Entendí por qué no había traído a Lola con él. No trajo a su mujer porque no tenía ningún sentido. Nuestro padre nunca la aceptaría. Nunca. Como tampoco aceptaría a alguien como Daniel. Así que Derek ni siquiera se lo planteó. Protegió a su mujer del rechazo y, en cambio, renunció a su vida.

Era un acto hermoso y desinteresado, aunque al llevarlo a cabo me hubiera condenado a mí. Ahora ya no lo culpaba por ello. Estaba contenta de que al menos uno de los dos hubiera escapado. Había renunciado al trono para casarse con una plebeya. Así era como lo interpretaba mi padre, obviamente. Derek había renunciado a sus riquezas.

Pero no es oro todo lo que reluce…

Pagamos la compra y regresamos al garaje con nuestro botín. Me desmoroné en el taburete, junto a la cocina americana, y Hunter se echó a mi lado.

—¿Qué harás para cenar?

—Qué haremos para cenar —dijo Daniel mientras vaciaba las bolsas de la compra.

—¿Los dos? ¿No sé cocinar?

—Pues entonces tendré que enseñarte —dijo colocando los productos en la encimera—. Cocinar juntos es parte del juego.

Le lancé una mirada desconfiada y sonrió.

—Ven aquí.

Bajé del taburete para ponerme a su lado, junto a la encimera.

—Vamos a hacer una sopa.

—¿Una sopa? —dije negando con la cabeza mientras analizaba la compra—. ¿Con esto?

—Las sopas son muy sencillas. Se puede hacer sopa con casi cualquier cosa.

PARTE DE TU MUNDO

Se dirigió al pequeño armario que utilizaba como despensa y sacó harina y una cebolla. También un poco de ajo y una barra de mantequilla del frigorífico y lo alineó todo sobre la encimera.

Había una libélula en el garaje. Se posó en el borde de una olla de la pequeña cocina. Esos bichos estaban por todas partes.

Vi cómo Daniel sacaba una tabla de cortar y un cuchillo.

—Tú pela las patatas y yo picaré la cebolla —dijo.

Pero no moví ni un dedo; no sabía cómo empezar.

Él se dio cuenta de mis dudas.

—¿Qué ocurre?

—No sé cómo pelar una patata —dije con una mueca en el rostro—. Es la primera vez que lo hago.

—¿Nunca has pelado una patata? —dijo mirándome con los ojos bien abiertos.

—No. Nunca tuve que hacerlo. En casa teníamos un cocinero.

A Neil le encantaba echarme en cara que no sabía hacer cosas que para la mayoría de la gente eran básicas. Pero estas no eran el tipo de habilidades que me enseñaron a creer que eran importantes. Mis padres me prepararon para un estilo de vida muy específico. Era trilingüe y tenía un doctorado en Medicina de Standford y otro de Berkeley. Sin embargo, no sabía cómo hacer la colada. No limpiaba mi propia casa. En realidad, antes de que Daniel me enseñara, ni siquiera sabía cómo hacerlo.

Me di cuenta de que esta era una de esas cosas que Neil usaba para ejercer su control sobre mí. Solo él podía encargarse de la casa. ¿Cómo me las apañaría sin él? Ni siquiera sabía prepararme la comida.

Siempre podía pedir comida a domicilio o calentar algo en el microondas. Podía prepararme una ensalada o un bocadillo. Pero era como si Neil quisiera que tuviera la sensación de que lo necesitaba, de que era incapaz de estar sola. Alguien tenía que cuidar de mí. Yo no podía gestionar una casa. Nunca comería mi quiche preferida si él no me la preparaba.

Miré a Daniel esperando que me avergonzara por mi carencia de habilidades en la cocina, como siempre hacía Neil. Pero, en lugar de eso, se encogió de hombros.

—Está bien. Te voy a enseñar.

El rostro se me relajó.

—¿Cómo aprendiste a cocinar? —pregunté.

Sonrió.

—Aquí hay que saber cocinar. No siempre podemos permitirnos salir a comer fuera —dijo, poniéndose a mi lado después de lavarme las manos—. Vamos, vas a pelar las patatas, así. Cuando termines, las cortas en dados. De esta forma. —Cogió el cuchillo y me lo enseñó—. Vamos a cortarlas en dados para que se cuezan más rápido. Como son para la sopa, les quitamos la piel, pero a mí me gusta dejársela para hacer puré de patatas…

A medida que cocinábamos, me lo explicaba todo de la misma manera. No solo me enseñaba cómo hacerlo, sino que también argumentaba el porqué. Eso me gustaba. Era la misma forma en que yo formaba a mis residentes.

Tenía mucha paciencia y no me quitaba el ojo de encima. Era evidente y hasta cierto punto desconcertante.

Su refrescante aroma acarició mi nariz y me encontré inclinada sobre él mientras se suponía que tenía que estar concentrada. Seguramente, se dio cuenta porque se volvió para mirarme y nuestros rostros se encontraron a muy poca distancia. Y entonces ocurrió algo dentro de mí que no había ocurrido en mucho tiempo.

Sentí mariposas en el estómago.

—¿Qué ocurre? —preguntó sonriendo.

Tragué con dificultad y parpadeé. Me dio un golpecito con el codo.

—¿Qué te pasa?

—No sé. Me distraes, eso es todo. —Bajé los ojos hacia la tabla de cortar un poco agitada. Sentía como si algo grande acabara de ocurrir y estuviera completamente fuera de mi control.

No podía sentir mariposas en el estómago. Era demasiado mayor para eso. ¿No debería haber superado con creces la edad de los enamoramientos y los amores románticos?

Aun sin poder ver su rostro, sabía que estaba sonriendo.

—Doctora, ¿puede concentrarse en la tarea que tenemos entre manos? —bromeó, hundiendo la nariz en mi pelo—. Porque necesitaremos toda su atención y parece que está un poco distraída —susurró.

Las mariposas otra vez.

Dios mío, no iba a poder concentrarme. Eché la cabeza hacia un lado y dejé que me besara, todavía sintiéndome algo agitada por esa sensación. Era tan cariñoso y apuesto. Era tan arrebatadoramente apuesto. Era el tipo de hombre que te quitaba el aliento, y era así por su bondad. Era bueno y paciente. Generoso. Y sencillo. Nada era complicado con él.

Neil era como una muñeca rusa. Cuanto más profundizabas, más pequeños se revelaban sus atributos. Pero Daniel era todo lo contrario. Cuanto más lo conocías, mejor se volvía.

Me gustaba que cuidara de Popeye. Y ahora comprendía por qué el pueblo lo había elegido alcalde. No lo hicieron porque era un Grant, sino porque, como sospechaba, sabían que los Grant eran un tipo de gente singular. Diplomáticos y muy queridos. Y no lo sospechaba porque él me lo hubiera dicho, sino por la forma en que lo trataban los demás.

El día que lo conocí, Liz solo tuvo buenas palabras hacia él. Brian dedicó dos horas de su tiempo sentado en una sala de proyección de un autocine cerrado solo para que Daniel pudiera llevarme al cine. Doreen lo llamó porque sabía que iría a ver cómo estaba Pops. Y, después de la caída de Pops, lo llevó al médico hasta Rochester e instaló aquella barra en su ducha.

En realidad, si te fijabas en cómo los demás trataban a Neil, también podrías llegar a las mismas conclusiones: que era muy querido. Neil ocupaba un lugar destacado en la mesa de todos. Pero la diferencia era que nadie confiaba en él como lo hacían con Daniel. Todas las relaciones de Neil se basaban en una conexión superficial donde el estatus desempeñaba un papel fundamental. Nadie necesitaba de él más que la gracia de su presencia y sus fanfarronadas.

Si Neil asistía a tus fiestas, quería decir que eras importante. Neil era alguien con el que querías que te vieran, pero si alguna vez necesitabas que te echara una mano, te dejaría en la estacada.

En cambio, si Daniel acudía a una de tus fiestas, solo significaba que eras una buena persona. Es decir, que eras una persona que se merecía su afecto. Y empezaba a darme cuenta de que su afecto alcanzaba unos límites de devoción que no había experimentado salvo con Bri y Derek. Y parecía que esa devoción abarcaba todo el pueblo. Era como si su manto de lealtad fuera lo suficientemente grande como para proteger a todo el pueblo.

226

Y entonces me di cuenta, casi con asombro, de que, de algún modo, yo también me había ganado su afecto, su lealtad. Debía gustarle mucho, y no solo en el ámbito sexual, porque, de otro modo, ¿se pasaría cinco horas al teléfono conmigo o querría que fuera su novia?

Empecé a morderme el labio de abajo mientras pelaba las patatas.

Solo recordaba haberme sentido tan importante cuando le gusté al jefe de Cirugía. Creo que estaba tan deslumbrada por eso y por el falso encanto de Neil que no fui capaz de ver las banderas rojas que ondeaban en mi cara. Pasé por alto su grosería con los demás o su poco respeto por las enfermeras que trabajaban con él.

Pero con Daniel era completamente distinto. Estaba tan segura de que no podría impresionarme que descubrirlo fue una sorpresa inesperada.

Le sonó el teléfono en el bolsillo y dejó la navaja para contestar.

—¿En serio? —dije levantando la ceja—. ¿Lo tienes con volumen? —bromeé.

Se echó a reír.

—¿Cómo voy a saber si alguien me está llamando? ¿No es para eso para lo que sirve un tono de llamada?

Sacó del bolsillo su teléfono.

—Es Liz —masculló—. Hola, ¿cómo dices...? —Se quedó escuchando. Se le fruncieron las cejas—. Está aquí. Vale. Vale, espera. —Puso la llamada en el altavoz.

—Alexis —dijo Liz.

Miré a Daniel descolocada.

—Hola, Liz...

—Hola, de acuerdo, Hannah va a tener a su bebé y querían llevarla a la Clínica Mayo, pero empezó las contracciones y no pudieron meterla en el coche...

Se escucharon unos gritos y un ruido de cristales rotos.

—¿Podéis venir? —dijo con voz asustada.

Asentí hacia Daniel y salimos disparados hacia la puerta.

Liz seguía hablando en voz alta por el teléfono.

—Estamos hablando con una enfermera de partos del hospital. Doug está aquí intentando ayudar, pero Hannah no deja que la toque y la ambulancia no llegará hasta dentro de cuarenta minutos y no creo que el bebé espere cuarenta minutos.

—¿Cuál es la situación? —pregunté—. ¿Puedes ver la cabeza del bebé? —Nos metimos en la camioneta de Daniel.

—No lo sé. Hay mucho líquido y sangre. Creo que ha roto aguas.

—De acuerdo, estamos de camino. Escucha, necesito que hiervas agua y me traigas todas las toallas limpias que encuentres. Necesito guantes desechables, tijeras y unas pinzas. Coge un vaso y llénalo de alcohol, mete ahí las pinzas y esperadme.

—Está bien. Ahora lo hago.

—No voy a colgar hasta que llegue —dije con calma—. No tengas miedo.

Daniel ya había tomado la carretera y nos dirigíamos hacia el norte.

—Tres minutos —dijo.

Cuando nos detuvimos delante de la casa, parecía que medio pueblo estaba allí, esperando en el césped. Podía oír gritos y chillidos desde el interior.

Corrimos por el salón y entramos en el dormitorio. La situación era dantesca.

Había media docena de personas en la habitación. Liz estaba de pie junto a la mesita de noche con el teléfono pegado a su oreja para poder escuchar qué le decía la enfermera de la Clínica Mayo. Doug estaba en la puerta, y una Hannah a punto de reventar estaba sentada en la cama, roja y empapada de sudor.

Doug parecía desesperado.

—¡Hannah, déjame echar un vistazo!

Le lanzó una mirada fulminante.

—Doug, no dejaré salir a este bebé hasta que alguien que no seas tú aparezca para traerlo al mundo. Hoy no verás mi vagina. No es así como va a acabar la noche.

—¡Soy médico, Hannah!

—¡En el ejército no atendéis a embarazadas!

—Pero ¡me ocupo del parto de mis cabras!

—¡LÁRGATE DE UNA PUTA VEZ! —Agarró un despertador y lo lanzó al otro lado de la habitación. Doug se apartó justo a tiempo y el despertador se estrelló contra la pared, esparciendo sus engranajes sobre un montón de otros objetos rotos.

Hannah se agarró a las mantas y gritó de dolor.

Liz me vio.

—¡Ha llegado la doctora!

Doug me miró aliviado.

—Gracias a Dios. —Me entregó una caja de guantes desechables y volvió a mirar a Hannah—. ¡Ver tu culo tampoco es mi idea de una buena noche, Hannah! —Se volvió hacia mí—.

PARTE DE TU MUNDO

Me largo de aquí. Llámame si necesitas ayuda —murmuró, pasando a mi lado.

Me lavé las manos y los antebrazos en el baño contiguo y me aproximé a la cama mientras me ponía los guantes.

—Hannah, soy la doctora Alexis. ¿Sabes cuánto tiempo hay entre cada contracción?

Sacudió la cabeza con los ojos cerrados.

Me giré hacia Daniel.

—Necesito que todo el mundo, excepto los padres, salga de esta habitación.

Una joven de rostro preocupado que estaba sentada al borde de la cama levantó la mano.

—Soy la mujer de Hannah.

—¿Cómo te llamas? —pregunté.

—Emelia.

—Emelia, quédate. Liz, ¿me has traído las cosas que te pedí?

Asintió y señaló con el dedo las toallas.

—El agua está hirviendo. Doug la puso a hervir incluso antes de que lo mencionaras.

—Vale, necesito que hiervas las tijeras durante cinco minutos. Tráemelas en cuanto haya pasado ese tiempo. Ten cuidado, estarán calientes. Ponlas en un plato limpio para que se enfríen.

Asintió rápidamente, le pasó el teléfono de la videollamada a Emelia y salió de la habitación. Cuando oí el clic de la puerta, levanté la sábana.

—Voy a examinar el cuello del útero, ¿de acuerdo?

Hannah abrió un ojo y asintió con los labios apretados mientras una contracción sacudía su cuerpo. Esperé unos segundos y me puse manos a la obra.

—¿Ha sufrido alguna complicación durante el embarazo? —pregunté.

—No —respondió Emelia negando con la cabeza.

—¿Diabetes gestacional? ¿Presión arterial alta?

—No. Está sana. El bebé está sano —añadió Emelia, con los ojos muy abiertos.

El cuello uterino de Hannah se había dilatado diez centímetros. No había tiempo que perder.

—Hannah, ¿estás bien? No hay tiempo para llamar a la ambulancia —dije—. En la próxima contracción vamos a empujar.

Pero Hannah negó con la cabeza.

—No, no, no, no, así no es como debe ser. Tengo un plan de parto. Tengo un... ¡Tienen que ponerme la epidural!

—Lo sé —dije sin perder la calma—. Pero, ahora, lo más importante es sacar al bebé sano y salvo. Y como no tenemos ninguna forma de controlar al bebé, no podemos esperar. El bebé podría estar en peligro y tenemos que sacarlo para que pueda ver cómo está, ¿de acuerdo?

Parecía aterrada, pero asintió.

—¿Dónde quieres que esté Emelia, Hannah? ¿Sujetándote la mano u observando el parto?

Hannah estaba llorando.

—Quiero que vea cómo sale el bebé.

—De acuerdo, Emelia, puedes acercarte y quedarte a mi lado.

Emelia volvió en sí. Todavía sostenía el teléfono con la videollamada.

—¿Sabéis si es niño o niña? —pregunté para suavizar la tensión.

Hannah sacudió la cabeza y empecé a colocar las toallas por debajo de su cuerpo.

—¿Habéis pensado en algunos nombres?

—Si es un chico, Kaleb, y, si es una chica, Lily —balbució Emelia con la voz temblorosa.

—Qué nombres tan hermosos. —Sonreí—. ¿Estáis preparadas para conocer a Kaleb o a Lily?

Hannah asintió.

Su cuerpo se tensó con una nueva contracción.

—¿Preparada? Allá vamos. Inspira fuerte y aguanta, y empujaremos durante diez segundos. Uno, dos, tres. Buen trabajo. Cuatro, cinco, vamos bien…, siete, ocho, nueve. Todo va genial.

Hannah jadeó por el dolor.

—Ya sé que duele —dije—. Pero piensa que ahora sabrás lo que siente un hombre cuando pilla un resfriado. —Era la frase favorita de Jessica.

Ambas rompieron a reír y la tensión disminuyó un poco.

Antes de que asomara la cabeza del bebé, Hannah empujó durante otras tres contracciones.

Tenía el cordón umbilical alrededor del cuello.

—Hannah, necesito que dejes de empujar y aguantes todo lo que puedas —dije con firmeza.

Mis dedos se afanaron para quitarlo, pero estaba doblemente enrollado y demasiado apretado. No podía aflojarlo.

El doble lazo alrededor del cuello había reducido la extensión del cordón umbilical. No podía saber su longitud ni el margen que tenía para trabajar. Si era demasiado corto, cuando el bebé saliera el cordón se tensaría como un lazo y cortaría el suministro de oxígeno al bebé. No sabía si podía pinzarlo o cortarlo antes del parto con seguridad, sobre todo sin mi instrumental médico.

Para traer al mundo a ese bebé, tendría que llevar a cabo la maniobra Somersault. Es decir, en lugar de tirar directamente hacia abajo la cabeza del bebé debería presionarla hacia el muslo de Hannah. De esa forma, los hombros y el resto del cuerpo del bebé saldrían antes y mantendría su cuello cerca del canal de parto. Así, el nudo no incrementaría la tensión sobre su cuello.

En apenas una fracción de segundo, realicé con calma la maniobra en mi cabeza. Años de experiencia, formación e instinto se apoderaron de mí. No tenía monitores ni enfermeras. Pero sabía qué tenía que hacer.

Miré a los ojos a Hannah con confianza.

—Vamos a empujar una última vez y todo habrá terminado.

Empecé la cuenta atrás. Mis dedos sujetaron los hombros

del bebé con pericia y, entonces, entre una ráfaga de fluidos y sangre, hice pivotar al bebé con determinación.

Era una niña. Y había acertado con el diagnóstico. El cordón tenía la tensión adecuada para aplicar la maniobra Somersault, pero no era suficientemente largo como para sacar al bebé directamente. Si yo no hubiera estado aquí, seguramente el parto no habría sido un éxito. Sobre todo, si Hannah no hubiera dejado que Doug le echara una mano.

El cordón umbilical se habría apretado y podrían no haber sacado al bebé a tiempo. Podría haber sufrido daños cerebrales. Parálisis cerebral, epilepsia, discapacidad intelectual o del desarrollo. Podría haber muerto.

Pero no fue así, porque yo estaba ahí.

Por eso hice lo que hice.

En momentos como ese, sabía perfectamente lo que estaba haciendo. Estos momentos me hacían saber que, a pesar de lo que opinara mi padre, mi especialidad era imprescindible.

Rápidamente desenrollé el cordón del cuello y coloqué al bebé sobre el vientre de Hannah. Luego, le froté la espalda y empezó a llorar. Un llanto sano y fuerte.

Sonreí.

—Os presento a Lily.

La ambulancia llegó quince minutos más tarde. Puse al corriente a los médicos y dejé en sus manos a la paciente. Cuando salí de la habitación, todo el pueblo había abandonado el césped y se había amontonado en el comedor. Daniel se levantó nada más verme y todo el mundo me miró expectante.

Esbocé una sonrisa y levanté las manos hacia arriba.

—¡Es una niña!

Toda la casa estalló en gritos y aplausos. Recibí media docena de abrazos, antes de que Daniel acudiera en mi rescate. Me llevó a un rincón y me rodeó la cintura con los brazos.

—¿Así que no sabes pelar patatas pero sabes traer un bebé al mundo?

Rompió a reír y me besó. No me importó que lo hiciera delante de todos.

Hannah salió de la habitación en camilla acompañada por Emelia, que estaba radiante. Pero nada más abandonaron la casa, sucedió algo muy extraño. Los invitados no se fueron, todo lo contrario. Algunos entraron en tropel en el dormitorio y retiraron las sábanas de la cama. Otros vaciaron el lavavajillas e incluso alguien empezó a aspirar el comedor. El olor a detergente flotaba a nuestro alrededor. La puerta principal seguía abierta y pude ver a media docena de personas arrancando malas hierbas y cortando el césped. No paraban de llegar personas con cacerolas cubiertas de papel de aluminio, y alguien que estaba apostado en la cocina, las recibía y las metía en el congelador.

—¿Qué están haciendo? —pregunté, mirando en derredor.

—Hacen lo mismo que hemos hecho nosotros —dijo Daniel—. Cuidar unos de otros.

Algo en esa escena hizo que me emocionara. No se trataba de sus amigos íntimos. Todo el pueblo aportaba su granito de arena.

No eran simplemente una comunidad. Eran una familia.

Popeye se acercó pesadamente con una caja de herramientas en la mano. Incluso él quería echar una mano.

—Hola, ¿cómo te encuentras? —pregunté.

Me miró entrecerrando un ojo.

—Qué casualidad que estuvieras aquí, ¿no te parece?

No esperó mi respuesta y antes de irse le hizo una mueca de complicidad a Daniel.

—¿A qué viene esto? —pregunté.

—Tiene una teoría sobre el pueblo.

—¿Qué teoría?

—Cree que el pueblo cuida de sí mismo. Que toma lo que necesita. Piensa que tú estabas hoy aquí porque Hannah te necesitaba —dijo con un tono burlón.

Arrugué la frente pensando en ello.

—En realidad, no tenía planeado venir hoy.

—¿De verdad? ¿Qué te ha hecho cambiar de opinión? ¿Mis padres han ido a jugar al golf con mi expareja?

—Hacía buen tiempo —dije en lugar de eso. Incliné la cabeza—. Oye, ¿sabes hacer una quiche?

Me miró de soslayo.

—¿Una quiche? Sí.

—¿Me enseñas?

—Claro —dijo sin entender nada—. Podemos hacer una esta noche para comerla mañana por la mañana.

Sonreí.

—Creo que voy a querer que me enseñes muchas cosas, Daniel. Hay muchas cosas que necesito aprender.

23

Daniel

*L*a mañana siguiente al nacimiento del bebé de Hannah, nos quedamos tumbados en mi cama. Eran las once de la mañana. Esperaba unos huéspedes, pero no llegarían hasta más tarde. El registro era a las tres de la tarde, así que podíamos pasar la mañana juntos y medio desnudos hasta que se fuera.

Echábamos alguna cabezadita cada cierto tiempo porque habíamos estado despiertos toda la noche.

Me acurruqué contra ella y hundí la nariz en su cuello. Ella emitió un gemido de felicidad y se dio la vuelta. En cuanto tuve a tiro sus labios, la besé.

Teníamos exclusividad.

No podía dejar de sonreír.

Sabía que la exclusividad no lo era todo. No era algo tan importante como ser su novio, pero quería decir que no estaba compitiendo con nadie más, al menos por su tiempo y atención. Tal vez eso quería decir que vendría más a menudo o incluso que me pediría que la visitara en su casa.

Pero, por encima de todo, estaba contento porque tenía la certeza de que no había nadie más, porque solo de pensarlo se me ponían los pelos como escarpias. No me di cuenta de lo importante que era para mí hasta que sacamos el tema. Creo que no me permitía pensar que podía estar viéndose con otra gente porque no me sentía con el valor necesario para pedirle que no lo hiciera.

Me imaginaba la clase de tipos que probablemente coqueteaban con ella en su ciudad. Maduros, exitosos, ricos. Seguramente, conducían coches caros y la llevaban a sitios que yo no podría permitirme ni en un millón de años. Me parecía increíble que me hubiera concedido la exclusividad. Pero a caballo regalado no se le mira el diente. Pensaba aprovechar la situación, dar las gracias y seguir adelante.

Oí un resoplido y ambos miramos en esa dirección. Hunter había apoyado la barbilla en la cama para mirarnos. Movía la cola de un lado para otro y tenía el labio montado en un solo diente. Sus pobladas cejas se movían de arriba abajo. Este perro estaba obsesionado con ella.

Alexis soltó una carcajada y me lanzó una mirada.

—¿Sabías que los perros han desarrollado los músculos de las cejas para manipularnos?

—¿De verdad? —dije recostándome en el codo.

—Sí, los lobos no pueden hacerlo. Los perros tienen más expresividad en el rostro para poder comunicarse mejor con sus dueños. Así es la evolución —respondió asintiendo con la cabeza—. ¡Justo así!

Hunter retrocedió y emitió un largo aullido.

Empecé a reír y deslicé una mano por la parte posterior de su muslo para que rodeara mi cintura con su pierna. Ella tomó la iniciativa y subió encima de mí, a horcajadas. La camiseta que le había prestado se le arremangó por encima de las caderas. Puso las manos en mi pecho desnudo y se inclinó para besarme, con el pelo cayendo como una cortina alrededor de mi cara.

Había un millón de cosas que tenía que hacer. Trabajar en las piezas inacabadas del garaje, preparar la casa para los huéspedes, reparar el escalón suelto junto al porche... Pero, ahora, nada de eso me importaba una mierda. Trabajaría más y más rápido para recuperar este tiempo. No renunciaría a esto porque valía la pena. Con creces.

Estaba orgulloso de que todo el pueblo me hubiera visto con ella ayer. Estaba orgulloso de lo que había hecho por Lily. Sospechaba que ella misma no era capaz de darse cuenta de lo excepcional que era. Tenía la sensación de que nadie se lo había dicho, lo cual era realmente extraño.

Lentamente, se deslizó arriba y abajo encima de la erección que ella misma había provocado. Nuestra respiración se aceleró y el beso se convirtió en algo más obsceno. Con un movimiento rápido, la puse boca arriba y acaricié con una mano la superficie de su ropa interior de encaje. Estaba mojada, y pensar que estaba mojada por mí me puso la polla aún más dura de lo que ya estaba.

Joder, estaba perdidamente cachondo.

Rocé con dos dedos el nudo de nervios que tenía entre las piernas, y su respiración se agitó.

Se mordió el labio.

—¿Cómo lo haces? —suspiró.

—¿Cómo hago el qué? —pregunté, con la voz ronca.

—Saber tocarme.

—Te presto atención —dije, besando suavemente su clavícula—. Me importa lo que sientes.

Algo cambió en su cuerpo. Levanté la mirada para saber qué era. Había algo en su expresión que no podía leer, y tal vez no quería que lo leyera, porque me atrajo hacia ella y me besó.

Cuando se fue a casa, me alegré de que se dejara la camiseta que llevaba puesta. Olía a ella. Era la única prueba que tenía de que había estado aquí, de que realmente existía. Era la prueba del dolor que sentí cuando se fue.

237

24

Alexis

*E*ra principios de mayo. Unos días atrás había traído a una criatura al mundo en Wakan y ahora estaba celebrando con mi madre el Día de la Madre.

Cuando yo era pequeña, como mi madre estaba casi siempre de guardia, nunca podíamos celebrar ese día, por eso creamos la tradición de celebrarlo unos días antes. Hoy fuimos al Mad Hatter Tea House, en Anoka. Era una casa histórica en el río Rum que, de hecho, me recordaba mucho a la Casa Grant. La construyó un médico en 1857. Ir a visitarla era una de las actividades que más me gustaba hacer con mi madre.

Ella era mejor cuando mi padre no estaba cerca. Era más… ella misma.

Iba con un vestido largo de encaje y un sombrero de ala con plumas blancas. Y llevaba las perlas de la abuela y unos guantes de ópera hasta el codo. Se había puesto un maquillaje delicado y natural. Parecía de otra época.

Mi madre era elegante, siempre iba perfectamente arreglada. Le gustaba aparentar que no le suponía ningún esfuerzo, pero yo sabía que no era así. Ella había sido una de las responsables del éxito permanente del Royaume durante los últimos cuarenta años. Ella y mi padre eran una pareja poderosa. Él pu-

ABBY JIMENEZ

blicaba en las revistas médicas y ella posaba para las portadas de otro tipo de revistas. Mi madre atraía el dinero y el talento. Engatusó a donantes y médicos por igual, cautivando a grandes personalidades de todo el mundo.

Y ese era el papel que ahora yo debería desempeñar.

No podía ser como mi padre. Aunque tampoco sabía cómo podría parecerme a ella. En realidad, no sabía lo que me deparaba el futuro.

La trayectoria de Derek había sido totalmente predecible. Tenía algo de ambos. Era encantador, carismático, ambicioso y con talento. Seguramente, habría participado en proyectos de televisión para atraer a donantes y aumentar los recursos del hospital. Pero yo no tenía la menor idea de qué papel debía desempeñar. Odiaba trabajar en remoto y mi campo tampoco me permitía alcanzar una gran notoriedad. Además, no soportaba la idea de aparecer en los medios de comunicación.

Tendría todos los recursos del hospital al alcance de mi mano. Podría iniciar un ensayo clínico o impulsar otras iniciativas. La junta aprobaría todo lo que yo quisiera. Aunque ¿cuál era mi pasión? ¿Mi propósito? Realmente, no lo sabía.

Y eso me aterrorizaba.

Tenía miedo de echar por tierra todo el trabajo de mis padres.

El camarero dejó una tetera con bergamota naranja casera. Unos minutos más tarde llegó nuestra bandeja de tres niveles con bocadillos y algunos aperitivos.

Puse un terrón de azúcar en mi taza de té de flores.

—¿Estás disfrutando de tu jubilación? —pregunté a mi madre.

—En absoluto —suspiró—. Echo de menos trabajar. Estoy muy contenta de poder ayudarte a preparar la gala del centésimo vigesimoquinto aniversario, porque así tengo algo para entretenerme.

Mi madre iba a enseñarme cómo tenía que hacer el discurso para la gala del hospital. Hablar en público no era una de mis fortalezas, pero no podía escurrir el bulto de ninguna manera.

Untó un bollo con mermelada.

—Bueno, cuéntame, ¿en qué andas metida?

Removí el té con la cuchara.

—En nada.

No soportaba mantener a Daniel en el anonimato. Lo detestaba.

Antes, mientras esperábamos una mesa libre, habíamos su-
bido a la tienda de regalos y había comprado una bolsa llena
de cosas para él. Bollos, cuajada de limón artesanal y seis tipos
distintos de té. Mi madre me había preguntado para quién era
y tuve que mentir: dije que eran para Bri.

Mi madre era una firme defensora de Neil. Y aunque no lo
fuera, le contaría a mi padre cualquier detalle que compartiera con
ella, y luego tendría que vérmelas con él. Tampoco había mucho
que contar. La historia con Daniel no llevaba a ninguna parte. Pero
no me gustaba guardar silencio sobre ninguna parte de mi vida.

Pero ¿acaso no era eso lo que había hecho cuando estaba
con Neil?

Nunca les había contado a mis padres lo que me hizo más
allá de la infidelidad. Era extraño, pero tenía la sensación de
que me culparían por ello. Sentía que, para ellos, Neil era tan
perfecto que ni siquiera su maltrato psicológico lo bajaría de
su pedestal.

Cambié de tema.

—¿Has hablado con Derek?

Mi madre hizo una pausa.

—No he hablado con tu hermano desde que se fue. —Su
voz destilaba algo de tensión—. Y ¿cómo estás? —pregunté—.
Ha habido muchos cambios. Derek, Neil…

«Y mi padre».

Se quedó pensativa.

A veces pensaba que mi padre y Neil tenían muchas cosas
en común. El mismo ímpetu, la misma personalidad tipo alfa.
Probablemente, por eso se llevaban tan bien.

—¿Hay alguna novedad sobre el puesto de jefe de Urgencias? —preguntó.

—Todavía no —respondí—. No he hablado con Gibson aún.

Mi padre me había ordenado, literalmente, que aceptara ese trabajo. Tanto si lo quería como si no. Pero, afortunadamente, lo quería. Si no hubiera estado con Neil, probablemente, ya sería la jefa de Urgencias. Durante los últimos años, ya había surgido esa posibilidad en más de una ocasión, pero Neil siempre encontraba la forma para que no me presentara al puesto.

Supongo que no quería que mi carrera avanzara. Era como si tuviera miedo de que, al final, pudiera ser igual que él en algún aspecto. Creo que le gustaba tenerme como trofeo. Le gustaba ser la pareja de una Montgomery siempre que me mantuviera por debajo de él.

Resultaba curioso que precisamente lo que disgustaba a mi padre, es decir, mi poca ambición, lo provocara el mismo hombre con el que pretendía que me reconciliara.

—Creo que serás una jefa de Urgencias excelente, Alexis. —Mi madre colocó una mano encima de la mía—. Me imagino lo abrumador que puede ser todo esto, pero encontrarás tu sitio. Tienes mucho que ofrecer al Royaume, especialmente si estás en una posición de liderazgo. No podrás tener la misma influencia en ningún otro lugar. Aquí es donde más probabilidades tienes de cambiar el mundo. Estoy impaciente por verte actuar.

Esbocé una tímida sonrisa.

Esa era la diferencia entre mi padre y mi madre. Mi padre solo quería que no lo avergonzara. Quería poder presumir de mí y de mis éxitos en las cenas.

Mi madre solo quería que fuera útil.

Ella quería ayudar a las personas. Y creo que eso era lo que nos unía.

Pero yo no había pedido nada de todo esto. Aunque mi

madre tenía razón. En el Royaume podría llevar a cabo cosas increíbles.

Solo tenía que descubrir cuáles.

Dos días después, Bri me encontró en el almacén de suministros, junto al despacho del jefe de Urgencias.

—¿Qué haces? —preguntó, mirando por encima de mi hombro el umbral de la puerta.

Eché un vistazo a un estante de comida para bebés.

—Gibson dijo que podía coger lo que quisiera del almacén de muestras gratuitas. Creo que necesito un kit de traumatología para el coche.

—¿Para qué?

Cogí una lata de leche en polvo y empecé a leer la etiqueta.

—A veces atiendo algunas consultas médicas en Wakan. La semana pasada atendí un parto y ni siquiera llevaba el EPI.

—¿Has traído al mundo a un bebé? —contestó ella inexpresiva.

—Sí. Tuve que hacer la maniobra Somersault. —Señalé con la cabeza un aparato que acumulaba polvo en una estantería—. ¿Crees que Gibson me dejaría llevarme ese electrocardiograma portátil?

Bri se encogió de hombros.

—No veo por qué no. Un comercial nos lo regaló hace dos años para probarlo en las ambulancias. No lo utilizamos y no quieren que se lo devolvamos. —Echó un vistazo al montón que había seleccionado—. ¿Qué más has cogido?

—Gasas, vendas, sutura líquida, agujas, jeringuillas, lidocaína... ¿Sabes que en Wakan se cosen las heridas con un anzuelo?

—No me extrañaría que usaran cola de contacto —dijo con sorna.

Hice una pausa, sujetando un collarín.

—Supongo que...

243

Me interrumpió y lanzó una batería de preguntas.

—¿Qué vas a hacer esta noche? ¿Quieres cenar?

—No puedo. Voy a cenar con mis padres. Quieren hablar de la gala del centésimo vigesimoquinto aniversario.

Cogí una caja de bolsas de hielo instantáneo.

—¿Qué te parece si cenamos mañana entonces? ¿O vas a ir a esa cosa en casa de Gabby?

Negué con la cabeza.

—Ahora mismo no me apetece quedar con ellas.

—¿Por qué? ¿Por lo de TripAdvisor?

Me encogí de hombros, metiendo unos cuantos protectores oculares en la cesta.

—Por eso, y porque creo que no tengo tantas cosas en común con ellas como pensaba. Además, mañana tampoco podría ir. Creo que iré a ver a Daniel.

No tenía ninguna duda. Iría a ver a Daniel.

El otro día, cuando me fui de su garaje, le había robado otra sudadera. Una de Cabela. Era gris y tenía unos cuernos de ciervo en la parte delantera. Además, en el bolsillo había un bálsamo labial de cereza que sabía como la boca de Daniel. Era una pequeña recompensa que me encantaba.

La noche anterior, había bajado la temperatura del termostato solo para poder dormir con ella. Me había tumbado en la cama con ella mientras hablaba con él por teléfono hasta la medianoche. Incluso pensar en ello me sacaba una sonrisa.

—Esta semana he seguido tus pasos —dijo Bri—. Tuve una cita Tinder con un chico de veintiséis años.

—¿Y cómo fue? —respondí con una ceja levantada.

—En su apartamento solo había un televisor, una Xbox y un sillón reclinable. El colchón estaba en el suelo y solo tenía un plato.

Me reí.

—¿Cuántos platos tiene Daniel? Me da la sensación de que es un tipo de chico de vasija completa.

Sonreí mientras examinaba los estantes.

—Tiene muchos platos. Muy bonitos, en realidad. Auténticas reliquias.

—Seguro que también sabe doblar las toallas correctamente. Parece un ser mitológico.

—¿Te acostaste con él? —pregunté con una sonrisa entre dientes.

—Ni hablar. Nunca me acostaría con alguien cuya cama no tiene cabecero. No estoy tan desesperada… todavía. Hace tanto tiempo que no uso mi vagina que tengo miedo de que se vuelva analógica.

Me reí con tanta fuerza que me atraganté.

Agarró una caja y le dio unos golpecitos con el dedo.

—Llévate unas tablillas de yeso, para las roturas de hueso. Apósitos para quemaduras. ¿Tienes un pulsómetro? ¿Y algún tensiómetro?

—No.

—Te conseguiré uno. Y coge un estuche de nitroglicerina. También necesitarás aspirinas, pastillas contra las náuseas, epinefrina, atropina… ¡Esto es divertido! Es como prepararse para un apocalipsis.

—Ahí no tienen ninguna clínica. Por lo que me ha dicho Daniel, no se acercan a la ciudad hasta que algún miembro no se les cae literalmente del cuerpo.

—No me extraña que se aprovechen de ti cuando estás allí.

Asentí con la cabeza ante las estanterías.

—Sí. Y como supongo que seguirán haciéndolo, debería tener más cosas en el coche.

—Así que piensas seguir con esta historia, ¿eh?

Me encogí de hombros, mirando la gasa.

—Sí.

Mi móvil vibró y lo saqué del bolsillo. Era Daniel. Me había mandado una foto de un pato con un juego de palabras: «Me tropecé con un pato. Qué mala pata». Me reí. Debía de estar en casa de Doug.

245

—¿Era él? —preguntó.

Le sonreí.

—Sí.

—¿Qué te ha mandado?

Hice un ademán para quitarle importancia. Entonces mi teléfono volvió a sonar y apareció un selfi de él con Chloe en brazos.

Se me encogió el corazón.

Sus ojos color avellana resplandecían. Llevaba una camiseta gris y lucía una sonrisa radiante. Chloe estaba mordisqueando su barba. Tuve que llevarme una mano al pecho. Casi podía oler su fresco aroma a través de la pantalla. Me imaginaba rodeándole con los brazos y acariciándole la nuez, y él me abrazaba de aquella forma tan cálida y sencilla que tenía. Solo de pensarlo se me subían los colores.

Guardé la foto en un álbum llamado Daniel y tuve el impulso de convertirla en mi salvapantallas.

—¿Qué pasa? —preguntó Bri, mirándome.

—Nada —dije, sonriendo.

Bri meneó la cabeza.

—Dios mío…, te estás enamorando de él.

Levanté la cabeza hacia ella.

—¿Qué? En absoluto.

—Estás enamorada de él —insistió, cruzando los brazos.

—No. Solo es una aventura. —Le hice un gesto para que se fuera.

—Y una mierda. Y lo sabes.

Me llevé el móvil al pecho.

—No me estoy enamorando de él. Solo se trata de sexo.

—Una pareja sexual es una pareja sexual. No le mandas mensajes constantemente ni sonríes embobada cuando contesta. Tienes sexo, te vas y no vuelves a contactar con él hasta que necesitas ver si su pene está disponible. ¿Qué te envía? ¿Es una foto de su pene? Porque si no es una foto de su pene, definitivamente, no es solo sexo.

—¡Qué dices! ¿No podemos hablar de otra cosa que no esté relacionada con el sexo?

—Déjame ver tu móvil —dijo extendiendo la mano.

—¿Qué? Ni hablar.

—Alexis, déjame ver tu teléfono.

Nos quedamos en silencio. Entonces se lo entregué y leyó la conversación.

—¿Es Daniel? —dijo levantando la ceja.

—Sí.

—¡Joder! —dijo con un gemido.

Empecé a morderme las uñas.

—¿Qué ocurre?

—Es mono —dijo, como si fuera una mala noticia.

—Claro que lo es. ¿Cuál es el problema?

—Que es demasiado mono. Con este tipo de hombres te encariñas.

Siguió desplazando hacia arriba la conversación. Luego, levantó los ojos y me clavó la mirada.

—Hay una foto de un pato.

—¿Y?

—Que no es una foto de un pene.

Me crucé de brazos.

—No me manda ese tipo de cosas. Y si lo hiciera, no dejaría que lo vieras.

Consultó mi registro de llamadas y entornó los ojos ante la pantalla.

—¿Anoche hablaste con él tres horas? ¿Por teléfono?

Le arrebaté el teléfono de inmediato.

—Devuélvemelo.

Se llevó la mano a la boca y susurró:

—Te gusta. Estás saliendo con él.

—Tardo dos horas en llegar a Wakan —dije a la defensiva—. Y cuando llego, siempre tenemos otras cosas por hacer. No puede ser simplemente sexo.

Sus ojos me fulminaron.

—Estás aquí plantada, mintiendo a tu mejor amiga. Te conozco desde hace más de diez años y tu cara habla por ti —añadió, agitando la mano delante de mi nariz—. ¿Quieres tener un kit de primeros auxilios en el coche porque lo necesitas cuando estás ahí y pretendes que me crea que solo se trata de sexo casual?

Bajé los ojos hacia las vendas para no aguantarle la mirada.

—Es posible que me guste un poco —dije a regañadientes—. Es un encanto.

Y generoso, divertido, atento…

Bri sacudía la cabeza delante de mí.

—Sabes que no saldrá bien, ¿verdad? Tu padre te desheredará.

—Si no vuelvo con Neil, lo hará de todas formas —bromeé—. ¿Sabes lo que hizo Neil la semana pasada? —pregunté mirándola de frente—. Cortó la luz de casa antes de irse a trabajar.

—¿Cómo dices?

—Así es. Pensé que era un fallo de la red eléctrica.

—Pero ¿por qué querría hacer eso? ¿Solo para fastidiarte?

—Sí. Seguramente, pensó que lo llamaría para pedirle ayuda. Es ese tipo de actos pasivo-agresivos que solo pretenden llamar la atención. También está molesto porque el otro día creía que tendríamos una conversación y, en lugar de eso, me fui a casa de Daniel. Estuvo mandándome mensajes toda la noche preguntando dónde estaba. Fue como una montaña rusa. A veces se mostraba cabreado porque yo no aparecía por casa, luego, se disculpaba, y más tarde volvía a cabrearse porque no le respondía. Está todo el rato de mal humor. No deja de dar portazos… —Me rasqué la ceja—. Estoy deseando que todo esto termine de una vez.

—¿Neil sabe algo sobre Daniel?

Negué con la cabeza.

—No, por Dios. Me excusé diciendo que estaba en tu casa.

—Mejor. Es demasiado inestable para gestionarlo. Es mejor que nunca se entere. Si este gilipollas corta la luz solo para llamar la atención, no quiero ni imaginarme qué le haría a tu follamigo. ¿Y Daniel sabe algo de él?

—Sabe lo justo.

—¿Y qué opina?

Hice un ademán de indiferencia.

—En realidad, no hablo de ello. No necesito pensar en Neil cuando estoy en Wakan. Voy allí para olvidarme de él. —Puse los ojos en blanco—. Sabes que Neil me hizo mi quiche preferida el otro día...

—¿La comiste?

—No. De ninguna manera —dije con una mueca de asco—. Pero la dejé en la cocina. Le está saliendo moho.

—¿Y por qué no la tiras a la basura?

—Él la dejó ahí, así que es él quien tiene que tirarla. No soporto estar en casa con él. Por eso voy tanto a casa de Daniel. Me permite escapar de casa. No estoy enamorada de él.

Bri no parecía muy convencida.

—Esta relación no tiene sentido.

—Bueno, entonces, quizá deberías dejarla, ¿no crees? —respondió ladeando la cabeza.

—¿Qué?

—Que deberías dejar de ver a Daniel.

Guardé silencio unos segundos.

—¿Por qué?

—Porque te conozco, Ali. Y no importa lo que te digas a ti misma. Veo perfectamente lo que está pasando. Estás reuniendo todos los ingredientes para hacerte daño. Para hacerle daño a él.

—Ya le he comentado que no quiero un novio. Y le parece bien. Solo estamos divirtiéndonos.

Casi parecía compadecerse de mí.

—Ali, sé que Neil te ha hecho la vida imposible, así que es probable que no te des cuenta, pero eres una mujer increíble. Y es imposible que este tío no sienta nada por ti. Así que, o te mudas con Daniel y mandas a la mierda a tu familia y al Royaume Northwestern, o te va a romper el corazón.

Me quedé en silencio.

—No puedo mudarme. Ahora, no puedo.

—¿Y él puede mudarse aquí?

Negué con la cabeza.

—Tiene toda su vida en el pueblo. Además, está intentando comprar la casa de su familia.

Bri asintió.

—Está bien. Imagina que todo va bien, que las citas continúan. Os enamoráis. Él no puede mudarse aquí y, aunque lo hiciera, tu padre nunca lo aceptaría y tu madre nunca está en desacuerdo con tu padre. Derek habría sido amable con él, pero no está aquí. Neil se burlaría de él cada vez que pudiera. ¿Crees que Gabby y Jessica y sus estirados maridos lo recibirían con los brazos abiertos? No lo creo. Así que él se queda donde está, y entonces ¿qué haces? ¿Lo ves una vez por semana durante el resto de tu vida? No puedes conducir durante cuatro horas cada día. No puedes cambiar de hospital. ¿Y entonces qué harás cuando quiera casarse o tener hijos? ¿Qué vas a hacer con él? ¿Cuál es tu plan?

Me lamí los labios.

—No lo sé.

Bri asintió.

—Exacto, no lo sabes. Es ahí donde quiero llegar. Seguirás quedando con él hasta que acabes peor que con Neil. Se suponía que esto solo tenía que ser una aventura. Te enrollaste con ese tío porque era alguien por quien no podías sentir nada. Y ahora es cuando debes dejarlo antes de que te arrepientas.

Tragué saliva. La idea de romper con Daniel me parecía…, era como renunciar a la única cosa que me hacía feliz. Pero, seguramente, nada de eso importaba. De todas formas, tampoco iba a tener tiempo para estar con él, porque esta mañana había presentado oficialmente mi candidatura al puesto de jefe de Urgencias.

—De todos modos, esta historia no va a ninguna parte. Me he presentado al puesto de jefe de Urgencias.

—¿En serio?

—Gibson se jubila en agosto. Todavía no lo ha anunciado, pero mi padre me lo ha comentado.

—¡Eso es fantástico! —exclamó con una sonrisa—. Serás mi jefa. Tendré los días libres que quiera.

Dejé escapar media sonrisa.

—Eres la candidata perfecta para ese puesto —añadió—. Aunque eso supone una gran carga de trabajo.

—Lo sé. Pero me hace mucha ilusión. Creo que será bueno para mí. Tendré más influencia en la junta y podré llevar a cabo más proyectos.

251

—Finalmente, tu padre tendrá que morderse la lengua.

—Eso espero —resoplé.

Solo por eso, ya valía la pena.

Después del trabajo, estaba baja de ánimo. Neil se las apañó para merodear por Urgencias, pero no le presté atención. Sin embargo, no podía dejar de pensar en lo que me había dicho Bri, que debía cortar la relación con Daniel.

La verdad era que empezaba a sentirme atraída por él. Y no solo en el ámbito sexual.

Estuve dándole vueltas todo el día. Y no saqué nada bueno de ello.

Aunque no importara la distancia ni la edad ni el estatus, ¿era inteligente meterme de lleno en otra relación tres meses después de terminar con Neil? ¿No se supone que debes estar soltero durante un tiempo después de romper una relación?

¿Encontrarte a ti mismo o algo parecido? ¿Qué pensarían de mí si me comprometía en otra relación tan pronto? ¿Que era una mujer dependiente? ¿Que no sabía estar sola?

Tal vez debería estar sola.

En este momento no estaba preparada para estar con nadie más.

Bri tenía razón. Si empezaba a enamorarme, probablemente, lo más sensato era cortar por lo sano. Sin embargo, la idea de hacerlo me quitaba la respiración. Pensar que no volvería a ver a Daniel era tan descorazonador que ni siquiera me atrevía a imaginarlo. Y eso me causaba pánico. Porque era una prueba más de que realmente empezaba a sentir algo por él. Y eso todavía me generaba más preguntas, como, por ejemplo, ¿qué sentía él por mí?

Es decir, él quería ser mi novio. Pero ¿eso significaba algún tipo de compromiso? ¿O solo quería que no tuviera sexo con nadie más? ¿Sentía algo por mí? Una parte de mí deseaba que no sintiera nada. ¿Por qué teníamos que sufrir los dos si se terminaba la relación? Pero otra parte anhelaba que me correspondiera. Esta otra parte de mí estaba desesperada de que sintiera algo por mí, porque lo único más aterrador que no volver a verlo era que no me correspondiera.

¡Dios! Estaba enamorada de él.

Perdidamente enamorada.

Pero no tenía tiempo que perder con esos pensamientos. Esa noche tenía una cena con mis padres y mi cerebro no daba abasto. No me apetecía demasiado ver a mi padre. Lo único bueno era que podía contarle que había presentado mi candidatura para el puesto y entonces se olvidaría un poco de mí.

Tomé una ducha y, cuando estaba sentada en el tocador maquillándome, sonó el teléfono. Era Daniel.

—Hola —dije sonriendo.

—¿Qué haces?

—Estoy sentada con mi albornoz en el cuarto de baño preparándome para cenar con mis padres.

—¿Así que estás desnuda? —Escuché cómo reía entre dientes.

—Llevo un albornoz.

—¿Así que no llevas nada debajo del albornoz?

—Así es.

—Mándame una foto.

Arqueé una ceja.

—¿Quieres una foto?

—Sí, ¿por qué no?

Sonreí, me levanté y me acerqué a la cama.

—Te mando una si tú me envías otra —dije, echándome
sobre el colchón.

—Ahora mismo no estoy en condiciones de hacerme una
foto —respondió.

—Mándamela más tarde.

—Está bien. ¿Y qué clase de foto quieres? Por razones de
consentimiento, necesito que digas: «Envíame una foto de tu
polla, Daniel».

Rompí a reír.

—Quiero una foto de tu polla, Daniel.

—¡Marchando una foto de mi pene!

—¿Solo una?

Juraría que escuché su risa.

—¿Quieres especificar qué tipo de fotografías quieres que
te mande? —pregunté—. Por razones de consentimiento, claro.

—A ti te lo consiento todo.

Resoplé.

—En realidad, me encantaría estar ahí contigo para que no
necesitaras ninguna fotografía —dijo.

Sonreí con malicia frente al teléfono.

—¿Y qué me harías si estuvieras aquí?

—Mmm…, déjame pensar —dijo, con un tono de voz grave—. En primer lugar, te tumbaría en la cama. Luego me echaría encima de ti y te besaría el cuello.

Ahogué un gemido en la garganta.

—Me gusta que…

—Te cogería el rostro con las manos y te miraría a los ojos. Entonces te diría que eres la mujer más hermosa que he visto nunca. Que creo que eres brillante y que verte es lo mejor de toda mi semana. Que cuando estás de camino, ya lamento que más tarde tengas que irte y que cuando estoy contigo soy feliz.

Parpadeé en el dormitorio. No podía respirar.

—Daniel…

—Lo siento —dijo en un susurro—. Sé que eso no son preliminares.

Negué con la cabeza.

—Te equivocas —dije en voz baja—. Sí que lo son.

Me descubrí una sonrisa en el rostro.

—Tengo que irme. Tengo que preparar los aperitivos. —Hizo una pausa—. Te echo de menos.

El corazón me dio un vuelco. Nunca me había dicho eso.

Esto era un paso más en la relación.

Primero, echas de menos y, luego, confiesas tu amor. Entonces, empieza el noviazgo, luego, conoces a la familia y, finalmente, te comprometes.

Pero nunca llegaríamos tan lejos. Ni por asomo.

Ni siquiera podía imaginarme su camioneta aparcada en la puerta de mi casa. Seguramente, la comunidad de vecinos me pondría una multa.

Por primera vez en mi vida, me encontraba en una situación en la que sabía que estaba cometiendo un terrible error. Me dirigía hacia una muerte segura a toda velocidad. Pero no podía detenerme. Sabía que seguir con Daniel no tenía sentido. No había final feliz. Pero lo echaba de menos. Él me echaba de menos. Y quería que lo supiera. Al menos, esta noche.

—Yo también te echo de menos.

25

Daniel

Alexis me envió una foto de su cuerpo sin mostrar el rostro. Bata de seda, abierta por delante, y ropa interior de encaje.

Me dirigí directamente hacia el baño.

Nunca me había hecho una foto del pene. Pero cuando estaba preparándome, sonó el teléfono. Era Doug.

—Hola, ahora no puedo hablar, tengo algo entre manos —dije.

—¿Qué estás haciendo?

—Estoy haciendo… una foto para Alexis.

Silencio.

—Voy para allá.

—¿Qué? No. No vengas.

Oí el portazo de su puerta.

—En serio, Doug, no te necesito.

—A ver si lo adivino. Vas a sacarte una fotografía de cuerpo completo, con *flash*, en tu baño de mierda y con los calcetines puestos.

Bajé la vista. Mierda. Tenía razón.

Escuché el ruido de su motor.

—Eso es lo que me temía. No hagas nada hasta que llegue.

—Doug…

—NO HAGAS NADA HASTA QUE LLEGUE.

Y me colgó el teléfono.

Quince minutos más tarde estaba entrando por mi puerta. Llevaba un anillo de luz.

—Ni hablar. No pienso usar esa mierda.

Pasó por delante de mí y entró en el taller.

—Se la va a enseñar a sus amigas. ¿Quieres mandarle una foto de mierda de tu polla? ¿Eso es lo que quieres?

Lo seguí hasta mi mesa de trabajo.

—No se lo enseñará a sus amigas.

—¿Daniel? —Una voz femenina salió del teléfono de Doug. Tenía activado el altavoz—. Soy Liz. Seguro que va a enseñársela a sus amigas.

Me llevé las manos a la cabeza.

—¿Qué es esto? ¿Has llamado a Liz?

Doug hizo un aspaviento.

—Tuve que pedirle prestado el anillo de luz.

Liz estaba partiéndose de risa. Me presioné el puente de la nariz con los dedos.

—Esto es una vergüenza —susurré.

—Lo único vergonzoso es mandar una foto de tu pene para que todas las amigas de Alexis se rían de ti. Esto es jodidamente importante —dijo entregándome su teléfono—. Literalmente, todas sus amigas están a punto de ver la mercancía, no puedes estropearlo.

Negué con la cabeza.

—No necesito tu ayuda para sacarme una foto del pene.

Me miró como si estuviera hablando en otro idioma.

—No voy a sujetar tu maldita polla. Solo voy a echarte una mano. Simplemente, te ofrezco las herramientas necesarias para que puedas hacer un buen trabajo.

Liz se puso al teléfono.

—De acuerdo. Presta atención, esto tiene su arte.

Eché la cabeza hacia atrás y miré al techo.

—Tienes que agarrarlo con firmeza —dijo Liz—. No dejes que aparezca colgando por su cuenta.

—Por la base —añadió Doug, simulando el agarre con su mano—. Pero no tires tus pelotas hacia abajo para que parezca más grande. Ella sabe cómo es. No puedes engañarla.

Resoplé.

—Es mejor que no aparezca en primer plano. Sería demasiado agresivo —apuntó Liz—. Procura que se vean tus abdominales o un poco del muslo. A las mujeres les gusta eso. Fíjate en el fondo. Que no haya ropa sucia o la televisión encendida. Y, en ninguna circunstancia, te hagas la foto llevando tan solo una camiseta. Es un poco espeluznante. Puedes llevar calzoncillos o pantalones más o menos bajados, pero sin camiseta. Y no pongas una regla al lado.

—¿Los hombres hacen eso? —solté con asombro.

—Más de lo que crees.

—Eres un novato —dijo Doug meneando la cabeza—. ¿Te has depilado? —añadió colocando el anillo de luz—. De ese modo parece más grande.

Suspiré resignado.

—¿Algo más? —pregunté abatido.

Doug estaba frente a mí, con un ojo cerrado y las manos levantadas, enmarcando una parte de mi pared de herramientas.

—Creo que este es el mejor lugar. Luce muy varonil. Se ven las herramientas en el fondo, seguro que eso estimula su imaginación.

—Voy a colgar, ¡buena suerte! —dijo Liz muerta de risa.

—¡Buena suerte! —escuché de fondo.

Estaba en el bar, con todo el pueblo.

Me llevé las manos a la cara.

Tardé veinte minutos, pero conseguí la foto y se la mandé a Alexis. Me llamó cinco minutos después, susurrando.

—Recibí esto en mitad de la cena con mis padres.

—Oh, mierda…

—No te preocupes. Hasta el momento es lo mejor de la cena —susurró.

—¿Dónde estás? —susurré aguantándome la risa.

257

—En el baño.

Me recliné en la silla y me estiré.

—Deberías traerlos aquí.

—¿A quiénes?

—A tus padres.

Se quedó callada unos segundos.

—No quieres conocer a mis padres, te lo garantizo.

Había algo en su tono que me decía que no quería hablar más de ese tema. Lo dejé estar.

—Entonces, ¿cuándo te veo?

—Puedo ir mañana, después de trabajar.

Sonreí.

—De acuerdo. ¿Qué te parece si salimos a cenar?

—¿Quieres invitarme a una cita?

—Hay un evento en el Centro de Veteranos. Nada glamuroso. Es una cena de espaguetis. Todo el pueblo estará presente. Si no te parece buena idea, podemos buscar otro plan.

—Me gustan los espaguetis —dijo ella—. Parece divertido.

—Perfecto. Está bien. Sí. Es una cita —dije—. Pero ¿no me dijiste que eres un poco quisquillosa con la comida?

—Sí, lo soy.

—Pero siempre te comes todo lo que te ofrezco.

Dejó escapar una risotada.

—Me gusta lo que tú me preparas. No me gusta la comida de bar, las frituras.

—Así que, si hubiera intentado prepararte unas alitas picantes o algo así, ¿no me habrías acompañado a casa aquella noche? ¿Lo que inclinó la balanza fue la triste promesa de un queso a la plancha?

—Esa noche me hubiera ido a tu casa, aunque no me hubieras ofrecido nada.

—¿Solo querías ver mi cabrita bebé?

—No —dijo en medio de un ataque de risa—. Quería pasar la noche contigo.

Nada podía quitarme la sonrisa de la cara. Cuando colgué, estaba exultante.

No me había dicho que no fuera una cita, y eso quería decir que lo era. Mañana iba a salir conmigo en sociedad, con mis amigos. Además, también me había dicho que me echaba de menos.

Temía que mis sentimientos no fueran recíprocos. Antes no podía creerme que una mujer como ella estuviera interesada en mí más allá del sexo. Pero, ahora, albergaba cierta esperanza.

El progreso era lento, pero saltaba a la vista. Era una pequeña victoria. Alexis se estaba abriendo. Aunque sabía de antemano que no quería presentarme a sus padres, solo se lo preguntaba para tantear la situación. Lo peor que podía pasar era que se negase o que, por alguna razón, aceptara.

Había aceptado mantener una relación de exclusividad. Había aceptado comer espaguetis con mis amigos. Era más que una cena informal. Sentía que, si seguía avanzando, tal vez podría ocurrir un milagro.

Quizás, algún día, Alexis solo tendría un «sí» para todas mis preguntas.

26

Alexis

*C*uando colgué el teléfono, me retoqué el pintalabios y regresé a la mesa con mis padres.

Ya habíamos pedido y mientras estaba en el baño habían servido las bebidas. Habíamos ido al Sycamore, en Minneapolis. Era un distinguido asador cuyo interior parecía el comedor de primera clase del *Titanic*. Iluminación escasa, manteles impecables con dorados y majestuosos cuadros de grandes hombres blancos colgados en las paredes.

Eso siempre me disgustaba. Los hombres blancos acaparaban todos los cuadros de época. Incluso en el Royaume, los pasillos estaban abarrotados de ellos. Hombres que a lo largo de la historia del hospital habían hecho contribuciones significativas. En realidad, la mayoría pertenecía a la familia Montgomery, pero, aun así, me ponía los pelos de punta.

Tenía pensado proponer que colgaran los cuadros de todas aquellas personas anónimas que habían contribuido al éxito del hospital. Le había dado muchas vueltas a cuál quería que fuera mi contribución al Royaume. Tal vez podía poner en marcha una clínica gratuita para los pacientes sin recursos o lograr que algunos donantes financiaran nuevos proyectos de ayudas económicas.

Esto último nunca me había parecido tan importante como ahora.

Cada vez que un paciente llegaba a Urgencias en su propio coche porque no podía permitirse un trayecto en ambulancia o alguien posponía una visita hasta que estaba tan mal que tenía que acudir a Urgencias, pensaba en Daniel.

La mayoría de los habitantes de Wakan apenas llegaban a fin de mes, y una hospitalización supondría su ruina.

Siempre intenté ayudar a los pacientes que no podían pagarse los cuidados.

La semana anterior vino un hombre con una simple perforación de tímpano y cuando me lo encontré en la sala de espera le hice una receta sin registrarlo para que no le facturaran un viaje a Urgencias. En la medida de lo posible, registraba los procedimientos para que se incluyeran dentro de una visita de control o mandaba a los pacientes a su médico de atención primaria, en lugar de ofrecerles un tratamiento que podía esperar. Sin embargo, empezaba a sentir que no era suficiente. Empezaba a pensar que podía hacer mucho más. Y ahora estaba en condiciones de hacerlo.

A fin de cuentas, ser una Montgomery tenía sus ventajas. Quizá debería empezar a aprovecharlas.

Mis padres dejaron de hablar cuando tomé asiento y me coloqué la servilleta en el regazo. Mi padre levantó la mirada.

—¿Y bien? ¿Cuál es esa gran noticia que quieres anunciarnos?

Mi madre aguardaba impaciente.

Yo había organizado esta cena. Ellos habían intentado cenar conmigo para hablar del centésimo vigesimoquinto aniversario del Royaume en numerosas ocasiones, pero había rechazado todas sus invitaciones, sobre todo porque incluían a Neil. Así que yo misma había hecho la reserva y les había dicho que quería anunciar una gran noticia, pero que, durante la cena, también podríamos hablar largo y tendido sobre la gala.

—He presentado mi candidatura al puesto de jefe de Urgencias —dije, sonriendo.

Mi padre frunció el ceño.

—Como no podía ser de otro modo. Yo mismo te lo dije. ¿Qué tipo de noticia es esta? ¿Qué ocurre con Neil? —preguntó desconcertado.

—¿Qué pasa con él? —respondí, mirándolos a ambos alternativamente.

—¿No vas a volver con él? —dijo mi madre, lanzando una mirada nerviosa a mi padre.

—¿Cómo? Por supuesto que no.

—¡Santo Dios! —dijo mi padre—. Entonces, ¿cuál es el motivo de esta cena?

—Pensaba que te alegrarías por mí. Tú también querías que me presentara. Ahora es oficial.

—Organizar una cena para decirnos que has hecho lo que deberías haber hecho hace mucho tiempo no es motivo de celebración, ¿no crees?

Mi madre se lamió los labios.

—Cariño, creíamos que nos habías citado para decirnos que Neil y tú estabais juntos de nuevo.

Apreté los labios y exhalé lentamente un suspiro por la nariz.

—¿Mamá? ¿Papá? —Puse las manos sobre la mesa—. Nunca volveré con Neil.

—¿Por qué demonios estás tan segura? —espetó mi padre.

Lo dijo tan fuerte que la gente de las otras mesas se volvió para mirarnos. Me quedé sin palabras.

Me apuntó con el dedo.

—Le has dedicado el mismo esfuerzo a esta relación que a tu carrera. Apenas has cumplido con unos mínimos y te preguntas por qué no tienes éxito.

Mamá le puso una mano en el hombro.

—Cecil…

—No, Jennifer. Necesita escuchar esto.

Su rostro estaba rojo de cólera.

—Ese hombre merece tu respeto. Ni siquiera respondes a

263

sus mensajes de texto. Ha intentado por todos los medios enmendar su error, y si tú no quieres perdonarlo, es asunto tuyo. Pero, al menos, no te sientes aquí y actúes como si no fueras parte del problema.

Pude sentir cómo se me encendía el rostro.

—Papá, Neil me maltrataba…

—¿Te pegaba? —respondió—. ¿Te insultaba?

Se me hizo un nudo en la garganta.

—No…

—¿Acaso se atrevió a ponerte un dedo encima?

Las lágrimas empezaron a escurrirse por mis mejillas.

—No —dije tragando saliva—. Me trataba mal, papá. Todavía me trata mal. Actúa de forma distinta cuando no estáis delante.

—Seguramente, está frustrado contigo. Y, francamente, no lo culpo. No sé qué hemos hecho para merecer hijos así. De verdad que no lo sé.

Mi madre había colocado una mano en su hombro.

—Cálmate…

—Los hemos mimado demasiado, Jennifer. Nunca han tenido que trabajar para lograr nada. Son unos vagos.

Me quedé boquiabierta.

—Fui la mejor estudiante del instituto. Me gradué con la mejor nota en Stanford. Me he dejado la piel para…

Mi padre levantó el dedo hacia mí.

—No te atrevas a usar ese lenguaje conmigo, jovencita. Estoy harto de tus tonterías. Alexis, te desheredaré como he hecho con tu hermano. Tengo tolerancia cero para estas faltas de respeto.

Parpadeé.

—¿Cómo que has desheredado a mi hermano?…

—Tu hermano ha tomado su decisión —respondió—. No es bienvenido en nuestra casa hasta que se haya librado de esa mujer con la que ha huido.

No podía dar crédito.

—¡Esa mujer es su esposa!

El rostro de mi padre parecía estar al rojo vivo.

—Esa mujer no es mi nuera. Más te vale tenerlo presente. Esta familia no recibe con los brazos abiertos a cualquier droga-dicto tatuado que puedas ligarte en una cafetería grasienta. No permitiré que nuestro apellido tenga nada que ver con... esa.

Mi madre no podía aguantarme la mirada.

Negué con la cabeza. No podía creerme lo que estaba escu-chando.

—Repudias a tu propio hijo porque no te gusta su mujer —dije con calma—. A la que, por cierto, ni siquiera conoces.

Mi padre si inclinó hacia delante.

—No necesito conocerla. Su reputación la precede. Han pu-blicado un vídeo sexual suyo, por el amor de Dios.

Apreté la mandíbula ante lo injusto de aquella situación. El vídeo sexual de Lola Simone no era distinto de las fotos que Daniel y yo acabábamos de enviarnos.

—Confió en la persona equivocada y la traicionaron —dije—. No es culpa suya.

—Antes de aceptar la deshonra que tu hermano ha traído a la familia, preferiría irme a la tumba sin volver a dirigirle la palabra. Nos debe una disculpa a todos y cada uno de nosotros. El matrimonio debe ser algo digno. Neil es digno. Tal vez no estabas casada legalmente con él, pero, en la práctica, lo estabas. Más vale que empieces a comportarte como tal.

El camarero regresó con nuestra comida y mi padre dejó de hablar. Se quedó quieto con la mandíbula apretada. Todos guar-damos silencio mientras nos ponían los platos delante. Cuando el camarero se fue, mi padre empezó a comer. Cortaba el filete con rabia, como si hubiera renunciado a comunicarse conmigo y quisiera acabar de comer lo antes posible para marcharse de ahí.

Tuve que hacer acopio de todas mis fuerzas para no rom-per a llorar.

265

Mi madre cogió su tenedor y lo posó sobre su plato con la mirada perdida. Reconocí aquella mirada. Yo misma la había usado. Era esa mirada que adoptas cuando estás demasiado cansada para seguir luchando.

Era esa mirada que se dibuja en tu rostro antes de aceptar una quiche.

Me levanté y salí corriendo hacia el baño. Momentos después, mi madre entró detrás de mí. Entré en un cubículo y arranqué un pedazo de papel higiénico del rollo.

—¿Cómo has permitido que le haga esto a Derek? —dije secándome las lágrimas—. ¡Es tu hijo!

—¿Qué otra cosa podía hacer? —respondió con las manos levantadas—. Tu padre es así. Sería más fácil mover una montaña que hacer cambiar de opinión a tu padre. Y tu hermano sabía exactamente lo que estaba haciendo. Sabía que tu padre nunca aprobaría su relación, por eso se casó en secreto. Puedes echarme la culpa de todo, pero tu hermano es un adulto que toma sus propias decisiones sabiendo perfectamente cuáles serán las consecuencias.

Mi madre se dio la vuelta lentamente y se dejó caer en una silla que había en un rincón del cuarto de baño completamente abatida.

—Soy una mujer de setenta y tres años, y estoy agotada. Quiero a tu padre. Es brillante y maravilloso en muchos aspectos, pero es un hombre difícil. Y nunca va a cambiar. O lo aceptas o te quedas sin nada. Tu hermano ha elegido renunciar a él, pero, al menos, ha elegido.

Resoplé y aparté los ojos de ella.

—Alexis, estos últimos meses tu padre ha perdido todo lo que le importaba —dijo—. Se ha jubilado y su trayectoria profesional ha terminado. El futuro de su legado es incierto. Derek se ha ido y tú has dejado a Neil. Tiene casi ochenta años y ha perdido el control de su vida.

Cerré los ojos y me apoyé en el lavamanos.

—Es un hombre mayor. No sé cuánto tiempo más podré disfrutar de él. ¿No puedes ceder un poco e intentar reconciliarte con Neil? ¿Qué pierdes si asistes unas semanas a una terapia de pareja con él? No puedes saber si la relación es irrecuperable si no lo intentas. Y si no funciona, no habrá ningún reproche.

Abrí los ojos y la miré con incredulidad.

—¿No has oído nada de lo que he dicho? Neil me maltrataba.

—Pero ¿qué puede hacer si tiene el terapeuta delante? —dijo abriendo los brazos—. Quizá recapacita. Solo es una hora a la semana. Dale a tu padre lo que quiere para que pueda superarlo y seguir adelante. Demuéstrale que respetas su opinión. Ahora mismo lo necesita más que nada.

Tragué el amasijo de espinas que bloqueaba mi garganta. Me estaba pidiendo que lo hiciera por mi padre. Me pedía que lo hiciera por ella. Porque, de lo contrario, mi padre se convertiría en un ser insoportable. Probablemente, ya estaba a medio camino de serlo.

No pude siquiera responder. Todo estaba dicho. Tenía razón. Mi padre era mi padre.

Derek…

No volveríamos a pasar juntos Acción de Gracias ni Navidad. Tampoco acudiría a las fiestas de cumpleaños de nuestros padres. Probablemente, ni siquiera volvería a pisar la casa en la que creció.

Mi padre era capaz de cultivar el rencor hasta el final de sus días. Cincuenta años atrás había tenido una pequeña discusión con su hermana y nunca había vuelto a cruzar palabra con ella.

Sentía que tenía el corazón roto por mi hermano y por mi madre. Pero también por mí.

Creo que hasta ese momento no había procesado realmente la imposibilidad de mantener una relación con Daniel. Sabía que nunca podría funcionar, por ejemplo, por la distancia. Pero ahora, la incompatibilidad de nuestras vidas se manifes-

267

taba desde todos los puntos de vista. Desde arriba, desde abajo y del revés.

Daniel quería conocer a mis padres, como cualquier novio. Pero eso nunca sería posible. Daniel nunca podría sentarse en la misma mesa que mis padres. Ni en un millón de años.

Mi padre no solo mostraría su rechazo, sino que me prohibiría estar con él. Y mi madre era demasiado débil como para llevarle la contraria.

Daniel sería mi Lola. No podría acompañarme al centésimo vigesimoquinto aniversario del Royaume. No podría asistir a las barbacoas familiares o a las fiestas de cumpleaños que celebraríamos cada año.

Mi padre ni siquiera sería capaz de tolerar su existencia. Nunca sería feliz si no estaba con alguien que no fuera Neil. Ni siquiera tenía la opción de estar sola. Si elegía estar sola en vez de volver con Neil, sería como un insulto para él. Cuando Daniel asomara en mi vida, arremetería contra él sin descanso. Esta cena era la prueba de ello. Si ya era suficientemente duro para mí formar parte de mi familia, no podía imaginarme lo que supondría para Daniel.

Entonces, ¿qué sentido tenía alargar la relación? ¿Qué sentido tenía decirle que lo echaba de menos si no existía la posibilidad de perdurar en el tiempo? Bri tenía razón. Debería dejarlo libre. Dejar que encontrara a otra persona que pudiera estar con él como se merecía. Alguien cuyos padres estuvieran encantados de conocerlo, porque esas cosas importaban. Le importaban a él y también me importaban a mí.

Daniel era maravilloso. Simplemente, no era maravilloso para mí.

Después de la cena, no me apetecía ir a casa. Tenía la sensación de que Neil sabía que mis padres me habían tendido una emboscada y sospechaba que nada más llegar recibiría otra embestida como si él y mi padre hubieran coordinado los ataques.

Por eso fui a ver a Bri.

Antes de abrir la puerta, y a pesar de que no la había prevenido de mi llegada, ya sabía que era yo.

—Te estaba escribiendo un mensaje. ¿Has visto esto?

Me tendió el teléfono con la foto de una revista sensacionalista en la pantalla. En la portada aparecía una instantánea de Lola Simone y mi hermano con el titular «Boda secreta».

Supuse que ese era el motivo del humor de mi padre durante la cena...

Puse los ojos en blanco.

—Al menos, han utilizado una buena fotografía suya —murmuré—. Parece feliz.

Pasé junto a ella y entré en su sala de estar.

—¿Así que es verdad? —preguntó—. ¿De eso se trataba el acuerdo de confidencialidad?

—Sí —dije dejándome caer en su sofá abatida.

Bri observó la portada de nuevo.

—No me extraña que Derek haya abandonado el país. Seguro que tu padre le ha puesto una orden de busca y captura.

No me sorprendió que se hubiera filtrado la noticia. Solo era cuestión de tiempo, porque mi padre no dejaba de hablar de ello sin ningún rubor. Al menos, habían gozado de unas semanas de intimidad antes de que se enteraran las revistas del corazón.

Bri dejó el teléfono en el sofá y se sentó a mi lado.

—¿Y por qué estás aquí? Supongo que la cena no ha ido bien.

Cerré los ojos con fuerza.

—Mi padre ha desheredado a Derek.

El rostro de Bri era un poema.

—¿Hablas en serio?

Solté un largo suspiro.

—Absolutamente. Para mi padre, Derek está muerto.

269

Se tumbó en el sofá.

—Vaya —suspiró—. Parece una rencilla medieval.

—Además, creo que tengo que ir a terapia de pareja con Neil.

—¡¿Cómo?! —Parecía aterrorizada.

—Si no lo hago, mi padre nunca pasará página.

—No lo hará de todos modos —se burló Bri—. Cualquier otra cosa que no sea volver con Neil no será suficiente. Simplemente, irá cambiando las reglas del juego. Te recriminará que no te esforzaste lo suficiente o que no te lo tomaste en serio. Tu padre es un monstruo. ¿Por qué no se lo dices?

—No puedo. Eso solo le complicaría la vida a mi madre.

Y a mí, por supuesto.

—¿Y nunca has pensado que tu padre es un maltratador emocional como Neil? Es posible que pasaras por alto muchos de sus comportamientos porque desde tu tierna infancia te enseñaron que para que alguien te quisiera tenías que soportar sus gilipolleces.

—Es mi padre, Bri.

Negué con la cabeza, recorriendo con cansancio la habitación con los ojos.

—Imagina que no puedes volver a ver a tus padres porque te has enamorado de alguien —musité.

—¿Crees que Derek sabía lo que le esperaba? —preguntó.

Asentí.

—Sí. Creo que se casó con Lola a pesar de que era perfectamente consciente de lo que dejaba atrás. —Dejé escapar un suspiro—. Creo que estás en lo cierto. Tengo que dejar de ver a Daniel.

Me escrutó con la mirada.

—¿Estás bien?

—No, en realidad no —dije negando con la cabeza.

Nos quedamos sentadas en silencio durante un minuto.

—La verdad es que ahora mismo no sé qué decirte para que te sientas mejor —dijo rompiendo el silencio—. Todas mis ideas dan miedo.

Resoplé.

—Te lo digo en serio. Soy tu consejera de confianza. Lo único que se me ocurre son planes de venganza y complots para tumbar este régimen. Aunque, si matamos a Neil, tendrás que cavar el hoyo tú sola. Mentiré por ti en el juicio e incluso te ayudaré a trasladar el cadáver, pero no he estudiado medicina para acabar cavando hoyos.

Se me escapó una risa inexpresiva.

—Por cierto, Daniel me ha mandado una foto de su pene. Una muy buena.

—¡Toma! ¿Puedo verla?

—Evidentemente, no.

Me señaló con un dedo.

—¿Lo ves? ¡Sí que te gusta! ¡Era una prueba y has fallado!

—¿Cómo he fallado? ¿Solo porque no te enseño un pene que me han enviado?

—Las fotos de penes son bienes compartidos a menos que reclames para ti al propietario. Ahora el pene de Daniel te pertenece, Ali.

Ahora me estaba riendo de verdad.

—Yo no tengo problema en mostrarte todas las fotos de penes que me mandan porque esos tíos las mandan si ningún tipo de compromiso. Pero ¡ese pene es tuyo! ¡Tienes un pene y te pertenece!

Me atraganté y las dos nos reímos durante un minuto.

Luego suspiré.

—¿Por qué todo es tan difícil?

—Porque te desvives por los demás. Lo digo en serio. No complazcas a todo el mundo y verás cómo las cosas son mucho más sencillas. Te pasas todo el tiempo complaciendo a los demás, y eso hace que seas desgraciada.

Negué con la cabeza.

—¿Se supone que no tiene que importarme que mis padres no vuelvan a hablar nunca conmigo? ¿O que mi padre

271

piense que soy un fracaso? Soy el eslabón más débil de la familia Montgomery. ¿Acaso puedo pasarlo por alto? No tengo elección.

Bri sacudió la cabeza.

—Imagina que eres una doctora excelente y que tu familia te diga que «eres una decepción» —proseguí, según soltaba un suspiro—. De todas formas, la relación con Daniel tampoco iba a funcionar. Tenías razón en todo lo que me dijiste. Yo no puedo mudarme y él tampoco. Mi padre solo es la guinda del pastel. El final es inevitable. Lo único que no entiendo es por qué terminar con esta relación sin futuro me produce tanta tristeza.

—Porque no es tu elección. Nada de esto lo es.

Me enjugué las lágrimas.

—Ni siquiera sé cómo podrás aguantar sentarte al lado de Neil en la terapia de pareja.

—Me apuesto mil dólares a que también le lava el cerebro al terapeuta —rezongué.

—Deberías hacer terapia de pareja con tu terapeuta. A ella no le podría tomar el pelo.

Levanté la cabeza y la miré.

—¿Sabes qué? En realidad, tienes toda la razón —dije esbozando una sonrisa—. Se me acaba de ocurrir una idea.

—¿Cuál? —respondió con una sonrisa maliciosa.

Saqué mi teléfono y llamé a Neil. Respondió al primer tono.

—¿Ali?

El tono optimista de su voz me quemó los oídos.

—Hola, Neil. Vamos a hacer un pequeño ejercicio de confianza.

—De acuerdo —respondió.

—Durante los próximos cuatro meses irás a terapia con mi terapeuta. Tú solo. Y les dirás a mis padres que yo voy contigo…

—Por qué debería…

—Silencio. Estoy hablando yo. Tú solo escucha. Le daré

permiso a mi terapeuta para que hable contigo sobre todo lo que hemos trabajado durante nuestras sesiones, así tendrás toda la información que necesitas para saber por qué no estamos juntos. Les dirás a mis padres que vamos a terapia de pareja juntos. Y al cabo de las dieciséis semanas, si no me has delatado y has acudido a las dieciséis sesiones, y necesitaré pruebas de ello, aceptaré empezar la terapia de pareja contigo.

Neil se quedó callado al otro lado de la línea.

—Si deseas tanto que vuelva contigo, esta es tu gran oportunidad. Y también es la última.

De nuevo, silencio.

—Está bien —respondió—. Acepto. Gracias.

—De acuerdo.

Colgué el teléfono.

Bri me miraba con los ojos muy abiertos.

—¡Madre mía! Recuérdame que nunca me convierta en tu enemiga. —Sacudió la cabeza—. No puedo creer que estuviera de acuerdo.

—No tiene elección. Ha perdido el control de la situación. Sus otras estrategias no funcionan —dije.

—¿Crees que mantendrá su palabra? —preguntó.

—No tengo ni idea. Pero lo dudo.

—¿Y si lo hace?

Me encogí de hombros.

—Entonces, mi salud mental y la de mi madre disfrutarán de un descanso de cuatro meses. De todas formas, si cumple su palabra, solo tendré que hacer lo que ahora debería hacer de todos modos, es decir, fingir que trabajo en nuestra relación.

—Ali… —dijo Bri suspirando con resignación.

—También será positivo para Neil —añadí—. Necesita ir a terapia.

—Lo que necesita es a Jesús.

Me reí, pero la sonrisa desapareció en un santiamén.

—¿Sabes qué es lo más extraño? Que Daniel solo tiene

veintiocho años y ya tiene su vida resuelta. ¿No debería hacer lo mismo yo?

—Seguro que su vida tampoco es una fiesta. Nadie controla totalmente su vida. Yo creía que lo tenía todo bajo control, y mírame.

La miré de soslayo. Estaba mirándose la mano mientras le daba vueltas a un anillo en el dedo meñique.

—¿Estás bien? —pregunté.

Se encogió de hombros.

—No lo sé. Benny está empeorando. No puedo hacer nada para ayudarlo. Mi matrimonio ha fracasado y ni siquiera puedo encontrar un hombre lo bastante decente con el que tener sexo casual. Estoy aburrida y sola todo el tiempo, viviendo en la casa de mierda de mi madre.

Se quedó en silencio durante unos segundos.

—Solo quiero que, al menos, una de las dos sea feliz. ¿Por qué no podemos ser felices?

Suspiré.

—¿Qué significa ser feliz? ¿Vuelvo al redil y hago lo que se espera de mí, renunciando a Daniel, pero conservando a mi familia? ¿O lo dejo todo, me convierto en una renegada, echo por tierra el legado familiar y pierdo a mis padres, pero consigo al chico que me gusta?

Bri se encogió de hombros.

—Es sencillo. ¿A cuál de las dos opciones no puedes renunciar? —dijo con el rostro serio—. De todas formas, siempre estaré a tu lado. Siempre te apoyaré.

Me quedé contemplando su rostro con gratitud.

Bri era increíble. No se merecía lo que había ocurrido con su expareja ni lo que estaba pasando con la enfermedad de su hermano. Ella se merecía el mundo entero.

—¿Igual podríamos olvidarnos del Royaume? —propuse.

Ella se echó a reír.

—Y también podríamos olvidarnos de los hombres. Nos

mudamos juntas y creamos un canal de YouTube donde puntuemos bebidas alcohólicas.

Una carcajada asomó desde lo más hondo de mí. La abracé.

—Te quiero —susurré.

—Yo también te quiero —dijo con la barbilla recostada sobre mi hombro—. Pero no pienso ayudarte a cavar la tumba de Neil.

27

Alexis

*P*or la mañana, cuando me encontré a Neil en la cocina, intentó acariciarme la mejilla como si mi oferta significara alguna suerte de perdón. Pero aparté su mano, cogí la cafetera eléctrica, regresé a mi dormitorio y cerré con llave.

Unos minutos después, tuve que bajar a la cocina para meterme en el bolsillo algunas cápsulas de café, por lo que el efecto de mi desplante perdió un poco de valor. De todos modos, creo que el mensaje estaba bastante claro. Si quería hablar conmigo, primero tenía que cumplir durante cuatro meses con todos los trámites, cosa que esperaba que no hiciera. Sin embargo, al menos durante un tiempo, me quitaría de encima el problema con mi padre.

Ahora eran casi las siete de la tarde y estaba anocheciendo. Estaba a veinte minutos de Wakan.

Hoy había perdido un paciente.

Perdía pacientes con frecuencia; era parte de mi trabajo. Pero esta vez me había afectado más de lo normal. Me sentía extrañamente aturdida, como si hubiera alcanzado mi límite de procesar calamidades. La cena con mis padres, el exilio de mi hermano, la ruptura con Daniel…, era demasiado. Tenía la esperanza de que esta desconexión emocional se prolongara un poco más. Solo quería pasar de una pieza mi última noche con Daniel y derrumbarme cuando regresara a casa.

Escuché el quinto álbum de Lola durante el trayecto. Era triste. Todo el disco me recordaba a la canción de Jewel «Foolish Games», y me pregunté qué le estaría pasando por la cabeza cuando la escribió.

A veces intentaba relacionar sus álbumes con la información que encontraba en Internet sobre ella. Se rumoreaba que, cuando grabó este disco, estaba saliendo con uno de sus bailarines. Quizá tuviera algo que ver.

Creo que Lola había tenido una vida complicada, pero esperaba que fuera más sencilla con mi hermano a su lado. Seguro que sí. En realidad, estaba convencida. Porque sabía cuánto la quería, y cuando mi hermano quería a alguien lo hacía con todo su corazón.

No había hablado con Derek desde que se había ido. Había una diferencia horaria de doce horas con Camboya y se encontraba en una zona rural donde apenas había cobertura. Pero podía sentirlo cerca y sabía que sentía lo mismo. Le deseaba lo mejor, tanto a él como a su mujer.

Si Derek decía que Lola valía la pena, no había nada más que hablar. Así de simple. Lo único que necesitaba era su palabra. Me hubiera gustado que eso también fuera suficiente para mi padre, es decir, que pudiera presentarle a alguien como Daniel y nadie dudara de que se trataba de un ser excepcional.

Pero mi padre no juzgaba a las personas con ese baremo.

Era gracioso que mi padre respetara a alguien tan mezquino como Neil, pero alguien tan bueno como Daniel nunca pudiera ganarse su respeto. Y todo porque Daniel no tenía la educación, el trabajo o la familia adecuados.

La historia de mi hermano tenía moraleja. Estaba relacionada con desobedecer los deseos paternos, con enamorarse de alguien que mi padre no aceptaba y, por lo tanto, desobedecer sus deseos.

Cuando llegué a la Casa Grant, Daniel estaba esperándome en el jardín, como siempre. Chloe no estaba con él. El día anterior había vuelto a la granja, porque había dejado el biberón. Los cambios son inevitables. Aunque ahora me parecían profundamente más tristes.

Me quedé sentada en el interior de mi coche más de lo habitual para asimilar la situación: era la última vez que Daniel y Hunter me recibirían en el jardín.

Cuando salí, Hunter se abalanzó sobre mí, y luego Daniel se acercó con el mismo ímpetu y me envolvió con uno de sus grandes abrazos de oso. Los dos siempre mostraban el mismo entusiasmo cuando me veían.

Neil nunca me recibía de ese modo. Tal vez fuera una cuestión de madurez. Recordé lo que dijo Bri sobre que los hombres, cuando son jóvenes, se comportan como los cachorros de perro. Tuve que darle la razón. Daniel desprendía esa misma alegría cada vez que aparecía por su casa. Cerré los ojos y tomé aire antes de fundirme en un beso con él.

Se apartó lo suficiente para mirarme a los ojos.

279

—¿Estás lista para cenar? —preguntó—. He pensado que podríamos ir andando. Hace una buena noche.

Levanté la vista hacia su rostro sonriente y resoplé.

—Está bien. Demos un paseo.

Ladeó la cabeza.

—¿Qué te pasa?

—Nada.

Me miró fijamente y sus cálidos ojos color avellana me desnudaron por dentro.

—No parece que no sea nada.

—Hoy he perdido a un paciente.

Sus hermosas cejas se agitaron.

—¿Qué ha pasado?

Hice una pausa.

—Un chico de diecisiete años. Su kayak volcó. No llevaba chaleco salvavidas.

Daniel escrutó mi rostro sin abrir la boca.

—¿Sabes qué es lo más angustioso de ahogarse? —dije, buscando su mirada—. El silencio. A menos que alguien te preste atención, no pueden salvarte.

Daniel apartó el pelo de mi rostro.

—Tú siempre tendrás mi atención. Si te ahogaras, estaría ahí para salvarte.

Eran unas palabras muy dulces, pero no tendría la ocasión de cumplir con su palabra. Básicamente, porque no me ahogaba en Wakan. Me estaba ahogando a dos horas de aquí, donde estaba completamente sola.

—Vamos a comer —dije cambiando de tercio.

Él asintió.

—De acuerdo. Voy a meter a Hunter en casa.

Unos minutos después giramos hacia el carril bici que flanqueaba la calle principal y Daniel enlazó sus dedos con los míos.

—¿Cómo ha ido tu día? —pregunté, intentando hablar de otro tema que no fuera yo.

—Déjame pensar —dijo observando el sendero que teníamos enfrente—. Hunter se comió un lápiz de labios y Kevin Bacon hizo otra de las suyas. Esta vez ha entrado en la farmacia y se ha comido todas las chocolatinas que había junto a la caja registradora. Le dio un susto de muerte a la señora Pearson.

Solté una carcajada descafeinada.

—Doug no se lo va a comer, ¿verdad?

Negó con la cabeza.

—No, Doug es vegetariano.

—¿En serio? —pregunté sorprendida.

—Sí, además tampoco bebe alcohol. Kevin Bacon tiene toda una vida por delante para poder asustar a los aldeanos de Wakan.

Arranqué a reír.

—Luego, estuve paseando por el río.

—¿Para echarte un chapuzón?

—No. Aún hace demasiado frío. De hecho, estaba buscando algo para ti —dijo, soltándome la mano para palparse los bolsillos.

Luego sacó algo y me lo puso en la palma de la mano. Era una roca del tamaño de una nuez, lisa y gris.

—Tiene forma de corazón —añadió—. Estuve horas buscando una parecida.

Mi corazón se rompió en mil pedazos y los fragmentos resbalaron por todo mi cuerpo.

Lo amaba. Lo amaba más de lo que nunca había amado a nadie.

No era una piedra nada llamativa. Solo le había costado su tiempo. Pero ese era el regalo, porque Daniel apenas tenía tiempo. Ahora mismo, ese era su bien más preciado y lo había sacrificado para encontrar una piedra para mí.

Me empezó a temblar la barbilla. Sentía que era lo más dulce que nadie había hecho por mí, lo que era ridículo, porque solo se trataba de una piedra.

Como no dije nada, Daniel retomó la conversación.

—Lo siento. Sé que es una tontería. Pensaba que…

—Me encanta. Me gusta tanto que me he quedado sin palabras. Levanté la vista con lágrimas en los ojos.

Parecía aliviado.

—¿Te gusta? ¿De verdad?

—Me encanta. Muchas gracias.

¿Qué haría con este chico amable, dulce y considerado?

Lo abracé con fuerza y me rodeó con sus brazos. Aunque esta vez sus brazos parecían ejercer más presión, como si intentara evitar que se me llevaran o que me hundiera. Iba a conservar ese regalo durante el resto de mi vida. Aunque me casara con otra persona, lo conservaría hasta el día de mi muerte.

Entonces tuve una visión espeluznante. En mi funeral, mis parientes rebuscarían entre mis pertenencias, como habíamos hecho con la tía Lil, y, cuando hallaran esta piedra, se pregun-

tarían por qué la guardaba en la única caja de zapatos que me
había llevado a la residencia de ancianos.

Me pregunté cuántas de las pequeñas baratijas que había
encontrado en la caja de la tía Lil tenían una historia parecida.
Restos de pequeños momentos de su vida que se quedaron con
ella para siempre. La prueba de una huella en su alma.

Es sorprendente cómo alguien puede conmoverte tanto,
aunque solo compartas con él un pequeño lapso. Cómo puede cambiarte, transformarte de forma indeleble. Daniel me
había cambiado. Conocerlo me había convertido en una persona mejor. Y eso todavía hacía más complicado apartarlo
de mi vida.

Me separé y me enjugué los ojos. Daniel me miró con ter-
nura antes de volver a cogerme la mano. Cuando llegamos al
Centro de Veteranos encontramos un cartel en la puerta que
rezaba: «CERRADO POR FIESTA PRIVADA». Daniel se detuvo.

282

—Está bien. Tengo que advertirte de algo.

—¿De qué?

—No he sido totalmente honesto. Querían que lo mantuviera en secreto. Ahí dentro, hay una pequeña sorpresa para ti.

—¿Qué sorpresa? —exclamé, haciendo un ademán.

No me respondió. Simplemente, abrió la puerta y me llevó adentro.

El lugar estaba abarrotado. Todo el mundo estaba de pie y
nada más crucé el umbral empezaron a gritar y a aplaudir. Un
gran cartel estaba suspendido sobre la barra: «GRACIAS, DOCTO-
RA ALEXIS».

Parpadeé mirando a mi alrededor con las manos tapándome la boca.

—Daniel, ¿qué es esto?

Liz, Doreen, Doug, Pops…, todos estaban aquí.

Entonces Emelia y Hannah se abrieron paso entre la multitud. Hannah llevaba al bebé en brazos y supe al instante de
qué se trataba.

Daniel se acercó a mi oreja.

—¿Sabes algo acerca de un cordón umbilical que estaba enrollado alrededor del cuello de un bebé? Durante el parto, Emelia estaba hablando con una enfermera por videollamada. Dijo que habías salvado la vida de Lily.

No pude aguantar las lágrimas.

En mi trabajo me daban las gracias habitualmente. Pero nunca lo había hecho un pueblo entero. Hannah, según se acercaba, me regaló una enorme sonrisa. Detrás de ella, toda la gente aplaudía y me mostraba su gratitud.

Me llegó al corazón. Era como si estas personas intentaran devolverme todo aquello que mi padre y Neil habían intentado arrebatarme. Con una sonrisa detrás de otra, llenaron de amor, aprecio y reconocimiento el vacío que tenía dentro de mí.

—Solo queríamos darte las gracias —dijo Hannah con una sonrisa—. Lily quizá no estaría con nosotros si no hubieras estado aquí.

—Estar aquí es un auténtico placer —respondí, secando las lágrimas de mi rostro.

—¿Quieres cogerla en brazos? —preguntó Emelia.

Aspiré por la nariz y asentí.

—¿Puedo?

Hannah se inclinó y colocó al bebé en mis brazos. Retiré la manta y la observé. Era perfecta. Le froté la mejilla rosada con un dedo. Tenía casi dos semanas. Probablemente, pronto le pondrían las primeras vacunas y la costra del ombligo estaría a punto de caerse. Había crecido. Era el único aspecto negativo de trabajar en Urgencias. La mayoría de los pacientes entraban, salían, y nunca volvía a verlos. Jamás sabía cómo evolucionaban, si mejoraban o empeoraban. Mi trabajo consistía en estabilizarlos y derivarlos al médico que necesitaban.

A veces deseaba poder seguir viendo a mis pacientes una y otra vez. Verlos crecer, quedarme con ellos a lo largo de sus vidas y ser testigo de los cambios.

—¿Le das el pecho? —pregunté a Hannah, mientras sonreía al bebé—. Te he traído leche en polvo por si la necesitas.

—Sí, estoy dándole el pecho —dijo Hannah. Luego bajó la voz—. En realidad, me preguntaba si podría hablarte de eso. Me duele el pecho y creo que está algo inflamado.

Se ajustó el tirante del sujetador algo incómoda.

Yo sonreí.

—Puedo echarle un vistazo.

—Gracias —dijo Hannah con cierto alivio.

Entregué de vuelta a Lily a sus mamás y Daniel me condujo hasta la mesa donde estaba Doug. Pusieron música y empezó la fiesta. Era un bufé libre de espaguetis. Doreen también había preparado una enorme tarta de chocolate con una felicitación que ponía: «GRACIAS, DOCTORA ALEXIS». Daniel se sentó a mi lado y me cogió de la mano.

Me sentía tan… querida.

Por todos ellos.

La noche anterior había cenado con mis propios padres y no había sentido ese tipo de amor. De hecho, me hicieron sentir como una mierda.

Alguien me trajo una abundante ración de espaguetis y una ensalada. Daniel me sirvió una copa de vino y me besó en la mejilla cuando volvió a sentarse. El local estaba lleno de carcajadas y ruido de loza. Todos los rostros me miraban con cariño y una sonrisa.

Jake también estaba en el Centro de Veteranos. Llevaba su uniforme y se reía demasiado alto desde la mesa de billar. Había algo en él que me disgustaba, pero era incapaz de saber qué.

Doug se inclinó hacia mí mientras miraba a Jake.

—¿Puedo hacerte una pregunta?

Me limpié la boca con una servilleta.

—Claro.

—¿Qué ocurrió en el parto? —preguntó—. Dijeron que el

cordón umbilical estaba enrollado en el cuello del bebé y que supiste solventar el problema. ¿Cómo lo hiciste?

—Con la maniobra de Somersault logré que el cordón no lo ahogara.

—¿Podrías enseñarme? —añadió.

—¿Quieres que te lo enseñe?

—Sí, no me gustaría meter la pata en otra ocasión. Si vuelve a ocurrir, quiero saber cómo hacerlo.

Asentí.

—Vale, claro. Por cierto, tengo algo de material para suturas que me gustaría regalarte.

Se le iluminó el rostro.

—¿De verdad?

—Sí. Se acabaron los anzuelos y la ginebra.

Daniel rompió a reír, me cogió la mano y me besó. Liz se acercó con una Coca-Cola en la mano para Doug.

—¿Otra copa de vino? —preguntó.

—No, estoy bien. Gracias.

Daniel indicó con la cabeza la silla vacía que estaba al lado de Doug.

—Siéntate con nosotros.

—No puedo. Es mi turno —respondió Liz—. ¿Dónde se ha metido Brian? —añadió mirando alrededor.

—Tiene una cita —dijo Doug—. En Rochester.

De súbito, a Liz se le desdibujó la sonrisa.

Daniel consultó el reloj.

—Ya debería haber vuelto. Seguramente, ha salido bien.

—Estupendo —dijo Liz apartando la mirada—. Si necesitáis algo más, solo tenéis que pedírmelo. —Su voz se había apagado.

Los chicos no parecieron darse cuenta y cuando regresé detrás del mostrador les pregunté:

—¿Liz y Brian salieron juntos alguna vez?

—No es su tipo —se burló Doug—. A ella le gustan los gilipollas —añadió con su refresco en la boca.

285

La miré de nuevo mientras limpiaba el mostrador. Su sonrisa se había esfumado por completo.

—A nadie le gustan los gilipollas —murmuré—. A veces es justo lo que crees que te mereces…

Después de la cena, le enseñé a Doug cómo llevar a cabo la maniobra Somersault. Luego, examiné el pecho de Hannah en el baño y le receté antibióticos. En realidad, no le hice ninguna receta. Le comenté a Hal (el farmacéutico que estaba engullendo un pedazo de tarta en la mesa de al lado) lo que necesitaba y él cruzó la calle, abrió la farmacia y salió con los antibióticos.

Cuando terminé, fui a buscar a Daniel. Estaba apoyado en el mostrador charlando con Liz. Me detuve unos instantes para contemplarlo desde el otro lado del local.

Este era el lugar donde lo había conocido. Donde lo había conocido de verdad. Estaba sentada en ese mismo taburete y él estaba de pie, al lado. Aunque, ahora, todo era distinto.

286

Este lugar ya no me parecía un antro viejo y desvencijado. Ni siquiera me daba cuenta de los asientos desgastados o las sillas desparejadas. Este local era el corazón del pueblo. Aquí era donde el pueblo se reunía y festejaba. Y justo aquí fue donde supe cómo se llamaba. Donde lo toqué por primera vez. Incluso el olor de este lugar me llenaba de nostalgia.

Daniel ya no era otro chico cualquiera en un bar.

Se había convertido en la luz más brillante de mi vida, en mi anhelo diario. En el hombre que invertía dos horas caminando por el río para encontrar una piedra perfecta para mí.

Por un instante, me creí sus palabras: nunca dejaría que me ahogara.

El corazón me salía por la boca.

Pero al día siguiente por la mañana, me iría de este pueblo y no regresaría jamás. Nunca lo volvería a ver. A ninguno de ellos.

Daniel se volvió y me buscó entre el gentío. Y cuando su mirada se encontró con la mía, se iluminó. Su rostro mostraba una de sus encantadoras sonrisas, con los hoyuelos marcados y sus ojos de color avellana medio cerrados.

El corazón se me partió en dos.

Se apartó del mostrador, recorrió la distancia que nos separaba y me rodeó la cintura con los brazos. Estaba muy orgullosa de ser la mujer que lo acompañaba esta noche. De ser su cita. Ser la mujer que él había elegido. Era un auténtico honor. No solo porque fuera el alcalde o el chico más apuesto del pueblo, sino porque era la mejor persona de ese lugar.

—¿Estás lista para volver a casa? —preguntó.

Tuve que esforzarme por tragar el nudo que obstruía mi garganta.

No. No estaba preparada para volver a casa. Pero tenía que hacerlo.

Nos despedimos de todos y emprendimos el camino de vuelta.

Antes de irnos, Daniel me dio un paseo por el Centro de Veteranos para mostrarme los amarillentos artículos que colgaban en las paredes. Contaban las historias de las contribuciones de su familia al pueblo. Encontré las noticias de la historia de la gripe española y de la ley seca de las que ya me había hablado. Luego, había un recorte de periódico, impreso por la *Gaceta de Wakan*, sobre John, el bisabuelo de Daniel, que, durante la ventisca mortal del Día del Armisticio de 1940, organizó una cadena humana para sacar a los niños de la escuela y ponerlos a salvo. Su esposa, Helen Grant, utilizó el gran horno de leña de la Casa Grant para hornear cien barras de pan y, luego, mandó a su marido al pueblo en trineo para que las repartiera junto con suministros médicos y leña. Ninguno de los dos durmió durante tres días. Los supervivientes aseguraron que cuando John llegó con los paquetes de ayuda lo recibieron con lágrimas de alegría.

También había un artículo sobre William, el abuelo de Daniel, que, en 1975, no dudó en acudir al rescate de todos los vecinos cuando un incendio forestal amenazaba con arrasar todo el pueblo. Coordinó un equipo de respuesta y trabajó toda la noche para crear un cortafuegos que salvó el pueblo antes de que las llamas llegaran a Wakan. Linda, la abuela de Daniel, se hizo cargo de los trabajos de evacuación y se aseguró de que todo el mundo estuviera a salvo. Los Grant fueron los últimos en abandonar el pueblo.

Después del tornado de 1991, William y Linda Grant instalaron un generador y un comedor social en el Centro de Veteranos para asegurarse de que todo el mundo tuviera algo que llevarse a la boca durante las labores de limpieza. Más tarde, defendieron y ganaron una disputa con el condado cuando la administración quiso desviar la autopista, cosa que habría diezmado el turismo veraniego. Mantuvieron la ciudad limpia, orgullosa y segura. Eran la primera y la última línea de defensa de Wakan, en todos los sentidos.

Una historia detrás de otra.

Me di cuenta de que los Grant eran los cuidadores del pueblo. La humilde realeza. Cuidaban del pueblo con el mismo esmero que Daniel se hacía cargo de su huerto y su casa. Así como yo había nacido para dedicarme a la medicina, él había nacido para cuidar del pueblo. Su reino era más pequeño y su legado distinto, pero también estaba atado a su herencia desde la cuna, igual que yo.

Era curioso pensar que, durante los últimos ciento veinticinco años, nuestras dos familias habían existido al mismo tiempo haciendo lo mismo que estábamos haciendo nosotros ahora. Los Grant entregaron sus vidas a Wakan y los Montgomery entregaron las suyas al Royaume.

Seguramente, a Daniel nunca se le pasó por la cabeza abandonar su vocación.

Pero yo me sentía culpable cuando deseaba no ser quien era. Sabía la importancia que tenía el legado de los Montgo-

288

mery. Sabía lo que podía hacer con él y la influencia que podía ejercer en las vidas de los demás. Pero deseaba que ese legado recayera en alguien que supiera qué hacer con él. Yo lo ignoraba por completo y por eso no podía honrarlo como se merecía.

Todo el mundo esperaba de mí que hiciera algo excepcional, que dejara mi huella. Pero no sabía por dónde empezar, y sospechaba que nunca lo sabría.

—Oye, ¿quieres ver algo? —preguntó Daniel, interrumpiendo mis pensamientos.

—Claro.

Atravesamos el parque junto al río y nos detuvimos frente a la estatua de un hombre que se erguía en medio de la plaza.

Daniel la señaló con la cabeza.

—Este es mi tatarabuelo. El fundador de la ciudad.

Levanté la mirada hacia la majestuosa estatua de bronce. La placa que había debajo decía: «JOSEPH GRANT». El parecido con Daniel era terriblemente familiar. La misma amabilidad en los ojos, la misma firmeza en la mirada. Daniel se quedó inmóvil, observándola, y aproveché para fijarme en el perfil de su rostro.

Tenía que estar aquí cuando la ciudad lo necesitara. Y, al final, lo necesitaría, como a todos los Grant antes que a él. Porque los tiempos difíciles son inevitables, y nadie se había preocupado más por Wakan que esta familia. Por eso siempre habían estado a la altura de las circunstancias. Y por eso uno de ellos siempre tenía que permanecer aquí.

Daniel tenía que estar aquí. Tenía que permanecer en su casa.

En el fondo de mí, sabía que eso era lo que le daba fuerzas para seguir adelante. Un Montgomery que trabajara en cualquier otro hospital seguiría siendo un Montgomery, pero no podría explotar todo su potencial. Yo tenía que estar en el Royaume y él tenía que estar en la Casa Grant.

Empecé a hablar antes de pensar en lo que decía.

—Si necesitas el dinero, puedo prestártelo —dije.

Se volvió hacia mí y entornó las cejas.

—¿Cómo dices?

—Los cincuenta mil dólares. Puedo prestártelos.

Parpadeó.

—¿Tienes tanto dinero? —preguntó.

Asentí con la cabeza.

—Sí, lo tengo.

Y no sería un préstamo. Sería un regalo. Un regalo de despedida.

Si se enteraba de que no quería el dinero de vuelta, nunca lo aceptaría. Era demasiado íntegro. Pero yo quería hacerlo por él. Tal vez esa era la razón por la que había llegado a este pueblo tantas semanas atrás. El motivo por el cual un mapache me había echado de la carretera para que estrellara el coche contra la cuneta y un apuesto desconocido me rescatara. Quizá Popeye estaba en lo cierto. El pueblo tomaba lo que necesitaba. Y necesitaba a Daniel. No podía tolerar que perdiera su bastión, y tenía la forma de asegurarme de que no lo hiciera. Probablemente, era la única persona que podía ayudarlo.

Sin embargo, Daniel sacudió la cabeza.

—Alexis, te lo agradezco. De verdad. Pero no puedo aceptarlo.

—¿Por qué? Estás trabajando día y noche. Yo tengo el dinero. Déjame ayudarte.

Soltó un largo suspiro y apartó la mirada de mí. Cuando me miró de nuevo, sus ojos rezumaban firmeza.

—No eres un banco, Alexis —dijo mientras acortaba la distancia entre nosotros. Me rodeó la cintura con los brazos—. Pero gracias por la oferta. Significa mucho para mí.

—Para llegar donde estoy, hay gente que me ha echado una mano. Y yo ahora puedo prestarte mi ayuda. Ojalá me lo permitieras.

Pero su rostro mostraba determinación.

Fruncí los labios.

—Al menos, prométeme que, si no logras reunir el dinero, me dejarás ayudarte. No puedes perder tu casa.

Dejó escapar un suspiro con resignación y luego asintió.

—De acuerdo, te lo prometo.

Pero sabía que nunca lo haría. Simplemente porque nunca acepataría nada si no estábamos juntos.

Y después de esta noche, ya no lo estaríamos.

Me abrazó y enseguida empezó a reír algo avergonzado.

—¿Qué ocurre? —pregunté echándome hacia atrás.

—Nada —dijo negando con la cabeza—. Es que yo te he regalado una piedra y tú me has ofrecido cincuenta mil dólares.

Resoplé.

—Vámonos —dijo sonriendo.

Me cogió de la mano y salimos del parque por el carril bici, iluminados por una luna que nos dirigía directamente hacia la Casa Grant.

Era una noche hermosa. El paseo estaba flanqueado por manzanos en plena floración. Miles de flores blancas se cernían sobre el camino y su ligera fragancia nos envolvía. Era precioso y surrealista. Andábamos despacio, mirando hacia arriba, con las manos entrelazadas.

291

Daniel se detuvo.

—Fíjate en esto.

Indicó con la cabeza un claro entre los árboles, donde, un poco más arriba, aparecía la luna enmarcada por unas ramas de manzano. Parecía más grande de lo habitual. Más cercana. La miré fijamente, y una cálida brisa meció la copa de los árboles y desató una tormenta de pétalos blancos que cayeron a nuestro alrededor.

Era como si el universo nos hubiera atrapado en una bola de nieve. Con la salvedad de que los pétalos no caían directamente al suelo. Flotaban como motas de polvo. Como unas hadas diminutas que centelleaban bajo la luz de la luna.

—¿Has visto eso? —dije con asombro.

Daniel admiraba la escena con la boca abierta.

—Parece… magia.

Los pétalos eran suaves y livianos. Revoloteaban a nuestro alrededor moviéndose a cámara lenta. Daniel levantó un dedo para tocar uno y una racha de viento los agitó como si fueran copos de nieve en una ventisca.

—¿Alguna vez habías visto algo tan perfectamente hermoso? —suspiré.

Me volví hacia Daniel. Pero ya no contemplaba los pétalos. Me miraba a mí.

—Sí... —dijo entre susurros y sosteniéndome la mirada—. Tú.

Luego me acarició las mejillas con sus cálidas manos y, bajo la luna y entre la escena mágica que se desarrollaba a nuestro alrededor, me besó.

El mundo dejó de girar.

Nos quedamos suspendidos en la nada. Era un instante tan perfecto que no podía ser real.

292

Y entonces me di cuenta de que era demasiado tarde.

Había cruzado el umbral. La oportunidad de dar marcha atrás se había esfumado. En realidad, creo que se esfumó nada más conocernos.

Wakan y Daniel habían echado sus semillas dentro de mí y estaban floreciendo como cuando la primavera revive un jardín helado. Las raíces se hundían en la tierra y me sujetaban con fuerza. Era como si las flores o las enredaderas hundieran sus tentáculos en mi alma y la llenaran de algo inexpresable.

No quería irme.

Ni siquiera podía pensar en poner fin a todo esto o en subir al coche a la mañana siguiente para volver a casa. Todo lo que no era estar aquí me parecía hueco y sin sentido. Era incapaz de renunciar a todo esto. Tendría que ser él. Tendría que explicarle que esta relación era un callejón sin salida y él debería elegir si quería mantener el rumbo.

Pensé todo esto en apenas una fracción de segundo, con los labios pegados en la boca de Daniel.

Después, Daniel se apartó casi sin aliento y me miró con sus ojos de color avellana. Se lamió los labios y entreabrió la boca, como si quisiera decir algo más, pero el chirrido de unas ruedas nos arrancó de ese trance. Un coche de policía se había detenido al final de la calle.

Los pétalos se convirtieron en piedra y cayeron al suelo.

Liz estaba en el asiento del copiloto. Jake la tenía agarrada por el pelo.

Mi estómago se descompuso.

Contemplamos horrorizados cómo la empujaba de lado por la nuca, abría de golpe la puerta y se dirigía furioso hacia el lado del pasajero del coche. Luego la sacó del coche por el brazo y ella cayó de rodillas.

—Vete a casa, joder —gruñó, levantándola de un tirón y arrastrándola hasta el arcén.

La empujó contra el bordillo y la dejó allí.

Todo ocurrió en apenas unos segundos, y cuando Jake subió de nuevo al coche empezamos a correr hacia ella.

Daniel fue volando a su lado.

—¡Liz!

La levantó mientras el sonido de las ruedas sobre el asfalto se desvanecía en la distancia.

Estaba temblando de forma casi descontrolada, ahogándose en sus propios sollozos.

—Déjame echar un vistazo —dije arrodillándome enfrente de ella.

Daniel movió la cabeza de lado a lado.

—¡Santo Dios, Liz! Un día te va a matar —dijo con la voz rota.

—¿No es la primera vez? —pregunté.

Liz ni siquiera pudo responder. Estaba intentando recuperar su aliento. Pero Daniel me miró a los ojos y no hizo falta que me dijera nada más.

Por supuesto que no era la primera vez.

293

Antes de conocer a Neil no sabía que el maltrato también se ejercía con susurros, pero este tipo de maltrato no me era ajeno. Me topaba con él cada día en el trabajo. Y, en ocasiones, las ambulancias no traían pacientes, sino cadáveres.

Eché un vistazo rápido a Liz. Tenía rozaduras en las rodillas y un poco de gravilla en las palmas de las manos. Le flexioné las muñecas en busca de dolor. No le dolían. Tenía que llevarla a casa para limpiarle las heridas.

—Daniel, tengo que llevarla a tu casa. ¿Vamos en su coche?

—No tiene. —Daniel se levantó y se pasó una mano por el pelo—. Voy a llamar a la policía de Rochester.

Liz salió de su estado de *shock* en una fracción de segundo.

—¡No! ¡Daniel, no puedes!

Él negó con la cabeza.

—Liz, ya basta. Nunca va a parar, tenemos que hacer algo.

Parecía muerta de miedo.

—Solo tengo que irme a casa. No me hará nada. Está loco, pero no me hará nada.

Agaché la cabeza para encontrar su mirada.

—Liz, estás sangrando. Somos testigos. Podemos contarles lo que vimos.

Me miró con los ojos abiertos de par en par.

—Me caí. Me caí al salir del coche. Eso es todo. No me golpeó. Solo me caí del coche cuando me estaba ayudando a salir.

Quería esconder el rostro entre las manos.

—¿Hay algún sitio donde puedas ir? —susurré.

Su pecho subía y bajaba como si estuviera al borde de un ataque de nervios.

—No —dijo—. Me encontraría.

Acompañamos a Liz a la Casa Grant. Le limpié las heridas y la examiné más a fondo. Tenía moratones antiguos en el brazo izquierdo con la forma de la huella de una mano. Probablemente, de una semana atrás. Tenía un corte cicatrizado en el cuello. ¿Una de las suturas de anzuelo de Doug? Debía de estar muy desesperada para dejar que la cosiera en una zona tan sensible sin lidocaína. Pero ir a un centro de urgencias supondría responder a ciertas preguntas y eso dejaría rastro en su historial.

De todas formas, no necesitaba ver su historial para saber lo mismo que me revelaría una radiografía. Fracturas pasadas. Huesos mal curados porque nunca había acudido a urgencias por culpa del miedo que le tenía a Jake.

Le di un ibuprofeno y la acomodamos en el salón con bolsas de hielo en las rodillas. Luego fuimos a prepararle un té. En cuanto nos quedamos solos en la cocina, Daniel se limpió la boca con una mano.

—Tenemos que llamar a la policía.

—¿Hay cámaras en esa esquina? —susurré—. ¿Jake lleva una cámara corporal?

—No… —dijo Daniel meneando la cabeza.

Fruncí los labios.

—Si llamas a la policía, ella no va a colaborar, Daniel. ¿Sabes qué dirá? Que se cayó. Que él nunca le puso un dedo encima. Será nuestra palabra contra la suya.

Pude ver la expresión de derrota en su rostro porque sabía que tenía razón. Sacudió la cabeza.

—Un día la matará. Lleva soportando esta mierda durante años. Y cada vez es peor. No dejará que la ayudemos, no quiere acudir a la policía. Siempre lo defiende, como si ese pedazo de mierda lo mereciera —murmuró—. ¿Por qué demonios se comporta de ese modo?

—Tiene el síndrome de la mujer maltratada. Está metida en una espiral de abusos y salir de ahí es muy complicado para ella, especialmente en estas circunstancias. Jake tiene la sartén por el mango —dije en voz baja—. Seguro que se ha asegurado de eso. Ella no tiene coche ni un lugar a donde ir. Seguramente, Jake se queda con todo el dinero. Además, ella puede pensar que la policía no moverá un dedo porque él es el *sheriff*. Y tal vez tenga razón.

Lo miré a los ojos.

—Créeme, nada de lo que le digas la hará cambiar de opinión. Si la obligas a ir, cuando vuelva, será peor. Y si Jake se entera de que pretende huir... —Meneé la cabeza—. El momento más peligroso en una relación abusiva es cuando te vas, porque, cuando lo haces, significa que el maltratador ha perdido el control.

Me lanzó una mirada escrutadora.

—Entonces, ¿qué podemos hacer? —preguntó.

—Proporcionarle una forma de escapar. Dinero, un coche, un lugar a donde ir. Así, cuando esté lista para irse, podrá hacerlo de verdad.

Asintió.

—Vale. Eso puedo hacerlo.

—Tenemos que conseguirle un teléfono móvil. Uno que Jake no sepa que tiene, para que pueda buscar recursos en Google, buscar un apartamento o un abogado. Puede guardarlo en la caja fuerte del trabajo. Él no puede saber que estamos prestándole ayuda. Si sospecha que cualquier otra persona está involucrada, estrechará el cerco sobre ella. Es posible que la obligue a dejar el trabajo para aislarla todavía más, separarla de sus amigos. Podemos ayudarla, Daniel. Podemos darle las herramientas que necesita, pero no podemos salvarla a menos que ella esté dispuesta a dar el primer paso.

Por su mirada, supe que no lo estaba. Tal vez, nunca lo estaría.

Acompañé a Liz a su casa en coche. Ninguno de los dos quería llevarla, pero cuando nos negamos, empezó a andar y le dolía todo el cuerpo. Tuve la sensación de que necesitaba hablar y de que sería más abierta conmigo que con Daniel, así que preferí llevarla yo sola.

Detuve el coche frente a su casa. Las luces estaban apagadas y el coche patrulla no estaba en la entrada. Dijo que Jake trabajaba hasta medianoche, así que no era probable que apareciera tan pronto por ahí.

—¿Puedo quedarme en el coche un momento? —preguntó—. No estoy preparada para entrar ahí. Solo necesito unos minutos.

Ahora estaba más calmada. Se había lavado la cara y había dejado de llorar, pero todavía temblaba ligeramente.

—Necesito fumar un cigarrillo.

Salimos del coche y nos sentamos en el arcén.

Sabía que Jake no vendría y que, aunque lo hiciera, probablemente mantendría su imagen de chico bueno delante de mí. De todos modos, seguí comprobando si había luces de policía en la calle. Era la primera vez en mi vida que tenía miedo de verlas.

Liz sacó un paquete de Marlboro aplastado del bolsillo de la chaqueta. Debió de caerse encima. Al abrirlo, los cigarrillos se desparramaron por el suelo. Cogió el cigarrillo menos estropeado, se lo llevó a los labios y lo encendió con las manos temblorosas.

—Normalmente no fumo —dijo—. Carl siempre se los deja en la barra. Y ahora no puedo parar de fumar.

Adquirir hábitos poco saludables para hacer frente a los malos tratos no era inusual. Yo misma lo había hecho. Lo hacía cada vez que me despertaba antes que Neil para maquillarme. Ni siquiera podía imaginar qué más habría hecho para escapar de mi realidad si no hubiera puesto fin a la relación.

Liz se quedó contemplando la noche.

—Me sacó a rastras del aparcamiento del Centro de Veteranos.

—¿Qué ocurrió?

Soltó el humo del cigarrillo, sujetándose el codo con la mano.

—Fue una tontería. Siempre se trata de una tontería. Esta vez fue Brian.

—¿Brian?

—Es que Jake no soporta a Brian. Es algo estúpido, pero no puede olvidarlo.

—¿Qué es lo que no puede olvidar?

Dio una larga calada al cigarrillo y soltó el humo con la mano temblorosa.

—Nos besamos una vez cuando teníamos quince años. Brian y yo. —Me miró a los ojos y se mordió una uña—. Solo era un juego, pero, por la forma de actuar de Jake, cualquiera diría que tuvimos una aventura. —Apagó el cigarrillo—. Cuando ya no estabais, hice un comentario sobre lo inteligente que había sido Brian al abrir el autocine para complementar sus ingresos. Eso fue la gota que colmó el vaso.

298 Me lamí los labios.

—Liz, quiero decirte algo. Algo que ojalá me hubieran dicho alguna vez.

Sus ojos se posaron en mí, esperando mis palabras.

Le aguanté la mirada.

—Te creo. Puedo soportar cualquier cosa que necesites contarme. No necesitas protegerme de la verdad, y estoy aquí para ayudarte en todo lo que pueda. No es culpa tuya. Y no te lo mereces.

Mis palabras la rompieron por dentro. Su barbilla no dejaba de temblar.

Había mucho poder en estas palabras. Me pregunté si habría encontrado las fuerzas para romper con Neil antes si alguien me hubiera dicho lo mismo cuando necesitaba escucharlas.

—Cuando estés lista para dar el primer paso, te ayudaremos.

Se quedó en silencio un momento.

—No puedo —susurró—. No tengo escapatoria.

—Sé que eso es lo que sientes. Pero, créeme, puedes hacerlo y lo harás. Empieza a dar pequeños pasos ahora.

Incliné la cabeza para mirarla.

—¿Tomas anticonceptivos?

Seguramente, la dejaría embarazada para atraparla. Entonces, sería todavía más dependiente de él. Además, nunca sería más vulnerable que estando embarazada.

Ella negó con la cabeza.

—No. No me deja. —Resopló—. Le pregunté a Hal si podía darme la píldora, pero me dijo que no podía hacerlo sin receta. Que si Jake se enteraba le retirarían la licencia. No puedo escaparme tres horas para ver a un médico en Rochester. Jake siempre va conmigo y nunca me deja ir sola. Todos los meses rezo para que me venga la regla.

—Yo puedo hacerte la receta.

Dejó escapar un suspiro agitado.

—Gracias.

—Liz, me gustaría que me dieras permiso para presentar una denuncia.

Se apartó de mí como un resorte.

—¿Cómo? Ni hablar.

—Deberías dejar algún rastro escrito de su maltrato. No hace falta que tengas nada que ver. Puedes decir que no sabías lo de la denuncia.

Meneó la cabeza, incrédula.

—¿Y qué crees que se va a conseguir con esto?

—Abrirán una investigación…

—¿Y luego qué? —espetó—. ¿Lo despedirán y lo meterán veinticuatro horas en la cárcel? Entonces, solo estaré más jodida que ahora. Me echará la culpa a mí. Ya tengo dos trabajos, apenas pagamos las facturas, pero, al menos, cuando está en el trabajo tengo un respiro. No lo hagas —añadió con una súplica en los ojos—. Por favor, estoy convencida de que me pedirá perdón. Seguro que se siente mal. Siempre se arrepiente. Prométeme que no lo harás.

La miré con tristeza en los ojos.

Si interponía una denuncia en contra de su voluntad, nunca volvería a recurrir a mí en caso de que Jake la agrediera de nuevo. No estaría segura en ninguna parte. Y tenía razón, Jake la culparía de todo a pesar de que ella no tuviera nada que ver.

Jake era como Neil. No podía aceptar la responsabilidad de sus actos. Su situación solo podía empeorar y, de todos modos, si no cooperaba, la denuncia caería en saco roto. Pero la idea de no llamar a la policía me hacía cómplice de la agresión. Y no quería quedarme de brazos cruzados. No sabía qué hacer.

—Está bien —accedí—. No llamaré. Pero me gustaría tener tu permiso para registrar lo que ha ocurrido. Déjame tomar algunas fotos de las heridas, y quiero que escribas quién te las ha hecho.

—Ni hablar…

—No se las enseñaré a nadie —dije llevándome la mano al corazón—. Te lo prometo. Pero es necesario. Algún día pueden ser de gran ayuda. Documentamos lo que ha ocurrido esta noche, y me gustaría que llevaras un registro de todo lo que haga a partir de hoy. Cualquier cosa. Si golpea la pared o rompe cualquier objeto, toma una fotografía con tu teléfono y mándamela. Luego, bórrala de tu teléfono. Si te amenaza, escribe lo que te ha dicho. Si te hace daño, también. Y anota cualquier cosa que recuerdes, no importa si ha pasado mucho tiempo. Puedes dejar la lista en casa de Daniel. Él la mantendrá a salvo. Podría ayudarte en un juicio.

Estudió mi rostro durante unos instantes, como si intentara decidir si merecía su confianza.

—De acuerdo —dijo con resignación—. Lo haré.

Nos quedamos sentadas en silencio durante unos minutos mientras se fumaba otro cigarrillo. Luego, lo aplastó contra el suelo y metió la cabeza entre las piernas.

—¿Tu familia sabe algo de todo esto? —pregunté.

Se rio con un tono burlón.

—Si se lo contara, nunca me creerían. Lo adoran. Cada vez

que vamos a su casa le lleva flores a mi madre o repara el coche con mi padre. —Hizo una pausa y se secó las mejillas—. No siempre fue así, ¿sabes? No me crie en una familia desestructurada. Sé que dicen que, si sufres malos tratos desde pequeña, es más probable que lo aceptes. Pero mis padres son magníficos. Mi padre nunca nos puso un dedo encima. Todas mis hermanas están felizmente casadas. Y mi hermano tampoco se comporta de este modo. Es tan vergonzoso… Me siento como una fracasada. —La última palabra se le atragantó en la boca—. Siento que me lo echarían en cara, como si hubiera hecho algo para merecer esto.

—Bueno, sé de lo que me hablas —dije con apenas un susurro.

—¿Tu novio te pegaba? —dijo clavándome la mirada.

—Me maltrataba emocionalmente. Todavía lo hace.

Su rostro parecía no entender nada.

—Pero… si tú eres muy inteligente…

Esbocé una sonrisa irónica. ¡Cómo si la inteligencia desempeñara algún papel en todo esto!

Me aparté un pelo suelto de la mejilla con un dedo y me quedé mirando a la calle.

—Una vez vi un documental sobre un tsunami —dije—. Cuando se acerca, se lleva el agua lejos de la orilla. La engulle por debajo del nivel del mar y deja al descubierto todo el fondo oceánico. Deja a la intemperie las rocas, las conchas y el coral. Por eso, la gente se adentra en la playa, para verlo todo más de cerca. Y entonces llega la ola y es demasiado tarde para huir. Ya te tiene a su merced.

La miré a los ojos.

—Te seducen. Te hacen sentir como si fueras lo mejor que les ha pasado nunca, como si fueras la mujer más especial del mundo. Pero es una trampa. Así es como logran que te acerques lo suficiente como para luego poder ahogarte. ¿Y sabes qué, Liz? Nadie puede salvarte hasta que estás preparada para salvarte a ti misma.

301

28

Daniel

La estuve esperando en el porche, y en cuanto las luces delanteras aparecieron por el camino de entrada, bajé corriendo los escalones para recibirla.

Bajo la luz de la farola, parecía agotada.

—Está en casa —dijo quedándose plantada delante del coche. El motor todavía zumbaba y el aire caliente del radiador me llegaba a las piernas—. Esperamos en el arcén hasta que se calmó lo suficiente como para entrar en casa. Me permitió tomar algunas fotografías de las heridas, pero no quiere denunciarlo a la policía.

Alargué la mano y se la coloqué en el brazo.

—¿Estás bien?

—Sí —dijo levantando los hombros—. Daniel, tenemos que hablar.

Se me revolvió el estómago.

—De acuerdo. ¿Sobre qué?

—Mejor entremos en casa. Hablaremos en tu habitación.

La seguí por la escalera de caracol hasta mi dormitorio. El corazón me palpitaba con fuerza. No parecía nada bueno. Sabía que no se trataban de buenas noticias. Nunca puedes esperar algo bueno de un «tenemos que hablar».

Cuando llegamos, se sentó en la cama y yo hice lo mismo, a su lado.

—¿Qué ocurre? —pregunté.

Antes de empezar a hablar, se tomó unos segundos.

—Daniel, cuando empezamos, para mí solo era una cuestión de sexo.

Guardé silencio. Estaba temblando.

—Pero para mí ha dejado de serlo.

Si su rostro no hubiera estado tan serio, habría esbozado una sonrisa. Ella se humedeció los labios.

—Para ti ¿solo se trata de sexo?

—Por supuesto que no —dije sacudiendo la cabeza.

Me aguantó la mirada, pero su rostro permanecía inmóvil. Mi boca estaba seca. No me gustaba el cariz que estaba tomando la conversación.

—Daniel, hoy he venido con la intención de decirte que no puedo verte más. —El corazón me dio un vuelco—. Pero soy incapaz de hacerlo. Por eso necesito ser totalmente sincera contigo, para que puedas tener la última palabra sobre lo que va a ocurrir.

Asentí.

—De acuerdo.

—Me he presentado para aceptar un nuevo cargo en el hospital. Si todo sale bien, trabajaré ochenta horas a la semana. Ahora mismo, no estoy en mi mejor momento para mantener una relación, pero, si además consigo este ascenso, no estoy segura de que nuestra relación sea viable.

—¿Por qué? —argüí, sacudiendo la cabeza.

Apartó los ojos de mí.

—No veo que nuestra historia tenga un futuro.

El corazón me estalló en mil pedazos.

—Lo siento —añadió—. Pero tengo que ser sincera contigo sobre este asunto. Y eso es un problema porque estoy empezando a enamorarme de ti. Así que mi instinto me pide que rompa la relación, porque es lo más justo para ti.

—¿Por qué no dejas que decida yo lo que es justo para mí? —respondí.

Alexis apretó los labios.

—Daniel, si seguimos viéndonos, solo será para romper más adelante. Esto no va a ninguna parte.

—No me importa.

Lo dije antes de que pudiera pensarlo un segundo. Pero era la verdad. No me importaba. Si la elección era que esta noche desapareciera de mi vida y nunca más volviera a saber de ella o pasar un poco más de tiempo con ella, aunque fuera muy breve, siempre elegiría pasar más tiempo con ella. La necesitaba.

Examinó mi rostro y supe que, de todas formas, iba a decidir por mí, incluso aunque me diera la oportunidad de elegir.

—Escucha —dije—. Soy un adulto. Y te agradezco todo lo que me dices. Pero me gustaría seguir viéndote.

Se quedó en silencio durante un buen rato. Casi podía escuchar las dudas que revoloteaban en su cabeza. Era como si su decisión pudiera caer hacia cualquier lado. Aguanté la respiración.

—Está bien —dijo, al fin.

—¿Por qué?

—¿Cómo que por qué? —preguntó.

—¿Por qué crees que nuestra relación no tiene futuro?

Era una de esas preguntas de las que no quieres saber la respuesta. Estaba siendo terriblemente sincera conmigo, y sabía que no se mordería la lengua.

—Nuestras vidas no son compatibles —dijo con calma—. Simplemente, no funcionaría.

No necesitó elaborar más su argumentación. Sabía perfectamente a lo que se refería. Vivíamos demasiado lejos. Ella no podía trabajar aquí y yo no podía abandonar el pueblo. Además, yo era demasiado joven para ella...

Llegados a este punto, ni siquiera estaba seguro de que el verdadero problema fuera la edad. Creo que hacía tiempo que para ella eso había dejado de ser un problema. Supongo que yo todavía era demasiado joven como para enten-

305

der mi propio camino. Y ella me llevaba una década de ventaja. Pero, incluso así, yo nunca lograría el éxito que ella había alcanzado tanto profesional como económicamente. Aunque, si hubiera sido un poco mayor, la distancia no sería tan evidente.

Si pudiera chascar los dedos y avanzar una década o dos, no dudaría en hacerlo. Eso implicaría renunciar a muchos años de mi vida, pero estaba dispuesto a perderlos si eso suponía alguna diferencia.

Tal vez, dentro de veinte años, sería un afamado carpintero. Quizá sería propietario de la Casa Grant y tendría un negocio donde vendería mis trabajos de carpintería. Tendría un encargado trabajando para mí para atender a los huéspedes. O quizá viviría en la casa y no en el polvoriento garaje en el que tenía que dormir para estar conmigo.

Pero en la situación actual... Ni siquiera podía permitirme llevarla de viaje o comprarle algo bonito. Había conocido a sus amigas, y no podía imaginarme saliendo con ellas, y mucho menos con sus maridos. No tenía nada en común con esa gente.

Pero lo más gracioso era que, a pesar de que yo no encajaba en su vida, ella sí que lo hacía en la mía.

Cuando Alexis estaba en Wakan, era mi novia. Ella no quería ostentar ese título, pero no importaba. Era lo que era. Sin embargo, cuando regresaba a su mundo, yo no era su novio. Seguramente, ni siquiera existía fuera de este lugar. No sabía cómo podía cambiar eso, y por lo visto ella tampoco.

De pronto, la desesperación se apoderó de mí. Era como si hubiera empezado una cuenta atrás. Acababa de poner una fecha de caducidad a nuestra relación, y lo peor era que estaba en lo cierto: no era algo sexual. Ni de lejos. En realidad, no sabía si alguna vez lo había sido.

Una pequeña parte de mí esperaba hacerla cambiar de opinión. Si era lo bastante bueno con ella, si la hacía lo bastante feliz, quizá lo reconsideraría. Tal vez, incluso si conseguía el ascenso, podríamos encontrar una forma de arreglarlo. Podríamos hacer que funcionara. Pero mi parte realista sabía que todo eso no iba a ocurrir. No había ninguna solución.

Lo único que podía hacer era darle lo mejor de mí. Y eso no era suficiente. Tenía una vida totalmente distinta en un mundo totalmente distinto. Yo solo había sido un alto en el camino. Esta era la realidad. Había vivido de prestado. Y creo que siempre lo había sabido.

No podía bajar la guardia. Tenía que prepararme para soportar el dolor cuando llegara el momento de que todo esto acabara. Porque acabaría. Ella lo había dejado claro.

—Entendido. Cuando tenga que acabar, estaré preparado.

Pero, en el fondo, sabía perfectamente que no iba a ser así. Sospechaba que esto nunca terminaría.

Al menos, para mí.

29

Alexis

Llevaba cuatro meses con Daniel. Cuatro maravillosos e increíbles meses.

Estábamos en agosto y hacía doce semanas que habíamos tenido nuestra charla. Los turistas estaban de vuelta y yo era testigo del gran soplo de aire fresco que insuflaban al pueblo de Daniel.

Las heladerías y las tiendas de caramelos estaban abiertas. La pizzería y el restaurante mexicano, también, y cada noche tenían más de una hora de espera para ofrecer mesas libres. Incluso el aparcamiento de autocaravanas estaba abarrotado. La Casa Grant no tenía camas libres ningún día de la semana, y cuando estaba con Daniel le echaba una mano. Normalmente, no me dejaba levantarme para preparar el café, quería que me quedara en la cama, sin embargo, el resto del día, me ocupaba de las labores que él debería atender. Hacer las camas, registrar a los huéspedes, ayudar a preparar el desayuno.

Odiaba admitirlo, pero, ahora que ayudaba a Daniel, comprendía lo que Neil había querido decir sobre que yo no sabía llevar una casa. Comportaba mucho trabajo. Reparaciones, mantenimiento, jardinería, limpieza. Aunque esas cosas se delegaran, eran un auténtico engorro.

Había crecido en una burbuja de privilegios. Nuestra familia tenía un administrador de fincas que se ocupada de todo, y luego Neil, cuando fuimos a vivir juntos, tomó las responsabilidades que exigía el mantenimiento de nuestra casa. Incluso en Urgencias las enfermeras hacían todo el trabajo sucio por mí. Pero estaba aprendiendo. Estaba cambiando mi forma de ver el mundo y cómo quería que me vieran los demás.

No me gustaba que los demás cuidaran de mí. Quería saber cómo hacerme cargo de mí misma. Quería arrimar el hombro y aprender a ser autosuficiente para que, si alguna vez dependía de alguien, fuera por elección y no por necesidad. Y mi maestro era Daniel.

Daniel, en lugar de socavar mi autoestima, me empoderaba. Me levantaba el ánimo en vez de ponerme palos en las ruedas.

Daniel me enseñó todo lo que sabía. No se guardaba nada para él, como hacía Neil. Daniel compartía todos sus conocimientos libremente, aunque eso redujera cualquier ventaja que pudiera haber tenido sobre mí. Y, gracias a eso, rompí definitivamente mi dependencia con Neil. Daniel me había demostrado que yo era capaz de hacer cualquier cosa que necesitara.

Era martes y estaba en casa. Normalmente, trabajaba de día, pero la noche anterior había cubierto el turno de Bri y no llegué hasta medianoche. No quería llegar a Wakan a las dos de la madrugada, así que decidí dormir aquí y partir por la mañana.

Me encantaba estar en la Casa Grant.

Era cálida y rebosaba vida. De algún modo parecía tener vida propia. Cada pedazo de esa casa tenía una historia. Sus colores, sus estancias, sus crepitantes chimeneas y sus rincones tranquilos. Un escalón chirriante parecía un suave suspiro bajo mis pies. Helechos antiguos y molduras talladas a mano, cientos de delicadas mariposas en las vidrieras, fotos en blanco y negro de desconocidos que ahora me resultaban familiares.

En Wakan, me bajaba la presión arterial. Era como si alguien colocara delicadamente sus labios en mi oreja y susurrara letanías en otro idioma. Además, estar con Daniel era como echarse en una hamaca mullida que te tranquiliza con su balanceo.

Me había enamorado. De la casa y de Daniel.

Ojalá nunca lo hubiera conocido.

Dejar a Daniel sería lo más difícil que tendría que hacer en mi vida con creces. Tenía la sensación de que estaba nadando mar adentro, cada vez más lejos de la orilla, y no me había guardado fuerzas para volver.

Evitar a Neil se había convertido en mi pasatiempo favorito. Casi podía fingir que no vivía en mi casa. El único que me lo recordaba era mi padre, que de vez en cuando pasaba por ahí sin avisar. En realidad, lo hacía para pasar tiempo con mi expareja. Tomar algo con él, jugar al golf o dar un paseo en barca. Evidentemente, yo siempre estaba invitada, a menos que no quisiera compartir ese tiempo con Neil.

Ni por un millón de dólares.

Siempre inventaba alguna excusa y Neil nunca insistía. Así que a mi padre no le importaba que yo no los acompañara. Aparte de eso, mi padre había sido bastante agradable durante los últimos meses. Como era candidata a un alto cargo, y él creía que Neil y yo íbamos a terapia, volví a ser su princesita. Mi madre parecía haberse quitado un peso de encima, probablemente, porque papá había vuelto a ser la mejor versión de sí mismo.

Era increíble lo adorable y cariñoso que podía ser cuando hacías lo que él quería.

Pero lo que yo quería era estar en Wakan.

Estos últimos meses, el único tiempo que había pasado en Minneapolis, fuera del trabajo, había sido para preparar con mi madre una vez a la semana el discurso para la gala del Royaume. Lo había escrito ella. Ni una sola palabra era mía, lo cual estaba bien, porque no tenía ni idea de lo tenía que decir.

Además, había dejado de ir a terapia para poder pasar más

horas con Daniel. No iba sobrada de tiempo. La mayor parte de mis vacaciones las aproveché para estar con él. Incluso en julio me quedé diez días en su casa. No volví a casa ni una sola vez. Les dije a mis padres que estaba en un retiro de yoga.

Si Wakan hubiera estado más cerca, habría ido allí solo para pasar las noches. O para almorzar. Pero algo que había descubierto en los últimos meses era que, en cuanto volvían los turistas, las carreteras eran un infierno. Unas obras en la carretera, un accidente…, cualquier pequeño infortunio entorpecía el tráfico. Un día había tardado cuatro horas en llegar a casa de Daniel.

Parecía que el universo quisiera subrayar lo insostenible que era esta relación.

Pero, aun así, hacía el viaje siempre que tenía la ocasión. Y al pueblo no parecía importarle, porque el garaje de Daniel se había convertido en un hospital de campaña durante las últimas doce semanas.

312 Infecciones de oído, infecciones de vejiga, diarreas, esguinces de tobillo, quemaduras. Si tenía lo necesario para tratarlos, lo hacía. Hasta ahora, solo me había visto obligada a mandar a una persona a Rochester. Y le había enseñado a Doug cómo tratar a los pacientes. Iba a hacerlo de todos modos. Al menos, si le daba alguna instrucción, el resultado sería mejor. Era muy buen alumno. Y, en contra de lo que sabía de Doug, su trato con los pacientes era extraordinariamente bueno. De hecho, la semana anterior le había sugerido que se dedicara a la enfermería.

En cualquier caso, era una buena noticia que alguien se quedara ahí para recoger el testigo cuando yo ya no estuviera. Porque dentro de unos días me iría definitivamente. Mañana, la junta llevaría a cabo la votación para el puesto de jefe de Urgencias, y luego empezaría mi formación. Y unas semanas más tarde, estaba citada en los juzgados para decidir quién se quedaba con mi casa.

Y eso significaba que tendría que poner fin a mi relación con Daniel.

Hacía todo lo posible para no pensar en ello. Pero fracasaba una y otra vez. La votación sería el principio del fin. La gota que colmaría el vaso.

Todo estaba a punto de cambiar.

Eran las ocho de la mañana. Estaba debajo del fregadero, arreglando el triturador de basura, cuando entró Neil.

—Vaya. Aquí estás —dijo, sorprendido.

En realidad, tenía todos los motivos para estarlo. Hacía semanas que no me lo encontraba en casa.

No contesté.

—¿Qué haces? —preguntó.

Me ajusté la linterna frontal.

—Quiero meter esta llave Allen de cabeza hexagonal en el hueco de la parte inferior del triturador de basura. Necesito hacer girar el cigüeñal para desatascar las aspas del triturador. —Di una vuelta con la llave—. ¡Listo!

Salí de debajo del fregadero, me levanté y accioné el triturador. Funcionaba. Ladeé la cabeza hacia él.

Neil se quedó con la boca abierta.

—¿Sabes hacer eso?

Esa pregunta me hizo recordar todas aquellas veces que le había preguntado lo mismo y él me había soltado algún comentario sarcástico sobre que no tenía tiempo ni lápices de colores para explicármelo.

Me quité la linterna.

—Si supieras todo lo que soy capaz de hacer, te estallaría la cabeza, Neil.

Sonó el timbre del horno, me puse las manoplas y saqué lo que estaba horneando. Era un regalo para Daniel. Puse la quiche en la encimera para que se enfriara.

—De espinacas y brécol. Mi favorita.

Neil se quedó patidifuso.

El mes pasado, Daniel me había enseñado a arreglar el triturador de basura. También me había enseñado a cambiar una rue-

313

da, a poner una batería de coche y a enmasillar una pared. Me enseñó cómo utilizar una plancha para quitar las manchas blancas y turbias de una mesa de madera y a quitar la cera de una alfombra. Además, ahora sabía cómo asar un pollo, hacer mermelada de fresa y compuesto para el jardín. Sabía que el vinagre blanco quitaba los olores de la ropa, cómo hacer una hoguera e identificar la hiedra venenosa. Podía reemplazar el picaporte de una puerta o instalar un pestillo, cosa que hice para evitar que Neil entrara en mi dormitorio y metiera las narices en mis asuntos.

Neil estaba viendo cómo su poder sobre mí se disipaba como el vapor de la ducha. Esperaba que su cerebro reventara. Se aclaró la garganta.

—Me alegro de haberte encontrado. Quería hablar contigo.

—Nada de eso. Hablaré contigo cuando empecemos la terapia de pareja. Es más que suficiente —dije según abandonaba la cocina.

—¿Has vuelto a contratar a María? —dijo a mi espalda.

Me detuve en la puerta y maldije para mis adentros. Él había despedido a nuestra asistenta la semana anterior.

—Sí —dije, volviéndome hacia él con los brazos cruzados.

—¿Por qué? Rompió casi todas nuestras tazas.

—Se tropezó subiendo una bandeja con las tazas desde tu habitación. Fue un accidente y se hizo daño. Tiene una contusión en la espinilla del tamaño de un limón. Y, para colmo de males, la has despedido.

—Hizo pedazos mi taza favorita —dijo, con tono lastimero.

Cerré los ojos con fuerza y me armé de paciencia antes de volver a abrirlos.

—Neil, la grandeza no te cuesta nada. Además, durante muchos años, ha estado cuidando de esta casa. —Me giré para poner rumbo hacia mi habitación—. Si no la quieres, busca a otra persona para tu parte de la casa. Yo me la quedo.

—Ali...

—¿Qué?

—He estado yendo a terapia como me pediste. —Había cierta esperanza en su tono de voz.

Era consciente de ello. Me había estado mandando las facturas por correo electrónico. Iba por la semana doce de las dieciséis que incluía el ultimátum que le había dado. Y el mes pasado también había ido a un retiro terapéutico de cuatro días durante un fin de semana, lo cual era extraño. Se había perdido el cumpleaños de Philip por culpa de eso. Además, tampoco les había comentado a mis padres que yo no estaba yendo con él a las sesiones. Estaba cumpliendo su palabra, lo cual no solo era sorprendente, sino que, además, también era molesto, porque eso quería decir que yo tendría que cumplir con la mía.

—Solo me quedan cuatro sesiones más —dijo—. Entonces, empezaremos a ir juntos.

—Sí, de acuerdo. Es lo que pactamos.

Me fui a la habitación y cerré con llave. Había hecho un trato con el demonio y era el momento de pagar. Faltaba muy poco para que recibiera mi propia medicina.

En un mes, seguramente, sería jefa de Urgencias. Sería la única propietaria de la casa o tendría que mudarme. Daniel y yo habríamos terminado. Y, para colmo, tendría que ir a terapia de pareja con Neil. Lo único bueno de todo esto era que quizá me quedara con la casa. Pero, aparte de eso, tenía mucho más que perder.

Me duché, cogí la quiche y me dirigí hacia Wakan. Llegué ahí justo para ayudar a Daniel con las tareas domésticas. La hora de salida de la Casa Grant era a las once de la mañana. Si limpiábamos las habitaciones lo bastante rápido, terminábamos con ellas antes de mediodía. Los nuevos huéspedes no llegaban hasta las tres, así que teníamos tres horas enteras para nosotros. Íbamos a comer, dábamos una vuelta en bici o paseábamos. A veces visitábamos la tienda de antigüedades y curioseábamos por ahí. Otras, simplemente, nos acurrucábamos juntos en el porche y leíamos un rato.

315

Hoy recorreríamos el río en tubos hinchables con Doug, Brian y Liz. Llenamos una nevera con bebidas, metimos una pequeña radio Bluetooth, atamos nuestros tubos y nos lanzamos a la aventura.

Brian, Liz y Doug se habían distanciado y estaban unos metros detrás de nosotros. Daniel y yo íbamos cogidos de la mano.

—Qué bonito es esto —dije, echando la cabeza hacia atrás para contemplar las ramas que se arqueaban sobre el río.

—Deberías verlo en otoño. Toda esta belleza cerniéndose sobre el río.

—Nunca había hecho nada parecido —dije en voz baja—. Es tan relajante.

—Nunca habías ido a un autocine ni habías descendido un río —dijo sonriendo—. ¿Qué tipo de cosas hacías de pequeña?

Me encogí de hombros.

—Solíamos veranear en Nueva Inglaterra.

Se echó a reír.

—¿Por qué no me sorprende?

Sonreí.

—Oye, no te burles de mí.

—¿Tenías una institutriz?

Le eché agua.

—Era una *au pair*, en realidad, y suena más elegante de lo que es.

—No me lo puedo creer.

—Oye, al menos, yo no te guardo rencor por tu infancia —bromeé.

—Igual deberías hacerlo. Te gusta echarme cosas en cara.

Se inclinó hacia mí, deslizó los dedos por mi pelo hasta la nuca y me besó. El mundo entero desapareció a nuestro alrededor. Siempre era así, la inmersión completa y total en Daniel. Siempre me atrapaba.

Doug emitió un agudo silbido desde detrás de nosotros.

—¡Eh! ¡Esto no es un motel!

Nos reímos y volvimos a sentarnos en nuestros tubos. Miré de nuevo a Daniel. Estaba arrebatador. Llevaba un bañador azul oscuro y gafas de sol. Su cuerpo tonificado, con esos antebrazos tatuados, relucía bajo el sol. Tenía el pelo mojado y peinado hacia atrás.

Estaba para comérselo.

Las mujeres siempre le miraban todo el tiempo. Incluso cuando registraba a los huéspedes, recibía sonrisas que yo sabía que eran algo más que simples sonrisas. Me pregunté cuán rápido pasaría página cuando ya no estuviera con él. ¿Cuánto tardaría? ¿Unas semanas? ¿Un mes?

—La votación de la junta es mañana, ¿verdad? —preguntó como si estuviera leyendo mi mente.

Asentí.

—Sí. A las seis.

—¿Y luego qué ocurrirá?

Retiré el pie del agua y dejé que las gotas resbalaran por los dedos hacia el río.

—Luego, si votan a mi favor, empezaré mi nuevo trabajo.

Se quedó callado unos segundos.

—¿Dijiste que tendrías que trabajar ochenta horas semanales?

—Puede que más.

A pesar de que llevaba puestas las gafas de sol, pude ver cómo se desvanecía la luz de sus ojos. Aunque, tal vez, se había desvanecido en los míos.

El final estaba cerca. Y podíamos hacerlo de dos maneras: romper por lo sano o dejar que la historia muriera lenta y dolorosamente. Podíamos fingir que nada había ocurrido e intentar mantener la relación en marcha, pero eso solo retrasaría lo inevitable. Sus mensajes se quedarían sin respuesta porque yo estaría demasiado ocupada como para responder. Haría planes para verlo una o dos veces al mes, pero, a última hora, los cancelaría para atender cualquier urgencia. Intentaríamos hablar por teléfono, pero yo estaría demasiado cansada. Y cuando me invitaran a una fiesta con mis padres y amigos, él no podría asistir. Entonces, quizá conocería a otra mujer, me lo contaría y, finalmente, todo habría acabado.

Lentamente, todo lo bueno que compartíamos se agotaría y desaparecería por completo. Y ya le había hecho perder suficiente tiempo. Así que tenía planeada una ruptura rápida y limpia. A fin de cuentas, ¿no son esas las que se curan más rápidamente?

Me quedé mirando el río. Era un día cálido y luminoso. Las libélulas flotaban a nuestro alrededor. Podía oler el aroma fresco de la hierba y las flores. Escuchar el zumbido de las cigarras. Las hojas de los arces eran de color verde oscuro. Yo también me preguntaba qué aspecto tendría Daniel en otoño, pero no estaría aquí para verlo.

Había estado escuchando una y otra vez el undécimo y último álbum de Lola, el que hizo antes de superar su alcoholismo y empezar a producir. Cuando lo escribió, estaría en alguna situación similar a la mía, porque todo trataba del amor perdido. Canciones sobre el desamor y los corazones rotos. Tenía una canción extra al final. Una versión de «Love Song» de The Cure. Una versión triste y lenta que hizo que mi corazón se estremeciera.

Podías entender a Lola a través de su música. Era como si sus emociones fluyeran con su voz. Parecía sincera y vulnerable. Y yo sabía, aun sin conocerla, que era una persona extraordinaria. Y lo sabía porque Derek se había enamorado de ella.

—¿Por qué nunca te casaste con él? —preguntó Daniel de súbito, interrumpiendo mis pensamientos.

—¿Cómo? —dije volviéndome hacia él. Estaba sentado en su tubo hinchable.

—Con tu expareja. El cirujano.

Dejé escapar un largo suspiro.

—Bueno, al principio él no quería saber nada de contraer

matrimonio. Ya había estado casado y no quería pasar por lo mismo. Más tarde me lo propuso, pero entonces fui yo la que no estaba convencida.

—¿Por qué?

Me encogí de hombros.

—En ese momento, nuestra relación no estaba en su mejor momento. Creo que solo quería casarse conmigo para retenerme. Se daba cuenta de que no era feliz.

No había hablado mucho de Neil con Daniel. Ni siquiera sabía que estaba viviendo en el sótano de mi casa. No había ninguna razón para ello. Esta relación solo era temporal. Daniel no era mi novio, y, por lo que a mí respecta, Neil era más un okupa que un compañero de piso.

—¿Quieres casarte algún día? —preguntó.

Asentí con la cabeza.

—Sí.

—¿Y te gustaría tener hijos?

—Sí, me gustaría tener hijos. ¿Y tú? ¿Quieres casarte y tener hijos?

—Sí.

Me estaba mirando con las gafas de sol, así que no pude ver la expresión de su rostro. Se me ocurrió que estábamos hablando de cosas que ambos llevaríamos a cabo con otra persona. Si alguna vez encontraba un hombre adecuado al que mi padre no detestara, tendría que darme prisa. Casarme rápido, tener hijos rápido. Mi reloj biológico seguía su curso. Incluso, ahora mismo, podría tener dificultades para quedarme embarazada. A los treinta y siete años, ya se considera que una persona estaba en una «edad materna avanzada». Solo pensar en ello me hacía sentir vieja.

A Daniel no le costaría nada encontrar a alguien con quien casarse y tener hijos. Tenía toda la vida por delante. Podría encontrar a alguien de veinticinco años con quien tomarse su tiempo. Todavía podía esperar unos años para empezar a formar una familia.

Nos quedamos parados, mirándonos a los ojos y con las manos agarradas.

Daniel.

Sería un padre excelente. Y un buen marido. Un gran marido, mejor dicho. Tenía un auténtico don.

Durante los últimos tres meses, había estado observando cómo terminaba sus piezas de carpintería, y estaba completamente asombrada con sus resultados. Sus manos eran pura magia. Podía tomar un pedazo de madera y transformarlo en algo para lo que parecía haber sido creado. Había visto cómo había creado un cabecero que no parecía de este mundo o un tablero para una mesa, inspirado en un relámpago, que vació por el centro y luego llenó con resina para que la grieta quedara nivelada y pulida. Había utilizado un tocón retorcido y nudoso, que le había dado Doug, como base para una mesa de centro en la que incrustó diferentes maderas para crear un mosaico con distintos patrones. Además, estaba empezando a despuntar en Instagram, ahora que le había enseñado a usar los *hashtags*. Su última publicación había logrado más de dos mil «me gusta».

Tenía un sentimiento agridulce porque nunca vería a Daniel transformarse en todo lo que podía llegar a ser. Estaba empezando a convertirse en el hombre que debía ser, y me apetecía estar a su lado para verlo. Quería ayudarlo y prestarle mi apoyo.

Pero no podría ser.

Todo eso me hería el corazón.

Sentí el extraño impulso de subir a su tubo neumático y fundirme en un abrazo con él. Pero no aguantaría el peso de los dos. Se hundiría y ambos acabaríamos en el agua.

Liz soltó un grito a nuestras espaldas y Doug estalló en una sonora carcajada. Nos dimos la vuelta justo a tiempo para ver cómo Brian chapoteaba en el agua y ambos esbozamos una sonrisa.

—¿Cuánto tiempo llevan viviendo aquí? —pregunté, indicando con la cabeza a sus amigos.

Los dedos de sus manos se deslizaron por el agua, formando pequeñas espirales.

—Toda mi vida. Liz creció en Dakota del Sur, pero todos los años veraneaba aquí con nuestro primo Josh y sus hermanas. Los chicos nacieron aquí. Crecimos juntos. Literalmente. Estuvieron a mi lado el día que murieron mis abuelos.

—¿Cómo fallecieron?

Desvió la mirada hacia el río.

—A mi abuelo le dio un infarto y mi abuela falleció unas horas más tarde.

—¿El mismo día?

—Sí. No fue ninguna sorpresa. Siempre supe que ocurriría de esa manera. Eran inseparables. —Posó los ojos otra vez en mí—. No podían vivir el uno sin el otro.

Aparté la mirada y observé la orilla del río que se alejaba lentamente.

—Ya sabes, realmente se puede morir por culpa de un corazón roto —dije algo distraída—. Lo veo todos los días. Cardiomiopatía inducida por el estrés. Es algo real.

Guardó silencio durante unos largos segundos.

—Lo sé.

Doblamos por un meandro del río y el sol se ocultó detrás de una nube. De pronto, la oscuridad se cernió sobre nosotros. El fuerte viento agitaba los árboles, y me estremecí.

—No estaba previsto que lloviera hoy, ¿verdad?

Daniel levantó la mirada hacia el cielo y sacudió la cabeza.

—No.

—Pues parece que…

Un enorme nubarrón parecía haber salido de la nada. Y entonces vimos una figura de pie sobre el acantilado.

Jake.

Estaba delante del capó de su coche patrulla con los brazos

321

cruzados, a cinco o seis metros de altura, mirándonos fijamente. Me dio escalofríos. Me di la vuelta para mirar a Liz. Estaba petrificada. Y, al instante, supe por qué: su tubo neumático estaba atado al de Brian.

Daniel también se había dado cuenta. Me miró con el rostro serio.

Liz esbozó una sonrisa y saludó con la mano a su marido. Era el mismo gesto que había hecho el día que la conocí en el Centro de Veteranos cuando Jake entró en el local para devolverle el jersey…, aunque ahora sabía lo que realmente quería decir.

Jake se había presentado en su trabajo solo para recordarle que podía hacerlo en cualquier momento. Era un recordatorio: siempre estaba al acecho. Igual que ahora. Y entonces Liz tenía que ponerse esa máscara para actuar en público.

Era una reacción muy parecida a la mía cuando antes estaba con Neil.

—Hola, cariño —gritó Liz, agitando la mano. Todo parecía demasiado forzado.

Jake ni se inmutó. Se quedó ahí plantado sin quitarle los ojos de encima.

Por lo que yo sabía, Jake no le había vuelto a poner la mano encima desde la última vez. Se lo preguntaba siempre que la veía. Ella me aseguraba que todo andaba perfectamente. Pero no estaba segura de que se atreviera a decirme que las cosas iban mal. Al menos, sin ninguna herida que no pudiera ocultar.

Probablemente, estaban en la fase dulce de su ciclo de maltratos. La parte donde el cariño reemplaza los malos tratos, esa en la que él se comportaba lo mejor que podía y la colmaba de regalos y afecto. Esa fase donde Neil me hubiera preparado una quiche. Pero, por la expresión de su rostro, esa fase había llegado a su fin.

Avanzamos a la deriva delante de él, lentos y vulnerables.

Como si fuéramos unos patos indefensos.

Una voz retumbó por el micrófono que Jake llevaba en el hombro. Ladeó la cabeza y farfulló algo. Luego, se dio media vuelta, subió al coche patrulla y se fue. Las nubes empezaron a disiparse y el sol se derramó de nuevo sobre el río. No fue hasta entonces cuando me di cuenta de que todas las libélulas habían desaparecido.

Miré a Liz, que se había quedado blanca como un témpano.

—Voy a hablar con ella —dije.

Daniel asintió con la cabeza y me soltó la mano, como si todos supiéramos lo que acababa de ocurrir. Entonces, reconfiguramos la formación: yo me quedé con Liz y los chicos fueron juntos río abajo.

Remé con las manos hacia ella.

—¿Liz?

Parecía alterada.

—¿Liz, estás bien?

No me respondió.

—¿Quieres que te lleve a algún sitio hoy?

Negó con la cabeza.

—No, no pasa nada —dijo apenas sin pensar.

—Liz…

—No pasa nada. Se calmará. Hoy trabajo hasta media noche. Cuando salga ya lo habrá olvidado.

La miré fijamente.

—Puedo llevarte a donde quieras, Liz. Todos podemos ayudarte.

Una libélula aterrizó en mi rodilla y ella la miró distraídamente.

—Con un poco de suerte, quizá se canse de mí —dijo en voz baja—. Encontrará a otra persona y me dejará. —Hizo una larga pausa—. Si me voy, nunca podré volver aquí. Me matará. Pasaré el resto de mi vida escondiéndome y nunca volveré a ver Wakan…

Brian le lanzó una pequeñísima y casi imperceptible mirada.

Se me partía el corazón por ella.

Hiciera lo que hiciera, Jake se saldría con la suya. Como Neil. A veces parece que siempre ganan los malos.

323

30

Daniel

*R*egresamos a la Casa Grant en mi camioneta, todavía empapados de nuestro descenso por el río. Hunter estaba suelto.

—¿Lo has dejado fuera? —preguntó Alexis mientras se trenzaba el pelo encima del hombro.

Me quedé mirándola un poco más de tiempo del necesario, admirando su belleza. No podía dejar de pensar en lo hermosa que era cada vez que la miraba. Me hacía sentir como si hubiera hecho algo bueno en una vida anterior y ahora tuviera el privilegio de disfrutarla.

Aunque solo fuera por un tiempo.

—No —respondí, volviendo a mirar a través del parabrisas al granuja de mi perro—. Perfecto, ahora sabe abrir la puerta.

Se rio, salió del coche y Hunter se abalanzó encima de ella como siempre. Habíamos logrado que algunas veces dejara de hacerlo, así que iba por el buen camino, pero, sin lugar a duda, Alexis era su persona preferida.

Apagué el motor y salí del coche. Entonces, me llegó el hedor.

—¿Daniel? —dijo Alexis, arrugando la nariz—. Creo que tu perro se ha peleado con una mofeta.

Prácticamente, podía palpar las rachas de hedor que provenían de su cabeza. Estaba sentado, sonriendo y mirándonos a los dos. Parecía orgulloso de sí mismo.

—¡Santo Dios, Hunter! —logré articular tapándome la nariz con el brazo.

—Necesitamos agua oxigenada, bicarbonato sódico y jabón —dijo Alexis meneando la cabeza hacia él.

—¿Cómo lo sabes? —pregunté, sin apenas abrir la boca.

—En Urgencias también atendemos a pacientes que se han peleado con una mofeta.

—¿Cómo? ¿Y también los limpiáis?

—No —dijo negando con la cabeza—. Lo hacen las enfermeras. Pero el líquido que rocían las mofetas, si entra en contacto con los ojos, puede causar hinchazón ocular. —Le levantó los párpados—. Parece que está bien. Puedo lavarlo. El hedor ya está en mis manos.

No pude más que sonreír. Unos meses atrás, esta mujer apenas sabía para qué servía una escoba. No fregaba retretes ni limpiaba la cocina. ¿Y ahora quería limpiar a mi perro? Por alguna razón, me sentía extrañamente orgulloso de ella.

—Te echaré una mano —dije.

Alexis agarró a Hunter por el collar.

—¿Estás seguro? No tiene sentido que los dos nos quedemos impregnados de este olor.

—Seguro.

No quería perder ni un minuto del tiempo que nos quedaba juntos. El reloj no se detenía ante nada. Mañana, el comité votaría para elegir el nuevo jefe de Urgencias. Si la elegían, cosa que parecía del todo probable, no habría tiempo extra. Me había regalado tres meses más con ella y le estaba muy agradecido. Pero, al mismo tiempo, sabía que habría sido mejor dejarla marchar aquel día, después del bufé de espaguetis. Porque, entonces, solo me habría dolido. En cambio, ahora, sería como arrancarme el corazón.

Estaba perdidamente enamorado de ella.

Solo de pensar que esto se había acabado, se alteraba mi respiración. Por la noche, me despertaba y me acurrucaba junto a ella para sentirla cerca, para asegurarme de que todavía estaba ahí. Deseaba tanto que se quedara que no sabía qué hacer. Estaba desesperado. Me hubiera gustado encontrarme con una lámpara mágica o un hada madrina para poder pedir un deseo.

Pero, ahora mismo, no podía hacer nada.

Durante los últimos meses, habían cambiado muchas cosas. Amber no me había llamado ni para pedirme dinero ni para comunicarme que había cancelado nuestro trato. Había hablado con ella la semana anterior y parecía estar bien. Pensé que había superado la fase autodestructiva en la que se encontraba la última vez que habíamos hablado y que ahora todo le iba mejor.

Yo había vendido en el mercadillo la mayoría de las piezas que tenía apiladas en el garaje. Logré sacar ocho mil dólares. No estaba nada mal. Y me había centrado en acabar mis otras piezas. A Alexis le encantaban.

Ella me había creado una cuenta de Instagram y un portal web para vender mis obras. La semana anterior había enviado un cabecero a un diseñador de interiores de Maine y gané dos mil dólares con ese único artículo. Tenía la sensación de que podría reunir el dinero a tiempo. Estaba casi a mitad de camino, tenía media docena de proyectos en marcha y la casa estaba llena hasta octubre. Sin embargo, lo que ocurriera con Alexis determinaría mi futuro.

Así lo había decidido. Renunciaría a mi vida en Wakan para estar con ella. Siempre que ella lo aceptara, abandonaría mi casa, Wakan y a toda la gente que vivía aquí. Si ella tenía que trabajar ochenta horas a la semana, al menos podría estar con ella cuando regresara a casa. Podría prepararle el desayuno o comer y cenar con ella. Yo me encargaría de todo. Ella apenas tendría que mover un dedo. Esta vez, yo sería quien iría de arriba para abajo. No habría ningún motivo de peso para acabar con la relación.

Durante los últimos tres meses, nuestra intimidad no había hecho más que crecer. Estábamos muy cómodos el uno con el otro. Alexis se paseaba desnuda por mi habitación estudiando las pequeñas tallas de madera que había en el alféizar de la ventana u hojeando alguno de mis libros. Tampoco cerraba la puerta del baño y ya no usábamos condones. Ella seguía usando el DIU, pero saber que esa barrera había desaparecido, que teníamos ese tipo de confianza...

Todos estos pequeños detalles lo eran todo. Al menos, para mí.

Sin embargo, seguía hablando como si el final estuviera cerca. Siempre intentaba recordarme que estaba a punto de llegar, como si quisiera mantener a raya mis expectativas. No pensaba dejar nada aquí. Se llevaría hasta el cepillo de dientes. Cada vez que se iba, lo hacía con todo su ser. Y siempre me hacía sentir que podía ser la última vez que la veía, porque aquí no había nada que la hiciera regresar.

A veces, cuando estábamos juntos, sabía que la hacía feliz y me repetía a mí mismo que podía tener una oportunidad. Pero siempre ocurría algo que me recordaba lo extraordinaria que era y que tenía otra vida diferente esperándola: entonces, la desesperación se apoderaba de mí.

Escuchaba cómo hablaba por teléfono con otros médicos, diciendo cosas que ni siquiera podía entender. Era tan inteligente... Aprendía cualquier cosa con una facilidad pasmosa. Si le enseñaba una receta, podía replicarla de memoria, acordarse de todas las medidas e ingredientes con una sola vez. En una ocasión, un jornalero de una granja cercana vino a verla con una cutícula infectada y Alexis empezó a hablar en español. Cambió de idioma como si nada, y cuando le pregunté por ello, me dijo que también dominaba el lenguaje de signos. No me lo podía creer. Solo podía contemplar lo maravillosa que era.

A veces creía que pertenecía a un planeta completamente

distinto. Como si su mundo fuera tan extraordinario que ni siquiera podía imaginármelo.

Yo nunca había ido más lejos de Rochester, bueno, una vez visité a mi primo Josh cuando todavía vivía en Dakota del Sur. Pero eso era todo. Y su pueblo no era mucho más grande que el mío. Ni siquiera había viajado nunca en un avión. No tenía ni idea de cómo era vivir en una gran ciudad.

Alexis a veces me traía algún regalo, comida de algunos lugares en los que había vivido. De niño, el abuelo me compraba un Happy Meal cada vez que íbamos a la ferretería de Rochester o al dentista. La mayoría de la gente da cosas así por sentadas, pero, para nosotros, ir al McDonald's era un capricho, casi un privilegio. Demonios, todavía lo era.

Pero lo que me traía Alexis era algo más. Era como si de donde viniera todo fuera extraordinario. Trajo estos *macarons* arco iris de alguna pastelería francesa de Minneapolis, envueltos en cinta roja y pintados con láminas de oro. Chocolate artesanal con albaricoques en su interior. Esas fantásticas rosquillas rellenas de beicon o esos esponjosos panecillos de colores. Casi todo era demasiado bonito para comérselo. Ni siquiera quería tocarlo. Era como los jaboncitos con forma de rosa que la abuela guardaba en un cuenco en el baño de abajo y que nadie quería usar para lavarse las manos.

Este tipo de cosas, como su Mercedes, su ropa de marca o las cantantes de ópera en Urgencias, me recordaban constantemente que pertenecía a otro lugar, a un universo a años luz del mío.

Me había hablado del hospital en el que trabajaba. Lo busqué por Internet. Era el segundo hospital más grande de toda Minnesota, solo por detrás de la Clínica Mayo. Era el tercer mejor hospital universitario del país, un centro de traumatología de primer nivel. También encontré un documental de dos horas sobre su familia en el canal Historia. Su padre era un cirujano respetado en todo el mundo. Fue el precursor del

329

Método Montgomery, una técnica muy sofisticada de cirugía cardíaca. Su madre era una gran filántropa y cirujana de la columna vertebral, y su hermano era un famoso cirujano plástico. Alexis formaba parte de una suerte de legado médico de élite que nunca podría llegar a entender.

No obstante, cada vez que aparecía, seguía infiltrándose en mi vida como si, a pesar de todo, le perteneciera. Cada vez me resultaba más difícil dejarla marchar para que regresara al lugar de donde había venido. Y cuando se iba, la desesperanza se apoderaba de mí. ¿Cómo podía competir yo o este lugar con lo que fuera que hubiera ahí fuera?

Ella decía que no podía ver nuestro futuro juntos. Que nuestras vidas no encajaban. Yo sabía que había cosas que nunca podría darle. Como mucho, podía ofrecerle lo mismo que mi maldito perro: compañía y entretenimiento. Seguramente, no podía hablar de los mismos temas que hablaba con su expareja, ni ganar el mismo dinero que ella, comprarle regalos o llevarla de vacaciones.

Pero podía amarla mejor que nadie durante el resto de su vida. De eso no tenía duda. Y si había una pequeña posibilidad, por ínfima que fuera, no pensaba dejarla escapar. No tenía tiempo para hacerme el interesante o dejar que las cosas sucedieran lentamente. Tenía que apostarlo todo ahora. Hablaría con ella sobre mis sentimientos y le pediría que me dejara intentar que esto funcionara.

Llevamos a Hunter detrás del garaje y nos pasamos media hora lavando a mi estúpido perro. Lo encerramos en el jardín para que se secara y luego fuimos a ducharnos. Alexis se desnudó en el baño y la contemplé mientras me quitaba la ropa a su lado.

—Espero que haya aprendido la lección —dijo metiéndose en la ducha.

—Sabes perfectamente que no.

Se echó a reír.

La semana anterior se había peleado con un puercoespín y acabó con algunas agujas clavadas en el hocico. Alexis tuvo que sedarlo y sacárselas con unos alicates. Esto no habría sido digno de mención si no fuera porque había obrado exactamente igual dos semanas antes y claramente no había aprendido nada sobre olfatear puercoespines.

No podía culparlo por perseguir cosas que estaban fuera de su alcance. Yo mismo hacía lo mismo.

Como nos habíamos lavado con el agua de la manguera con la que habíamos limpiado a Hunter, fue una ducha rápida para lavarnos el pelo. Se puso bajo el agua para enjuagarse el champú y entonces la rodeé por detrás con mis brazos y le besé el lateral del cuello.

Mi cuerpo era incapaz de no reaccionar ante el suyo. Todo lo que hacía me atraía hacia ella. Cuando me llamaba, mi estado de ánimo daba un giro de ciento ochenta grados. Cuando la veía aparecer por la carretera, mi corazón se aceleraba. Cuando estaba conmigo, dormía mejor. Y cuando no estaba, me sentía triste, como si fuera la única razón de mi existencia. Como si siempre hubiera estado esperándola para que mi vida tuviera sentido.

Presioné su cuerpo con mi erección y ella se recostó en mi pecho.

—¿No quieres esperar hasta que salgamos?

Sacudí la cabeza.

—No.

Se echó a reír y se volvió para besarme.

—Será mejor que nos sequemos y nos metamos en la cama —susurró—. Tenemos otra hora hasta que lleguen los nuevos huéspedes.

Nos secamos con la toalla y, apenas llegamos al colchón, me eché encima de ella. Nos cubrí con las sábanas y la encerré debajo de mí para que sintiera mi calor. Me acarició la nuez con la nariz y me rodeó el cuello con los brazos. Podía sentir que todo el universo se comprimía entre nosotros, como si todo lo que

331

importara, de algún modo, estuviera aquí en este polvoriento garaje de este pueblo en medio de ninguna parte.

Nada podía quitarme de la cabeza que esta mujer estaba hecha para que la amara. Creo que mi alma la reconoció nada más posar los ojos en ella. Nuestros cuerpos se dieron cuenta de eso la primera noche.

El poder que tenía sobre mí me aterrorizaba, pero, al mismo tiempo, no dejaba espacio para la duda. Hay cierta paz en saber cuál es la única cosa sin la que no puedes vivir. Simplifica todo lo demás. Estaba ella, y luego estaba todo y todos los demás. Solo ella importaba de verdad. Era fácil darse cuenta.

Solo deseaba que ella sintiera lo mismo.

Dejé caer mi cuerpo contra el suyo, besándola suavemente. Le aparté el pelo mojado de la frente y ella me miró con aquellos preciosos ojos marrones, sonriendo. Y no pude quedarme callado. Las palabras salieron como una exhalación, como algo que siempre había estado ahí, pero no había logrado articular.

—Te quiero —susurré.

Y entonces, todo cambió.

31

Alexis

Esas palabras me vaciaron como si sacaran el tapón de un desagüe. Me aparté de él y me recosté contra su cabecero.

—¿Por qué acabas de decirme eso?

Se sentó a mi lado.

—¿Cómo?

—¿Por qué has dicho que me quieres? ¿Por qué has dicho eso?

—Porque lo siento.

—No puedes sentirlo.

Parecía confuso.

—Pues así es. Y no es tan grave. Si no sientes lo mismo, no pasa nada.

Pero se equivocaba de cabo a rabo.

—¿Qué estás haciendo? —dije—. No vamos a hacer esto.

—¿Hacer qué?

—¡Esto! —dije haciendo un ademán para señalarnos a ambos.

—Alexis…

Sacudí la cabeza.

—No. Hemos hablado sobre esto. Sabías perfectamente que esto no se convertiría en una relación. Sabías que esto no tiene futuro. Mañana empiezo en mi nuevo puesto. Después, todo habrá acabado. ¿Por qué has dicho eso? ¿Cuál es la razón?

Me miró como si no entendiera ni una palabra de lo que estaba diciendo.

—La razón es que te quiero.

Se me quebró la mandíbula.

—No.

Me levanté de la cama y empecé a ponerme la ropa.

—¿Te vas? —preguntó con un asomo de duda.

—Sí.

—Porque te he dicho que te quiero...

—No. Porque crees que me quieres. Y no deberías. —Me puse los pantalones de yoga—. Debería haber acabado con esto hace meses. Debería haber seguido mi instinto.

Me puse una camiseta sobre el pelo mojado y enmarañado. Daniel se había levantado y estaba poniéndose unos vaqueros.

—Alexis...

Cogí mi bolso y salí de la habitación.

—¡Alexis!

Hice oídos sordos. Salí disparada hacia mi coche con Daniel pisándome los talones.

—¡Oye...!

—Daniel, la discusión ha terminado.

—Pero si ni siquiera hemos empezado a discutir. ¿Cómo puede haberse terminado? —dijo a mi espalda—. ¡Espera! —añadió agarrándome por la muñeca.

—¡Ni hablar! —Me di la vuelta rápidamente y me desembaracé de él—. Sabías que todo esto era temporal. Sabías que esto no tendría un final feliz.

Se pasó una mano por el pelo.

—Escucha, yo tampoco lo tenía planeado. Pero, ahora, está ocurriendo, y no podemos mirar para otro lado.

—Estás equivocado. Esto no puede funcionar —dije—. Nuestras vidas son demasiado distintas.

Daniel sacudió la cabeza.

—¿Cómo puedes estar tan segura? Ni siquiera lo has intentado. No me has presentado a tu familia o a tus amigos. No puedo saber dónde vives. Dame una oportunidad. Déjame intentarlo. Estoy dispuesto a todo.

—¿Y cómo pretendes hacerlo? —dijo meneando la cabeza—. Tienes que estar aquí para ocuparte de la Casa Grant.

—No la compraré. Me mudaré a Minneapolis para estar cerca de ti.

Sus palabras me desgarraron el corazón. Apenas podía respirar.

—Si no quieres que viva contigo, alquilaré un apartamento —añadió—. Buscaré un nuevo trabajo.

Solté una bocanada de aire.

—Daniel, no puedes abandonar Wakan. El pueblo te necesita. Te encanta vivir aquí…

—Pero te prefiero a ti. Si crees que quiero algo de esto sin ti, significa que no me conoces en absoluto. —Sus ojos avellana se clavaron en mí—. No puedo perderte. No quiero. Nuestro trabajo no puede ser un obstáculo para lo que hemos creado. No lo permitiré.

Me quedé petrificada, llena de angustia.

—No es el trabajo, Daniel. Eso solo es un tema logístico. Se trata de mi vida, no es compatible con la tuya.

Hizo un aspaviento.

—Pero ¿cuál es el problema? Quiero entenderlo. Juntos somos felices. ¿Qué es eso tan importante y horrible que no puedo afrontar o que no podemos resolver? Soy tu jodido novio. ¡Cuéntamelo!

—No eres mi novio.

Advertí que mis palabras lo golpeaban como una bofetada.

—Alexis, si no soy tu novio, entonces, ¿qué soy?

Guardé silencio.

—¿Qué soy? ¿Nada? ¿Un puto rollo? ¿De verdad? ¿Eso es lo que quieres fingir?

335

Me saltaron las lágrimas.

—Lo nuestro nunca va a funcionar como tú quieres, Daniel.

—¿Por qué?

—Nuestras vidas son demasiado distintas. No encajamos. No sabes de dónde vengo. No conoces mi entorno, qué espera de mí ni cómo funciona. No sé si quiero dejarte entrar en mi mundo —dije abatida—. Me parece más humano no hacerlo.

Daniel me sujetó los brazos con sus manos.

—Mírame a los ojos y dime que no me quieres. Quiero escuchar cómo lo dices. Entonces, te dejaré marchar.

Sentí un temblor en mi barbilla.

—No puedo decirlo, porque te quiero. Y ese es el maldito problema. —Las lágrimas se derramaron por mis mejillas.

Sus ojos se movían de un lado a otro, alternando entre los míos.

—Si realmente deseas algo, Alexis, todo lo demás no importa.

Sacudí la cabeza.

—Eso no es verdad —murmuré—. Todo importa, siempre.

Me aguantó la mirada y sentí que me flaqueaban las piernas.

—Esto se ha acabado, Daniel.

Mis palabras le arrancaron una exhalación temblorosa. Me volví hacia el coche y él retiró sus manos. Entonces, un relámpago surgió de la nada.

En apenas una fracción de segundo Daniel me cubrió con su cuerpo, colocándose de espaldas a la detonación, que había alcanzado uno de los robles del jardín. Una enorme rama se desprendió y cayó en medio del camino de entrada.

Me quedé inmóvil, con la mejilla pegada al pecho agitado de Daniel.

—¿Has visto eso? —dijo sin aliento.

Apenas podía articular palabra. Era como si la descarga eléctrica me hubiera devuelto a la vida. Recuperé el aliento.

—Ni siquiera hay nubes en el cielo, ni truenos —dijo.

Miré detrás de él. La rama humeaba en la entrada. Levanté la mirada y me encontré solo con el cielo azul.

—¿Qué demonios acaba de ocurrir? —susurré.

Entonces me aparté de él.

—Ve a por tu motosierra y quita esa rama. Me voy.

Sacudió la cabeza.

—No. De ninguna manera.

—¿Cómo que de ninguna manera? Tengo que irme.

Tenía los ojos completamente abiertos.

—No pienso lidiar con esto. Es obra de Dios.

—Esto no es obra… —Exhalé un soplo de aire por la nariz para recuperar la calma—. Daniel, no me creo que Dios no tenga nada mejor que hacer hoy que dejarme atrapada en tu casa. No creo en las intervenciones divinas ni en la magia. Este es un fenómeno meteorológico con una explicación totalmente lógica. Por favor, retira esa rama para que pueda irme.

De repente, retumbó un enorme trueno y el cielo se nos cayó encima. Una cortina de lluvia se nos echó encima violentamente. Estaba lloviendo. Llovía, pero no había ninguna nube.

Me quedé paralizada. Daniel se cruzó de brazos bajo el aguacero, con una expresión divertida en el rostro.

—El universo no quiere que te vayas —gritó—. De hecho, creo que quiere que regresemos adentro.

—¡Maldita sea! —dije mientras retrocedía hasta el garaje chapoteando entre el barro.

Nada más entrar, el diluvio cesó por completo. Daniel entró detrás de mí y me rodeó con los brazos. Su calor inundó mi cuerpo y, al instante, perdí toda la energía para luchar contra él. Ahí estábamos, abrazados, con su cuerpo alrededor del mío como si estuviera hecho a mi medida. Me sentía como si estuviera pegada a mi otra mitad. Pero él no podía ser mi otra mitad, porque, si lo fuera, ¿no estaríamos hechos de lo mismo? ¿Por qué íbamos a ser tan diferentes si éramos perfectos el uno para el otro?

—Te quiero —susurró—. Estamos juntos. Esto no ha terminado. Y aunque te vayas, no habrá acabado porque el amor permanecerá ahí y te traerá de regreso.

Me dio la vuelta y lo miré, completamente indefensa. Pero no temía estar indefensa porque él nunca me haría daño como Neil. Nunca haría otra cosa que lo que hacía con las demás personas de su vida. Se entregaría completamente, me amaría y cuidaría de mí.

Y tenía razón. No podía escapar de esto.

El amor te sigue. Te sigue a todas partes. No respeta las clases sociales ni el sentido común. Ni siquiera se detiene cuando la persona que amas muere. Hace lo que quiere.

Incluso si lo que quieres es no estar enamorado.

32

Alexis

Daniel era mi novio.

Estábamos enamorados.

Y eso no cambiaba nada. En absoluto.

Todavía no podía presentárselo a mis padres o a mis amigos. El trabajo no me permitiría pasar tiempo con él. Daniel aún tenía que vivir en Wakan y yo en Minneapolis. Me negué rotundamente a que se mudara. La noche anterior estuvimos dándole vueltas al asunto hasta que por fin se dio por vencido.

No permitiría que sacrificara su vida para intentar salvar algo que, de todas formas, no iba a funcionar. ¿Qué más daba que estuviera en Minneapolis si yo no iba a estar en casa seis días a la semana? Él tenía que quedarse en Wakan. Su legado era tan importante como el mío, incluso más.

Tenía el presentimiento de que el pueblo dejaría de existir si no albergaba a ningún Grant. Como si pudiera romperse en mil pedazos en un instante, como si Daniel lo mantuviera unido con su mera presencia.

Ni siquiera era capaz de expresar lo mucho que significaba que estuviera dispuesto a dejar atrás toda su vida por mí. No podía permitírselo. Al menos, no por una causa perdida como la nuestra.

Así que, en lugar de optar por una ruptura limpia, lo único

que habíamos decidido era mantener nuestra relación bajo mínimos. Pero él quería saber si podía salvarla, y yo lo quería demasiado para hacer lo correcto y negarme en redondo.

Simplemente, no podía.

Daniel se levantó temprano y retiró la rama del camino para que pudiera ir a trabajar. Regresé a las Ciudades Gemelas a tiempo para entrar en mi turno. Me sentía mental y emocionalmente agotada.

Era el día de la votación. El comité anunciaría el resultado a las seis de la tarde.

Estuve toda la mañana trabajando. Luego, subí a depositar mi voto y fui directamente a la sala de enfermeras de Urgencias para esperar. Bri estaba ahí, revisando el historial médico de sus pacientes. Salía a las seis, como yo, pero se había quedado para saber el resultado de la votación. Cuando pasaban cinco minutos de las seis, mi padre y mi madre aparecieron acompañados por Neil, Gabby y Jessica. Entraron por las puertas automáticas y el resultado de la votación estaba plasmado en el rostro de mi padre.

Había ganado.

—¡Felicidades! —dijo Bri, abrazándome—. He votados dos veces por ti.

Dejé escapar una risotada.

—Llámame cuando estés lista para celebrarlo. Te dejo con la brigada de demolición —añadió, señalando a mi familia con la cabeza. Luego, se levantó y se fue.

Mi padre se acercó a la sala de enfermeras.

—¡Lo has conseguido! Tenemos otro jefe en la familia. Bien hecho.

Por alguna razón, me sentía extrañamente poco emocionada. Como si todo aquello le estuviera ocurriendo a otra persona.

Forcé una sonrisa y me acerqué al puesto de enfermeras para que Gabby, Jessica y mi madre pudieran darme la enhorabuena. Neil me hizo un gesto de aprobación con la cabeza.

—Enhorabuena.

—¿A qué hora termina tu turno, princesa? —preguntó mi padre—. Podríamos ir a cenar.

—En realidad ya he...

Gabby soltó un gemido ahogado a mi lado.

—¡No me lo puedo creer!

Fruncí el ceño y me di la vuelta para saber qué estaba ocurriendo. Y de pronto sentí que me echaban encima un balde de agua fría. Daniel caminaba hacia mí con un ramo de flores en la mano. Me quedé completamente muda. Intenté articular palabra, pero no era capaz de emitir ningún sonido.

—¿Ese no es el tipo de ese hotel? ¿El tipo de la ardilla?

Jessica no tardó demasiado en atar cabos.

—Vaya, Ali...

Me empezaron a pitar los oídos. No, no, no, no. Esto no podía estar pasando. Daniel llegó hasta mí. Estaba radiante.

—¡Hola!

341

Procesé la terrible escena en apenas una fracción de segundo. Daniel se había recortado la barba y, de alguna manera, ahora parecía más joven incluso de lo que era. Llevaba una camiseta desteñida, unos vaqueros, su pulsera de cuero y unas botas repletas de barro. Se le veían todos los tatuajes. Todos. Normalmente, nada de esto me molestaba lo más mínimo. De hecho, me gustaba su aspecto. Esa era una de mis camisetas favoritas, probablemente, por eso la llevaba. Pero en este contexto, en esta situación, no supe encontrarle la gracia. Había recreado mi peor pesadilla.

Miró a mis padres y a Neil. Luego, inclinó la cabeza hacia Gabby y Jessica.

—Hola, me alegro de volver a veros.

Parecía un poco sorprendido de encontrarlas aquí, porque, en realidad, nunca le había contado que trabajaban conmigo.

—¿Qué estás haciendo aquí? —exhalé.

Sonrió.

—Quería darte una sorpresa. Llevarte a cenar.

Mi padre lo repasó de arriba abajo.

—Alexis, ¿quién es este?

Tragué saliva.

—Soy Daniel Grant —dijo extendiendo la mano hacia mi padre.

Mi padre ni siquiera hizo el esfuerzo de estrechársela. Simplemente, la miró como si estuviera sucia. Entonces, por algún extraño antojo del universo, Neil entró en escena.

—Yo soy Neil. Encantado de conocerte.

Estrechó la mano de Daniel y el pánico desató una catarata de cortisol por mi cuerpo.

—Lo siento, ¿conoces a Alexis? —preguntó mi madre con cara de confusión.

Me humedecí los labios.

—Él es mi…

342

Daniel me lanzó una mirada, sus ojos me decían que empezaba a percatarse de la situación, y por un instante consideré seriamente mentir. Inventarme cualquier cosa menos decir la verdad. Mi entrenador personal, un amigo, un viejo conocido que se había presentado con un ramo de flores para llevarme a cenar. Pero, entonces, busqué la respuesta que lo dejara menos expuesto, una respuesta que, de algún modo, lo protegiera. No era mi novio, pero sus ojos buscaban mi amparo y no podía fallarle otra vez. No me perdonaría otra mentira, como cuando le presenté a Jessica y a Gabby. Tenía que decir la verdad.

—Es mi novio.

Nadie osó abrir la boca. Y entonces mi padre rompió a reír. Era una de esas risas maníacas de los villanos de Disney. Noté cómo las paredes se me echaban encima.

—¿Tu novio? —dijo mi padre mirándonos a uno y otro con una mueca extraña en su rostro. Señaló con la cabeza a Neil.

—¿Sabes que está viviendo con Neil?

Daniel se quedó atónito.

—Cecil, en realidad, no es exactamente así… —dijo Neil con un tono sorprendentemente tranquilo.

Mi padre dejó escapar otra carcajada nerviosa.

—Habéis ido durante tres meses a terapia de pareja. Me parece que es exactamente así, ¿no crees?

Neil apretó los labios, pero no dijo nada más. Mi padre meneó la cabeza, con el rostro desencajado.

—Primero tu hermano se casa con Lola Simone. ¿Y ahora esta broma? —gritó.

Daniel me miró y me dedicó una sonrisa que no reflejaban sus ojos.

—Llámame cuando salgas. —Me entregó las flores, me dio un beso en la mejilla y se fue.

Estaba al borde de un ataque de nervios. Tenía la respiración entrecortada. Todo el mundo tenía los ojos puestos en mí.

—Ali, no puedes hablar en serio… —dijo Jessica.

Gabby estaba retorciéndose con una sonrisa dibujada en el rostro, como si no pudiera esperar un segundo más para contárselo a Philip. Mi madre se había tapado la boca con la mano, consciente de las consecuencias que tendríamos que sufrir las dos si mi padre se daba cuenta de la magnitud de mis palabras. Sin embargo, por el momento, mi padre no parecía furioso, todo lo contrario, parecía entretenido.

Se me ocurrió que, para él, la idea de que Daniel fuera mi novio era tan ridícula que ni siquiera le parecía una amenaza. Se lo había tomado como una broma, como si todo fuera demasiado absurdo como para tomárselo en serio.

—¿Ya te ha pedido dinero? —preguntó mi padre con tono burlón.

—¿Cómo dices? —balbucí.

—Dinero —añadió mi padre—. ¿Te ha pedido que se lo prestes?

—¡No!

343

—De acuerdo, pero se lo has ofrecido, ¿verdad? —Mi padre parecía estar pasándolo en grande.

No tuve el ánimo suficiente para contestarle y tomó mi silencio como un sí. Y era cierto, se lo había ofrecido, pero no de esa forma.

Mi madre parecía estupefacta.

—Alexis…

Jessica movía la cabeza de un lado a otro. Gabby estaba escribiendo en su teléfono un millón de palabras por minuto y Neil, por alguna razón, parecía casi apenado por mí. No podía soportarlo.

Dejé las flores en el mostrador de las enfermeras y corrí detrás de Daniel. Cuando lo alcancé, estaba a medio camino del aparcamiento.

—¡Daniel!

Siguió caminando.

Recorrí los últimos metros y lo agarré por el brazo.

—¡Daniel, por favor!

Se volvió hacia mí, con los ojos enrojecidos.

—¿Vives con él? ¿Vas a terapia de pareja? ¿Durante todo este puto tiempo?

—No es lo que parece —respondí con un hilo de voz—. No quiere irse de mi casa. Duerme en el sótano. Y no vamos a terapia de pareja, solo es una farsa…

Sacudió la cabeza.

—Nunca me lo habías contado. Me has ocultado información a sabiendas…

Estaba a punto de perder la cabeza.

—¡No te pedí que vinieras! ¿Por qué no me llamaste?

—Hoy era la votación y quería apoyarte, estar a tu lado. Como haría cualquier novio. ¿Qué creías que quería decir que quería intentarlo? Pues eso intento. Tú estabas de acuerdo con esto.

—No deberías haberte presentado sin avisar…

—¿Por qué? —exclamó con los brazos en alto—. Tu apareces sin avisar por mi casa. Todo el mundo sabe que estoy contigo, todos mis amigos, toda mi familia. Dices que me quieres, pero esa gente de ahí ni siquiera sabía que existía.

—Daniel...

—¿Gabby y Jessica todavía no saben nada? ¿Después de cuatro meses?

—Ya te lo dije. Saben que estoy saliendo con alguien.

—Pero no conmigo.

Sacudió la cabeza y la expresión de su rostro me partió el corazón.

—¿De verdad te doy tanta vergüenza?

Como no contesté, dio media vuelta y se dirigió hacia su camioneta. No fui detrás de él. No podía moverme.

Me estaba ahogando y no podía respirar.

345

33

Daniel

Subí a mi camioneta y me quedé sentado, demasiado alterado para conducir.

Había estado viviendo todo este maldito tiempo con otra persona. Ese George Clooney que me estrechó la mano, ¿era el cirujano? ¿Su expareja?

¿Ese era su exnovio?

Ahora entendía perfectamente a qué se refería cuando decía que nuestras vidas eran demasiado distintas. Porque este era el tipo de hombre a la que su gente cercana estaba acostumbrada. Nunca tuve una maldita oportunidad.

¿Y por qué demonios me había estrechado la mano?

No creía que estuviera engañándome con él. Pero ¿cómo no podía haberme contado que ese tipo estaba viviendo en su casa? ¿Y su hermano se había casado con Lola Simone? ¿Nunca se le ocurrió mencionar que su cuñada era una de las mayores estrellas del rock del planeta? ¿Qué más no me había contado? ¿Dónde creían sus amigas que iba cada fin de semana? ¿Dónde se creía que iba Neil? Si necesitaba usar mentiras con ellos, yo no tenía ningún problema. Pero no necesitaba mentirme a mí.

Sabía que, detrás de todo aquello, todavía había algo más, pero mi cerebro no podía más. Mis pensamientos no dejaban de darle vueltas al incómodo y nefasto encuentro, desde las miradas inexpresivas de Gabby y Jessica hasta el rostro de ese tipo que no dejaba de reírse. Maldita sea. Y lo peor de todo es que creo que era su padre. Lo reconocí por el documental del canal Historia.

No pretendía conocer a su familia y a sus amigos con mi visita. No lo habría hecho sin su permiso. Solo quería demostrarle que iba en serio. Que estaba esforzándome para que lo nuestro funcionara. No se me ocurrió que todo el mundo habría tenido la misma idea y se presentaría en su lugar de trabajo para darle la enhorabuena. Ni siquiera sabía que Gabby, Jessica o su expareja trabajaban con ella porque nunca me lo había dicho. Al parecer, no sabía casi nada de ella.

Me sentía traicionado. Pero ni siquiera era un sentimiento racional. ¿Qué esperaba? Ella me había asegurado que no teníamos un futuro juntos. Había sido muy clara con eso. Tenía planeado romper conmigo hasta que, por alguna razón, la noche anterior, me había sorprendido echándose atrás. Sin embargo, verlo con mis propios ojos era demasiado.

¿Cómo podíamos estar enamorados y significar tanto el uno para el otro si nadie en su mundo sabía siquiera quién era yo?

Todo esto solo había reafirmado lo que ya sabía. Fuera de Wakan, yo no existía. Tenía una vida completamente distinta, donde yo no tenía nada que ver y, además, no pensaba incluirme. Estaba demasiado agitado para conducir, así que me quedé en el asiento sin mover un dedo, intentando recuperar la calma.

Entonces, escuché que alguien golpeaba la ventanilla. Una mujer de pelo castaño me estaba mirando.

—¿Eres Daniel? —dijo a través de la ventanilla.

Parpadeé y bajé la ventanilla.

—¿Me conoces?

—Sí, soy Bri. La mejor amiga de Alexis. Supuse que eras tú. No me dijo que vendrías.

PARTE DE TU MUNDO

Antes de responder me aclaré la garganta.

—Era una sorpresa.

Sus ojos se abrieron de par en par.

—¿Y cómo ha ido?

—No demasiado bien —dije sacudiendo la cabeza.

—No, supongo que no. ¿Te importa si me siento? —dijo indicando el asiento del copiloto.

—En absoluto.

Dio la vuelta por detrás de la camioneta y se metió dentro. Cerró la puerta y se giró para mirarme a los ojos.

—Cuéntame lo que ha ocurrido.

Me acaricié la barba con la mano.

—Quería sorprenderla con un ramo de flores. Hoy era la votación para su ascenso. Pero resulta que he descubierto que está viviendo con otro hombre…

—¿Neil? —dijo con tono burlón—. Ese tipo es un capullo. Para empezar, la relación que tienen en casa es la misma que podrías tener tú con una cucaracha. Ella lo odia, la saca de quicio y no se lo dice a nadie porque es demasiado embarazoso. Ambos son propietarios y él se niega a abandonar la casa. Quiere la casa, así que ha ocupado el sótano en contra de su voluntad, como un sintecho. Dentro de dos semanas irán a juicio y entonces uno de ellos deberá irse.

Tragué saliva. De acuerdo, eso tenía sentido. Era algo bueno para empezar.

—Gabby y Jessica también estaban ahí…

—Las malvadas hermanastras. Odio a esas zorras. Ali no sale con ellas desde hace meses. No le gustó cómo te trataron ese fin de semana. No son importantes para ella. ¿Qué más?

—Había un señor mayor con su esposa. Pelo gris. Rostro serio. Ni siquiera me estrechó la mano.

Aspiró aire entre los dientes.

—Sus padres. Menuda suerte, te encontraste con toda la pandilla…

Solté una risotada, aunque no tenía ninguna gracia.

—Mira, no sé lo que ocurrió allí dentro ni qué te contaron. Pero puedo asegurarte una cosa: nada de esto es culpa de Alexis. Su hermano, Derek, se fue del país para ahorrase el mal trago de presentarles a su mujer. Esto no va contigo, el problema lo tienen ellos. Conozco a Ali y ahora probablemente estará fuera de combate.

Noté que mi cuerpo se relajaba.

—Está bien —dije inclinando la cabeza—. ¿Es cierto que su hermano se ha casado con Lola Simone?

—Sí. ¿Nunca te ha contado nada de Derek?

—Por supuesto, me contó quién era y que estaba casado. Pero se le olvidó mencionar quién era su mujer, creo que no me dijo ni su nombre.

—A mí tampoco me lo contó hasta que salió en la prensa rosa. Y conozco a Derek desde hace más de diez años. Sabe guardar un secreto y respeta su privacidad. Es muy buena en eso.

Resoplé abatido. Supongo que no podía enfadarme con ella por hacer lo correcto.

Bri me miró a los ojos.

—Escucha, lo sé todo sobre ti. Me lo cuenta todo. Me ha mostrado todos tus mensajes, salvo la foto de tu pene, claro. Yo soy la única que importa. Confía en mí.

Dejé escapar un suspiro irregular.

—Está bien —dije moviendo la cabeza arriba y abajo.

Entonces, sonó mi teléfono móvil. Lo saqué del bolsillo. Era Alexis.

—¿Es ella? —preguntó Bri.

—Sí, me ha mandado una ubicación.

—¿Calle Château de Chambord?

Asentí.

—Es su casa —colocó la mano en la puerta—. Bueno, será mejor que te pongas en camino. No te preocupes. Neil trabaja hasta las nueve. Siempre reviso su horario. Me gusta rociar un poco de vinagre en su taquilla mientras está trabajando. Así vuelve a casa oliendo a vinagreta.

Me reí.

—Gracias.

Bri inclinó la cabeza.

—De nada. Buena suerte, Daniel. Creo que la vas a necesitar.

Conduje diez minutos hasta la ubicación que me había enviado. A medida que avanzaba por las calles, las casas cada vez eran más grandes y había más distancia entre ellas. Cuando llegué a la dirección que me había mandado, levanté la vista con incredulidad.

Vivía en una mansión. Y no una mansión como podría ser la Casa Grant. Era el tipo de lugar que aparece en la televisión cuando emiten los *reality shows* de las celebridades. Solo el jardín podía acoger a la mitad de las personas de Wakan.

¿Ella vivía aquí?

Es decir, sabía que tenía dinero. Me había ofrecido cincuenta mil dólares como si nada, pero desconocía que tuviera una fortuna de esta magnitud. Yo ni siquiera podría correr con los gastos del agua de una propiedad como esta.

Salí de la camioneta, sin saber a ciencia cierta si debía dejarla aparcada en la entrada. Parecía una mancha de barro sobre un mantel de lino blanco.

Alexis abrió la puerta principal antes de que llamara. Todavía llevaba puesta la bata y había estado llorando. Se echó a un lado sin mediar palabra para dejarme entrar y eché un vistazo. Era una casa enorme y fría.

Parecía que hubieran aplicado un filtro de color gris en el interior. Los suelos eran de mármol blanco, y los techos, abovedados. Parecía completamente hueca, como una cueva de hielo.

—Aquí es donde vivo —dijo como si se tratara de una disculpa.

351

ABBY JIMENEZ

Me condujo por la casa en silencio. Nuestros pasos resonaron al atravesar un enorme salón con sillones blancos, un lustroso piano negro, alfombras orientales de tonos apagados y cuadros suntuosos. Entramos en un comedor con una mesa para veinte comensales y una enorme araña de cristal sobre ella. Luego, cruzamos una cocina enorme que, seguramente, apenas había usado hasta hacía unos meses.

Me acordé de que cuando se fue la luz me llamó y me dijo que la cocina era de gas. Al mirarla ahora, no podía dar crédito. Era una cocina gigante, con nueve fogones, un horno doble y un dispensador de ollas montado en la pared. Cuando hablé con ella, pensaba que se trataba de un horno convencional. Era ridículo.

Había más baños de los que podía contar. Corredores más amplios que mi propio altillo, con mesillas de mármol con flores frescas del tamaño de mi perro. Una biblioteca con estanterías de seis metros y una escalera corredera. En un momento dado nos encontramos con la asistenta. Me miró con aire confundido, como si yo fuera un empleado nuevo o algo así.

Dejamos atrás una oficina con vistas a un lago en la parte trasera. Había colgados varios diplomas y distinciones. Los suyos y los de Neil. Había tantos que cubrían media pared. El doctorado de Yale de Neil y los de Stanford y Berkeley de Alexis. También tenía una piscina con caída de agua, y recordé todas las veces que Alexis se había sentado allí para hablar conmigo. Yo en mi polvoriento garaje de mierda y ella en este lugar, como en un palacio.

Me sentí casi humillado. Era ridículo, pero me sentía así. Como si ella no hubiera sido completamente honesta sobre quién era. Sin embargo, en realidad, lo había sido. Eran mis expectativas las que se habían quedado cortas.

Todos rellenamos los espacios en blanco. Tomas la información que te dan y completas la imagen con tus propias suposi-

352

ciones. Ahora me daba cuenta de que todas mis proyecciones eran erróneas. Estaba muy por encima de lo que podía haber imaginado. No podía permitirme aspirar a este nivel de vida.

Incluso mi visita de antes al hospital había sido una bofetada de realidad. Sabía que era médico. La había visto ejercer en Wakan. Pero era diferente verla allí, en Urgencias, con toda la parafernalia y una etiqueta de médico colgando del bolsillo. No estaba totalmente preparado para eso, ni siquiera con toda la información que tenía. Definitivamente, no estaba preparado para esto.

Ahora entendía por qué no sabía limpiar o cocinar. Ahora todo tenía sentido. Porque alguien que podía permitirse este tipo de vida tenía gente que se ocupaba de sus cosas por ellos. Gente como yo.

Ahora comprendía aún mejor cómo me veían sus amigos y familiares, por qué reaccionaron de esa manera. Especialmente, ahora que había conocido a su expareja. Yo era todo lo opuesto a ese tipo. ¿Cómo podía alguien como yo encajar en su vida? Si hasta me sentía incómodo en su casa. No podía ni imaginarme con ella aquí, cocinando con ella en esa cocina o sentado con ella en el comedor. Pensé en la imagen de mi camioneta aparcada en la entrada. Fuera de lugar, como si no perteneciera a este mundo.

Me hizo subir por una escalera de caracol que hacía que la casa pareciera menos gigantesca. Tres habitaciones más, más cuartos de baño y, finalmente, una habitación con un cerrojo en la puerta. La abrió y se echó a un lado para que entrara.

Era el dormitorio principal.

Miré a mi alrededor sin mediar palabra. Era cálida y luminosa, como si no formara parte del resto de la casa. En el centro había una cama de matrimonio, algunas sillas de felpa y una colcha de color rosa. Una fotografía enmarcada de una niña en un campo de amapolas. Había un pequeño frigorífico pegado a la pared con un microondas y una cafetera eléctrica. Era la

353

única habitación que podía relacionar con la mujer que aparecía en Wakan.

Era el único lugar de la casa en el que podía vernos juntos. Tenía algunos chismes en la mesilla de noche. Pequeños tesoros. Pequeños objetos que yo le había hecho, como un mapache que había tallado en madera; algo gracioso que había tallado en una hora. Había un tarro de mermelada de fresa que habíamos hecho unas semanas atrás y una de mis sudaderas con capucha tirada sobre una silla.

La piedra con forma de corazón.

Souvenirs.

Por eso quería que viera su casa. Era mucho mejor que explicármelo con palabras.

Finalmente, se acercó y me rodeó con los brazos. Y, al fin, reconocí a la mujer que conocía. Encajó en mí como si fuera la última pieza de un rompecabezas. Tenía la sensación de que, al mismo tiempo, era dos personas completamente distintas.

Y entonces me percaté de quién era.

Quién era cuando estaba de vacaciones conmigo en Wakan. Y esa persona no era la misma que habitaba en su vida real. Esta era su vida real.

Y antes de que dijera nada, supe que no me pediría que participara en ella.

Resopló una vez más. Parecía que iba a echarse a llorar otra vez.

—Mi padre quiere que vuelva con Neil —dijo—. Le quiere y no acepta nuestra ruptura. Neil me obliga a vivir con él porque quiere la casa y… quiere que vuelva con él —añadió—. No puedo dejar mi trabajo para estar contigo porque, si lo hago, romperé un legado familiar de ciento veinticinco años. Y si vienes aquí para estar conmigo, perderás tu casa y mis padres no volverán a hablarme.

Apretó los labios como si intentara reprimir un sollozo.

—Así que esta es la situación, Daniel…

Sentí que se me hacía un nudo en la garganta y me obligué a realizar una pregunta cuya respuesta ya sabía.

—¿Estás rompiendo conmigo? —pregunté con gravedad.

Ella parecía angustiada.

—Ambos sabíamos que no teníamos futuro. Estuvimos juntos más tiempo del que pensaba, y estoy muy agradecida por ello. —Su voz se rompió con la última palabra.

Tenía el corazón hecho pedazos. Y ni siquiera tenía nada que decir porque nada dependía de mí. Si ella quería, estaba dispuesto a dejar mi vida atrás. Encontraría la manera de acostumbrarme a todo... esto. Lidiaría con ello, porque, si la alternativa era estar sin ella, era incapaz de tomar ese camino. Pero no era mi elección. No dependía de mí decidir que su familia la repudiara o le hicieran lo que se supone que pretendían hacerle sus padres...

Menuda mierda de elección. ¿Qué clase de gente eran?

Pero ahora ya lo sabía.

Por primera vez veía la realidad de lo que intentaba hacerme entender cada vez que me repetía que lo nuestro no podía funcionar.

No se trataba de una brecha generacional o de poder adquisitivo, ni siquiera importaba la diferencia de clase. Era todo lo demás. Toda su familia conspirando contra nosotros. Sus amigos. La logística. El destino. Todo el contexto, los millones de sucesos que tendrían que haber ocurrido generaciones atrás para que ahora tuviera alguna oportunidad. Una familia bien conectada, una mejor educación, un lugar más importante que Wakan.

Lo único que teníamos era nuestro amor. Eso era todo.

Ninguna de las otras partes de nuestra vida encajaba o tenía sentido.

Pero yo necesitaba que tuviera sentido, porque, para mí, el amor lo era todo, todo lo que necesitaba.

Pero para ella no era suficiente.

355

La gente no se queda en Wakan. Vienen, pasan un tiempo fantástico y luego retoman sus vidas. Me había enamorado de una turista. Porque eso es lo que era.

Y las vacaciones habían terminado.

Estaba llorando.

—Alexis, por favor. Ven a casa conmigo. O deja que me quede. No me obligues a dejarte…

Su barbilla tembló y apartó la mirada.

—Por favor, no lo hagas —añadí con un susurro. Me tragué el nudo que tenía en la garganta—. Algún día te darás cuenta del error que estás cometiendo. Por favor, Alexis.

Pero era incapaz de darse cuenta. No lo hizo. Me dijo que me marchara cinco minutos después.

34

Alexis

*T*odos los días, desde que rompí con Daniel un mes atrás, actué como si fuera un autómata.

Me levantaba, me daba una ducha e iba al trabajo. En mis escasos días libres, simplemente, me quedaba durmiendo en la cama. Todo el día. Y los sueños eran peor que la realidad.

Soñaba con él constantemente. Me trasladaba a Wakan, a la Casa Grant, y lo buscaba desesperadamente por todas las habitaciones. Y al despertar, buscaba su cuerpo durante unos segundos, solo para darme cuenta de que no estaba allí y de que nunca más me despertaría a su lado.

Siempre estaba agotada y mi cerebro empezaba a cometer errores.

No recordaba la vidriera del rellano. Era muy extraño. Simplemente, había desaparecido de mi memoria, como si Wakan hubiera decidido monopolizar su imagen. ¿Era un mosaico? ¿Reflejaba motivos florales o ciervos en el prado? Me incomodaba tanto que fui a TripAdvisor para ver si alguien había publicado alguna fotografía. No encontré ni una. ¿Cómo era posible? ¿Nadie había fotografiado una de las partes más hermosas de la casa? La única imagen que encontré fue una fotografía en blanco y negro de la escalera en una página web sobre casas históricas de Minnesota. Fue tomada el año en que se construyó la casa. Pero la ventana estaba completamente negra. Como si la cámara hubiera funcionado mal.

Mi mente rebuscó en vano ese recuerdo hasta que finalmente me di por vencida. Era algo que solo pertenecía a Wakan y no podías llevártelo contigo cuando te ibas.

Ni siquiera en tus sueños.

Como la reprimenda de mi padre apenas surtió efecto en mí, renunció a sermonearme. Supongo que advirtió que estaba hablando con una paciente catatónica. Con una zombi. Tampoco respondí los mensajes de texto de Gabby y Jessica, ni acepté las invitaciones de Bri para salir a cenar o tomar algo en casa. Me enfrasqué en el trabajo, y me mantuve en movimiento para que nada me alcanzara.

Mi madre vino a verme unos días después de la escena del hospital. Estaba dolida porque no le había comentado nada de Daniel. Luego, me suplicó que me disculpara con mi padre por mentir y que intentara arreglar la relación con Neil.

No podía entender por qué necesitaba una disculpa. Él era el único que conseguía todo lo que deseaba. Al verla, me pregunté si mi padre alguna vez la había maniatado como Neil había hecho conmigo. Si, al principio, hizo que se sintiera la mujer más especial del mundo, fingió ser alguien que no era, la enredó con el legado de los Montgomery, y luego, cuando mostró su verdadero rostro, ya era demasiado tarde para escapar. Incluso sin preguntárselo, sabía que había sido así.

Faltaban dos días para el centésimo vigesimoquinto aniversario del hospital. Era mi oportunidad para relacionarme con los miembros de la junta y los principales inversores. Sería la primera vez que actuaría como una Montgomery y asumiría el papel que mi madre había desempeñado durante toda su vida.

Debería estar impaciente. No por la fiesta o la posibilidad de interactuar con los principales valedores del hospital, sino porque era la primera vez que tendría la oportunidad de marcar la diferencia. Pero ni siquiera pude reunir la suficiente energía como para preocuparme por ello. No tenía ningún sentido para mí. Como todo lo demás.

Así es como se manifiesta una depresión.

Cuando estaba con Neil, pensaba que nada podía ser peor. Pero nunca había experimentado este tipo de oscuridad. Mi cuerpo parecía atrofiado, como si el simple hecho de levantarme de la cama fuera una hazaña.

Nada me hacía sonreír. Nada de lo que habitualmente me gustaba tenía algún efecto en mí. Llegué a la conclusión de que, finalmente, me había ahogado. Que no había podido salvarme. Y ahora era un cuerpo sin vida que flotaba en el agua.

No sabía cuándo pasaría todo esto. Cuándo hacer lo correcto empezaría a parecerme lo correcto. No terminé la relación únicamente por mí, lo hice por Daniel. Para que no abandonara su vida. Para que no sufriera todas las calamidades por las que mis amigos y mi familia le harían pasar por mucho que yo intentara protegerle.

Había hecho lo mejor para ambos. Entonces, ¿por qué era todo tan duro?

Salí del hospital más tarde de lo habitual. Había habido un accidente con muchas víctimas; un choque múltiple. Había muerto un niño de siete años y tuve que comunicárselo a la familia.

Era uno de esos días en los que deseaba aún más de lo habitual poder estar en Wakan con Daniel. Poder tumbarme en la cama con él, cuchichear en la oscuridad, dejar que me apartara el pelo de la frente y me besara. Sentir el rumor de su pecho mientras me decía que todo iría bien. Se aseguraría de que comiera, aunque no quisiera. Me pondría una de sus camise-

359

tas mientras me preparaba la cena, y Hunter apoyaría su hocico en mi regazo.

Pero nunca volvería a sentirme tan segura y protegida. No encontraría ese tipo de amor una segunda vez. Ni siquiera lo intentaría. Sabía lo afortunada que era por haberlo disfrutado una vez...

Me quedaría soltera el resto de mi vida. Sin hijos. Sin matrimonio. No quería compartir mi vida con nadie más. Ahora, lo único importante sería mi carrera profesional. Finalmente, me convertiría en aquello que mi padre más deseaba. Una Montgomery integral, una muy buena. Una sin distracciones.

Y el legado moriría conmigo.

Derek nunca volvería y yo nunca tendría un heredero.

Con poca visión de futuro, mis padres habían convocado aquello que destruiría lo que más les importaba. Supongo que su ceguera les invitaba a pensar que volvería con Neil. Que me casaría con él y tendría unos hijos que crecerían bajo el mismo yugo abusivo que perpetuaban, con un padre narcisista y controlador y una madre demasiado agotada para protegerlos.

Eso nunca iba a suceder.

Era el precio que pagarían por sus prejuicios.

La grandeza no les habría costado nada.

Entré en mi oscuro dormitorio y dejé caer el bolso al suelo. Miré a mi alrededor con cansancio. Todavía no había retirado las cosas de Daniel. La piedra con forma de corazón estaba donde la había dejado. La última sudadera con capucha que le había robado seguía colgada sobre mi silla. Ahora estaba allí, mirándola. Seguiría oliendo a él. Tal vez podía ponérmela, meterme en la cama e imaginar que me abrazaba...

Y entonces me pregunté si él, ahora mismo, estaría abrazando a otra persona. Saliendo con otras chicas. Intentando salir adelante como debería. Me imaginé a Doug paseándolo por los bares o registrándolo en una aplicación de citas.

Tal vez otra chica ahora estaba usando sus sudaderas con capucha.

Me vine abajo.

La mayoría de los días podía sobrellevar ese peso. Podía vivir con las decisiones que había tomado. Las decisiones que me había visto obligada a tomar. Podía luchar contra el impulso de llamarlo y escuchar su voz. Podía evadirme.

Pero hoy no.

361

35

Daniel

$\mathcal{M}$e sentía una persona distinta.

Como si desde la última vez que la vi hubiera envejecido un siglo. Más que un veinteañero, parecía un anciano. Amargado, harto de todo. Y, en lugar de mejorar, cada día iba a peor.

Perder a Alexis me afectaría durante el resto de mi vida. Si alguien me cortara por la mitad dentro de cincuenta años, podrían saber cuándo ocurrió todo, como con los anillos de un árbol. Estaba destrozado. Nunca volvería a ser tan bueno.

No volvería a reír nunca más. No quería volver a salir con nadie. Doug y Brian me visitaban constantemente, pero era un suplicio estar cerca de ellos. Me sentía mal, así que, cuando aparecían por casa, dejé de abrirles la puerta.

Desde que Alexis me había dejado, la única buena noticia era que había reunido el dinero suficiente para hacerme con la casa. La había comprado dos días atrás. Había vendido la última de mis obras por el doble de lo que Alexis había cobrado a sus amigas. Pero ni siquiera me importaba. No me importaba que la gente comprara mis piezas. Pero lo más ridículo de todo era que, cuanto más alto era el precio de mis obras, más gente parecía estar interesada. Simplemente, pagaban. Así que reuní el dinero, y de la noche a la mañana me convertí en un carpintero de éxito, en el propietario de la Casa Grant. Sin embargo, la victoria fue tan insípida que ni siquiera lo celebré. No quería nada de todo esto sin ella.

Ella era la elegida. Había tenido cuatro meses para demostrárselo y había fracasado. Ahora viviría con ese fracaso por el resto de mi vida.

Ahora que me ganaba la vida con la carpintería, no era necesario que hospedara a nadie más en la Casa Grant. Y eso era un alivio, porque no podía soportar poner un pie en ella. No sin Alexis. Ni siquiera podía contemplar las vidrieras del rellano, las rosas de la barandilla o el mosaico de la chimenea. Ahí era donde me había enamorado de ella y ahora eso me resultaba tan doloroso que me desgarraba por dentro. Por eso, cerré la casa y la dejé vacía.

Cuando estaba volviendo de llevar algunos trastos al vertedero, pasé por delante de la casa de Doug y decidí hacerle una visita. Sabía que, si no me dejaba ver de vez en cuando, nunca me dejarían en paz. No le había dicho nada, así que me senté en su porche hasta que se percató de que mi camioneta estaba afuera.

Escuché un portazo y unos segundos más tarde Doug me alcanzó una Coca-Cola.

—Gracias —murmuré.

Había tanta humedad que casi podía acariciarla con la mano.

Doug se sentó en la mecedora y abrió su refresco.

—No me gusta el aspecto de esas nubes.

Ni siquiera respondí.

Desde la ruptura con Alexis, había llovido a cántaros todos los días. El tiempo era tan miserable que en el pueblo prácticamente no quedaba ningún turista. No se podía ir en bicicleta, pasear por el río o dar una vuelta. Todo el mundo había cancelado las reservas del fin de semana. Además, incluso cuando dejaba de llover, en realidad, no había diferencia, porque nunca salía el sol. Todo estaba húmedo. Y luego volvía a llover, como si la reserva de agua del cielo fuera ilimitada.

Hunter se echó a mis pies con la cabeza apoyada entre las patas. Se había portado fenomenal desde que Alexis no aparecía por casa. Como si supiera que, ahora mismo, no podía lidiar con sus estupideces o estuviera tan triste como yo. En casa se quedaba en el camino de entrada esperando, y cuando intentaba meterlo dentro con la correa, se resistía a moverse.

—¿Has comido algo hoy? —preguntó Doug.

Estaba perdiendo peso. No tenía apetito. Probablemente, al no verme cada día como antes, se había dado cuenta.

Antes de negar con la cabeza, dejé pasar unos segundos.

—Tienes que comer. Si no te alimentas, vas a sentirte peor.

—Nada puede hacerme sentir peor —respondí con voz de ultratumba. Estaba herido de muerte. Un bocadillo tampoco iba a salvarme.

Doug no respondió. Se sacó de algún sitio una barrita de cereales y me la entregó. La cogí sin prisa y me quedé observándola de cabo a rabo.

365

—Esto duele mucho —dije—. No puedo respirar sin ella. Solo quiero que todo termine.

Doug dirigió la mirada hacia el jardín.

—Tal vez esto no es el final. Quizá solo sirve para hacerte más fuerte.

—No me está haciendo más fuerte. Me está matando.

Se limitó a mirar el prado. Nos quedamos en silencio unos instantes.

—Me voy —dije.

Se volvió para mirarme.

—¿Cómo?

—Llevo tiempo pensándolo. No puedo estar en este lugar sin ella. Apenas puedo respirar aquí.

Un trueno retumbó en lo alto.

—Pero… no puedes irte. ¿Qué vas a hacer en otro lugar?

Me encogí de hombros. Seguramente, haría lo mismo que aquí: echarla de menos. Eso es lo que haría. Pero, al menos, lo haría en un sitio que no me recordara a ella a cada segundo. Era curioso que una temporada con alguien pudiera marcar toda una vida. Este ya no era el lugar en el que crecí. No era mi hogar. Era el último lugar donde estuve con ella. ¿Y por qué querría recordar eso?

Una fuerte ráfaga de viento azotó el jardín y un cubo empezó a dar vueltas por el suelo. Contemplamos cómo rebotaba por el césped hasta que desapareció detrás del granero.

—Yo no era lo que ella necesitaba —dije con un hilo de voz.

—Sí que lo eras —respondió Doug—. Aunque tenía otras preocupaciones, otros problemas que no tenían nada que ver contigo.

Sacudí la cabeza afirmativamente.

—Sí. Tienes razón. Se avergonzaba de mí. No era lo suficientemente bueno. No era un buen negocio para ella.

—¿Sabes qué? —dijo Doug—. Te quería. No me importa lo que digas. Lo vi con mis propios ojos. Todo el mundo lo sabía.

Me quedé totalmente inmóvil. Yo también lo sabía. Me amaba. Pero ¿de qué sirve el amor si no puede con todo lo demás?

La lluvia empezó a caer de nuevo. Gruesas cortinas de lluvia tan espesas que empezaron a formar pequeños canales en la hierba. Las libélulas revoloteaban bajo el aguacero.

Doug observó el campo con los ojos entrecerrados.

—¿Qué pasa con este tiempo? Desde la época en que murieron tus abuelos no se veía algo parecido. Toda esta mierda es un sinsentido.

No respondí. Porque la respuesta no importaba.

Nada importaba.

—Me voy —dije, levantándome. Hunter se levantó como si le dolieran los huesos y se arrastró detrás de mí.

—Bueno, entonces, ¿cuándo te vas?

—No lo sé. Tal vez mañana. O la semana que viene. Necesito preparar el equipaje.

—No te vayas —dijo Doug—. Quédate a cenar o salgamos a tomar algo. Podemos ir al Jane's.

Que Doug estuviera preocupado no hablaba bien de mi estado de salud mental. Negué con la cabeza.

—Te llamaré cuando llegue a alguna parte. —Hice una pausa, mirando a mi amigo—. Gracias. Por todo.

Parecía que quería decir algo más, pero no lo hizo. Me di la vuelta y caminé con Hunter a través de la lluvia hasta la camioneta. Me metí dentro completamente empapado. Según salía de su propiedad, miré las nubes y puse rumbo a casa por la carretera que flanqueaba el río, con la camiseta mojada pegada a mí.

No sabía adónde iría cuando me marchara. Al sur. Eso era todo lo que sabía. Hacia el sur. Conduciría hasta que me quedara sin gasolina o hasta que dejara de llover. La idea de preparar un itinerario me parecía tan agotadora que ni siquiera podía planteármelo. Tal vez todo mejoraría cuando me alejara de aquí y de ella. Quizá todos mis problemas se disiparían como la niebla y podría funcionar de nuevo.

Cuando llegué a casa, me despojé de la ropa mojada y me metí en la cama. Eran solo las seis y estaba más rendido que agotado, pero no quería seguir despierto. Me sumí en uno de esos sueños de amor roto. Esos que transitan entre la memoria y el deseo. Esos que quieres que duren para siempre, pero luego te arrepientes porque despertar duele demasiado. En realidad, solo quería el alivio temporal que supone existir sin ellos.

Cuando sonó el teléfono, todo estaba oscuro. La lluvia repicaba contra el tejado.

Estuve a punto de no atender la llamada, pero me alegré de haberlo hecho. Era ella.

—¿Hola? —dije en medio de la oscuridad.

Antes de que escuchara su voz, hubo una larga pausa.

—Hola.

El corazón no me palpitaba como pensaba que lo haría cuando recibiera una llamada inesperada de ella. Había pasado un mes desde la última vez que había oído su voz. Pero no parecía que estuviera sucediendo de verdad. Todo parecía un sueño. Como si no estuviera totalmente despierto. Y cuando empecé a darme cuenta de que estaba despierto, mi corazón no era capaz de latir porque estaba hecho pedazos, ya no funcionaba.

Ambos nos quedamos en silencio. Como si el hecho de estar al teléfono sin decirnos una palabra fuera una forma de comunicarnos.

Así era.

Mil palabras atravesaron ese silencio.

Me echaba de menos.

Pensaba en mí.

Me quería.

Ni una sola de esas cosas dejó de ser cierta cuando terminamos la relación. Y eso era lo más trágico de todo.

—¿Cómo estás? —preguntó en medio del silencio.

—Bien —mentí.

Una larga pausa.

—¿Ahorraste lo suficiente para comprar la casa?

Dejé escapar un suspiro.

—Sí.

—¿De verdad? —Sonaba realmente feliz por mí—. Es increíble.

—Sí, el portal digital y la página de Instagram fueron de gran ayuda. Así que gracias.

Pude imaginarla asintiendo.

—¿Quieres saber cómo lo hice? —le pregunté.

—Sí.

—Solo tuve que subir los precios. Subirlos mucho. Por ejemplo, la mesilla de noche la vendí por doce mil dólares.

—¿De verdad?

—Sí, me di cuenta de que, cuando no tienes nada que perder, puedes negociar a tu antojo.

—¿Qué quieres decir? —dijo con un atisbo de sorpresa en su voz.

—Que no importa si una obra se vende o no. Lo único que importa es tener la sartén por el mango. Los compradores pueden aceptar el precio o negarse a pagar. Pero como tampoco te importa, puedes pedir lo que se te antoje.

—Bueno, en realidad, siempre creí que pedías muy poco. Yo pagaría todo ese dinero por una de tus mesas.

—Sí, claro. Eres una Kardashian, así que…

Emitió un pequeño gemido.

—No soy una Kardashian —dijo levemente indignada.

—Si hasta tienes un cirujano viviendo en el sótano.

Soltó una carcajada y fui el hombre más feliz del mundo. Era sorprendente lo sencillo que era volver a conectar con ella. Pero era una farsa. Porque, si no la volvía a ver otra vez en mi vida, todo seguiría igual. Desde el primer momento en el que la conocí fue sencillo comunicarme con ella. Siempre sería sencillo hablar con ella. Era parte de nuestra afinidad. Esto es lo que alimentaba nuestra relación.

Esto es lo que la hacía tan fácil.

—¿Dónde estás? —pregunté.

—En mi habitación. En mi cama.

El dolor que me causaron sus palabras era mayor del que podía soportar. Podía imaginármela tumbada en su habitación, acurrucada bajo la manta. Yo podría estar allí. O ella estar aquí. O podríamos estar en cualquier lugar, siempre que estuviéramos juntos, y todo volvería a estar bien.

—¿Dónde estás tú? —preguntó.

—En mi cama.

Se quedó en silencio y me pregunté si estaría pensando lo mismo que yo.

—¿Estás a oscuras?

—Sí. Pero olvidé apagar la luz del baño, así que hay una pequeña luz que asoma por debajo de la puerta. ¿Tú estás completamente a oscuras?

—Sí, totalmente.

El hecho de llamar a alguien en mitad de la noche completamente a oscuras tiene algo de íntimo. Es como un susurro. Es privado. Significa algo. Quería preguntarle si las cosas que le había dado seguían en la mesilla de noche. Si llevaba puesta una de mis sudaderas. Pero me rompería el corazón cualquier respuesta.

—¿Y cómo están todos? —preguntó.

Me froté la frente.

—Están bien. Kevin Bacon tiene ahora un *hashtag* en Instagram. Doug renunció a mantenerlo encerrado y ahora Kevin pasa el rato junto a la tienda de dulces pidiendo limosna. Los turistas se toman selfis con él.

—¿Así que está viviendo a lo grande?

—Oh, sí.

—¿Y Hunter?

Hice una pausa. No sabía si tenía que contarle la verdad.

—Está bien. Está aquí, conmigo.

Era mentira. Estaba durmiendo en el porche de la casa, esperando a que ella regresara.

—Liz dejó a Jake —dije, cambiando de tema.

—¿Lo dejó? —Su voz dejaba entrever mucha alegría.

—Sí. Apareció hace unas semanas con un ojo morado. Entonces vino y se llevó las cosas que le guardabas. Lo presentó todo en la comisaría de Rochester.

—¿Consiguió una orden de alejamiento?

—Sí —respondí con resignación—. Pero Jake hizo caso omiso y fue a buscarla. Pops tuvo que pararle los pies apuntándolo con la escopeta.

—¿Cómo?

—Justo en medio de la calle principal, delante de todo el pueblo. Le dijo que le dispararía en las pelotas si aparecía otra vez por ahí. —Solté media risotada—. Jake presentó una denuncia por agresión, pero nadie se presentó como testigo.

—Por supuesto que no —dijo con aire triunfal.

—De todos modos, Liz lo denunció por violar la orden de alejamiento. Supongo que ella tenía un montón de trapos sucios sobre él. Lo despidieron. Estará al menos dos años en la cárcel. No volverá.

—Estupendo. ¿Qué dijo Brian?

—Está exultante. De hecho, tuvieron una cita anoche. —Su satisfacción me llegaba a través del aparato—. Además, sé de buena tinta que esta mañana el coche de Liz seguía aparcado frente a la casa de Brian —añadí.

—¿Quién es tu fuente?

—Doug.

Rompió a reír.

—Entonces, ¿eso es todo? —dijo—. ¿Es el fin de la policía en Wakan?

—No, tiene que haber un agente al menos. Nos enviaron a un tipo nuevo llamado Wade. Aparca el coche de policía junto al sendero y se pone a jugar con el móvil. Creo que se aburre como una ostra.

—Bueno, tal vez se las apañe mejor que Jake para frenar la ola de delincuencia juvenil —dijo.

—Eso espero.

Se quedó en silencio otra vez.

—¿Cómo te sienta el nuevo trabajo? —pregunté.

Imaginé que se encogía de hombros.

—Es muy duro. Catorce horas diarias. Me duelen los pies todo el tiempo.

No quise recordarle que, si estuviera conmigo, no dudaría en masajeárselos cada noche, que le prepararía un baño antes de que llegara a casa, que tendría lista su bata para la mañana siguiente o que no tendría que preocuparse de la cena. Que cuidaría de ella.

Se me hizo un nudo en la garganta. Nadie estaba cuidando de ella. Y eso me dolía casi tanto como imaginarme que otro tipo lo estaba haciendo.

Se quedó en silencio al otro lado de la línea. Estuvimos callados tanto tiempo que, si no hubiera escuchado de vez en cuando su respiración, habría creído que me había colgado. La lluvia que caía por la ventana llenó el largo silencio y deseé con todas mis fuerzas que estuviera conmigo. Que estuviera tumbada a mi lado y pudiera oler su pelo, despertarme y prepararle el desayuno. Que todas las cosas de las que hablábamos no tuvieran importancia porque habíamos estado juntos cuando ocurrieron. Sentí una opresión en el pecho y me apreté el corazón con una mano.

La echaba tanto de menos que el dolor se manifestaba físicamente. Era una forma de duelo, como si padeciera algún tipo de síndrome de abstinencia. Ese sentimiento no era natural. Tenía que estar con ella. Rompí a llorar.

Hay algo más definitivo que un «para siempre». Y es un «nunca más». Eso sí que es infinito. Nunca más volvería a verla. Nunca más volvería a tocarla. Nunca más le prepararía la comida ni escucharía su respiración mientras dormía. Nunca nos casaríamos, tendríamos hijos o moriríamos el mismo día. Y no haría ninguna de esas cosas con nadie más porque, si lo hiciera, yo mismo solo sería una mala versión de lo que había vivido con ella.

—Daniel...

Tuve que tragar saliva para encontrar la voz.

—¿Sí?

—¿Todavía vendrías a por mí? —preguntó en voz baja.

—¿Qué?

—Si ocurriera un apocalipsis zombi, ¿vendrías a salvarme como me dijiste?

Tuve que apartar el teléfono de mi boca. Tenía los ojos llenos de lágrimas.

—¿Quieres decir si el mundo se acabara y nada de todo lo demás importara? —respondí con un grave tono de voz.

—Sí —susurró ella.

Más lágrimas resbalaron por mis mejillas.

—Pues parece que el mundo se acaba, Alexis. Así que ven conmigo, ahora.

Empezó a sollozar suavemente y tuve que poner el teléfono en silencio para que no me oyera llorar.

El vacío dentro de mí era tan hondo que apenas podía distinguir la parte que quedaba intacta. No sabía cómo iba a vivir el resto de mi vida sin ella. Y entonces me di cuenta de que abandonar Wakan no cambiaría nada. No estaría mejor en otro lugar. Porque el amor te sigue a todas partes. Y darme cuenta de que no podía escapar de esto fue tan devastador, tan abrumador, que apenas podía respirar.

—Tengo que colgar —dijo.

Y luego desapareció.

373

Lloré en mi almohada como un bebé. Y cuando terminé, bloqueé su número para que no pudiera hacerme esto nunca más.

36

Alexis

*E*stuve llorando toda la noche.

Y llamarlo solo lo había empeorado todo un millón de veces. No debería haberlo hecho. Había abierto una herida y ahora estaba sangrando otra vez. Sangraba a borbotones y no podía detener la hemorragia.

Con los ojos hinchados y enrojecidos, rebusqué en el armario el vestido para la gala del día siguiente. Era un vestido largo, plateado, sin mangas y con una falda de tul abombada. Lo había comprado el año anterior en Neiman Marcus durante un viaje con las chicas a Nueva York. Solo lo compré para entretenerme. Pagué cuatro mil dólares y ni siquiera tenía un evento al que acudir.

Ahora me daba cuenta de lo frívolo y ridículo que era.

Ya no era la misma mujer.

Lo arrojé sin miramientos sobre la cama y coloqué junto a él los zapatos de tacón de tiras plateados y las joyas que había elegido. Me maquillarían y me harían un peinado fantástico que coronaría con una pequeña tiara de diamantes que mi madre insistió en que llevara. Era una reliquia familiar de mi tatarabuela. Ella la había llevado en la celebración del cincuentenario del Royaume Northwestern, así que mi madre pensó que era lo más apropiado.

Me arreglaría como nunca, pondría mi mejor sonrisa y atendería a los invitados. Pero por dentro seguiría estando vacía y nadie se daría cuenta. Nadie sabría que había perdido a todo un pueblo, al hombre que amaba y a la mayor parte de mí misma.

Alguien llamó a mi habitación y me arrastré hasta la puerta para abrirla. Era Neil.

—¿Qué quieres? —dije tajantemente.

—Briana está aquí —respondió.

—Está bien…

—Te está preparando un cóctel en la cocina. Me preguntaba si podría hablar contigo. Solo un minuto.

Apreté los labios y luego abrí la puerta con resignación.

—Adelante.

Entró y cerró la puerta detrás de él. Se metió las manos en los bolsillos.

—Mañana tus padres me sentarán en la mesa principal con ellos.

Eso quería decir que estaríamos en la misma mesa. Fantástico.

Sacudí la cabeza.

—Ni hablar. No pienso sentarme a tu lado como si fuera tu pareja. Yo me sentaré al lado de mi madre y tú lo harás al lado de mi padre.

—De acuerdo.

Me quedé mirándolo con los ojos abiertos.

—¿De acuerdo? ¿No piensas discutir conmigo? ¿Obligarme a sentarme a tu lado?

—Ali, lo siento.

Negué con la cabeza, molesta.

—¿Cómo?

—Siento todo lo que te he hecho pasar.

Me quedé mirándolo unos instantes antes de cruzarme de brazos.

—¿De qué va todo esto?

Esto debería ser bueno.

Parecía estar luchando para encontrar las palabras que quería decir.

—Ali, mi vida no es… feliz. Y empiezo a darme cuenta de que es culpa mía. Estoy intentando entender por qué adopto ciertas conductas, y creo que la terapia fue lo mejor que podrías haberme pedido.

Le lancé una mirada burlona, pero su mirada era firme.

—Sabes, yo también perdí a Rebecca. No has sido la única relación con la que he lidiado.

Rebecca era su exesposa. La madre de Cam.

—Ali, tú eras, en realidad, eres la persona más importante de mi vida. Y sé que no te lo demostré. —Hizo una pausa—. Cuando era pequeño, la relación de mis padres no era saludable. Mi padre no se portó bien con mi madre y creo que contigo emulé algunos de sus comportamientos. Creo que lo hice porque tenía mucho miedo de perderte. —Extendió una mano—. Sé que no tiene ninguna lógica, pero, si te socavaba la autoestima, era para que no te separaras de mí. Y sé que eso no está bien. No es una excusa, pero es la razón de mi conducta. Nunca te traté mal porque no te amara. Fue todo lo contrario. No sabía cómo lidiar con eso.

—Te fuiste con otra —dije, negando con la cabeza.

—Lo sé. Sé que he metido la pata hasta el fondo. —Su mirada era triste—. Tengo problemas, Ali. Problemas de abandono, problemas de confianza. Creo que hice lo que hice porque sospechaba que estabas a punto de dejarme. Y si saboteaba la relación, entonces, sentía que mantenía el control sobre ti. Es lo mismo que le hice a Rebecca. Yo solo… tengo problemas. Y tengo mucho trabajo que hacer al respecto. Pero, si no lo hago, nunca voy a ser feliz y tampoco voy a ser capaz de hacer feliz a nadie más. —Hizo una pausa—. Renuncio a la casa.

Dejé caer los brazos.

—Puedes quedártela —añadió—. Puedes quedarte con todo lo que quieras.

Me humedecí los labios.

—¿Eso quiere decir que te vas?

—Si eso es lo que quieres, sí —respondió.

Entorné los ojos.

—¿Y qué quieres a cambio? Porque no puedo imaginar que este acto de generosidad sea puro altruismo.

—Lo único que quiero es que no me odies —dijo, mirando al suelo—. Y tal vez, dentro de unos meses, cuando haya resuelto algunos problemas, tengas espacio en tu corazón para venir conmigo a algunas sesiones de terapia de pareja. —Levantó la mirada de nuevo—. No porque haya cumplido mi parte del trato, sino porque quieres. Solo para saber si hay alguna posibilidad. Porque sé que una vez me quisiste y sé que puedo ser mejor. Y tengo mucho miedo de perderte.

Entonces me di cuenta de que reconocía esa expresión de su cara. Aunque nunca se la había visto antes. Estaba siendo sincero.

378

Dejé que mi rostro se suavizara un poco.

—Me lo pensaré.

Sonrió amablemente.

—De acuerdo. Gracias.

Hice una pausa.

—Gracias por ser amable con Daniel aquel día.

Desvió la mirada hacia otro lado.

—Sabía que estabas saliendo con alguien. No soy idiota. —Sus ojos me encontraron de nuevo—. Pero la grandeza no te cuesta nada. ¿No es eso lo que dijiste? Me imaginé que así era como querías que me comportara.

Algo de sus palabras me arrancó algunas lágrimas. No era que Neil hubiera cambiado por arte de magia, sino que, de alguna manera, Daniel había obrado el milagro. Su presencia surtía efecto en todo el mundo, era como una onda en el agua que se expande sin cesar. Podía cambiar a personas que nunca había conocido.

Neil me echó una última mirada. Luego salió. Cuando abrió la puerta, Bri estaba allí de pie, con la mano levantada para llamar.

—Vaya, Neil —dijo, con cara de sorpresa—. ¿Te has equivocado de habitación? Hay unos huérfanos abajo. Si te das prisa, todavía puedes alcanzarlos y contarles que Papá Noel no existe.

Neil ignoró el comentario y se fue.

Bri entró con dos vasos, un poco de sal y una jarra de algo que olía a tequila puro.

—¡Margaritas! —dijo con un trino—. Están cargados como si no hubiera un mañana. —Cerró la puerta de un puntapié—. Entonces, ¿qué quería el destructor de mundos?

—Disculparse. Solo quería disculparse.

Dejó las copas en mi mesita de noche.

—¿De verdad?

—Creo que sí. —Me senté en la cama—. Renuncia a la casa.

—¿En serio?

—Eso me ha dicho. Además, mi padre me ha puesto a su lado en la cena de mañana —añadí.

—Como no podía ser de otro modo —Se metió un dedo en la boca como si tuviera arcadas.

Empezó a servir las bebidas.

—Yo no me tomaría muy en serio esa disculpa. Para que lo sepas, nueve de cada diez veces, la gente así no cambia. Solo aprenden a ser mejores manipuladores, para que creas que lo hicieron, y luego vuelven a hundirte en la mierda.

Asentí.

—Lo sé. No siempre cambian. —Hice una pausa—. Pero creo que él quiere hacerlo.

Se lo pensó un momento y luego asintió con la cabeza.

—De acuerdo, se lo concedo.

Me ofreció ese brebaje rosa y se echó en la cama junto a mí con su propio vaso.

—Un brindis —dijo—. Por mi futuro exmarido. Porque contraiga esa cepa de clamidia resistente a los antibióticos.

Me reí y chocamos nuestras copas. Luego bebimos un sorbo y nos retorcimos en la cama.

379

—¡Madre mía! —dije, intentando recuperar el aire.

—¡Vaya! —añadió Bri expectorando—. Se me acaba de morir el hígado.

Solté una risotada con una mueca en el rostro.

—Creo que ya hemos bebido bastante. —Me quitó la copa de las manos y la dejó en la mesita de noche, junto a la suya. Me tumbé de nuevo en la cama sobre la falda de mi vestido. Bri se tumbó a mi lado. Las dos contemplamos el techo arropadas en una nube de tul.

—Lo echo de menos… —susurré.

Guardó silencio durante unos segundos.

—Lo sé.

Nos quedamos calladas unos instantes.

—Anoche lo llamé. No pude evitarlo. Es demasiado duro. ¿Cómo voy a superar esto?

Se giró hacia mí.

—¿Sabes qué es lo bueno de Derek y su mujer? He estado rumiándolo mucho.

—¿Qué?

—Que para él no hay nada más importante que ella. Tus padres la odian. Sus amigos no lo entienden. Ha tenido que irse a Camboya para estar con ella. Todo lo que rodea su relación son problemas. Así que sabes que está con ella porque la quiere de verdad. No hay otra explicación. —Volvió a posar sus ojos en el ventilador del techo—. Hay algo tan hermoso en eso. Ha puesto a un lado todo lo demás para estar con la persona que ama. —Hizo una pausa—. A mí me gustaría tener eso.

—Quiero a Daniel más que a cualquier otra persona que haya amado. Pero no puedo renunciar a todo lo demás.

—No tienes que renunciar a nada. Solo debes priorizar tus deseos.

Sacudí la cabeza.

—Ahora mismo, debería ser una persona feliz —murmuré—. Tengo mi propia casa, el trabajo que quería, mis padres no me atosigan y cumplo con mis obligaciones en el Royau-me. Neil, finalmente, va a desaparecer de mi vida. Podré ayu-dar a miles de personas, salvar vidas, marcar la diferencia. Pero me siento profundamente desgraciada, miserable. No soy fe-liz, Bri. No soporto mi vida. Si todas estas cosas son tan mara-villosas y tienen tanto sentido para mí, entonces, ¿por qué me siento así?

—Porque no puedes respirar.

Ladeé la cabeza para mirarla.

—¿Qué?

—Estás muerta por dentro. Has dejado ir aquello que te mantenía con vida.

La observé en silencio.

—¿Así es como te sentiste cuando Nick te abandonó?

—Joder, no. Tú eres mucho peor que yo —se burló.

Resoplé.

—Hablando en serio, nunca le daría esta satisfacción a ese imbécil. Pero ¿tú? Eres un desastre.

Me reí un poco.

Ella se volvió para mirarme.

—¿Puedo hacerte una pregunta?

—Sí…

—Si pudieras hacer borrón y cuenta nueva, y empezar de nuevo sin que nadie cuestionara tus prioridades, ¿en qué orden las pondrías? ¿Primero el Royaume, luego tus padres y por úl-timo Daniel?

—No —dije moviendo de lado a lado la cabeza.

—¿Entonces?

Me tomé unos segundos para pensarlo.

—Primero Daniel. Luego Wakan y después el Royaume y todo lo demás.

Me señaló con un dedo.

—Por eso te sientes como una mierda. Estás desordenada.

Parpadeé.

381

—¿Qué quieres decir?

Se apoyó en los codos.

—Lo que quiero decir es que, durante toda la vida, te han condicionado para que vivas según los deseos de los demás. Para que cumplas con lo que se espera de ti. Para servir ciegamente a los demás. Estabas comprometida con el Royaume Northwestern incluso antes de que nacieras. Y es una responsabilidad muy importante, no digo lo contrario, pero eso no quiere decir que tengas que cumplirla a ciegas. Puedes elegir ponerte en primer lugar. Tienes elección. No es fácil y habrá consecuencias. Pero siempre puedes elegir. Si eres tan desgraciada sin Daniel, entonces, quizá deberías replantearte el orden de tus prioridades. Es lo que hizo Derek. Es decir, antes de decidir irse a Camboya, seguramente, tuvo que pasar por algo parecido, ¿no crees? ¿O piensas que no le importaban el Royaume ni tus padres? Simplemente, creo que al final no le importaban tanto como su mujer. —Se encogió de hombros—. Ella era la parte innegociable de su vida.

—Su parte innegociable…

—Sí, la única cosa sin la que no podía vivir. Todo lo demás era… lo demás.

—Pero no puedo dejar atrás el Royaume —dije, negando con la cabeza.

—¿No puedes? Si quieres ayudar a los demás, no importa el lugar. Tienes razón, es posible que el Royaume te brinde la oportunidad de ayudar a más personas, pero no es indispensable para que puedas salvar vidas. Derek también lo hace lejos de aquí. Encontró otra forma de hacerlo. Y, personalmente, creo que ciento veinticinco años es un número redondo para poner punto final.

Me incorporé y la miré con la boca abierta.

—Piénsalo. ¿Si te fueras, te sentirías peor que ahora? —añadió—. Si lo mandaras todo a la mierda y lidiaras con todas sus consecuencias, ¿serías tan infeliz como ahora?

No me atrevía a contestar. Aunque la respuesta era muy sencilla.

—No.

—No tienes por qué estar así. Lo digo en serio. Deja atrás todo esto. Elige tu propia vida.

Me quedé mirándola durante un largo rato. Y luego empecé a respirar con dificultad. No podía marcharme. Estaba prohibido siquiera planteármelo. No podía ser yo quien lo hiciera, porque eso era demasiado egoísta e interesado. Era una fantasía prohibida, demasiado atractiva y traicionera. Sin embargo, en el momento en que Bri sacó el tema, mi corazón lo agarró con fuerza y se puso a trabajar.

¿Qué ocurriría si me iba?

¿Qué pasaría si renunciaba?

¿Y si por una vez hacía lo que quería en lugar de pensar en mis padres, en el legado o en la plétora de personas que no conocía, pero que de alguna forma se beneficiarían de que me quedara donde estaba?

Inmediatamente, empecé a estudiar el escenario y reproduje en mi cabeza la idea de renunciar, como si se tratara de una película a cámara rápida. Me imaginé en mi coche, conduciendo hacia Wakan, lanzándome a los brazos de Daniel, sollozando en su cuello y suplicando su perdón.

Y el alivio que me produjo pensarlo era tangible, casi real.

La posibilidad de acabar con mi desdicha, de poner fin a mi sufrimiento, me quitaba un peso tan grande de encima que me daban ganas de saltar de la cama y salir corriendo de la habitación. Podía sentir que la idea se hacía tan grande y real que no podría volver a encerrarla en la diminuta caja de cosas imposibles donde la mantenía cerrada con llave.

¿Y si…?

Pero no era capaz. Pero ¿y si me equivocaba?

¿Cómo podría vivir con la culpa? ¿Con la vergüenza?

Sin mis padres…

Porque, a pesar de todos sus defectos, seguían siendo los únicos que tenía. Y si hacía esto, nunca volverían a hablarme. Sería peor que lo que hizo Derek. Estaría acabando con el legado familiar. Nunca me perdonarían. Jamás. Los perdería para siempre.

Pero ¿cómo podría vivir el resto de mi vida sin Daniel?

¿Cómo podía levantarme cada día durante los próximos cincuenta años y vivir sabiendo que tenía otra elección? Es decir, que esto fue una elección mía, una decisión que tomé. Que era lo que había elegido para mí.

Y esta era la parte más importante de todas.

¿Cómo se sentía Daniel con esta ruptura en contra de su voluntad? ¿En esta decisión en la que no tuvo ni voz ni voto? ¿No era eso lo más grave de todo? Había lastimado a alguien que amaba cuyo único crimen había sido amarme de forma incondicional.

384

Mis padres nunca me habían amado de esa forma. Nunca. ¿Por qué debería amarlos yo de forma incondicional? ¿Se lo merecían? ¿Por qué tenía que entregarles mi alma en lugar de darles la oportunidad para que aprendieran a ser más abiertos de mente o tolerantes con las decisiones que tomaban sus hijos?

Sabía perfectamente por qué pensaba que les debía mi vida…

Podía escuchar las palabras de mi terapeuta en la cabeza, desmenuzando cada detalle para mí en el caso de que hubiera seguido acudiendo a su consulta.

Mi padre era mi maltratador.

No era diferente a Neil.

Y mi madre era su cómplice.

Me había pasado la vida buscando el afecto y la aprobación de mi padre, aceptando sus crueles palabras y dejando que se saliera con la suya. Y siempre había considerado que mi madre era una víctima, que estábamos juntas en esto. Y tal vez, de alguna forma, así era. Pero, por primera vez en mi vida, empezaba a verlo todo de otra manera.

Porque ella nunca nos había protegido.

Mi madre había normalizado los abusos de mi padre. Los consintió. Me había hecho partícipe y reforzó los comportamientos de mi padre para no llevarle la contraria. La mujer más influyente de mi vida había creado este modelo para mí desde antes de mi nacimiento. Y lo más grave es que me había pedido que lo aceptara. Ella me había enseñado a ceder. Me había preparado para aceptar la relación con Neil. Me hizo creer que el amor era esto.

Bri estaba en lo cierto. Me habían educado para soportar a los imbéciles.

Mi madre me lo había enseñado todo.

Mi corazón empezó a latir con fuerza.

Ahora resultaba demasiado complicado desentrañar las consecuencias de su existencia. No podía pararme a pensar en quién sería si nunca hubiera nacido en esta familia, si me hubieran criado con un amor incondicional o con una madre con la fuerza necesaria para imponer límites. No podía volver atrás. Ni siquiera quería hacerlo.

Solo quería irme.

No quería consentir más a mis padres tóxicos. Por muy honorable que fuera, no quería morir como una mártir en la pira del Royaume Northwestern. No quería mi trabajo de ochenta horas semanales porque, aunque debería ser así, no me llenaba por dentro. No quería esta casa ni esta vida.

Lo único que quería era a Daniel.

Estar sin él era peor que cualquier cosa que hubiera experimentado. Y no podía saberlo hasta que lo sufrí en primera persona. Ni en mis peores pesadillas podría haber imaginado lo insufrible que sería esta vida sin él hasta que realmente sucedió.

Sin embargo, Daniel lo sabía.

Él sabía, semanas atrás, meses atrás, cómo se sentiría. Por eso estaba dispuesto a dejar Wakan por mí. Lo sabía. Y yo no.

Para saberlo, primero tuve que ahogarme.

385

Pero ahora por fin estaba lista para salvarme.

Algo había cambiado en mi cerebro.

Un ingente engranaje atascado empezó a girar lentamente dentro de mí y un elemento inamovible de mi propia identidad se desplazó. Daniel ocupó el primer puesto y todo lo demás se recolocó con un pesado ruido metálico que resonó en toda mi existencia. Por primera vez en mi vida, mis padres y Royaume Northwestern pasaron a un segundo plano y, en el momento en que lo hicieron, un torrente de nuevas ideas se desbordó. Ideas que nunca me habría planteado empezaron a bullir, a agitarse, a derramarse en mi mente. El atasco mental se desintegró y empezaron a formarse caminos alternativos.

Y entonces supe lo que tenía que hacer. Lo tenía tan claro que me eché a reír.

Me levanté y busqué mi teléfono por la habitación como si no hubiera un mañana.

Bri se giró para mirarme.

—¿Qué haces?

—Voy a convocar una reunión urgente de la junta directiva del hospital —dije, abriendo mi correo electrónico.

Ella sacudió la cabeza.

—Pero es viernes. No van a venir a hablar contigo esta noche.

—Lo harán si siguen queriendo a una Montgomery en plantilla mañana a esta hora.

Me apresuré a escribir el correo electrónico y pulsé «Enviar».

Era lo que Daniel había dicho la noche anterior. Cuando algo no te importa, tienes la sartén por el mango. Pueden tomarlo o dejarlo. Pero no te importa, así que pide lo que te dé la gana.

No es que no me importara el Royaume. Es que no me importaba más que Daniel.

Así que, ahora, empezaban las negociaciones…

37

Alexis

$\mathcal{H}$abía estado llamando a Daniel desde la noche anterior. Pero en su teléfono solo se escuchaba el contestador automático y no leía los mensajes de texto.

Estaba agotada. Apenas había pegado ojo. Mi reunión con la junta del hospital se había alargado hasta casi la medianoche, y luego estuve dos horas hablando por teléfono con mi hermano y su mujer. Tuve que reescribir mi discurso, mandar una invitación a Daniel para la gala y alquilarle un esmoquin en una tienda de Minneapolis. Entonces, le dejé un mensaje rogándole que asistiera. Como no me devolvía las llamadas ni los mensajes, llamé al Centro de Veteranos para saber dónde estaba. Hannah me contó que no había pasado por ahí en las últimas semanas, así que llamé a Doug.

Doug me dijo que Daniel pretendía irse de Wakan. Que no aguantaba más en el pueblo. Que probablemente ya no estaba.

Por mi culpa.

Le había roto el corazón.

Antes pensaba que romper con él era lo más humano que podía hacer. Pero lo más humano habría sido quedarme a su lado. Daniel había estado dispuesto a renunciar a todo su mundo por mí. Siempre había tenido claras sus prioridades. Estaba dispuesto a cambiar Wakan, la Casa Grant y su legado para estar conmigo en este lugar superficial y hostil, porque estar sin mí le resultaba intolerable.

Y yo no había sentido lo mismo cuando tuve que elegir.

Había dejado que pensara que me avergonzaba de él, que no era merecedor de mi sacrificio, por pequeño que fuera. Que él no lo era todo para mí. Desde el principio, no había apostado por él, nunca me había entregado por entero. Le había ocultado una parte de mi vida y, luego, lo abandoné.

Lo traicioné.

Así que, si no me hablaba de nuevo, ¿podría echárselo en cara?

Pero ahora no podía perder más tiempo con estas preguntas. No me iban a ayudar en lo que tenía planeado. Y lo iba a llevar a cabo tanto si aparecía como si no.

Eran las seis y yo estaba en la gala del centésimo vigesimoquinto aniversario. No podía ni coger el teléfono. Mi vestido no tenía bolsillos, así que mi móvil estaba en un cajón de una mesa donde no podía revisar los mensajes. Le había dado el número de Daniel a Bri y le había pedido que no cejara en el empeño de ponerse en contacto con él. No sabía nada de nada, porque no había hablado con ella desde hacía cuarenta y cinco minutos.

La ceremonia estaba en marcha. Asistieron más de quinientos invitados; era una lista cuidadosamente elaborada. Una alfombra roja recibió a los invitados en un local ambientado en el *Sueño de una noche de verano*. El techo se había transformado en un cielo nocturno repleto de estrellas resplandecientes. Las flores colgaban por las paredes y las velas parpadeaban sobre las mesas cubiertas con manteles de lino, bajo imponentes centros de mesa florales con libélulas enjoyadas. Habían traído árboles de verdad. Los camareros, con guantes blancos, servían bandejas con aperitivos y champán. En cada barra había esculturas de hielo. Había un grupo de música en directo. Había revistas de moda y otros medios de comunicación. La llamaban «la fiesta del siglo». Yo ya había posado para docenas de fotos y concedido media docena de entrevistas mientras mi madre me observaba complacida.

En esa sala abarrotada, mis padres parecían los soberanos del reino. Todo el mundo lucía radiante. Jessica y Gabby estaban de pie con sus vestidos de gala y sus distinguidos maridos. Neil y mi padre estaban en la barra.

Esta era la primera vez en más de cuarenta años que uno de mis padres no era el anfitrión de un aniversario del Royaume. Esta era una ceremonia para pasar el testigo, algo que Derek habría abrazado con gusto si no se hubiera marchado.

Podía imaginar con claridad cómo se habría desarrollado esta gala si se hubiera celebrado un año antes. En esa realidad paralela, mi hermano, guapo y carismático, habría arrancado carcajadas entre el público con su discurso, que, sin lugar a duda, habría sido apasionante e inspirador a partes iguales. Yo también habría estado presente, pero la mayoría de los invitados apenas se habría dado cuenta. Apenas hubiera sido un apéndice inseguro de Neil, el gran cirujano. Apenas podría haberme cobijado bajo la sombra de mi padre, siempre que estuviera cerca de mí.

Pero muchas cosas habían cambiado.

Y aún iban a cambiar más.

A medida que la gente llegaba, tenían que descender por una enorme escalera de mármol hasta el salón, donde se encontraban las mesas. Cada llegada se anunciaba con una gran distinción. y parte de la diversión consistía en observar a todo el mundo. Mi madre y yo estábamos en la base de la escalera, saludando a la gente a medida que entraba. Mi madre se acordaba de los nombres de todo el mundo. Me los susurraba al oído antes de que llegaran a los pies de la escalera. Príncipes y dignatarios extranjeros, magnates inmobiliarios, políticos y actores. Incluso vino un famoso *influencer* que había aportado una gran donación para los ensayos clínicos de ELA.

389

Había miles de millones de dólares en esa sala. Bolsillos infinitos. Y, por primera vez, sabía perfectamente cómo utilizar todo ese dinero. Sabía quién quería ser en el legado de los Montgomery, cómo quería que me recordara el Royaume, qué escribirían de mí en los libros de historia y a qué me dedicaría durante el resto de mi vida.

Durante las últimas veinticuatro horas, había alcanzado un estado de claridad que nunca me habría imaginado. Durante toda mi vida me había sentido un poco fracturada y dispersa. Probablemente, porque siempre era otra persona la que intentaba decidir lo que yo tenía que ser. Yo era un mosaico diseñado por otras personas en el que ninguno de los fragmentos estaba colocado en el lugar correcto. Y ahora, por fin, me había recompuesto y me reconocía por primera vez.

Había pactado ciertas condiciones con la junta. Había involucrado a mi hermano y a su mujer. Todo estaba preparado. Solo faltaba Daniel.

Cuando el flujo constante de invitados disminuyó, mi madre se inclinó hacia mí:

—Estoy tan impresionada, Alexis. Sé que normalmente no te sientes cómoda en estas situaciones, pero lo estás haciendo muy bien.

Mantuve la mirada fija en lo alto de la escalera, esperando que el siguiente en aparecer fuera Daniel.

—Creo que nunca llegarías a imaginar lo motivada que estoy con todo esto —añadí.

Gabby y Jessica dejaron a sus maridos en el bar con Neil y se acercaron. Mi madre las vio llegar y se excusó para charlar con un antiguo colega y dejarme a solas con ellas. Esta era la primera vez que hablaba con ellas desde que Daniel se presentó en Urgencias.

Cuando estuvieron lo suficientemente cerca como para que pudiera escucharlas, Jessica dijo con un fuerte suspiro:

—¿Cuánto tiempo tendremos que esperar para que nos sirvan la mesa? A quinientos dólares el cubierto, uno podría pensar que al menos nos darían de comer a una hora razonable.

Gabby se detuvo delante de mí, golpeando con una pajita el cubito de hielo de su mojito.

—Tu vestido es precioso.

—Gracias —murmuré sin apartar la vista de las escaleras.

Ella se llevó la pajita a los labios.

—Philip me ha dicho que Neil le ha pedido ayuda para encontrar un apartamento. —Como no respondí, decidió seguir hablando—. Es estupendo, ¿no?

—Sí, así es —dije con rotundidad.

—Entonces, ¿no habrá segunda parte? —preguntó con la pajita en la boca—. ¿Habéis roto definitivamente?

—Sí, terminamos hace tiempo.

—Lo sé. Pero creo que es muy romántico que intentara volver contigo con tanto denuedo. Creo que al final me daba lástima.

No daba crédito. ¿Cuál era la parte romántica? ¿Ocupar el sótano de mi casa sin mi permiso? ¿O que por fin aceptara ir a terapia para poder convertirse en un ser humano medianamente decente con el que valiera la pena salir?

No me molesté en responder.

Solo quería chismorreos. Y al final de la noche tendrían tantos que no darían abasto. Sin embargo, ninguno de ellos sería sobre Neil.

Gabby movió los pies como si mi silencio la incomodara.

—¿Has hablado con ese tipo? —preguntó.

La miré y ladeé la cabeza.

—¿Te refieres al tipo de la ardilla?

—Creo…

—Lo conociste en persona. Estuviste tres días hospedada en su casa. Sabes perfectamente su nombre —señalé—. Tal vez deberías refrescar la memoria con tus comentarios en TripAdvisor.

391

Se quedó con la boca abierta. Incluso Jessica no sabía dónde meterse.

Se escuchó el ruido de una corneta. Era un recurso cinematográfico para que todos supieran que era el momento de dirigirse a las mesas. Jessica se aclaró la garganta.

—Por fin. Vámonos. —Dio media vuelta y Gabby se fue corriendo detrás de ella.

Mi padre se acercó con su esmoquin y un whisky en la mano, y mi madre también se unió a nosotros al pie de la escalera.

—Neil te va a traer una copa de vino —dijo mi padre, señalando con la cabeza la cola de la barra.

Los invitados empezaron a tomar asiento, pero mis padres no se movieron de mi lado. Mi madre seguramente quería quedarse para saludar a los rezagados, y mi padre estaba esperando a Neil o simplemente quería que todo el mundo notara su presencia. En cualquier caso, eso era un problema.

392

Quería ir a coger mi bolso para revisar el teléfono móvil, pero me asustaba demasiado la idea de que Daniel apareciera y lo recibieran mis padres sin estar yo presente. Así que me quedé ahí, mordiéndome el labio y observando ansiosamente las escaleras.

Cada segundo que pasaba me ponía más nerviosa. No sabía si Daniel finalmente vendría. La gala había empezado a las cinco y media. Llevaba más de una hora de retraso.

Empecé a pensar que no aparecería.

Sabía que me echaba de menos y que todavía me amaba. Pude sentirlo cuando hablé con él esa noche por teléfono.

Pero eso no quería decir que me hubiera perdonado.

Empezaron a proyectar un montaje fotográfico de los últimos ciento veinticinco años de historia del hospital mientras los camareros servían las ensaladas delante de los comensales. Yo subiría al escenario justo después.

Mi padre dio un trago a su bebida.

—Supongo que tienes listo el discurso —dijo con su grave

voz—. Es un acontecimiento histórico. Espero que no nos dejes en ridículo.

Tuve que dejar escapar una lenta exhalación para mantener la calma.

Era curioso que ahora esas indirectas casuales y desconsideradas me resultaran tan obvias. Cuando era pequeña, estaba tan acostumbrada que ni siquiera me percataba de ellas, pero eran los cimientos de todo lo que le había permitido a Neil.

En lugar de tener unas palabras de ánimo antes de que me enfrentara a una audiencia de quinientas personas, mi padre prefería recordarme lo poco que confiaba en mí. Quería hacerme saber que suponía que yo no entendía la importancia de esta gala y que no me había molestado en prepararme. Pero, por encima de todo, sus palabras me molestaban porque eran una falta de respeto hacia mi madre.

Ella había sido quien me había preparado para la gala durante los últimos meses. Y, como acababa de decir, no creía que mi madre, que había sido la encargada de dar el discurso durante los últimos cuarenta años, hubiera hecho correctamente su trabajo antes del evento más importante de su vida. Fue insultante. Pero mi madre ignoró la insinuación, como de costumbre, porque nunca eligió luchar. Ni por ella ni por mí. Pero eso no iba a cambiar nada. Porque, por primera vez en mi vida, estaba dispuesta a luchar por mí misma.

Estaba preparada para dar mi discurso. Aunque no sería el mismo que habíamos ensayado. Mis padres no tenían ni idea de lo que estaba a punto de ocurrir. Le había pedido a la junta que mantuviera nuestra reunión en privado y habían accedido.

Esta noche estaría llena de sorpresas.

En las pantallas mostraban fotos en blanco y negro de la construcción del hospital. Luego, fotos en color. La década de los cincuenta, de los sesenta. Mi familia aparecía en todas ellas. Cuando proyectaron las imágenes de principio de este siglo,

393

Neil salió de la barra con mi copa de vino. Mi padre se inclinó hacia mí.

—Neil me ha comentado que tuvisteis una charla positiva.

—Es bueno saber que la terapia le está ayudando —dije con desdén, mirando hacia la parte superior de las escaleras.

—Me alegro de que hayas entrado en razón —dijo, sin prestar atención—. Y pensar que podrías haber estado aquí con ese chico. —Acompañó sus palabras con una risotada dentro del vaso.

Y en ese momento perdí la compostura.

Mi cabeza giró tan rápido que por poco la tiara sale disparada.

—No vuelvas a hablar así de Daniel en mi presencia nunca más. De él o de Nikki.

Mi madre se quedó boquiabierta y mi padre bajó el vaso y me fulminó con la mirada.

—Cuida tu tono, jovencita —dijo en voz baja.

Enderecé los hombros.

—No.

Mi madre hizo un gesto de incomodidad.

—Cariño, creo que están a punto de llamarte —dijo en voz baja, poniéndome una mano en el brazo—. Tal vez deberías acercarte al escenario. Me aseguraré de que tu bebida llegue a la mesa...

—No voy a sentarme con vosotros —dije con tono imperturbable.

Mi madre no podía dar crédito.

—¿No vas a sentarte a nuestro lado? ¿Por qué?

—He reservado otra mesa.

—¿No vas a sentarte con Neil? —añadió mi padre confuso.

—No. No me sentaré con él. He invitado a Daniel. Y si tengo la suerte de que aparezca, le pediré disculpas por la forma en que dejé que lo trataras.

En realidad, por la forma en que yo lo traté.

El montaje fotográfico llegó a su fin y el director general subió al estrado. El discurso empezaba en dos minutos.

Miré a mis padres, que tenían la mandíbula desencajada, y sacudí la cabeza.

—Mamá, espero que algún día encuentres tu voz. Sé que está ahí dentro. Por tu propio bien, espero que tengas el valor de buscarla.

Me giré hacia mi padre.

—Papá, vas a ser un viejo muy solitario. Tu mundo va a ser tan pequeño como tu mente. No tendrás a tus hijos. No tendrás el privilegio de conocer a las personas que ellos aman. No tendrás en brazos a tus nietos, no los verás crecer. —Sacudí la cabeza—. Pero al menos tendrás a Neil.

Di media vuelta y enfilé hacia el escenario. Pero antes me detuve y volví a mirarlos.

—Por cierto, he dimitido de mi puesto como jefa de Urgencias.

Mi madre se descompuso y a mi padre se le encendió el rostro.

—Y hacedme un favor, podéis decirle a Neil que la casa es suya. Me mudaré antes de que acabe la semana. Para ahorraros trabajo y molestias, no hace falta que me repudiéis, renuncio a mi familia por voluntad propia. Ahora disculpadme. Tengo que dar un discurso.

Levanté la falda de mi vestido, me abrí paso entre las mesas y subí al escenario justo cuando me presentaban. Subí al estrado entre aplausos, con dos grandes pantallas flotando detrás de mí. Di las gracias al director general y ajusté el micrófono mientras observaba al público.

Aunque mi discurso no era el que había ensayado durante meses bajo la tutela de mi madre, no necesitaba leerlo ni mirar mis notas. Estaba preparada. Me sentía completamente tranquila. Como si hubiera nacido para esto, y realmente así era.

Mi padre nunca esperó que llegara muy lejos. Y durante mucho tiempo, yo tampoco. Durante toda mi vida, mi padre me hizo sentir como el eslabón más débil, la heredera más inútil. Un desperdicio para los genes de la familia Montgomery.

395

Pero hoy iba a ser una Montgomery.

Lo llevaba en la sangre, en mi interior. Me sentía como si fuera el producto final de todo lo que mi linaje aspiraba a ser. Era mejor Montgomery que Derek, porque por fin había encontrado la vocación que me anclaba a mi derecho de nacimiento. Y eso me daba valor. Me proporcionaba una energía inagotable y el enfoque de alguien que creía en algo.

Y me moría de ganas de empezar.

Volví a escudriñar a la multitud en busca de Bri y Daniel. Encontré a Bri al fondo de la sala. Me saludó con la mano y me levantó el pulgar.

¿Era un pulgar hacia arriba de buena suerte? ¿O un pulgar hacia arriba para decirme que Daniel había llegado? Daniel no estaba con ella.

Busqué a su alrededor una vez más, pero no lo encontré. No podía esperar más para empezar. Así que empecé mi discurso.

—Gracias por acompañarnos en este hito fundamental en la historia del Royaume Northwestern. —Mi voz era firme y segura—. En este mismo día de 1897, las puertas del Royaume se abrieron por primera vez, y mi tatarabuelo, el doctor Charles Edward Montgomery, empezó a visitar pacientes. Hoy, ciento veinticinco años después, continúo un legado del que mi familia está increíblemente orgullosa, recorriendo los pasillos del que se ha convertido en uno de los mejores hospitales del mundo.

»Gracias a sus generosas donaciones, además de salvar muchas vidas, somos pioneros en los avances médicos, y nos hemos consolidado como uno de los principales hospitales de investigación y formación del mundo. El Royaume es el hogar de algunos de los mejores médicos que jamás hayan ejercido la medicina. Somos un destino para el talento y lideramos nuestro sector en avances médicos. Y sobre estos cimientos nos complace anunciar el nuevo camino que toma el legado de los Montgomery y su relación con el Royaume Northwestern.

Este fue el momento en el que mi madre se percató de que me había salido del guion. Observé su rostro para saber cómo analizaba la última frase y vi que se inclinaba y le comentaba algo a mi padre al oído.

—Como muchos sabéis —dije, siguiendo con el discurso—, soy la jefa de Urgencias del Royaume. Y si algo he aprendido en mi puesto es que, en la mayoría de los casos, las urgencias no serían tan urgentes si los pacientes tuvieran acceso a una atención médica asequible y regular. Los tratamientos prohibitivos cuestan vidas. He visto cómo un corte sin tratamiento se convertía en una septicemia. Cómo una infección nasal derivaba en una neumonía porque un paciente no podía permitirse una simple visita al médico para que le recetara antibióticos. He visto a pacientes diabéticos perder miembros porque racionaban la insulina. Cómo un cáncer terminal en fase cuatro podría haberse detectado antes y tratado con acceso a revisiones anuales adecuadas. —Hice una pausa y arqueé una ceja—. He visto a pacientes suturarse con ginebra y anzuelos de pesca porque no pueden permitirse una visita a Urgencias.

Tomé un respiro para lograr el efecto deseado y sonreí dirigiéndome al público.

—Hay un número limitado de alas que se puede agregar a un edificio. Así que ha llegado el momento de que el poder curativo del Royaume Northwestern se expanda fuera de sus dominios. A partir de la semana que viene pondremos la primera piedra para crear las clínicas externas del Royaume. Estas clínicas proporcionarán atención médica gratuita a comunidades marginadas y de bajos ingresos, empezando con un centro médico en el condado de Grant, en Wakan, y un segundo centro remoto en Camboya, donde mi hermano, el doctor Derek Montgomery, y su esposa, Nikki, ya están trabajando. Yo me trasladaré personalmente al centro de Wakan para supervisarlo. Durante la próxima década, nuestro objetivo será ampliar este programa a comunidades desfavorecidas de todo el

397

mundo. —Hice una pausa—. De hoy en adelante, el Royaume Northwestern no solo estará aquí. Estará donde sea más necesario.

»Ha sido un auténtico privilegio crecer como una Montgomery en la familia del Royaume Northwestern. Y estoy emocionada y orgullosa de mantener nuestra tradición por la excelencia compartiendo con otras comunidades este regalo que es el Royaume, que construyeron mis antepasados. No seáis tímidos, sed generosos. Estamos construyendo un futuro mejor. Muchas gracias.

El aplauso fue atronador.

Gabby y Jessica aplaudían entusiasmadas, como Neil. Bri estaba de pie animándome y sonriendo tanto que el rostro se le quedaba pequeño. Pero lo más gracioso era que mis padres también tenían la misma expresión. Mi madre estaba radiante, parecía más orgullosa de lo que nunca había visto. Incluso mi padre aplaudía y sonreía.

Por irónico que parezca, probablemente, era la primera vez que lo había impresionado. Era una idea revolucionaria e innovadora. Un paso hacia delante para la institución, algo que el hospital nunca había hecho antes. Un plan que traía de vuelta a Derek y aseguraba la supervivencia de la franquicia para las generaciones venideras. Y ni siquiera fue complicado dar con esa idea una vez que tuve claras mis prioridades, porque estaba motivada por lo que más me importaba.

Daniel, Wakan, el Royaume y todo lo demás. En ese orden.

Me había presentado en la reunión de la junta dispuesta a renunciar si no aceptaban mi propuesta. Pero les encantó, porque así lograban un gran acuerdo para la gala de su aniversario, una nueva y emocionante iniciativa, y, además, mantenían en plantilla a dos jóvenes y ambiciosos Montgomery. Bueno, en realidad, a tres, porque también tendrían a la mujer de mi hermano, Nikki Montgomery.

Nikki se apuntaría a cualquier proyecto que empezara mi

hermano, y, a pesar de la miope opinión de mi padre sobre su nuera, Lola Simone era una poderosa aliada. Su fama le daba alcance mundial y cientos de contactos importantes. Además, era muy respetada por su labor humanitaria. Nikki Montgomery atraería al Royaume Northwestern tantos donantes como mi madre. Su impacto sería inestimable y garantizaría el éxito de este programa. La junta enseguida se percató de ello y votó unánimemente a favor de mi propuesta, en parte gracias a ella.

Con suerte, mi padre algún día reconocería que todo esto había sido posible gracias a Daniel y a Nikki. Quizás, algún día, se disculparía y aceptaría las vidas que mi hermano y yo habíamos elegido e intentaría formar parte de ellas. Realmente, así lo deseaba. Y esperaba que, en caso contrario, mi madre finalmente no diera su brazo a torcer y decidiera hacerlo de todos modos.

Sabía por propia experiencia que, a veces, cuando la señal de alerta es lo suficientemente clara, uno es capaz de abrir los ojos. En cualquier caso, estaba en paz con la decisión que había tomado.

Pero seguía sin ver a Daniel. Ya debería haber llegado. Si quería venir, ya lo habría hecho.

Se me encogió el corazón.

Estaba segura de que él sabía que estaba intentando acercarme. Aunque no había logrado ponerme en contacto con él y no había recibido ninguno de mis mensajes de texto o de voz, estaba convencida de que Doug lo habría llamado. Daniel sabía lo que yo quería hacer.

Y ahora tenía su respuesta. Un rotundo no.

Lo había herido en el alma demasiadas veces. Y no podía culparlo de nada.

Pero eso no cambiaba el plan. Me mudaría a Wakan de todas formas, estaba decidido. Me había dado cuenta de que, en realidad, tenía algo más de Grant que de Montgomery. Quería cambiar el mundo. Y quería empezar por Wakan.

A pesar de que su alcalde nunca más me dirigiera la palabra.

Bajé del estrado entre aplausos. Nada más pisar el suelo me abordaron varios donantes entusiasmados. Todos querían poner su nombre en las nuevas clínicas. Había dos en juego. Estaba exultante por la acogida de mi propuesta, pero lo único que quería era coger mi teléfono y hablar con Bri. Estaba estrechando manos cuando, de pronto, vi aparecer una figura en lo alto de las escaleras de mármol. Me quedé sin aliento.

Era Daniel...

Mi corazón se detuvo nada más verlo.

Llevaba un esmoquin negro y tenía una mano apoyada en la barandilla. Todas las mujeres de la sala estaban mirándolo, pero él solo tenía ojos para mí. Nunca lo había visto tan guapo ni tan feliz.

—Disculpad —dije.

Me abrí paso entre la multitud, recogí la falda de mi vestido y eché a correr. Él sonrió cuando me vio llegar y empezó a bajar las escaleras a grandes zancadas. Me sentí tan aliviada que no sabía si estaba riendo o llorando. Tal vez un poco de ambas cosas.

Nos encontramos en medio de la pista de baile. Su mundo y el mío colisionaron en frente de todos.

—Has venido —dije, rodeándolo con los brazos.

—Por supuesto que he vendido —susurró.

—Daniel, lo siento mucho —jadeé—. Por favor, perdóname.

Se separó unos centímetros y me tomó la cara entre las manos.

Lo miré con lágrimas en los ojos.

—Te quiero tanto. Cometí el mayor error...

—Shhhh...

—No. Aquel día que fuiste a mi casa, debería haber hecho las maletas en ese mismo momento y haberme ido contigo. Debería haberlo hecho meses atrás. Pensé que lo había arruinado todo. Pensé que no te volvería a ver nunca más.

—Me gustaría decirte que soy lo suficientemente fuerte

como para seguir enfadado contigo —dijo, con un tono grave—. Pero no lo soy. En cuanto recibí tu mensaje, vine corriendo. Pero mi camioneta se averió en la tienda del esmoquin y Bri tuvo que venir a recogerme. No sé cómo usar Uber.

Me reí con lágrimas en los ojos.

—¿Has escuchado mi discurso? —pregunté enjugándome las lágrimas.

—Sí, desde lo alto de la escalera. No quería que me vieras, para no ponerte nerviosa.

—Estaba dispuesta a renunciar al Royaume, Daniel. Si no aceptaban mi propuesta, habría regresado contigo de todas formas. Solo me importa volver contigo a Wakan.

Me sonrió con dulzura.

—Dios, estás preciosa —dijo.

Le devolví la sonrisa entre lágrimas y nos quedamos allí, simplemente viviendo el momento. Era increíble. Sentía que todo encajaba a la perfección. Él era la última pieza de mi mosaico. Nunca habría estado bien sin él. Aunque nunca lo hubiera conocido ni hubiera sabido quién era.

La orquesta empezó a tocar «True» de Spandau Ballet. Daniel levantó una ceja.

—¿Supongo que no quieres bailar conmigo?

Sonreí.

—Sí —dije asintiendo con la cabeza—. Me encantaría bailar contigo.

Le rodeé el cuello con un brazo. Él puso su palma sobre la mía y empezó a darme vueltas en esta sala llena de flores y estrellas. Me sentía como en un cuento de hadas. Daniel ahora parecía el príncipe del bosque encantado. Pero siempre había sido así. Era la primera vez que todos los demás se daban cuenta.

Éramos los únicos en la pista de baile. La enorme falda de mi vestido flotaba mientras él me hacía girar y uno de los focos se encendió para seguir nuestros pasos.

Todos nos estaban mirando. Yo quería que lo vieran.

Quería que todos me vieran con el hombre que amaba. Porque estaba orgullosa de amarlo delante de todo el mundo. Si se hubiera presentado en vaqueros, camiseta y con barro en las botas, también me habría sentido así. Podría haber entrado con Kevin Bacon, y, aun así, me habría arrancado una sonrisa y me habría lanzado a sus brazos.

—¿Cuáles son las condiciones de tu nuevo trabajo? —preguntó, dándome la vuelta—. ¿Vas a tener que viajar a otras clínicas cuando abran? ¿Ahora somos nómadas? —bromeó.

Sonreí tímidamente.

—No. Mi trabajo consiste en buscar financiación para las clínicas. Básicamente, se trata de acudir a muchas fiestas. Seguramente, deberíamos comprar este esmoquin —dije, tirando de su solapa.

Daniel estiró el cuello.

—Es muy incómodo. Es la primera vez que llevo uno.

—Deberías ponerte unas medias moldeadoras.

Me rio la gracia.

—Entonces, supongo que deberemos mudarnos a la casa grande. Necesitarás mucho espacio para guardar todos esos vestidos de baile.

Sonreí.

—¿Podemos quedarnos con la habitación principal? —pregunté.

—Por supuesto. Pero… —dijo, dirigiéndome una mirada severa—, no podemos dormir ahí a menos que estemos casados.

—¿Por qué no? —dije, haciendo un mohín.

—Es la habitación de mis abuelos. No podría hacerte las cosas que me vienen a la cabeza si no estamos casados. No sería correcto.

—Tienes razón. Está encantada. No debería estar ahí sin el sacramento del matrimonio. Deberíamos casarnos de inmediato. Pero prometí a la junta que no me cambiaría el apellido. Aunque creo que doctora Alexis Montgomery Grant no suena tan mal, ¿no crees?

Entrecerró los ojos.

—¿No te importaría estar casada con un carpintero en un pueblecito en medio de la nada?

—La verdad es que no se me ocurre una forma mejor de pasar los próximos cincuenta años. De todos modos, tenemos que hacerlo. Doug se apostó cien pavos a que no viviríamos felices para siempre.

Se rio y su rostro se iluminó.

La doctora Alexis Montgomery Grant.

Se me ocurrió que algún día Daniel y yo seríamos recordados con amarillentos artículos de periódico que estarían colgados en las paredes del Centro de Veteranos como los Grant que nos precedieron. Y la idea me hizo sentir tan orgullosa y plena que ni siquiera podía expresarla. Aquello sería mucho mejor que los majestuosos cuadros colgados en los pasillos del hospital, los artículos de *Forbes* o los documentales del canal Historia, aunque probablemente también los tendríamos.

Tendríamos lo mejor de ambos mundos. Podría acudir con él a los bailes más ostentosos y luego dejar que me llevara a casa para cuidar de nuestra ciudad, de nuestra gente, de nuestra familia. Porque a veces la familia no la encuentras donde naces. A veces la encuentras por el camino.

Y yo había encontrado la mía en Wakan.

Había encontrado la mía en él.

Empecé a llorar de nuevo.

—¿Por qué lloras? —preguntó con dulzura.

—Porque soy muy feliz. —Lo miré con los ojos húmedos—. No quiero que esto termine nunca. Quedémonos en este momento para siempre.

Miró a su alrededor, sacudiendo la cabeza.

—Bueno, no tenía en mente construir una casa de verano aquí. Pero los árboles son realmente preciosos.

Me reí tanto que me acercó empujándome por la cintura y apoyó su frente en la mía.

Le sonreí.

—Bésame, Daniel Grant.

Parecía escandalizado.

—¿Aquí mismo? ¿Delante de todo el mundo?

—Aquí mismo. Delante de todos.

Dejamos de bailar y nos quedamos de pie en medio de la sala, bajo la enorme araña de cristal. Todos los asistentes tenían la mirada clavada en nosotros. Colocó sus labios a un centímetro de los míos.

—Como desees.

Daniel

Siete meses después

Doug saludó con la cabeza a mi esposa, que estaba al otro lado del Centro de Veteranos.

—Cien pavos si consigues que me deje tomar libre el lunes.

Me eché a reír mientras colocaba en su sitio las bolas de billar.

—Eso es un asunto entre tú y tu jefa.

—Venga, tío. Tengo una primera cita.

Lo miré por encima del hombro.

—¿Una chica ha visto tus fotos y aun así quiere conocerte?

Brian rompió a reír. Liz levantó la cabeza desde detrás de la barra y sonrió hacia él.

Ahora Doug trabajaba en la clínica de Wakan. Se había sacado el título de técnico en emergencias médicas y era el conductor oficial de ambulancias de la·clínica Royaume-Wakan. Era un trabajo a tiempo parcial. Básicamente, consistía en asegurarse de que la ambulancia estuviera abastecida y con gasolina para llevar algún paciente al hospital de Rochester si era necesario. El lunes hacían inventario.

Brian le hizo un gesto con la cabeza.

—Dile que te acompañe al trabajo. Enséñale la ambulancia. Seguro que le encanta.

—Alexis no me lo permitirá. Y este idiota no me conseguirá un día libre. Tío, he sido vuestro celestino ¿y este es el modo de agradecérmelo?

—Si por celestino te refieres a que nos mostraste la precariedad del mercado sentimental, sí, fuiste un buen celestino.

Brian no podía dejar de reír.

Doug tomó un trago de su refresco.

—Mira, no quiero ni pensar en las fotos de tu pene que le habrías mandado a tu esposa si yo no hubiera entrado al trapo. Tu matrimonio se lo debe todo a mi experiencia. ¿Sabes qué? Vete a la mierda. Y no me pidas que vuelva a cuidar de tu estúpido perro, porque no lo haré.

Solté una carcajada.

Alexis terminó de hablar con Doreen y empezó a cruzar el local para juntarse conmigo. Al verla, esbocé una sonrisa.

No se lo habíamos dicho a nadie todavía. Ella quería esperar a estar de doce semanas. Era demasiado pronto para percibir cualquier cambio y, además, llevaba puesta mi sudadera con capucha de camuflaje. Así que no había ninguna posibilidad de que nadie se percatara. De todas formas, saber que éramos los dos únicos que lo sabíamos me arrancó una sonrisa, y eso hizo que ella también sonriera de oreja a oreja. Habíamos decidido que nuestros hijos serían Montgomery Grant. Así podrían elegir el legado que más quisieran.

Había pasado casi un año desde el día en que posé los ojos por primera vez sobre mi futura esposa. Una bella mujer, en un coche elegante atorado en la cuneta, que había hablado conmigo a través de la ventanilla.

Ahora mi vida era completamente distinta. Nunca me habría imaginado lo que un encuentro fortuito podía desencadenar, y lo agradecido que estaba a ese maldito mapache. Nos casamos tres meses después de la gala. Alexis quería hacerlo antes de que terminaran la construcción de la clínica y estuviera demasiado ocupada como para irse de luna de miel. Toda la ciudad cerró durante la celebración.

Había hecho nuestras alianzas con la madera de la barandilla de la casa. Las tallé a juego y las impermeabilicé. Pensé que tal vez Alexis prefería un diamante. Y, con lo bien que me iba el negocio, habría podido hacerme con uno. Sin embargo, le encantó la idea de que yo hiciera los anillos.

Nos casamos en el granero de Doug. Doreen se encargó del cáterin y Alexis encargó una tarta nupcial con forma de mapache en Nadia Cakes, para conmemorar cómo nos habíamos conocido. A la boda también asistieron el hermano de Alexis y su esposa famosa, así que tuvimos que redactar trescientos acuerdos de confidencialidad.

Derek y Nikki eran encantadores. Vinieron desde Camboya y se hospedaron en nuestra casa durante dos semanas. El padre de Alexis no asistió a la boda. Sabíamos que no lo haría. Pero, en cambio, su madre acudió, y ambos apreciamos que hubiera hecho el esfuerzo. Sabíamos que no era fácil para ella ir en contra de su marido. Pero no estaba dispuesta a perder a sus hijos por su culpa. Alexis dijo que su madre también había ido a terapia.

La doctora Jennifer Montgomery era una mujer fantástica. Y creo que estaba encantada con su nuera, Nikki. Ambas tenían mucho en común, como, por ejemplo, su espíritu filantrópico.

La madre de Alexis se quedó con nosotros durante una semana. Y, antes de irse, nos regaló un mes entero de viaje de luna de miel. Fue un regalo muy considerado. Sobre todo, porque era para mí. Alexis le había contado que yo nunca había estado en ningún sitio. Así que nos mandó a Italia, París, Grecia, Londres e Irlanda. Todo en primera clase y hoteles de cinco estrellas. El viaje de mi vida. Lo habíamos pasado de maravilla. En los vuelos, Alexis siempre me dejaba el asiento de la ventanilla porque nunca había viajado en avión. Comimos en algunos de los mejores restaurantes del mundo. Y aprendí cómo funcionaba Uber y qué tenedor debía usar en cada ocasión. Visitamos ruinas, castillos y pasamos días enteros en playas de arena blanca. Volví aún más enamorado de mi mujer, lo cual era difícil de imaginar.

Sin embargo, estábamos contentos de estar de vuelta, y Doug también, porque se había hecho cargo de Hunter durante nuestra ausencia y nuestro estúpido perro seguía con su costumbre de llevar a casa roedores vivos.

Cuando Alexis llegó, le pasé una mano por la cintura.

—¿Estás lista? —pregunté.

—Sí, estoy un poco descompuesta —dijo en voz baja.

—Chicos, nos vamos a casa.

—Nos vemos —respondió Brian sin quitarle los ojos a su novia.

Doug asintió hacia mi esposa.

—¿Cuándo vuelve de visita Briana? ¿Sigue soltera? —dijo moviendo las cejas.

Alexis no pudo aguantarse la risa.

—Doug, si supiera dónde vives, quemaría tu casa.

—¿Cómo dices? —Nos miró a uno y a otro—. ¡Si está totalmente prendada de mí!

Todo el mundo rompió a reír.

En nuestra boda, Doug había perseguido a Briana con la guitarra. Y ella había encontrado un pulverizador lleno de agua y lo había usado para rociarle agua durante el resto de la noche siempre que se acercaba. Al menos, Nikki tuvo la amabilidad de enseñarle cómo se afina una guitarra.

—Nos vemos mañana —dije, sonriendo. Cogí mi chaqueta del respaldo del taburete, la puse sobre los hombros de mi mujer y la acompañé a la puerta.

Salimos al aire fresco de la noche de abril.

Habíamos venido andando para hacer ejercicio, así que volvimos andando a casa. La cogí de la mano, se enroscó en mi brazo y apoyó la cabeza en mi hombro.

—¿Cómo te encuentras? —pregunté.

—Estoy cansada.

—Creo que deberías tomártelo con más calma.

—Hoy, en la clínica, era el día de las vacunas. Creo que he puesto unas doscientas. Y no eran de esas que te devuelven una sonrisa del paciente.

Le besé la frente.

—Te prepararé un baño cuando lleguemos a casa.

Luego, mientras ella se remojaba, encendería la chimenea de nuestro dormitorio. Cuando saliera, nos acurrucaríamos en la cama con un libro.

Por las mañanas me levantaba primero para prepararle el desayuno antes de que fuera a la clínica. Luego, enfilaba hacia el garaje para trabajar en mis encargos. A la hora de comer nos encontrábamos en el Jane's o, si estaba demasiado ocupada para tomarse un descanso, le llevaba algo para comer. Luego, a la hora de cenar, cocinábamos juntos y veíamos una película.

La casa parecía estar encantada con nuestra presencia. Podíamos notarlo en el ambiente. Y Wakan también estaba feliz. Y sano. Por primera vez en la historia del pueblo, teníamos un médico de verdad. No teníamos que conducir hasta Rochester. Alexis logró que Pops recibiera atención médica en su domicilio y pudo supervisar el tratamiento para la depresión de Doug. Doug volvía a estar medicado, así que estaba mejor que nunca. Además, la clínica también echaba una mano a los turistas. Tampoco les gustaba tener que conducir cuarenta y cinco minutos para recibir cualquier tratamiento.

La clínica estaba tan concurrida que era difícil imaginar cómo nos las habíamos arreglado sin ella durante los últimos ciento veinticinco años. Y todo a cambio de que asistiéramos juntos a alguna recaudación de fondos, a un almuerzo en un campo de golf, a la gala que hacíamos una vez al año o a alguna cena privada con grandes donantes. Siempre iba con ella. Eran divertidas. El mes anterior había conocido a Melinda Gates.

409

Mi mujer siempre era capaz de sorprenderme. Podía ser esa mujer sofisticada que explicaba al detalle los datos de las comunidades desatendidas y la importancia de las donaciones, pero, al mismo tiempo, cuando llegaba a casa, se ponía las botas sin rechistar y se iba a la granja de Doug para atender el parto de una cabra o algo parecido. Me encantaba que fuera tan Montgomery como Grant.

Kevin Bacon cruzó la calle al trote por delante de nosotros con el chaleco reflectante que Doreen le había fabricado.

—Ahí va —dijo Alexis.

Ahora Kevin era la mascota oficial de la ciudad y podía pasear libremente por Wakan. Los turistas financiaban sus aventuras enviando dinero a Doug a cambio de hacerse fotos con nuestro famoso cerdo. Fue el negocio más lucrativo de Doug hasta la fecha. Probablemente, ahora, si lograba que Alexis le diera el día libre, sería capaz de pagarme los cien pavos.

410   Cruzamos el puente y descendimos por el carril bici bajo la luz de la luna, flanqueados por los manzanos.

—Fíjate —dijo, enroscándose a mi brazo.

—¿Qué ocurre?

—Juraría que no habían florecido cuando antes pasamos por aquí.

Levanté la vista. Tenía razón. Los árboles estaban en plena floración. Yo tampoco lo recordaba, aunque era una de esas cosas que sería imposible pasar por alto.

—¿Te acuerdas de aquella noche? —preguntó—. ¿Cuando estábamos paseando y cayeron los pétalos?

Asentí.

—Sí. La noche de la agresión de Jake. La noche en que ibas a decirme que ya no podías verme más.

A pesar de lo lejos que había quedado todo aquello, se me seguía encogiendo el pecho cada vez que lo recordaba.

—Creo que esa noche me di cuenta de que estaba enamorada de ti.

—Bueno. Eso explica por qué intentaste darme cincuenta mil dólares. Ahora los acepto, por cierto.

Ella rio con ganas.

—Fue la noche en que me diste la roca con forma de corazón —dijo, un poco desconcertada—. La noche de la cena de espaguetis, me sentí tan querida y apreciada que me di cuenta de que este era mi lugar.

Algunos pétalos empezaron a caer mientras caminábamos. Como una suave nevada primaveral.

—Solo llevábamos un mes, pero, incluso entonces, te habría dado todo lo que tenía —dije, recordando cómo me sentía—. Y ahora siempre te tendré. Es difícil creer que todo esto sea real.

Sacudió la cabeza.

—No puedo creer que el universo enviara a un mapache para que estrellara el coche en una cuneta y acabara saliendo con el alcalde del pueblo.

La miré divertido.

—¿Me estás diciendo que tú, una mujer de ciencia, crees que Dios no tenía nada mejor que hacer que traerte a Wakan?

Se encogió de hombros.

—Puede que no lo hiciera él. El pueblo se protege a sí mismo, ¿no es así?

—El pueblo toma lo que necesita…

Dejó de andar y se volvió hacia mí para rodearme con los brazos.

—No me gusta que recuerdes esa noche porque quería dejarte. Esa noche fue mágica para mí. La mayor parte de ella.

Le acaricié el rostro con ambas manos.

—Tenemos toda una vida por delante llena de noches mágicas. No necesitamos esa.

Me sonrió y entonces la miré a los ojos. Y en ese instante pude ver el resto de mi vida. Pude ver hijos, nietos y mecedoras en el porche trasero de la casa con vistas al río. Pude ver dos ancianos que morían el mismo día porque el mundo nunca

411

sería lo suficientemente cruel como para hacer que uno de los dos existiera sin el otro.

Los árboles crujían con el viento y los pétalos flotaban a nuestro alrededor. Descendían a cámara lenta, otra vez. El universo se había metido de nuevo en una pequeña bola de nieve, solo para nosotros.

Y nos quedamos ahí, en ese lugar mágico, sabiendo perfectamente dónde estábamos.

Agradecimientos

Gracias a las lectoras de pruebas Jeanette Theisen Jett, Kim Kao, Terri Puffer Burrell, Amy Edwards Norman, Dawn Cooper, Trish Grigorian, Lynn Fialkow y Leigh Kramer.

Gracias a George y Yasmin Eapen. Gracias a la enfermera de Urgencias Terri Sáenz Martínez, al médico de Urgencias Brian Lovig y a su mujer, Mackenzie, que transmitió a su marido mis curiosas preguntas sobre Urgencias. Gracias a la bombera Suzanna Hales Keeran, a la doctora Pam Voelker y a la doctora Christine Muffoletto por responder a mis preguntas sobre las guardias y el trabajo en un hospital. Gracias a la enfermera de partos Liesl Burnes, y a la ginecóloga y obstetra Susan Tran por ayudarme a preparar bien la escena del parto. Gracias a Ashlee Anderson, defensora de las víctimas de la violencia de género, y a Virginia González, antigua miembro de la junta directiva de DVSAS, por ayudarme a escribir sobre la violencia de género con sensibilidad y comprensión. Gracias a Sue Lammert, consejera clínica licenciada especializada en traumas, por ayudarme a comprender el impacto psicológico del ciclo del abuso.

En caso de que este libro contenga algunos errores son totalmente culpa mía y no de los profesionales que me han prestado sus conocimientos.

Un reconocimiento especial a mi mejor amiga, Lindsay Van Horn, con quien he conversado abiertamente muchas veces sobre su desgarradora experiencia con la violencia de género. Fue ella quien me dijo que nadie podía salvarla hasta que estuviera preparada para salvarse a sí misma. Lo hizo, y ahora está felizmente casada con un hombre maravilloso.

Otro agradecimiento a Ashley Spivey, que me permitió citar sus propias palabras: «Te creo, esto no es culpa tuya, y no te mereces esto». Ashley es una valiente superviviente de la violencia de género. Fue una declaración tan poderosa que le pregunté si podía repetirla en este libro. Gracias por permitirme hacerlo, para que este mensaje pueda llegar a más personas que necesitan escucharlo.

La mayoría de las víctimas de malos tratos intentan abandonar hasta en siete ocasiones a su agresor antes de hacerlo definitivamente. Muchas no lo logran con vida. Si tú o alguien que conoces necesita ayuda, ponte en contacto con alguna de las asociaciones que existen. Hay recursos disponibles y personas dispuestas a ayudarte.